還生鏢師

환생표사 6

1판 1쇄 발행 | 2022년 12월 30일

펴낸이 | 권태완 우천제
펴낸곳 | (주)케이더블유북스
편집자 | 한준만, 박병권, 이다혜
디자인 | 정예현

출판등록 | 2015-5-4 제25100-2015-43호
KFN | 제3-14호

주소 | 서울시 구로구 디지털로31길 38-9, 401호
전화 | 070-8892-7937 팩스 | 02-866-4627 E-mail | fantasy@kwbooks.co.kr

ISBN 979-11-404-1043-9 04810
979-11-404-1037-8 (set)

환생표사

6

신갈나무 신무협 장편소설

차례

1장
미곡 운송 전쟁(2)

해룡선방은 항주의 서쪽 전단강 하구에 터전을 잡고 배를 만들거나 수리해 주는 생업 방회였다.

세상의 모든 배를 만들고 어떤 배도 수리할 수 있다는 이곳엔 모두 삼십여 개의 크고 작은 뱃도랑, 즉 선거(船渠)라 불리는 건조 시설이 있었다.

뙤약볕 아래에서 수많은 배목수와 인부들이 근육질의 상체를 드러낸 채 크고 작은 배에 달라붙어 깎고, 붙이고, 때리고, 칠하는 광경은 지금까지 본 그 어떤 것보다도 역동적이었다.

"이런 광경은 처음 봐요."

"실컷 보시오."

"배를 한꺼번에 이렇게 많이 만들어놓고 안 팔리면 어떡하죠?"

"걱정하지 마시오. 전부 선주문 받은 것들이니까."

"이걸 다 주문받은 거라고요?"

"바다에 띄우는 어선들도 많지만 내하용 배들이 훨씬 더 많소. 강남의 수로가 워낙 복잡하고 물길도 험하다 보니 그만큼 수요도 많고 수명도 짧지."

나와 남궁소소는 사람들을 지나쳐 계속 바닷가 쪽으로 걸었다.

남궁소소는 오늘따라 특히 예쁘게 차려입었는데, 그 바람에 안 그래도 빼어난 용모가 더욱 출중해 보였다. 특히 얼굴에 하얗게 살짝 분칠까지 해서 꼭 목련꽃 한 송이가 옆에서 나붓나붓 걸어가는 것 같았다.

그런 남궁소소를 해룡선방의 인부들은 그냥 지나치질 못했다. 우리가 멀리서 다가올 때부터 이미 어떻게 알아차리고는 일손도 멈추고 쳐다보며 감탄하기 바빴다.

'전생에서의 나도 저런 모습이었겠지? 지금은 이런 미녀와 사귀면서 배 구경도 하러 다니고. 격세지감이구나.'

한편 작은 어선이나 나룻배에 불과했던 배들은 바닷가 쪽으로 갈수록 점점 커졌다. 그러다 마지막 다섯 개의 뱃도랑에 이르러서는 집채보다 큰 범선들이 나타났다.

우뚝 솟은 돛대들, 날렵한 유선형의 몸체, 복잡하고 정교한 아딧줄들 그리고 웅장한 크기까지. 아직 물맛을 보지 못한 새 범선의 크기와 아름다움에 압도된 남궁소소는 한동안 말을 잇지 못했다.

그러다 무언가 이상한지 고개를 갸웃하며 말했다.

"어디서 많이 본 것 같은데."

"흑룡도방의 흑룡선과 비슷해서 그런 거 아니오?"

"맞다. 흑룡선!"

“형태적으로는 조선이라고 합니다.”

걸쭉한 목소리에 뒤를 돌아보니 반백의 노인이 조금 떨어진 곳에서 살짝 숨까지 헐떡이며 다가오는 중이었다. 허수아비처럼 바싹 마른 와중에도 눈동자만큼은 부엉이의 그것을 빼다 박아놓은 것처럼 부리부리했다.

노인이 저렇게 바삐 걸어오는 것은 한꺼번에 범선을 일곱 척이나 발주한 초대형 물주가 찾아왔다는 소식을 들었기 때문일 것이다. 역시 돈이 좋긴 좋다.

이윽고 앞에까지 도착한 노인의 말이 이어졌다.

“대륙엔 수많은 형태의 범선들이 존재하는데 그중에서도 특히 광동의 광선, 복건의 복선, 절강의 조선 그리고 강북의 사선이 유명하지요. 저 범선들은 조선입니다.”

“해룡선방이 절강성에 있다 보니 조선을 만든 것이군요.”

“아닙니다. 저희 선방에서는 어떤 배도 다 만들 수 있습니다. 대륙 전역에서 찾아내 데려온 최고의 배목수들을 보유하고 있기 때문이지요.”

“한데 왜 조선을 만든 건가요?”

“선주께서 그리 주문하셨기 때문입니다.”

남궁소소는 나를 힐끗 바라본 후 다시 물었다.

“선주가 왜 그랬을까요?”

“조선은 용골이 날카롭게 물살을 가르는 침저선인 데다 선체가 좁고 길어서 다른 배들보다 훨씬 빠르게 항해할 수 있지요.”

“하지만 수심이 얕은 강이나 암초가 많은 해안은 함부로 들고 날 수 없다는 취약점이 있고요.”

"배에 대해 많이 아시는군요."

"어디서 주워들은 이야기로 공자님 앞에서 잠시 아는 척을 해보았습니다. 백선왕(百船王) 담적공 대협께서는 너무 흉보지 말아주세요. 저는 양주의 남궁가에서 온 남궁소소라고 합니다."

남궁소소가 정중하게 포권지례를 올렸다.

"알고 보니 요즘 항주에 소문이 자자한 남궁세가의 영애이셨군요. 어쩐지 용모와 기품이 예사롭지 않으시더라니. 해룡선방을 찾아주셔서 영광입니다."

해룡선방의 방주이자 하늘 아래 못 만드는 배가 없다는 담적공도 손녀뻘인 남궁소소를 향해 예를 갖추었다. 나름 일방의 방주이고 보면 남궁소소 같은 젊은 무림인에게 하대를 할 만도 하건만, 나와 함께 와서 그런지 여전히 깍듯했다. 돈의 힘이 이리 무서운 것이다.

그의 말이 이어졌다.

"하지만 저 범선에는 평범한 조선과 다른 것들이 몇 가지 더 있습니다. 무려 여덟 조각으로 나눈 갖가지 모양의 크고 작은 돛과 쉰 개의 커다란 노가 그것입니다."

"돛이며 노가 왜 그렇게 많은 거죠?"

"가장 빠른 배를 만들기 위해서입니다."

"선주라는 자는 대체 어딜 그리 급하게 가려는 걸까요?"

"범선의 선주들이 빠른 배를 원하는 것은 먼 거리를 최대한 빠른 시간 안에 주파하기 위해서이기도 하지만 진짜 이유는 따로 있습니다."

"빠른 배를 원하는 게 빨리 가려는 것 말고도 다른 이유가 있다고요? 무슨 말씀인지 선뜻 이해가 되질 않습니다."

"배가 빠르다는 것은 곧 같은 바람으로도 다른 배들보다 더 힘을 낼 수 있다는 뜻이고, 이는 조류를 거슬러 오를 때 절대적으로 유리하지요. 다시 말해 다른 배들은 못 가는 물길을 뚫고 갈 수 있습니다."

"이를테면 배가 경공을 펼친다는 건가요?"

"뭐 그런 셈이지요. 껄껄껄."

담적공은 만족한 듯 웃더니 나를 돌아보며 물었다.

"배는 마음에 드시는지요?"

"제가 뭘 알아야죠."

"최고의 실력을 지닌 배목수 오십 명과 그들의 제자 이백여 명이 다른 작업은 일절 않고 꼬박 반년 동안 매달려 건조했습니다. 당연히 하나부터 열까지 전부 제가 감독과 검사를 했고요. 외형은 어떠실지 모르겠으나 성능만큼은 최고임을 보증합니다."

"언제쯤 띄울 수 있습니까?"

"바닥에 역청을 바르고 내외부에 방수용 기름을 일곱 번째 먹이고 건조하는 중입니다. 돛은 다른 곳에서 따로 작업 중이고요. 닷새 후면 다섯 척 모두 진수할 수 있을 겁니다."

아직 두 척이 더 남아 있었지만 나도 담적공도 그것에 대해선 언급하지 않았다.

애초 내가 원한 것은 짐을 좀 적게 싣는 한이 있더라도 세상에서 가장 빠른 범선을 만들어 달라는 것이었다. 그러다 보니 자연스럽게 황해노경이 이끄는 흑룡도방의 흑룡선과 비슷한 모양새가 되었다. 하지만 저 범선들은 돛이 세 장이나 더 많았으며, 유사시 흑룡선에는 없는 대형 노가 옆구리에서 쉰 개나 튀어나온다.

흑룡선이 만들어진 지 벌써 이십여 년, 그사이 기술이 발전해 좀 더 빠른 새 범선이 첫 번째 탄생을 앞두고 있었다.

한데 나는 여기서 만족하지 않았다. 다시 앞으로 이십 년 후에 탄생할 신기술을 내 범선들에다가 적용할 생각이었다.

"잠깐 보여 드릴 게 있습니다."

배가 한창 건조 중인 뱃도랑 구석의 커다란 탁자에 그림 한 장이 펼쳐졌다.

범선으로부터 삼십여 장 앞쪽 허공에 나뭇잎 모양의 거대한 연이 떠 있고, 그 연이 밧줄을 통해 범선을 끄는 그림이었다.

담적공이 깜짝 놀라 물었다.

"이게 무엇입니까?"

"연범(鳶帆)입니다."

"이런 건 본적이 없습니다만."

당연하지. 앞으로 이십 년 후에나 나오는 기술인데.

하지만 그때에도 이 신기술은 잠시 반짝하고 나타났다 사라졌을 뿐 대중화되지 않았다. 그리고 재밌게도 이 연범을 처음 발명하는 사람이 다른 누구도 아닌 바로 지금 내 눈앞에 있는 담적공이었다.

최초의 연범은 여전히 담적공의 손에서 탄생할 것이다. 다만 내가 돈을 대주고 자신감을 불어 넣어주는 덕분에 이십 년 일찍 탄생하겠지만.

"어떻게 이런 생각을……."

"어떻게 하면 좀 더 빠른 배를 만들 수 있을까 궁리하다가 우연히 떠오르는 게 있어서 한번 그려본 것입니다. 혹시 터무니없는 생각입니까?"

"천만에요. 천룡표국 사공자님의 지혜가 예사롭지 않다는 소문이

자자하더라니, 과연 비범하시군요."

"쓸 만한가 보군요."

"가히 천재적인 발상입니다. 보통 사람들은 이런 기막히고 엉뚱한 생각 자체를 하지 않지요. 특히 오랜 세월 틀에 박혀 배를 만들어온 사람들은 더 그렇습니다."

"과찬이십니다."

남의 발명품을 가지고, 그것도 당사자에게서 이렇게까지 칭찬을 받으니 살짝 양심에 가책이 느껴지면서 쥐구멍에라도 들어가고 싶은 심정이었다.

이런 사정을 까맣게 모르는 남궁소소는 제 남동생이 칭찬을 받기라도 한 것처럼 뿌듯하기 짝이 없다는 표정이었다.

"믿지 않으시겠지만, 저도 오래전부터 이런 돛을 구상해 왔습니다. 저는 천공범(天空帆)이라고 이름을 붙였지요."

"하늘 돛이라. 정말 예쁜 이름이네요."

남궁소소가 활짝 웃으며 말했다. 그녀의 말처럼 정말 그럴듯한 이름이었다. 이 돛의 진짜 이름이 천공범이었나 보다.

"실천으로 옮기지 않은 이유가 무엇입니까?"

담적공은 대답 대신 내가 그려온 범선의 선수에다 붓으로 작대기 두 개를 쭉쭉 그렸다. 그 바람에 범선 앞에 커다란 뿔이 달린 것처럼 기괴한 모양이 되었다.

신기하기 짝이 없었다. 전생에서 우연히 본 바로 그 범선과 똑같았다.

"우선 통제와 관리가 까다로운 하늘 돛을 다는 것보다 선수의 갑판 공간을 조금 포기하더라도 돛대를 하나 더 세우는 것이 훨씬 더 효율

적입니다.”

“그렇군요.”

“그러니까 하늘 돛은 지금 만들고 있는 범선처럼 이미 선수에까지 돛대를 세워 더는 돛을 달 공간이 없을 때에나 해볼 수 있는 시도인 것입니다. 공자님께서도 그래서 이런 궁리를 하셨겠지요?”

남궁소소가 예쁘다고 해서인지 담적공은 천공범이라는 어려운 이름 대신 자꾸 하늘 돛이라고 불렀다. 남궁소소도 내심 좋아하는 것 같았다.

“그렇습니다.”

“문제는 바로 여기서 발생합니다. 선수의 갑판까지 돛으로 가득 차 버렸기 때문에 하늘 돛을 띄우려면 기존에 있던 돛줄들과의 충돌을 피하기 위해 최소 오(五) 장 길이의 비상대(飛上臺)를 뱃머리 양쪽에 설치해야 합니다. 하면 배가 이렇게 괴상한 모양이 되어버리고 말지요.”

“상하역을 하거나 항구에 정박할 때 조금 골치가 아프겠군요. 그래서 선주들이 아예 이런 배를 선호하지 않는 것이고요.”

“바로 그렇습니다.”

“하지만 속도는 비약적으로 빨라질 것 같습니다만. 방주님께서는 어떻게 생각하십니까?”

“돛을 하늘에 띄우면 선수를 살짝 들어 올려주게 됩니다. 그 자체의 견인력도 강하지만 물의 반발력이 줄어서 다른 돛들의 효율도 크게 높여줄 것입니다. 지금보다 대략 이 할 정도 더 빨라질 것이라고 봅니다. 물론 이런 것들은 모두 충분한 바람이 있을 때의 얘기입니다.”

“다섯 척 모두 비상대를 만들고 하늘 돛을 장착하는 데 얼마나 걸릴 것 같습니까?”

"보기에 흉해서 그렇지 그닥 어려운 작업은 아닙니다. 설계도도 이미 가지고 있고요. 조금 무리를 하면 진수식에 맞추어 끝낼 수 있습니다."

"진행해 주십시오. 비용은 달라는 대로 다 드리겠습니다."

"후우, 흑룡선을 만든 지 이십 년 만에 다시 가슴이 뛰는군요. 죄송한 말씀이나 두 분께선 천천히 구경들 하다 가십시오. 저는 먼저 실례를 좀 해야 할 것 같습니다."

느닷없는 담적공의 말에 나와 남궁소소는 깜짝 놀랐다. 대륙에서 가장 빠른 범선인 흑룡선을 만든 사람이 담적공이었다는 것은 나조차도 까맣게 몰랐던 사실이었다.

담적공이 사라지자 남궁소소에게 말했다.

"나도 그만 가봐야겠소."

"밥도 안 사주고요?"

"좀 바빠서 그렇소."

"나도 초상지풍을 수련하느라 한창 바쁜데 귀하가 찾아와 범선 구경하러 가자고 졸라서 어쩔 수 없이 따라나선 거라고요."

초상지풍은 남궁소소가 창안한 점혈법이었다. 그녀는 이걸 내가 선물한 목련잠으로 수련했다. 훗날 유가문파를 만들면 제자들에게 가르칠 독문무공 중 하나라던가.

"내가 다선초당으로 갔을 때는 이미 이렇게 차려입고 있던데. 나 만나러 천룡표국으로 가려던 참이 아니었소?"

"누구 좀 만나고 막 돌아온 길이었거든요."

"누구?"

"있어요."

"아무튼, 미곡 운송 일로 내일 아침 일찍 아버지와 형님들을 모시고 호북성 무한으로 출발해야 해서 이것저것 준비를 좀 해야 하오. 다시 보려면 한 달쯤은 걸릴 것 같소."

"기껏 한 달 더 연장해서 만나보기로 해놓고 한 달 동안 표행을 떠나 있겠다고요? 이 양반이 장난하나."

"그래서 소저께 부탁이 있소. 이번 일을 잘 처리하면 보름 안에 무한에서 다시 볼 수도 있소. 남은 여정은 함께 표행을 하며 두 배로 붙어 다닙시다."

"또 또 이런다."

"우선 앞으로 한 달간 소저를 대천룡표국 비룡당의 특무표사로 고용하겠소. 특무는 말 그대로 특수임무를 띤 표사를 말하는 것이오."

"말장난 말고요. 그래 봐야 객원표사잖아요."

"이번엔 위험한 일도 아니오. 가불염 표두가 실력 있는 표사들로 호위단을 꾸려 함께 다니며 돕기도 할 것이고."

"위험하지 않으면 힘든 일이겠죠. 뭐."

"대신 '특' 자가 들어가는 일인 만큼 특별 보수를 주겠소."

"얼마나 줄 건데요?"

"무슨 일인지부터 들어봐야 하는 거 아니오?"

"국주님까지 출동하시는 표국 일을 하지 말랄 순 없으니 약속대로 빨리 한 달 사귀어 버리고 끝내려면 내가 가는 수밖에 더 있어요?"

"그래서 보수는……."

"저 범선 다섯 척이 첫 번째 맡는 일로 비룡당이 벌어들이는 액수의 일 할을 주세요. 일 푼이 아니고 일 할이에요."

“비율로 정산하는 걸 좋아하는군.”

“귀하가 얼마를 벌지 알 수 없으니까요. 항상 생각했던 것보다 좀 많이 벌더라고요.”

그러면서 남만의 마총 건으로 챙긴 돈이 생각나는지 남궁소소가 저도 모르게 입꼬리를 살짝 씰룩거렸다. 예쁘게 패는 볼우물에 탐욕이 한가득이었다.

“많이 버는 만큼 나도 많이 가져가겠다?”

“적게 벌면 적게 가져가고요.”

“오 푼으로 합시다.”

“일 할!”

“오 푼.”

“일 할!”

“오 푼.”

“수전노!”

“절세가인.”

“구두쇠!”

“천하절색.”

“노랑이!”

“미인박명.”

“뭐예요. 아까부터.”

“부탁하는 처지에 같이 욕할 순 없잖소.”

“부탁하지 말고 돈으로 주라고요. 그리고 미인박명은 칭찬도 아니잖아요.”

"그건 실수로 튀어나온 거요. 그나저나 있는 집에서 평생을 풍족하게 살아온 사람이 대체 왜 이렇게 돈을 좋아하는 거요?"

"그건 피차일반 아닌가요?"

"나는 돈 들어갈 일이 많아서 그런 거고."

"나는 땅을 사려고요."

"땅은 왜?"

"땅이 있어야 문파를 세우죠."

"그 돈을 지금부터 모은다고?"

"길가에 주막을 세우는 것과는 다르니까요."

"하기야 연무장에, 마구간에, 활터까지 작게라도 만들려면 최소 만 평 정도는 확보해야겠군. 전각들을 올리는 비용은 땅값에 비할 바가 아닐 것이고."

"알았으면 그만 좀 짜게 굴어요. 범선도 다섯 척이나 있는 부자가."

"일 푼으로 합시다."

"일 할을 잘못 말한 거 아니에요?"

"나는 평생 돈 가지고 잘못 말한 적이 없소."

"그런데 갑자기 비율이 왜 곤두박질을 쳐요?"

"보아하니 소저도 이 일을 꼭 해야 할 처지인 것 같은데, 본래 주던 일 푼에 추가로 일 푼을 더 주는 것이니 모두 합쳐 이 푼이오. 이것도 충분한 특별대우이오."

"사기꾼!"

"그럼 임무를 알려주겠소."

"목소리 듣기 싫으니까 글로 써줘요."

"안 그래도 바빠서 미리 적어왔소."

말과 함께 나는 품속에서 해야 할 일들을 적은 종이를 내밀었다.

남궁소소가 갑자기 머리카락을 쥐어뜯으며 괴로워했다.

"아아악!"

"국주님을 뵙습니다."

천룡표국의 무한 분타주이자 소문난 칼잡이인 방청양은 삼십여 명의 표사들을 이끌고 도시의 초입까지 우리를 마중 나왔다.

일개 분타의 입장에서는 십 년에 한 번 볼까 말까 한 국주가 네 명의 아들들까지 포함된 선발대를 이끌고 왕림하는 것이 일대 사건처럼 느껴질 것이다. 그래서인지 방청양은 딸도 대동하고 왔다.

이름이 방금옥이었던가? 여자로서는 드물게 분타에서 장궤 일을 맡아보는 그녀는 천룡표국의 표사와 쟁자수들 사이에서는 유명한 미녀였다. 그녀를 보려고 무한행 표행을 자처하는 사람들도 많았다. 또한 무한을 다녀오는 표사나 쟁자수들이 있으면 꼭 그녀의 안부를 물었다.

나이는 나보다 대여섯 살 많았으니 스물여덟 아홉쯤 되었을 것이다. 마음씨도 고와서 쟁자수들이 무거운 미곡을 나르다 잠시 쉬고 있으면 탁주를 사다 한 사발씩 나눠주곤 했다.

특히 나에게 잘 대해주었다. 아직도 그녀가 다른 쟁자수들 모르게 찔러주고 가던 주먹밥을 잊을 수가 없다. 아마도 무한으로 오는 쟁자수들 중 내가 가장 어린 데다 다리까지 저니 안쓰러워서 그랬을 것이다.

하지만 지금으로부터 십여 년 후 장궤 일을 그만두는 바람에 이후로는 영영 보지도 소식을 듣지도 못했다.

이십여 년 만에 이렇게 다시 보니 반갑기 그지없었다. 그땐 감히 말도 붙이기 어려울 만큼 높은 신분이었는데, 지금은 오히려 그녀가 마상에 앉아 있는 나를 똑바로 올려다보지 못했다.

"고생들이 많군."

"오시는 길은 어떠셨습니까?"

"강행군을 했더니 다들 좀 지친 모양일세."

"일단 분타로 가시어 여장부터 푸시지요. 제가 모시겠습니다."

"황학루의 풍경은 여전한가?"

"예?"

"본 지가 꽤 되었군."

"여전히 그 자리에 있습지요."

"잠시 들르지."

장강 변에 야트막하게 솟은 산이 하나 있었다. 황학루는 그 산의 꼭대기에 위치한 누각으로 악양의 악양루, 남창의 등왕각과 함께 천하 삼대명루로 꼽혔다. 자연히 황학루는 무한을 방문한 사람들이라면 누구나 첫 번째로 찾아가는 관광 명소이자 시인 묵객들의 필수 방문지였다.

분타로 돌아가 휴식을 취하며 상단과 경쟁 표국들에 대한 상세보고를 받을 거라 생각했던 사람들은 이종산이 황학루를 언급하자 모두 당혹스러워했다.

'무슨 속셈이시지?'

백여 명에 이르는 무인들이 이종산을 따라 말을 타고 황학산 정상에 올랐다. 아까부터 비가 추적추적 내리더라니, 황학산 정상은 뜻밖에도 한산했다.

표사들은 아래에서 대기하고 수뇌부만 뿔처럼 우뚝 솟은 황학루를 올랐다.

이갑룡은 이병룡에게 술 서너 병과 전병을 보퉁이에 담아 뒤따르게 했다. 동생이랍시고 뭐라도 이유를 만들어 슬그머니 챙기는 것이다. 어쩌면 그마저도 계산된 행동일지 모르지만.

이종산은 모르는 척했다.

꼭대기에 이르자 무한 시내가 전부 내려다보였다. 특히 대륙을 남과 북으로 가르며 도도하게 흐르는 장강과 최대 지류인 한수(漢水)의 풍경이 장대하게 펼쳐졌다. 고풍스러운 누각과 어우러진 시원한 풍광에 사람들은 앞다투어 감탄성을 터뜨렸다.

총표두를 대신해 사실상 이종산을 보좌하고 온 이갑룡과 을룡은 감흥을 한마디씩 말했다.

"황학루는 오(吳)의 황제가 산성을 쌓고 세운 망루가 시초라고 들었습니다. 이렇게 직접 와서 보니 과연 절묘한 위치로군요."

"옛 제후들이 이곳을 거점 삼아 강남의 곡창지대를 확보하려 한 이유를 알 것 같습니다. 무한을 손에 넣으면 장강 중류와 강북으로 이어지는 한수의 입구를 동시에 장악하겠군요."

두 사람은 단순히 명소에 대한 여행객으로서의 감흥이 아닌, 황학루의 역사와 무한이 지닌 지정학적 위치에 대한 자신들의 식견을 피력했다.

지금의 미곡 운송로는 옛 시대의 군량미 운송로와 같았다. 해서 두 사람의 말은 나름 암시하는 바가 있었다.

이종산은 무심히 고개를 돌려 이병룡에게 물었다.

"너는 어떻느냐?"

"예?"

"절경을 보았으니 너도 무언가 감흥이 있을 게 아니더냐."

분타에서 마중 나온 표사들 중 함께 황학루로 올라온 세 명이 눈을 동그랗게 떴다. 쟁자수가 선발대로 따라온 것은 온갖 허드렛일을 해야 하니 그렇다 쳐도, 이종산이 그에게 관심을 보이고 질문까지 하니 의아한 것이다. 그들은 이병룡을 본 적이 없었던 모양이다.

"잘 모르겠습니다."

이병룡은 담백했다. 모르는 것은 당당하게 모른다고 하고, 그에 대해서도 어쩐 일인지 부끄러워하지 않는 눈치였다. 어떻게든 이종산의 눈에 들려고 하던 예전과는 크게 다른 모습이었다.

이을룡이 피식하고 조소를 흘렸다. 그는 원래부터 이병룡을 한심하게 여겼었다.

방청양과 방금옥 부녀는 아무런 표정의 변화가 없었다. 한데 그들과 함께 온 분타 소속 표사 세 명의 입꼬리가 살짝 말려 올라갔다. 여전히 상황 파악을 못 하고 있는 것이다.

'이런 눈치로 칼밥을 먹었다고?'

방금옥이 우연히 고개를 들었다가 표사들을 노려보고 있는 나와 눈이 딱 마주쳤다.

그녀는 얼른 고개를 돌려 표사들을 향해 입술을 미세하게 달싹거렸다. 짐작하건대 전음으로 경거망동하지 말라고 경고하는 것 같았다. 그래서인지 표사들이 뒤늦게 내 눈빛을 알아차리고는 움찔 놀라며 고개를 숙였다.

이종산이 내게도 물었다.

"너는 무엇을 보았느냐?"

사람들이 모두 나를 바라보았다.

특히 방 씨 부녀와 분타의 표사들이 잔뜩 호기심 어린 얼굴을 했다. 향시와 회시의 장원급제부터 시작해 온갖 어려운 표행들을 척척 해냈다는 내 소문을 듣고 과연 사실인지 궁금한 것이다.

"동쪽 장강 기슭의 개활지 수만 평이 잡초 하나 없이 깨끗하게 정리되어 있습니다. 그리고 백여 명의 사람들이 가장자리에 쌓여 있는 일정한 굵기와 길이의 통나무를 서둘러 바닥에 까는 중이고요."

사람들의 눈빛이 대번에 변했다. 특히 방청양과 단옥경을 비롯한 분타 소속 표사들의 눈동자가 급격하게 커졌다.

"그게 어떻다는 것이냐?"

"십중팔구 저 통나무들은 미곡섬을 쌓을 때 통풍을 위해 바닥에 까는 받침목입니다. 제 짐작이 틀리지 않는다면 내일부터 호남성 전역에서 올라온 미곡섬들이 도착할 겁니다."

"그래서?"

"무한의 미곡시(米穀市)는 보름째가 절정이라고 했으니 보름 후면 저 개활지는 강남 전역에서 모여든 미곡섬이 산더미처럼 쌓일 겁니다. 개활지 앞 강변은 그 미곡섬을 실으러 온 운반선들로 장사진을 이룰 것이고요."

미곡의 최종 목적지가 강북이든 강동이든 일단 출발은 장강이었다.

설사 강북으로 간다고 해도 수백 대의 표마차에 미곡을 가득 싣고 첩첩산중을 넘지 않으려면 여강까지는 장강 수로를 이용해야 했다. 이후 각자가 원하는 곳에서 배를 멈추고 대기 중인 표마차들에 미곡을 옮겨 실은 다음 본격적인 육로로의 여정을 시작하는 것이다.

내가 여기까지 말을 했을 때 이 씨 삼 형제는 물론이거니와 선발대의 표사들과 분타의 표사들까지 전부 하얗게 질려 버렸다.

똑같이 질렸어도 그 의미는 제각각이었다. 이 씨 삼 형제와 선발대의 표사들은 자신들도 모르는 걸 네가 어떻게 알았냐는 것이고, 분타의 표사들은 항주에서 온 당신이 도대체 그걸 어떻게 알았냐는 뜻이었다.

나는 결론 내리듯 말했다.

"여름 내내 볕이 좋더라니, 올해는 미곡시가 닷새 정도 빨리 열릴 것 같습니다. 시간이 생각했던 것보다 훨씬 촉박하군요."

"무한을 와본 적이 있더냐?"

"처음입니다."

"다른 도시에서라도 미곡시를 본 적은?"

"없습니다."

미안하지만 무한은 전생에서 삼십 년 동안 거의 해마다 빼놓지 않고 왔었고, 미곡시도 올 때마다 지겹도록 봤다.

"한데 어찌 그리 잘 아느냐?"

"비룡당의 신입 표사들 중 무한에서 십 년 정도 표사 노릇을 한 자가 있습니다. 이곳으로 출발하기 전에 그를 불러다가 이맘때 무한의 사정에 대해 충분한 설명을 들어두었습니다."

이종산은 더할 나위 없이 흡족한 얼굴로 고개를 끄덕였다.

방청양과 방금옥을 비롯한 분타의 표사들은 '무슨 저런 괴물이 다 있지?'라는 듯한 표정으로 나를 보았다. 반대로 이갑룡과 이을룡은 굳은 낯빛을 숨기느라 애를 먹었다. 이병룡은 괜히 아는 척을 했다가 두 형이 결과적으로 망신을 당한 것이 고소한 듯 씨익하고 미소를 지었다.

하지만 나 또한 이종산이 황학루로 가자고 한 이유를 뒤늦게 깨닫고 그의 경험과 통찰력에 매우 놀라고 있었다.

"네 말대로 우린 닷새 정도 늦었다. 반면 경쟁 표국들은 이미 오래전에 도착해 미곡상단들과의 접촉을 시작했을 것이다. 너라면 어떻게 대책을 세우겠느냐?"

"우선은 경쟁 표국들의 취약한 곳을 찾고 다음엔 우리가 지닌 무기를 찾아 그곳을 집중적으로 공략하겠습니다."

"그건 병서에 나오는 이야기가 아니더냐?"

"그 이상은 소자도 모르겠습니다."

알아도 말할 수가 없다. 분타에 혹시라도 첩자가 섞여 있어서 내 계획이 새어 나간다면 경쟁 표국들로 하여금 대비할 시간을 주게 되니까. 때가 되면 천둥 번개 치듯 경쟁자들이 반격할 틈을 주지 않고 무섭게 몰아쳐야 한다.

"아무리 재주가 뛰어날지라도 미곡 운송 일을 처음 해보는 네가 어찌 모든 걸 알겠느냐. 그 정도로도 충분히 훌륭했느니라."

이종산은 다시 장강으로 시선을 던지며 말했다.

"강 건너 날렵하게 생긴 배들이 보이느냐?"

모두가 이종산의 눈길을 따라 강 건너로 시선을 던졌다. 강폭이 워낙 넓은 데다 살짝 물안개까지 끼어 전부 내공을 끌어 올려야 했다.

과연 그곳엔 수십 척의 삼판선(三板船)이 줄지어 정박해 있었다.

삼판선이란 갑판 없이 배의 가장자리를 따라 대를 세우고 커다랗게 차양을 씌운 화물선을 말한다. 지금은 보이지 않지만 배를 본격적으로 운항하면 가운데 돛도 두 개나 올라가고 양쪽에 십여 개의 노가 지네 발처럼 튀어나온다. 내가 말한 바로 그 미곡운반선들의 일부가 이미 강 건너에 도착해 있었던 것이다. 지금은 수십 척에 불과하지만 하루가 지날 때마다 아마 배로 늘어날 것이다.

"모두 알다시피 장강은 사시사철 서에서 동으로 흐른다. 만약 누군가 장강이 끝나는 동쪽 끝에서 배를 타고 서쪽으로 가려면 어쩔 수 없이 물길을 거슬러 올라야 하지. 다행히 장강은 워낙 넓고 평평해서 유속이 그닥 빠르지 않다."

경쟁 표국들의 공격에 대한 대비책을 이야기하다가 왜 갑자기 장강을 언급하는 걸까? 장강에 답이 있다고 생각한 건가?

"한데 아무리 날렵한 배라고 해도 거슬러 오를 수 없는 열여덟 곳의 물길이 있는데, 이를 장강십팔탄(長江十八灘)이라고 부른다."

이거다. 장강이 천연의 거대한 수로이면서도 동시에 구간 구간 나뉘어 갇힌 수로일 수밖에 없는 이유. 그리고 어떤 특정한 집단이 장강의 조운(漕運)을 독점할 수밖에 없는 이유.

만약 사천성에서 항주까지 한 번에 가고자 한다면 배를 타고 장강 물길 따라 천천히 내려가기만 하면 된다. 그러나 다시 배를 타고 사천까지 물길을 거슬러 올라갈 수는 없다. 보통의 배로는 열여덟 개의 급류를 모두 거슬러 오른다는 것이 불가능하기 때문이다.

"그럼에도 불구하고 기어이 그 물길을 거슬러 오르는 자들이 있다. 바로 장강 물길을 손금 보듯 한다는 교룡방(長江蛟龍幇)의 방도들이지."

대륙의 모든 강에는 조운의 권리를 독점한 방파들이 있다. 그중에서도 가장 거대한 강, 장강의 조운을 장악한 곳이 바로 교룡방이었다.

매해 이맘때가 되면 교룡방은 급류마다 제비처럼 빠른 비조선과 힘세고 건장한 노꾼들을 배치해 둔다. 그리고 미곡을 싣고 하류로 내려갔던 교룡방 소속의 운반선들이 돌아오면 백여 명의 노꾼들이 비조선 이십여 척에 나눠 타고 마중을 나간다. 이어 운반선에 밧줄을 건 다음 한 시진 정도 죽을 둥 살 둥 노를 저어 거대한 급류를 거슬러 올라가는 것이다.

백여 명이 한 번에 끌어 올릴 수 있는 운반선은 한 척이 고작이었다. 해서 각각의 급류마다 적게는 삼백에서 많게는 오백여 명씩 대기하고 있다가 운반선이 나타나면 교대로 달라붙는다.

남직예의 하구에서 이곳 무한까지는 모두 일곱 개의 급류가 있으니, 대략 삼천여 명의 노꾼들과 육백여 척의 비조선이 한 철 장사를 위해 동원되는 셈이다. 교룡방이 아니면 절대로 할 수 없는 일이었다.

미곡 운송은 이처럼 생산자들인 호남의 무수한 농장들, 그것을 대량으로 매입하는 미곡상단들, 호송을 책임지는 표국들 그리고 장강 구간의 운송을 실질적으로 담당하는 교룡방까지 모두가 사활을 걸고 뛰어드는 복잡한 사업이었다.

이종산의 말이 이어졌다.

"저 삼판선들은 내가 산 것이다."

이건 또 무슨 소리지?

"천룡표국은 앞으로 석 달간 교룡방 조운선 오십 척의 독점권을 확보하는 데 성공했다. 이 권리가 우리에게 있는 한 상단들도 거래처를 옮기기가 쉽지는 않을 것이다."

"그걸 어떻게!"

이갑룡을 필두로 사람들이 크게 웅성거렸다. 모두가 태산 같이 걱정을 하다가 이제야 한 시름 놓았다는 투였다.

하지만 과연 그럴까?

교룡방의 조운선 한 척당 표마차 열 대 분량의 미곡을 실을 수 있다. 오십 척이면 무려 오백 대에 해당하는 선적량이었다. 쉽게 말해 오백 대의 표마차가 석 달간 무한과 강동을 계속해서 쉬지 않고 오가는 것이다. 마차와 달리 배는 밤에도 돛을 올리고 운항하니 실제로는 표마차보다 훨씬 빠르며 효율도 월등하다.

하지만 모든 게 예측대로 되지는 않는다.

'이렇게까지 했는데도 빼앗겼단 말이지.'

이건 이종산의 잘못이 아니다. 오히려 이종산의 능력을 너무나 잘 아는 경쟁 표국들이 작은 실수조차 없도록 오랜 시간 철두철미하게 준비를 해온 탓이다.

불현듯 내가 싸워야 할 적들이 두려워졌다. 천하의 이종산조차도 이기지 못한 표행의 달인들을 과연 혼자 감당할 수 있을까?

그때였다. 정체를 알 수 없는 십여 명의 무인들이 말을 타고 나는 듯 달려 황학산을 올라오는 게 보였다. 거침없는 기세도 기세지만 바위를 뛰어넘고 나뭇가지를 피하는 등의 기마술이 그야말로 일품이었다.

잠시 후 그들은 울창한 숲을 빠져나와 황학루가 있는 정상에까지 다

다랐다. 그러자 숲에 가려져 있던 각양각색의 용모를 한 무인들이 모습을 드러냈다.

갑작스러운 무인들의 등장에 황학루 아래에 있던 선발대와 분타에서 마중 나온 표사들이 앞을 막아섰다.

산을 올라온 기마인들은 서두르지 않고 아직도 흥분 상태인 말들의 목을 능숙하게 쓰다듬으며 숨을 골랐다. 단 한 명도 비범해 보이지 않는 자가 없었다.

그중에서도 유달리 출중한 기도를 뿜어내는 젊은 사내가 있었다. 육척장신에 눈이 번쩍 뜨일 만큼 잘생긴 얼굴, 고된 수련으로 다져진 근육질의 몸, 백여 명의 표사들이 앞을 막아서는데도 불구하고 주눅이 들기는커녕 사람들을 압도하는 눈빛까지. 누가 보아도 훗날 크게 되고야 말 것 같은 그런 부류의 인간이었다. 이런 느낌은 남궁세옥과 신창양가의 양조창을 보았을 때 이후 거의 처음인 것 같았다.

"저 녀석이 여길 왜!"

이을룡이 신음하듯 말했다. 기마인을 내려다보는 이갑룡의 눈빛도 착 가라앉아 있었다.

그때쯤엔 나도 저 사내의 정체를 간파했다. 그의 뒤쪽에 있는 자의 등에 꽂혀 있는 북천표국의 표기 때문이었다. 북천표국은 천룡표국보다 이 할이나 낮은 금액을 제시해 상단 세 곳을 빼앗아간 것으로 의심되는 바로 그 표국이었다.

용머리가 새겨진 황금빛 손잡이의 대도를 등에 멘 사내는 북천표국의 장남인 철담도룡(鐵膽屠龍) 여사평이었다.

'저자가 왜?'

속으로일망정 나도 똑같은 소리가 나왔다.

여사평은 말에서 내리지도 않은 채 황학루 꼭대기에서 아래를 굽어보고 있는 이종산을 향해 공손하게 포권지례를 올렸다.

"북천표국에서 온 여사평이라고 합니다. 천하에 명성이 자자하신 표왕 선배님을 뵙게 되어 영광입니다."

말이 묘하다. 보통은 국주님이라고 하는데 선배님이라니. 이는 같은 일을 업으로 삼는 사람으로서 자신도 언젠가 당신의 위치에 오를 것이라는 당찬 포부처럼 느껴졌다.

그렇다고 딱히 비례라고도 할 수 없는 것이, 새파란 젊은 무인들이 팔순의 무인에게 선배님이라고 부르는 것은 무림에선 흔한 일이었다. 한데도 이상하게 기분이 나빴다.

슬쩍 옆을 돌아보니 나뿐만 아니라 이갑룡, 을룡, 병룡은 물론이거니와 분타주와 그의 딸 방금옥까지도 어금니를 깨물고 있었다.

"알고 보니 여 국주의 자제분이시군. 혹 그대도 황학루에서 보는 풍광이 궁금해서 왔다면 이리 올라오시게."

"말씀은 감사하오나 소인은 본 표국의 국주님으로부터 선배님을 찾아뵙고 저녁 식사에 모시라는 명령을 받고 왔습니다."

"내가 여기 있는 줄은 어찌 알고?"

"선배님께서 무한에 나타나셨다는 소식을 들으시더니 제게 황학루로 가면 뵐 수 있을 거라 셨습니다."

황학루에 올라 상황을 살피려 한 이종산도 놀랍지만, 그런 이종산의 행보를 정확히 예측한 북천표국주는 더욱 놀라웠다.

나뿐만 아니라 모두가 크게 당황했다.

'대체 어떻게 알았지?'

그때 방청양이 한 걸음 앞으로 나서더니 작은 소리로 말했다.

"북천표국을 비롯한 강북의 표국들이 금성루(金星樓)라는 대형 기루 하나를 통째로 전세 내어 밤마다 상단 대행수들을 초대하고 있습니다."

여러 상단들을 한 자리에서 만날 수 있도록 수를 낸 모양이었다.

한편 아까부터 방금옥이 유독 화가 많이 난 얼굴을 하고 있었다. 이종산이 방청양의 말을 듣다가 그 모습을 알아차리고는 무심코 그녀에게 물었다.

"자네는 어찌 그러시는가?"

국주가 자신에게까지 관심을 보이고 질문을 하자 방금옥은 한순간 당황한 듯했다. 하지만 이내 평정을 되찾고 조심스럽게 말했다.

"저들의 행태가 너무 괘씸해서 그렇습니다."

"무엇이 그리 괘씸한가?"

"저들은 국주님께서 초대에 응하지 않으실 줄 알고 배포가 작다는 말을 퍼뜨리기 위해 일부러 여기까지 찾아와 수작을 벌이는 것입니다."

"어찌하여 내가 응하지 않으리라 생각하는가?"

"긴 여정 끝에 이제 막 도착을 하신 데다 적대적인 사람들만 우글대는 곳에 구태여 걸음 하시어 수모를 받아내실 이유가 없으니까요."

"강북의 표국들은 경쟁자들이지 적이 아닐세. 하물며 상단의 대행수들은 더 말할 것도 없겠지. 자넨 아버지와 달리 생각이 너무 많군."

"……?"

"하지만 장궤가 갖추어야 할 덕목이지."

이종산은 모두를 돌아보며 말했다.

"분타주는 선발대와 함께 분타로 돌아가 상단들을 맞을 만반의 준비를 하시게. 당주들은 나와 함께 금성루로 간다."

이종산은 이어 방금옥에게도 말했다.

"자네는 함께 가면서 그동안 있었던 일을 보고하게."

아름다운 정원을 가운데 두고 개방형의 삼 층 객실이 사방을 둘러싼 금성루는 본래 황족의 별장이었다고 한다. 하지만 지금은 무한에서 가장 큰 기루이자 여각이었다.

예기들의 노랫소리와 연주가 곳곳에서 울려 퍼지는 가운데 술을 마시던 사람들이 일제히 동작을 멈추었다. 그러곤 하나같이 당혹스러운 기색을 감추지 못했다.

뒤늦게 분위기를 감지한 듯 예기들이 노래와 연주를 뚝 그쳤다.

이종산을 필두로 한 이갑룡, 을룡, 나 그리고 방금옥은 어디로 가야 할지 몰라 정원 한가운데 가만히 서 있었다.

그때 북쪽 전각 일 층의 널따란 객실에서 사람들이 우르르 일어났다. 그중 한 명이 활짝 열린 문을 지나 회랑까지 걸어 나오며 이종산을 맞았다.

"어서 오십시오. 국주."

당당한 풍채에 호수를 품은 것처럼 깊은 눈이 인상적인 오십 대 후반의 초로인이었다. 그가 바로 현 북천표국의 국주이자 호북성 제일의 검사로 유명한 조령검객 여문탁이었다. 두 손을 맞잡고 포권지례를 해

오는데 흡사 무슨 고목이 허리를 숙이는 것 같은 압박감이 느껴졌다.

이종산 역시 태산과도 같은 존재감으로 포권지례를 하며 말했다.

"제가 조금 늦은 모양이군요."

저녁 식사에 초대해 놓고 자기들끼리 술판을 벌이고 있는 것을 꼬집는 말이었다. 어딜 보아도 점잖게 식사를 하는 자리는 아니었으니까.

여문탁은 전혀 당황하지 않고 말했다.

"저녁 식사야 지금부터라도 준비하면 될 일, 그때까지 저희와 함께 술이나 마시며 기다리시지요."

여문탁을 따라 들어서자 십수 개의 커다란 대리석 탁자가 경(冂)자 모양으로 배치된 내실이 모습을 드러냈다.

가장 상석인 일(一)자 위치의 탁자에는 북천표국주 여문탁이, 세로로 길게 뻗은 양쪽의 탁자에는 대형 미곡상단의 단주들과 강북의 여러 표국주들이 마주 보며 앉아 있었다. 상단주들은 어림잡아도 이십여 명은 되겠고, 표국주들은 여문탁까지 모두 열 명이었다.

표국주들의 구성원은 바뀌지 않지만 상단주들은 매일 다른 사람들로 채워졌을 것이다. 하나의 표국에서 적게는 두세 곳, 많게는 십여 곳의 상단과 계약을 하기 때문이다. 물론 북천표국이나 천룡표국은 그 이상의 상단들과 거래를 하지만.

이종산은 표국주들이 앉은 오른쪽 탁자의 끄트머리에 자리를 잡았다. 비어 있는 자리가 거기 하나였다. 강남북을 통틀어 유일하게 표왕으로까지 불리는 이종산의 명성이나 천룡표국의 위상을 생각하면 있을 수 없는 일이었다.

'이 양반들이 뭐 하자는 거지?'

이갑룡과 을룡과 나와 방금옥은 이종산으로부터 조금 떨어진 뒤쪽의 또 다른 탁자에 자리를 잡고 앉았다. 다른 상단주들이나 표국들의 뒤쪽에도 독립된 작은 탁자들이 있었고, 척 보기에도 연륜깨나 있음직한 장년인들이 두세 명의 인물들을 대동한 채 앉아 있었다. 상단의 대행수와 표국의 총표두들이었다.

대행수와 총표두는 각자의 주군들을 보좌하기 위해 온 것으로, 이는 상단과 표국이 거래를 틀 때 흔히 있는 그림이었다.

그러니까 지금 이 자리는 주연을 빙자한 새로운 거래의 장이었던 것이다. 그걸 증명하기라도 하듯 상단 대행수들의 손에는 주판이 하나씩 들려 있었다.

한편, 이종산이 나타나자 불편한 기색을 숨기지 못하는 상단주들이 있었다. 천룡표국의 오랜 거래처였으나 최근 이탈할 조짐을 보인 세 곳의 상단주들과 멀쩡하게 운송 계획서까지 보내온 다섯 곳의 상단주들이었다.

재밌는 건 세 곳 외에 추가로 다섯 곳의 상단주들이 수상한 자리에 있음에도 불구하고 누구 하나 놀라는 사람이 없다는 점이었다. 이종산도, 갑룡도, 을룡도 각자의 정보망을 통해 저들의 이탈을 어느 정도 파악하고 있었던 것 같다. 나는 전생에서 이미 보았기에 당연히 알고 있고.

등잔 밑이 어둡다더니 오히려 무한 분타의 장궤로 있는 방금옥이 놀라서 표정을 굳혔다.

그런가 하면 강북의 다른 표국주들은 고개를 꺾어 자신들과 나란히 앉은 이종산을 힐끔거렸다. 그들의 뒤통수만 보고 있어도 뭐라 말할 수 없는 적개심이 느껴졌다.

불편하고, 따갑고, 서늘한 공기가 사방을 옥죄는 가운데 서로의 안부를 묻고 강북과 강동의 미곡 시세를 걱정하는 말들이 술 몇 잔과 함께 한동안 오고 갔다.

그러다 상단주 중 누군가가 조심스럽게 말했다.

"천룡표국주께서는 너무 섭섭해 마시기 바랍니다."

말을 한 사람은 신화상단주 장병림이었다. 사십 줄의 장년인인 그는 가장 먼저 이탈할 조짐을 보인 세 곳의 상단주들 중 한 명이었다.

"아무래도 제가 저녁 식사에만 늦은 게 아닌 것 같군요."

"일찍 오셨어도 결과는 달라지지 않았을 겁니다."

"역시 표비 때문인가요?"

"저희 같은 장사치들은 한 냥의 이문을 더 남길 수 있다면 십리 길을 걷는 것도 마다치 않지요. 하물며 북천표국에서 제시한 미곡 한 섬당 이 할의 비용 인하는 저희로선 쉽게 거절할 수 없는 조건입니다."

"솔직히 천룡표국에서 그동안 폭리를 취한 면도 없지 않지요. 선대 때부터 이어져 온 인연이어서 참았지만 말입니다."

술잔을 거칠게 내려놓으면서 끼어든 사람은 남양상단주 왕자경이었다.

이어 바로 옆에 앉아 있던 회남상단주 송백남도 한마디 거들었다.

"천룡표국의 표비가 지나치게 높이 책정되는 바람에 강남의 다른 표국들도 덩달아 모두 혜택을 누린 면 또한 없지 않지요."

모두 이탈할 조짐을 보인, 아니, 이제는 이탈한 것이 확실한 세 곳 상단의 비교적은 젊은 상단주들이었다.

전체 표비에서 이 할의 차이면 상단주들 입장에선 충분히 폭리라고 생각할 수도 있다. 운송하는 미곡섬의 양이 워낙 많다 보니 일 할의 차이만으로도 작게는 은전 수백 냥에서 많게는 수천 냥이 왔다 갔다 한다.

애초 서두를 연 장병림은 열기가 식기를 잠시 기다렸다가 최대한 예의를 갖추었지만 확고한 의지가 담긴 음성으로 말했다.

"아쉽지만 선대 때부터 이어져 온 천룡표국과의 인연은 이쯤에서 정리를 해야 할 것 같습니다. 그동안 여러모로 고생이 많으셨습니다."

"다른 상단주들께서도 마찬가지이신지요?"

이종산이 천룡표국의 오랜 거래처이면서도 이 자리에 참석한 다섯 곳의 다른 상단주들을 쓰윽 훑어보며 물었다.

"죄송하오나 명광상단도 북천표국에 미곡 운송을 맡길 생각입니다"

"태화상단도 북천표국에 미곡 운송을 맡기겠습니다."

"천중상단도 북천표국에 미곡 운송을 맡기겠습니다."

"무강상단도 북천표국에 미곡 운송을 맡기겠습니다."

"따지고 보면 강북으로 운송하는 미곡을 강북의 표국에게 맡기는 건 지극히 자연스러운 일이지요. 서평상단 역시 북천표국과 새로운 거래를 시작하겠습니다."

다섯 곳의 상단들을 시작으로 남은 상단주들 또한 앞다투어 강북의 표국들과 계약하겠다는 의사를 밝혔다.

앞서 여덟 곳의 상단주들이 천룡표국에서 북천표국으로 갈아탔다면, 나머지 상단주들은 이 자리에 함께한 강북의 다른 표국들을 언급했다. 각각의 조건과 급에 맞춰 찾아가는 것이다.

'이거 뭔가 이상한데?'

이종산이 오지 않을 줄 알고 초대했다는 방금옥의 추측은 아무래도 틀린 것 같다.

처음에는 그럴 수도 있다고 생각했다. 한데 돌아가는 정황을 보면 전혀 그런 것 같지 않았다. 하필 오늘, 공교롭게도 이탈할 상인들을 한 자리에서 전부 만난 것도 그렇고, 세 명의 상단주들을 시작으로 다른 상단주들이 연달아 거래 중단을 선언하는 것도 그렇고.

'잘 짜놓은 도박판에 끼어든 것 같군.'

하지만 이건 시작에 불과했다. 이들을 필두로 오랜 세월 강남의 여러 표국들과 일해온 수많은 상단이 강북의 표국들로 거래처를 옮길 것이다.

여문탁과 다른 표국주들은 흡족한 표정으로 상황을 지켜보았다. 짐작하건대 세 곳을 제외한 다른 상단들은 전부 방금 자신들의 의사를 결정한 것 같았다.

이종산은 모두의 말이 끝나길 기다렸다가 천천히 입을 열었다.

"천룡표국의 국주로서 여러분이 원하는 조건을 맞춰주지 못해 죄송합니다. 하지만 천룡표국이 마치 선대 때부터 이어져 온 인연을 이용해 폭리를 취했다는 식의 말씀들은 듣기가 거북하군요."

"아니란 말씀입니까?"

가장 거칠게 그 얘기를 꺼낸 남양상단주 왕자경이 눈을 살짝 치켜뜨며 말했다. 무력으로는 이종산의 한 손가락 거리도 안 되지만 북천표국주와 다른 표국주들을 믿고 저러는 것이다.

설사 그게 아니어도 이종산이 상단주들을 상대로 협박하거나 무력을 행사하는 일은 없다. 심지어 단순히 투기만 끌어 올려 겁을 주려고도 하지 않을 것이다.

내가 아는 이종산은 무력을 함부로 쓰는 사람이 아니었다. 특히 무공을 익히지 않은 사람들에게는 더더욱.

“아시다시피 천룡표국은 수많은 비적 떼의 습격에도 불구하고 미곡을 약속한 날짜까지 변질 없이 정확히 운송해 온 것으로 정평이 나 있습니다. 일부 잃어버린 미곡에 대해서는 언제나 예상되는 수익의 두 배를 보상해 왔고요. 그걸 알기에 비싼 표비에도 불구하고 의뢰를 맡긴 게 아니었던가요?”

똑같이 표행을 맡겼어도 천룡표국의 표행은 품질이 달랐다. 정확한 날짜에 맞추는 것과 철저한 보상도 보상이지만, 미곡을 처음 인수할 때의 상태 그대로 운송하는 곳으로 유명했다.

미곡은 일조량이나 습기 혹은 통풍 정도에 따라 가는 동안 상태가 크게 달라진다. 특히 조금만 습기가 높고 날씨가 따뜻해도 좀이 슬거나 쌀벌레가 창궐한다. 이건 너무 자연스럽고 당연한 현상이어서 보상의 범주에도 들지 않는다.

하지만 천룡표국이 운송하는 미곡엔 그런 일이 거의 없었다. 좀 적게 신는 한이 있더라도 층층이 받침목을 대거나 계속해서 미곡섬을 뒤집고 위치를 바꿔주면서 운송하기 때문이다.

말이 쉽지 보통 정성과 기술이 아니고서는 절대 못 한다. 그만큼 표사와 쟁자수들이 고생을 하고 이는 당연히 비싼 표비와 무관하지 않다.

부정할 수 없는 사실에 왕자경의 입이 저절로 다물어졌다. 그러자 상대적으로 점잖은 신화상단주 장병림이 슬그머니 화제를 돌렸다.

“이젠 북천표국에서도 대부분 약속한 것들입니다. 미곡의 변질 방지는 여전히 천룡표국의 축적된 경험과 기술을 따라가기 어렵겠지만, 운송 비용을 기존 대비 이 할이나 절감할 수 있으니 짧은 구간을 운송하는 상단들은 감내할 만하지요."

"서로의 조건이 맞지 않는 것을 어쩌겠습니까? 여러분의 선택을 존중하고 충분히 공감합니다. 그동안 천룡표국을 믿고 귀한 표물을 맡겨주셔서 진심으로 감사했습니다. 비록 거래는 이것으로 끝이 나겠지만 혹여 저희의 지식이 필요한 일이 있으면 언제든 가까운 분타를 통해 전서를 보내주십시오. 하면 꼭 답장을 드리겠습니다."

"이해해 주셔서 감사합니다."

"덧붙여 표물을 맡긴 표주로서 운송 중에 너무 큰 살생이 일어나지 않도록 조금만 힘써 주시길 부탁드립니다."

미곡 운송은 예로부터 녹림산채들 외에도 노리는 자들이 많았다. 여러 가지 이유가 있는데, 가장 결정적인 건 굶주린 양민들이 소수의 무림인들 혹은 무리를 이끌어 본 자들과 결탁해 비적단으로 돌변하는 일이 허다하기 때문이다. 많을 때는 무려 천여 명에 이르기도 한다. 이 정도 규모는 대개 흉년에 고향을 잃고 떠도는 유민들이 가세한 경우다.

이들은 표마차가 지나가는 길목에다 커다란 구덩이를 파놓거나 돌을 산더미처럼 쌓아놓고 기다린다.

과격한 비적들은 밤에 야영지를 기습해 불을 지르고는 표사들이 우왕좌왕하는 틈을 타 마차째로 끌고 가는 경우도 있다.

어떤 비적들은 가파른 산기슭에 매복해 있다가 바위를 굴려 표마차를 모조리 부수어 오도 가도 못 하게 해놓는다. 그런 다음 무리를 잔뜩 이끌고 와서 표사들이 지쳐 나가떨어질 때까지 열흘이고 한 달이고 공격을 해온다.

해마다 봄과 가을이 되면 이처럼 대륙 전역에서 운송 중인 미곡을 노리는 비적 떼로 온 나라가 몸살을 앓는다. 북천표국은 이런 비적 떼를 무자비하게 죽여 버리며 전진하는 것으로 악명이 높았다.

표사가 표물을 지키기 위해 비적들을 죽인 것을 두고 뭐라 하겠느냐만, 이들이 지나가고 난 뒤 길바닥에 나뒹구는 시체들 속엔 여자는 물론이고 열서너 살가량의 키만 껑충하게 큰 아이들도 많았다. 그게 아니어도 한나절만 지나면 제 남편과 아비와 자식들을 찾으러 와서 울부짖는 사람들로 장사진을 이룬다.

지금은 힘센 자들이 약한 자들의 것을 당연하게 빼앗는 야만의 시대였고, 누군가에게는 아무것도 아닌 먹고 사는 문제가 또 다른 누군가에게는 목숨을 걸어야 할 정도로 절박한 시대였다. 기본적으로 사람들은 황금이나 보물과 달리 미곡을 노리는 것에 대한 죄책감이 덜했다.

천룡표국은 비적 떼로 변한 양민들이 기습해 올 경우 절대 칼을 뽑지 않는다는 전통이 있었다. 대신 미리 준비해 둔 몽둥이로 뼈가 부러질 만큼 두들겨 패고 비적 한 명당 네 식구가 사나흘 정도 먹을 만큼의 미곡을 남겨두고 떠난다. 이를 위해 비적 떼의 출몰이 확실시되는 구간은 미리 여분의 미곡을 사서 함께 운송하기도 한다.

강남의 다른 표국들은 천룡표국처럼 몽둥이찜질로 응수했으나 대신 미곡을 한 톨도 남겨두는 법이 없었다.

선의가 꼭 선의로 돌아오는 건 아니어서 북천표국을 노리는 비적 떼가 한 곳이라면 강남의 다른 표국들을 노리는 비적 떼는 두 곳이었고, 천룡표국을 노리는 비적 떼는 세 곳쯤 된다. 어차피 빼앗다가 도저히 힘이 부족해 맞을 것 같으면 차라리 천룡표국의 표사들에게 맞고 미곡이나 챙기자는 속셈이었다.

그래도 이종산은 한사코 무검대응을 고집했다. 이는 표국을 넘어 수백 년 전 선배 표사들로부터 내려온 전통이라면서.

한편, 운송 중에 너무 큰 살생이라는 말이 누군가를 언짢게 한 모양이었다.

볼멘소리가 나온 것은 여태 부국주의 자격으로 여문탁의 옆에 앉아 있던 아들 여사평이었다.

"선배님께선 말씀이 좀 지나치신 것 같습니다."

저런 후레자식이!

이 순간만큼은 형제들 간의 경쟁이고 뭐고 없었다. 나와 이갑룡과 이을룡은 동시에 눈알을 부라리며 여사평을 죽일 듯이 노려보았다.

여문탁이 정색하고 여사평을 나무랐다.

"이 무슨 무례한 짓이냐!"

"하지만 아버지."

"어허!"

"죄송합니다."

"국주께 정중히 사과드리거라."

여사평이 자리에서 일어나더니 끄트머리의 말석에 앉아 있는 이종산을 향해 정중하게 포권지례를 하며 말했다.

"북천표국이 모욕을 당했다는 생각에 후배가 잠시 경솔한 행동을 한 것 같습니다. 선배님께서는 부디 너그러이 용서해 주십시오."

아들의 말에다 여문탁이 한마디 더 얹었다.

"아들이 하나밖에 없는지라 일찌감치 후계자의 지위를 주었더니 이렇게 세상 무서운 줄을 모르지 뭐겠습니까? 철없는 녀석의 호기이니 국주께선 마음에 담아두지 마십시오."

"천만에요. 가문이 모욕을 당했다고 생각 들면 발끈하는 것이 당연하지요."

"모욕을 주신 게 맞다는 뜻입니까?"

"피차 주고받은 것 같습니다만."

"저녁 식사를 하러 오신 줄 알았습니다만."

"이 몸도 그런 줄 알고 왔었지요."

"……!"

"……!"

두 명의 거물에게서 뿜어져 나오는 가공할 기세에 장내의 공기가 북해의 바닷속에라도 들어온 것처럼 차가워졌다.

다른 표국주들도 덩달아 투기를 끌어 올렸다.

상대는 녹림맹주를 꺾어 천하십검의 일석을 차지한 검호, 여차하면 여문탁을 도와 연수합격이라도 펼칠 기세였다.

가만히 당하고 있을 수 있나. 장남인 이갑룡을 중심으로 이을룡과 나와 방금옥은 재빨리 눈빛을 주고받으며 검갑을 쥔 손에 힘을 주었다.

순간, 이종산이 바싹 얼어 있는 상단주들을 바라보며 부드러운 음성으로 말했다.

"귀한 손님들을 모셔두고 추태를 부린 것 같군요. 여 국주나 저나 젊은 시절 함께 경쟁하던 것이 생각나 호승심에 잠시 기 싸움을 한 것이니 너무 걱정들 마십시오."

이 말 한마디로 팽팽하던 긴장의 끈이 탁 풀렸다.

단순히 끈만 풀린 것이 아니라 좀 전과는 다른 묘한 기류가 흘렀다.

이종산이 검을 뽑지 않으면 누구도 칼을 뽑을 수 없다. 칼을 뽑는 순간 그는 광오하게도 천룡표국주이자 천하십검의 일인에게 도전하는 자가 될 테니까. 반대로 이종산이 검을 뽑으면 여기 있는 사람들 모두가 검을 뽑아야 한다. 그래야 천하십검으로부터 자신과 동료들을 지킬 수 있을 테니까. 이종산은 한번 가볍게 도발을 하는 것으로 장내의 분위기를 순식간에 주도해 버렸다.

뒤늦게 상황을 알아차린 여문탁과 아홉 명의 표국주들이 표정을 굳혔다.

"여 국주께선 제 술 한잔 받으시겠습니까?"

이종산이 여문탁에게 물었다. 이어 대답도 기다리지 않고 앞에 놓인 새 술잔을 손등을 툭 쳤다.

술잔은 비스듬하게 서서는 아홉 명의 표국주들을 지나쳐 데굴데굴 굴러갔다. 그러다 경(冂)자 모양의 탁자 배치에서 각진 모서리 부분에 이르자 마치 살아 있는 것처럼 방향을 홱 틀었다.

그런 다음 탁자 위에 올려놓고 있는 여문탁의 오른손 앞에서 딱 멈추며 똑바로 세워졌다.

그게 끝이 아니었다.

이종산이 호리병 속의 술을 허공에 확 뿌리자 한 가닥 물줄기가 포물선을 그리며 날아가서는 술잔에 주르륵 담기며 찰랑거렸다. 무슨 조화인지 술은 단 한 방울도 바깥으로 튀지 않았다.

난생처음 보는 신기에 지켜보고 있던 사람들은 모두 입이 쩍 벌어졌다.

"허공섭물(虛空攝物)!"

상단주들 중 누군가의 목구멍을 비집고 흘러나온 신음이었다. 무림인들과 어울리다 보니 자연스럽게 보는 눈이 생긴 것이다.

나도 상단전의 염력을 이용해 선천오법술이라는 허공섭물을 펼칠 수 있다. 하지만 저렇게는 아니었다.

술잔을 원하는 장소까지 굴려서 세우는 건 가능하겠지만, 물성이 완전히 다른 액체 상태의 술을 저렇게 자유자재로 다룰 자신은 솔직히 없었다.

'이것이 천하십검의 경지!'

사람들의 시선은 이제 전부 여문탁에게로 집중되었다. 호북성 제일의 검사라는, 무인으로서 결코 가볍지 않은 명성을 누리는 그가 어떻게 응수할지 궁금한 것이다.

여문탁은 이종산이 준 술을 단숨에 비우더니 그 자리에서 옆에 놓여 있던 또 다른 새 잔을 술로 채웠다. 그런 다음 그냥 가볍게 툭 던졌다.

잔은 술이 가득 담긴 채 허공에서 뒤집히며 뱅글뱅글 돌다가 이종산의 바로 앞으로 뚝 떨어졌다. 제법 묵직한 것이 떨어졌는데도 흡사 나비가 내려앉은 것처럼 작은 소리조차 나지 않았다.

또한 허공에서 수십 번이나 뒤집혔지만, 술은 조금도 줄거나 튀지 않았다. 마치 옆에서 누군가 따라준 것처럼 잠시 찰랑거리다 고요히 잦아들 뿐이었다.

숨죽이며 지켜보던 사람들 사이에서 '와아!' 하며 나직한 탄성이 흘러나왔다. 살짝 좀 애매하긴 했지만, 기(氣)로 멀리 떨어진 사물을 통제하는 여문탁의 솜씨도 딱히 이종산의 아래라고 할 수 없는 것이었다.

적어도 멀리 있는 사람들이 보기엔 그랬다.

"저기 한 방울 떨어졌어요!"

방금옥이 상단주들과 표국주들이 마주 보며 앉은 탁자 사이의 공간을 손가락으로 가리키며 소리쳤다. 과연 그녀의 손가락이 가리키는 곳에 술로 보이는 한 방울의 액체가 똑 떨어진 자국이 있었다. 누가 보아도 여문탁이 던진 술잔의 궤적에 있었다.

사실 지금 객실 안에 있는 표국주과 총표두들은 모두가 술 한 방울이 떨어지는 걸 보았다. 다만 여문탁의 체면을 생각해 입 밖으로 꺼내지 않았을 뿐.

얼떨결에 이종산이 주도하는 분위기에 이끌리다 톡톡히 망신까지 당한 여문탁은 표정이 급격히 어두워졌다. 아마 모두가 지켜보는 앞에서 이종산과 격렬한 비무를 펼쳤다가 패한 듯한 기분이 들 것이다. 이는 호북성 제일의 검사라는 말을 듣는 그로서는 받아들이기 힘든 일이었다. 그가 어디 가서 이런 수모를 당할 것인가.

그때 여사평이 자리에서 불쑥 일어나며 말했다.

"두 분 어르신들께서 진귀한 구경거리를 보여주셨으니 이에 화답하는 차원에서 이번엔 후기지수들끼리 여흥을 돋우어보면 어떨까 합니다."

"여사평, 무슨 뜻이지?"

뒤쪽에 있던 이을룡이 눈살을 찌푸리며 물었다. 두 사람은 동년배였던 탓에 친구까지는 아니어도 말을 놓을 정도의 친분은 있었다.

"천하십검을 배출한 천룡표국의 검법을 견식할 기회가 어디 쉽게 오겠나? 마침 이렇게 만났으니 핑계 삼아 한 수 배워볼까 하네."

여사평의 갑작스러운 제안에 사람들은 너 나 할 것 없이 호기심을 드러냈다. 각각 호북성과 절강성을 대표하는 표국의 후예라는 것 외에도 호북제일검의 아들과 천하십검의 아들이 겨루면 과연 누가 이길지 궁금한 것이다.

철담도룡이라는 별호에서도 알 수 있듯 여사평은 어려서부터 간이 배 밖으로 나왔다는 말을 들을 만큼 담력이 셌었다. 거기다 표행 중에는 살인도 예사로 해서 도룡(屠龍)이라는 두 글자까지 붙었다. 도룡은 상서로운 신수인 용까지 죽인다는 뜻으로, 무자비한 살검을 일컫는 말이었다.

서른도 안 된 녀석이 벌써부터 피 맛을 알아가지고.

"얼마든지 상대해 주지."

이을룡이 앞으로 나섰다.

본격적으로 알려지지 않아서 그렇지 지금쯤 여사평은 절정의 경지를 바라보는 고수일 것이다. 몇 년 후에는 더 높은 경지의 고수가 되고, 그러다 쉰 살 무렵에는 제 아비의 뒤를 이어 호북 제일의 검사가 된다. 이을룡의 실력이 정확히 어느 정도인지는 모르나 여사평을 상대하기에는 한참 모자랄 것이 분명했다.

"자네 말고."

"뭐?"

"다른 사람과 겨루어보고 싶다는 뜻이네."

"무슨 말을 하는 거냐!"

여사평은 대답은 하지 않고 입꼬리를 올리며 가볍게 웃기만 했다. 그

웃음이 의미하는 바는 너무나 명확했다.

이을룡이 화를 참지 못하고 무언가 말을 하려는 순간, 이갑룡이 앞으로 나섰다.

"오랜만이군. 여사평."

"인사가 늦었습니다. 갑룡 선배님."

"자넨 누구에게나 선배라고 하는군."

"그야 선배님이시니까요."

"정원으로 나갈까?"

"죄송합니다만, 선배님도 아니십니다."

"……!"

"제가 싸우고 싶은 상대는 저 친구입니다."

그러면서 여사평이 손을 들어 정확히 나를 가리켰다.

이 자리를 비롯해 다른 객실에서 지켜보고 있던 수백 개의 시선이 여사평의 손가락을 따라 나를 향했다.

"저요?"

"소문은 듣고 있었네. 설인탁 선배로부터 풍운비룡이라는 별호까지 얻었다던데. 아, 을룡의 동생이니 말을 편하게 해도 되겠지?"

"표사들은 소속을 떠나 모두 같은 길을 오가며 함께 밥을 먹는 동도들이라고 생각합니다. 깍듯이 선배님으로 모시겠습니다."

"역시 듣던 대로 호탕하군."

"부끄럽습니다."

"선배의 도전을 받아주겠나?

겸손한 척하지만 오히려 그래서 더욱 가득한 오만이 느껴진다. 지켜보는 사람들도 모두 여사평이 말한 도전을 혼내주겠다는 뜻으로 받아들이는 표정이었다.

부자지간인 이종산과 이갑룡을 똑같이 선배라고 부르질 않나. 일부러 이을룡과 이갑룡을 하나씩 엿 먹여서 나중에라도 형제들끼리 서로 싸우도록 이간계를 펼치질 않나. 잔혹하기만 한 줄 알았더니 흉계도 깊은 놈이었다.

이런 놈들의 공통된 특징은 세상을 너무 만만하게 본다는 거다.

"칼이어도 괜찮겠습니까?"

"무슨 뜻이지?"

"방금 천룡표국의 천무십검을 보고 싶다고 하지 않으셨습니까. 한데 제가 지금 검이 없어서요. 천무십검은 천무십검이되 본류와는 조금 다를 겁니다."

그러면서 나는 허리춤에 차고 있는 시마즈 가문의 가보 마사무네를 톡톡 두들겨 보였다. 그리고 덧붙였다.

"저는 솔직히 칼이 더 편하긴 합니다만."

스르릉!

지이잉!

수많은 사람들이 지켜보는 정원에서 검과 칼이 차례로 뽑혔다.

여사평의 검(劍)은 용머리가 새겨진 황금빛 손잡이에 어딘지 모르게 푸르스름한 검신을 지니고 있었다.

내 칼에도 쇠를 수십 번 접고 두들겨서 만든 물결 문양과 깊은 광채를 속으로 머금은 듯한 예광이 있었다. 하지만 물결 문양은 사실 도가 문파의 제자들이 흔히 지니고 다니는 송문고검(松紋古劍)의 그것과 비슷해서 명확히 구별하기 어려웠다.

다만 차이가 있다면 검이 아니라 칼, 그것도 왜도라는 정도? 그 외 은은한 예광은 빛이 비치는 각도나 보는 사람에 따라 얼마든지 다를 수 있는 것이고.

반면 여사평의 용두장검은 멀리서 보기에도 청광이 번쩍번쩍했다. 또한 황금 용머리가 새겨진 손잡이까지 있어 누가 보아도 보검임을 짐작게 했다.

아니나 다를까, 검을 볼 줄 아는 표사들 사이에서 나직한 탄성이 흘러나왔다.

그런 환호가 싫지 않은지 여사평은 가볍게 미소를 지었다.

"멋진 검이로군요."

"처음 표사 일을 할 때 아버지께서 주셨지."

"손잡이는 순금입니까?"

"그렇다네."

"몇 돈이나 들어갔습니까?"

"쓸데없는 데 관심이 많군."

"저는 천지수라검에 별로 관심이 없어서요."

"천인수라검(天刃修羅劍)이다!"

천무십검이 천룡표국의 직계혈속에게만 진수되는 비전검법이라면 천인수라검은 북천표국의 비전검법이었다. 하늘에서 번뜩이는 칼날이라는 이름처럼 눈 깜짝하는 순간 허공에 나타나 내리꽂는 거로 악명이 높았다.

"제가 착각했습니다."

"어디서 뻔한 수작질을!"

"진정하세요. 비무를 앞두고 흥분은 금물입니다."

"강호출두 후 몇 차례 작은 성공을 거두었다더니 세상 무서운 줄 모르는구나. 젊은 시절 너 정도의 성취를 이룬 표사들은 강호에 구름처럼 많다는 걸 알아야지!"

"이 정도면 말은 충분히 섞어본 것 같으니 이제 본격적으로 도검을 섞어보도록 하시지요. 선배를 자처하셨으니 선공은 후배에게 당연히 양보해 주시겠지요?"

여사평은 검을 왼쪽 어깨에 척 올린 상태에서 한 걸음을 뒤로 뺐다. 이어 한 손을 쭉 뻗어 강아지 부르듯 손가락으로 나를 까딱까딱 부르며 큰 소리로 말했다.

"와라. 애송이!"

"좌수검이시군요!"

눈 깜짝할 사이에 신형을 쏜 나는 그의 정수리를 향해 일도를 내려쳤다.

깡!

이어 오른쪽 옆구리를 치고, 뒤돌아 왼쪽 옆구리를 치고, 다시 정수리를 내려쳤다가 연거푸 세 걸음이나 물러나는 그를 그림자처럼 따라붙으며 가슴을 힘차게 찔렀다.

깡! 까깡! 깡! 깡!

죽간본의 이능력과 귀영무의 보법에 이은 천무십검의 삼초식이었다.

귀청을 찢는 쇳소리와 함께 여사평과 나 사이에서 새파란 불똥이 작렬했다가 사라졌다. 여사평도 평범한 표사는 아니어서 내가 휘두른 천무십검의 초식들을 모조리 쳐냈다.

이토록 빠른 공격을 예상치 못했는지 여사평의 얼굴이 노래졌다. 하지만 그를 더욱더 당혹스럽게 만든 것이 있었다. 그건 격검의 순간마다 손목을 통해 저릿저릿 전해지는 암경과 불똥이 튈 때마다 한 조각씩 떨어져 나가는 검편 그리고 반격의 틈이 보이지 않을 만큼 빠른 보법과 검초였다.

지금 내 몸속엔 백오십 년에 가까운 내공이 깃들어 있었다. 경공과 초식의 빠르기는 곧 내공과 직결되는 법.

나는 한 달 전과 또 달라져 있었다. 여사평이 제아무리 미래의 호북제일검이라 할지라도 어디서 엄청난 기연을 얻어오지 않는 한 지금은 내 상대가 아니었다.

쩌겅!

정확히 십 초식을 펼쳤을 때 여사평의 황금 용두장검이 마사무네에 담아낸 암경을 견디지 못하고 반 토막으로 터져 나가 버렸다.

여사평은 여사평대로 숨 쉴 틈도 없이 몰아치는 내 칼을 받아내며 뒷걸음질 치다가 연못에 그만 풍덩 빠졌다.

정원을 가운데 두고 사방에서 지켜보고 있던 수백 명의 사람들이 놀라서 벌떡 일어났다.

나는 칼을 역수로 쥐고 도신을 왼손에 올려놓은 다음 쓰윽 당기며 날을 살폈다. 검파를 황금으로까지 장식한 걸 보면 보통 보검이 아닐 텐데도 불구하고 마사무네는 생채기 하나 없이 깨끗했다.

'귀물이라더니 과연!'

그때쯤 여사평이 반 토막 난 용두장검을 들고 물 밖으로 기어 나왔다. 상투가 풀어진 머리카락은 산발이 되어 얼굴에 찰싹 달라붙었고, 속이 훤히 비치는 옷에서는 흙탕물이 줄줄 흘러내렸다.

그는 망연자실한 표정이 되어 토막 난 자신의 검과 나를 번갈아 보았다.

더 이상의 싸움은 무의미했다. 나는 칼을 도갑에 멋들어지게 갈무리하고는 여사평을 향해 공손하게 포권지례를 올렸다.

"양보해 주셔서 감사합니다. 선배님."

"……!"

금성루 전체에 한바탕 태풍이 몰아친 것 같았다.

모두가 경악한 표정을 짓는 가운데 작은 숨소리조차 흘러나오지 않았다. 다만 수뇌부들이 모여 있는 객실에서 방금옥이 혼잣말을 조용히, 그러나 쥐 죽은 듯 고요한 탓에 누구에게나 들릴 만큼은 큰 소리로 말했다.

"십초지적!"

초식을 세고 있었나 보다. 아마 초조한 마음에 내가 몇 초식까지 버티는지를 보려고 한 모양이었다.

금성루에 있던 모든 사람들이 그랬을 것이다. 그런데 반대로 선공을 시작하자마자 십 초식 만에 단 한 번의 공방도 없이 일방적으로 퍼붓기만 하다가 박살을 내버렸으니 얼마나 당혹스럽겠나.

하지만 사람들이 느끼는 당혹감은 여사평의 아버지이자 북천표국의 국주이면서 호북제일검으로 유명한 조령검객 여문탁의 분노에 비할 것이 아니었다.

하필 여사평이 내게 도전을 하면서 천룡표국의 비전검법인 천무십검을 견식하고 싶다 말한 것이 더 화근이 되었다.

강호인들은 철담도룡 여사평이 풍운비룡 이정룡에게 패했다고도 하겠지만, 북천표국의 천인수라검이 천룡표국의 천무십검에게 패했다고도 할 것이다. 덧붙여 칠 대 만에 천룡표국에서 표왕을 배출하고 나아가 천하십검을 배출한 것이 결코 우연이 아니었다고도 말할 것이다.

이종산은 무언가 벅차오르는 듯 가슴을 한껏 부풀린 채 하늘을 올려다보며 가만히 눈을 감고 있었다. 이갑룡과 을룡은 이걸 좋아해야 할지 말아야 할지 몰라 어리둥절한 표정이었다.

그때 다급한 말발굽 소리와 함께 한 기의 인마가 금성루의 문을 박차고 들어왔다.

마상의 인물은 마치 그것이 자신의 임무라도 되는 양 주위를 돌아볼 겨를도 없이 큰 소리로 외쳤다.

"첫 번째 미곡선이 도착했습니다!"

2장
장강십팔탄

이정룡이 아버지와 형님들을 모시고 무한으로 떠난 지 엿새째 되는 날, 남궁소소는 비룡당의 표두 가불염과 함께 해문(海門)을 찾았다.

해문은 저 멀리 청해성에서부터 수만 리를 달려온 장강이 황해로 흘러 들어가는 관문이었다. 동시에 황해의 배들이 장강으로 들어가는 입구이기도 했다. 그래서 어떤 이들은 하구(河口)라고도 불렀다.

남궁소소가 이곳을 찾은 것은 흑룡도방의 은퇴한 방주 황해노경을 만나기 위해서였다.

한 달 전 왜국행을 할 때 나름 생사고락을 함께해서인지 방도들은 그녀를 반색하며 맞아주었다.

한데 황해노경은 아니었다.

"글쎄 난 은퇴를 했다니까."

"그러니까 저희가 모시겠다는 거예요."

"내 나이 올해로 칠순이네. 늙기도 늙었거니와 이 나이에 무슨 부귀영화를 누리겠다고 또 범선을 탄단 말인가. 그나마 바다도 아니고 강을. 답답하게 시리."

"옛 성현들께서 말씀하시길 남자는 나이가 들어도 손에서 일을 놓지 않아야 한다고 했어요. 안 그러면 말년이 쓸쓸해진다고요. 그래서 저희 할아버지께서도 여든이 넘으셨지만 아직도 가주 자리에서 물러나지 않고 계시지요."

"……?"

"……?"

"파도, 조류, 바람, 기상. 강은 모든 조건이 바다와 다르네. 바다에 사는 물고기가 강을 거슬러 오르는 걸 본 적 있나?"

"강준치, 농어, 은어, 뱀장어, 연어, 빙어가 그런다고 하더라고요."

"……?"

"……?"

"설사 내가 수락한다고 해도 범선은 선장 혼자 움직이는 게 아닐세. 흑룡선 정도의 규모라면 선원이 쉰 명은 있어야 하네. 무려 다섯 척이나 되는 범선의 선원들을 대체 어디서 구한단 말인가?"

"태풍이 닥치면 그대로 감당해야 하는 바다와 달리 내하용 범선은 절반이 못 되는 인원으로도 가능하다고 들었어요. 일시적으로 추가 인력이 필요하다면 언제든 뭍에서 충당할 수도 있고요. 모든 선원이 반드시 뱃일에 익숙해야 하는 건 아니지 않나요?"

"준비를 많이 했군."

"방주님을 찾아뵐 거라고 했더니 잘 해보라시며 해룡선방의 방주님께서 약간 지도를 해주셨습니다. 방주님과는 막역한 사이라고 하시더라고요."

"망할 놈의 영감탱이!"

"꼭 부탁드리겠습니다."

"해룡선방 영감탱이의 말이 맞다고 해도 척당 최소 스무 명은 있어야 하네. 다섯 척이면 백 명이고. 갑자기 백 명을 구하는 건 어디 쉬운 일인 줄 아나?"

잠자코 대화를 지켜보기만 하던 가불염이 슬그머니 끼어들었다.

"만약 지원하는 선원들이 있다면 선원으로서의 경력을 모두 쟁자수의 경력으로 인정해 주겠습니다. 소문을 들으셨는지 모르겠습니다만, 십 년 경력의 비룡당 쟁자수 월급은 은전 다섯 냥이 넘습니다. 특별 표행을 성공시키고 난 후 주는 포상금은 따로고요."

한 달에 은전을 다섯 냥씩이나 준다는 말에 객점 안에 있던 선원들이 크게 술렁이기 시작했다.

하지만 그것도 잠시, 황해노경은 콧방귀를 뀌며 말했다.

"무림인들이라서 그런지 생업 방회에 대해 너무나 모르는군. 흑룡도방의 선원들은 대를 이어 밀무역에 종사해 왔네. 위험하고 위험하지 않고를 떠나 삶의 터전을 옮기는 것이 그리 쉬운 일인 줄 아는가?"

가불염은 자신이 해야 할 말만 딱 하고는 다시 입을 닫아버렸다. 나머지는 특무표사인 남궁소소의 몫이었다.

남궁소소는 잠시 생각에 잠겼다.

황해노경의 반응은 딱 이정룡이 예상한 대로였다.

문득 그가 했던 말이 떠올랐다.

"돈이 안 먹히면 배를 제시하시오. 그는 평생 세상에서 가장 빠른 범선의 선장이었다는 자부심을 가지고 살다가 은퇴했소. 한데 만약 흑룡선보다 빠른 범선이 나타난다면 어떨 것 같소? 그것도 한꺼번에 다섯 척씩이나."

"저의 제안을 수락하시면 방주님께서는 세상에서 가장 빠른 다섯 척의 범선을 거느리고 장강을 거슬러 올라 무한까지 간 최초의 선장이 되실 거예요. 바다에 이어 장강까지 접수하시는 거죠."

"거절하면?"

"그 영광을 다른 사람에게 빼앗기시겠죠."

남궁소소는 최후통첩을 하듯 말했다.

한데 황해노경은 관심을 보이기는커녕 답답하다는 듯 고개를 절레절레 흔들었다. 뒤쪽에 있던 백여 명의 선원들은 뭐가 그렇게 우스운지 자기들끼리 키득키득 웃기까지 했다.

이윽고 황해노경이 말했다.

"배를 모르는 사람들과 배 이야기를 하고 있으려니 도무지 대화에 진척이 없군. 배가 어디 성능만 좋다고 빠른 줄 아나? 물길과 바람을 꿰뚫어 보는 선장의 눈과 노련한 선원들의 손발이 있어야 하는 것이거늘."

"그래서 이렇게 방주님을 찾아뵙고 모시려는 것입니다."

"설사 모든 것이 완벽하게 갖추어졌다고 해도 범선으로는 절대 장강을 거슬러 오를 수 없네. 하다못해 장강의 조운을 장악한 교룡방조차도 강물의 저항을 최소한으로 줄이기 위해 범선의 일 할 크기밖에 안 되는 삼판선을 이용한다는 걸 알아야지."

그때였다. 우당탕탕 소리와 함께 열예닐곱 살가량의 어린 선원 하나가 객점 안으로 뛰어들었다.

그는 금방이라도 숨이 넘어갈 것 같은 얼굴로 말했다.

"밖에 헉헉…… 범선이 헉헉……."

"범선 처음 봐? 웬 호들갑이야."

"존나게 헉헉……. 빠릅니다. 헉헉……."

저만치 바다에서 범선 다섯 척이 빠른 속도로 지나가고 있었다. 여덟 조각으로 나눈 갖가지 모양의 크고 작은 돛, 지네 발처럼 튀어나온 수십 개의 노, 앞으로 쭉 뻗은 두 개의 뿔 그리고 삼십여 장 앞 허공에서 배를 끌고 있는 거대한 연까지.

전체적인 선형은 분명 흑룡선을 닮았지만, 완전히 다른 그 배를 보는 순간 선원들은 전부 눈을 비비기 바빴다.

"말도 안 돼!"

"저게 대체 무슨 배지?"

"뭔진 몰라도 흑룡선보다 훨씬 빨라!"

"저 정도 속도면 웬만한 조류는 다 거슬러 오를 수 있겠어!"

남궁소소는 슬쩍 고개를 돌려 황해노경을 바라보았다. 그는 바다를 항해하던 중 미지의 거대한 생물을 만난 신출내기 선원처럼 경이로워하는 표정을 짓고 있었다.

한참 만에야 그가 입을 열었다.

"쌍각고래."

"예?"

"먼바다를 항해하다 보면 종종 머리에 외뿔이 달린 고래들을 만나곤 하지. 한데 젊은 시절 모두가 잠든 어느 새벽에 오줌을 누러 나왔다가 두 개의 뿔을 지닌 고래 한 마리가 범선을 지나쳐 조류를 거슬러 올라가는 걸 보았네. 마치 그것이 자신에게 주어진 운명이라도 되는 것처럼."

"신기하군요."

"쌍각선이라고 하지."

"예?"

"저 범선들의 이름 말일세. 다섯 척이니 갑을병정무를 붙여 쌍각선 갑호, 쌍각선 을호로 나가면 되겠고. 선단의 단주인데 그 정도 권한은 주겠지?"

"선원들은 어떻게 충당하고요?"

"보아하니 지원자들이 줄을 설 것 같군."

"감사합니다. 감사합니다."

남궁소소는 가슴이 벅차올랐다. 만약의 경우를 대비해 범선을 이곳까지 끌고 오길 백번 잘했다는 생각이 들었다.

덕분에 해룡선방의 사람들을 백 명이나 임시로 고용했다. 은전 백 냥이 쌩으로 들어갔지만 전혀 후회하지 않았다.

'일단 빚진 마음이 들게 한 후 협상을 한다.'

범선 다섯 척이 첫 항해에서 벌어들이는 돈의 일 푼을 추가로 확보하는 데도 성공했으니 이제 이정룡의 계획에다 자신의 꾀를 보태 황해노경을 움직인 것에 대한 값을 받아낼 차례였다.

'딱 백 냥만 땡기자.'

그때 황해노경이 쓰윽 돌아보며 물었다.

"한데 장강수로맹과는 얘기가 되었나?"

"예?"

"세상의 어떤 배든 장강을 거슬러 오르려면 두 개의 큰 난관이 있지. 하나는 장강십팔탄이고 하나는 장강수로맹일세. 십팔탄은 쌍각선으로 어떻게든 뚫어본다 치고 수로맹을 상대할 계획은 있느냐고 묻는 걸세."

이것까지는 몰랐기에 남궁소소는 가불염을 돌아보며 공을 넘겼다. 가불염이 기다렸다는 듯이 말했다.

"장강수로맹과 천룡표국은 오랜 세월 우호적인 관계를 맺어왔습니다. 수로맹의 배들이 보일 때마다 표기를 내걸고 약간의 인사치레를 하면 큰 문제는 없을 겁니다."

"당주께서 그리 말씀하시던가?"

"그렇습니다만."

"당주께서 제아무리 기재라고 해도 우호적인 관계를 그대로 물려받다 보니 무엇이 문제인지를 잘 모르셨군. 표왕께서 아셨다면 분명 따로 조치를 취하셨을 터인데."

남궁소소가 물었다.

"무슨 문제라도 있나요?"

"범선의 꼴을 갖춘 판옥선이 하류에서 왔다 갔다 할 순 있어도 바다를 항해하던 대형 범선이 장강을 거슬러 오른 적은 아직 한 번도 없었네. 그것도 무려 무한까지. 만약 성공한다면 이는 그야말로 장강 조운의 판도를 바꾸는 일대 사건이지."

"그렇겠죠."

"장강수로맹도 크게 당황할 것이네. 그리고 철저하게 사업적인 관점에서 바라보겠지. 인사치레로 얼마를 생각했든 일단은 붙잡아두고 보려 할 것이네. 하면 제때에 도착하기가 어려울 걸세."

"돈으로 밀어붙이면 안 될까요? 풍운비룡은 방주님, 아니, 단주님께서 상상도 못 하실 만큼 부자입니다."

"돈이 문제가 아닐세. 새로운 시대를 맞아 장강수로의 주도권을 놓고 한바탕 기 싸움을 하려 들 것이라는 얘기지. 지금은 쌍각선 다섯 척에 불과하지만 언젠가는 장강이 범선들로 뒤덮일 거라고 생각할 테니까."

"그럼 얼마나 늦을까요?"

"이곳 해문에서 무한까지는 모두 일곱 개의 탄과 수로채가 있네. 각각의 수로채마다 하루씩만 붙잡혀 있어도 칠 일이 늦겠군."

남궁소소와 황해노경은 동시에 가불염을 바라보았다. 무한의 미곡시에 관해서라면 여기 있는 사람들 중 가불염이 가장 많은 경험을 했고 또 잘 알 테니까.

"칠 일 정도면 대세가 바뀌지는 않을 겁니다. 하지만 어느 정도 타격을 입을 수는 있을 것 같습니다."

"어느 정도의 타격이라면?"

"어디까지나 추측에 불과하지만, 쌍각선 다섯 척 중 한두 척은 빈 배로 돌아올 수도 있다는 얘깁니다. 미곡시에서의 운송 계약이 대부분 초반에 이루어지는 것을 감안하면 제법 큰 타격이 되겠지요. 물론 나머지 서너 척이 엄청난 부를 가져다주겠지만 말입니다."

미곡시가 열린 지 열흘째가 되었다. 본래 무한의 미곡시는 보름째가 절정이지만, 장강 변의 개활지에는 벌써부터 호남성 전역에서 올라온 미곡이 산더미처럼 쌓이고 있었다.

상단들은 다른 상단들보다 조금이라도 좋은 품질의 미곡들을 앞다투어 사들이기 위해 혈안이 되었다. 그런가 하면 한쪽에선 대형 상단들로부터 하나라도 더 계약을 따내려는 표국들 간의 경쟁이 전쟁을 방불케 할 만큼 치열하게 펼쳐졌다.

이 상황에서 싸움에 뛰어들지 않는 곳은 교룡방이 유일했다. 어떤 상단이 미곡을 얼마나 사들이던, 어떤 표국이 계약을 몇 건이나 따내든 교룡방의 배를 이용할 수밖에 없었기 때문이다. 독점이 이렇게 무섭다.

한편, 황학루의 전 층에는 수많은 강남북의 표국주들이 수뇌부를 거느린 채 저마다의 자리를 차지하고서 강변을 굽어보고 있었다. 그러면 표사들이 말을 타고 미곡시가 열리는 강변과 황학산 꼭대기를 쉴 새 없이 오가며 일의 진척 상황이나 새로 체결된 계약 등에 대해 보고했다.

북천표국과 강북에 기반을 둔 표국들의 표기를 등에 멘 표사들이 황학산을 종일 가장 바쁘게 오르내렸다.

그에 반해 천룡표국의 표기를 멘 표사는 거의 보이지 않았다. 그나마 어쩌다 가져오는 보고도 돌아가는 정세에 관한 것들뿐이었다. 그것마저도 결코 좋은 소식이라고 할 수 없었고.

"북천표국과 계약한 미곡상단이 오늘로 서른 곳을 돌파했습니다. 이 속도라면 사흘 후쯤엔 쉰 곳에 육박할 겁니다."

"북천표국이 한수(漢水)의 조운을 장악한 수룡방(水龍幇)으로부터 조운선 오십 척을 추가로 확보하는 데 성공했답니다. 내일쯤 장강에 도착할 것 같습니다."

"강남의 다른 표국들도 비용을 기존 대비 일 할 더 내렸다고 합니다. 그러면 북천표국과 똑같아집니다."

모든 보고들이 그렇지만, 천룡표국과 보조를 맞춰왔던 강남의 다른 표국들이 표비를 인하했다는 게 특히 충격이었다.

이갑룡이 자신의 해석을 덧붙였다.

"결국엔 북천표국들과 똑같은 방식으로 표행을 할 겁니다. 한 걸음이 열 걸음 되고, 열 걸음이 백 걸음, 천 걸음 되는 건 당연한 이치니까요."

이을룡도 한 마디 얹었다.

"우리도 표비 인하를 적극 고려해야 합니다. 미곡의 변질 방지를 위해 추가로 하는 일들을 멈추고 비적들에게 나눠주는 미곡만 없애도 수익률 하락을 어느 정도 방어할 수 있습니다."

이종산이 내게 물었다.

"네 생각은 어떻느냐?"

"저는 반대입니다."

"어째서?"

"우리가 내리면 북천표국과 강북의 표국들은 다시 일 할을 더 내릴 겁니다. 표국에서는 조금도 손해를 보려 하지 않을 테니 그 차액은 고스란히 표사와 쟁자수들에게 지급하는 월급을 줄여서 충당하려 들 겁니다. 특히 쟁자수들에게서요. 쟁자수들은 미곡 운송을 골병드는 일이라고들 합니다. 천룡표국만이라도 가격 방어선을 지켜야 합니다."

더 중요한 것은 좀 더 편한 운송을 위해, 경비를 조금이라도 줄이기 위해, 효율을 좀 더 높이기 위해 미곡을 노리고 온 비적들을 표사들이 점점 더 쉽게 죽일 거라는 사실이었다.

이을룡이 발끈하며 말했다.

"세상에 그런 멍청한 계산이 어딨어? 너는 다른 표국들의 표사와 쟁자수들 월급을 지켜주자고 우리의 거래처들을 모두 빼앗겨도 좋다는 말이냐?"

"다른 표국의 표사와 쟁자수가 곧 우리 표국의 표사와 쟁자수들이 될 겁니다. 그 악순환의 고리를 누군가는 끊어야 한다는 말이고요."

"그게 사업이라는 것이다. 또한 세상의 이치이고."

"그만들 해라!"

이종산은 단 한마디로 나와 이을룡의 논쟁을 끝내 버렸다. 그리고 저 멀리 굽이치는 장강을 내려다보며 말했다.

"아직 미곡시가 끝나지 않았다. 오늘 밤엔 강서성의 상단주들을 만나보도록 하자꾸나. 교룡방으로부터 산 조운선 오십 척을 채우려면 다들 부지런히 뛰어다녀야 할 것이다."

애초 든든한 무기가 되어줄 거라고 생각했던 교룡방의 조운선 오십 척은 북천표국이 한수의 수룡방으로부터 빌려 온 오십 척 때문에 전혀 위력을 발휘하지 못했다.

본래 강물은 섞여도 조운선은 섞이지 않는다고 했다. 타 방파가 장악한 강으로 조운선이 들어간다는 건 곧 전쟁을 의미하기 때문이다. 그러나 북천표국은 수룡방의 배만 빌릴 뿐 그걸 운용하는 사람들은 어디까지나 교룡방의 방도들로 채우겠다고 약속했다. 그렇기 때문에 싸울 이유가 없었다.

이종산은 무언가 이렇다 할 반격을 하지 않았다. 모든 게 표비 때문에 생긴 일인지라 표비를 내리지 않는 한 백약이 무효하다는 걸 오랜 경험으로 너무나 잘 아는 것이다.

나는 전생에서 삼십 년 전, 수백에 달하는 표사와 쟁자수들의 밥줄이 달렸음에도 불구하고 그가 이 싸움에서 질 수밖에 없었던 이유를 이제야 깨달았다. 그리고 조금 미안해졌다.

'그땐 사정도 모르고 욕만 했었는데.'

이런 생각을 하는 사이 흑단목으로 만든 아홉 대의 화려한 사인교가 황학산 정상에 갑자기 나타났다. 사인교에는 적게는 육순에서 많게는 여든 살은 되어 보이는 노인들이 타고 있었다.

그들이 나타나자 좌중이 갑자기 술렁거리기 시작했다. 조금 떨어진 곳에서 강변을 굽어보던 북천표국과 강북의 다른 표국 사람들도 모두 긴장한 기색이 역력했다.

잠시 후, 아홉 명의 노인들은 사인교를 탄 채 황학루의 꼭대기까지 올랐다. 이어 입구에서 가장 먼저 보이는 북천표국주와 한 명씩 가볍게 묵례를 주고받고는 우리가 있는 쪽으로 다가왔다.

가마꾼들이 걸음을 멈추었고, 사인교가 조심스럽게 바닥에 내려졌다. 그제야 이종산이 기다렸다는 듯이 앞으로 나아가며 정중히 포권지례를 올렸다.

"이 아무개가 구상(九商) 선배님들을 뵙습니다."

"천하십검이 이 아무개면 우리는 사람도 아니지."

"무슨 그런 말씀을."

"얼굴이 빨개지는 걸 보니 수상한데. 혹시 국주께서도 속으로는 우리를 쌀벌레라고 욕하셨던 것 아니오?"

쌀벌레라는 말은 대자본을 앞세워 미곡을 수탈적으로 사고팔아 남긴 이익으로 호의호식하는 상인들을 양민들이 손가락질하며 욕할 때 쓰는 말이었다.

이종산이 더 뭐라고 하기도 전에 함께 온 노인이 불쑥 끼어들었다.

"쌀벌레를 하고 싶으시면 혼자 하실 것이지, 왜 가만히 있는 우리까지 끌고 들어가시는 겁니까?"

"강남팔상 중 맏형인 내가 쌀벌레면 나머지도 다 쌀벌레지. 쓸데없이 토를 달기는."

"형님이라뇨. 같은 상단주들끼리!"

"같은 상단주? 냉가야, 내가 죽은 네 큰 형님과 함께 조부님들 명으로 남만에서 여름에 모피 장사하던 얘기를 또 해주련?"

"알았어요, 알았어. 아유, 지겨워 죽겠네."

"형님도 많이 양보한 거라는 걸 알아야지. 어디서 감히."

듣고 있던 또 다른 젊은 노인이 끼어들었다.

"한데 황삼 선배님, 왜 자꾸 강남구상이 아니고 팔상이라고만 하시는 겁니까? 정말 섭섭합니다. 제가 선배님들을 따라다니며 모신 지가 벌써 십 년이 넘었습니다."

"너는 아직 장사를 좀 더 배워야 돼. 그때까진 어림도 없어. 예순 살도 안 된 것이 어디서 어른들 얘기하는데 건방지게시리."

"예순은 오 년 전에 벌써 넘었습니다. 그리고 장사는 아홉 살 때부터 가업으로 배웠고요."

"시끄러워. 앞자리가 칠로 바뀌면 그때 끼어들어."

이들은 강남의 구대 미곡상단주들이었다. 강남구상은 각각의 위상에 초점을 맞춘 호칭이고, 실제 저들을 하나의 묶음으로 부르는 이름은 거상련(車商聯)이었다.

이곳 무한은 물론이거니와 광동성과 광서성에 열리는 미곡시까지 좌지우지한다는 거대 상인 단체이자 세력. 북천표국의 온갖 포섭과 회유에도 불구하고 지금까지 거래처를 바꾸지 않고 남아 있는 아홉 곳이었다.

저들이 이처럼 서로 호형호제할 정도로 허물없이 지내는 건 선대 때부터 서로 싸우고 지지고 볶으며 친분을 쌓아왔기 때문이었다.

거상련의 련주이자 황금상단의 단주인 황삼(黃衫) 뇌일봉이 씬득씬득 웃고 있는 이종산을 발견하고는 퉁명스럽게 말했다.

"왜 웃으시는 게요?"

"오랜만에 선배님들을 뵈니 반가워서 그렇습니다."

"그런 사람이 무공도 모르는 늙은이들로 하여금 이 높은 곳까지 올라오게 했소?"

"그렇지 않아도 기다리고 있었습니다."

"또 흔해 빠진 산삼주나 먹자고 하려고?"

"이번엔 특별히 남궁세가로부터 선물 받은 봉황명주 열 병을 가져왔습니다. 모두 삼십 년씩 묵은 것으로 남궁장의 술 창고 가장 깊은 곳에서 꺼낸 것이라 들었습니다."

"남궁세가라면 양주의 그 남궁세가?"

"봉황명주면 뇌검이 혼자 몰래 먹는다던 술인데."

"뇌검이 팔십이 넘도록 천하십검의 일좌를 차지하고 있을 정도로 팔팔한 게 다 봉황명주를 장복했기 때문이라는 말도 있지요."

일전에 남궁세가를 방문했을 때 준마를 선물하고 답례로 받은 술이다.

남궁세가의 가문비전주인 봉황명주를 준비했다는 말에 늙은 상단주들의 눈빛이 꼭 길 가다 새알을 발견한 아이들처럼 반짝반짝 빛났다.

뇌일봉이 말했다.

"이 국주가 많이 급해지신 게로군. 우리가 다른 곳과 거래를 틀까 봐 이렇게까지 단단히 준비해 온 걸 보면 말이지. 클클클."

"먹고 살려면 어쩔 수 없지요."

"실망하셨소?"

뇌일봉의 목소리가 갑자기 착 가라앉았다. 상단들이 대거 북천표국과 강북의 표국들로 거래처를 옮긴 것을 두고 묻는 말이었다.

다른 여덟 곳의 상단주들까지 진지한 표정으로 이종산을 바라보면서 가볍던 분위기가 갑자기 무거워졌다.

"표국이든 상단이든 각자가 거느린 사람들의 밥줄이 걸린 싸움을 하고 있는 것입니다. 치열할 수밖에 없지요."

"한데 천룡표국은 왜 끼어들지 않는 것이오? 본격적으로 전쟁을 벌이면 가장 마지막까지 살아남는 곳이야말로 천룡표국일텐데."

"아무리 시대가 변했어도 한 곳쯤은 전통을 지켜 다음 대에 물려주어야 하지 않겠습니까?"

"이런 고집불통을 봤나. 이러니 아무 죄 없는 우리만 계속해서 손해를 보지. 선친의 유언만 아니었으면 이참에 북천표국으로 화악 바꿔 버리는 건데."

"저도요."

"저도요."

여덟 명의 상단주들 전부가 앵무새처럼 같은 말을 따라 했다.

하지만 지켜보고 있는 모든 사람들에게는 절대로 그런 일은 없을 거라고 맹세하는 것처럼 들렸다. 강남의 미곡시를 좌지우지한다는 거상련의 상단주들이 부모가 죽어가면서까지 남겼다는 말을 거역할 리는 없을 테니까.

조금 떨어진 곳에서 혹시나 하는 마음으로 지켜보고 있던 북천표국주와 강북의 표국주들은 실망한 기색이 역력했다.

그때 황학루의 구 층으로 올라오는 입구에서 살짝 웅성거리는 듯한 소리가 났다.

잠시 후, 천룡표국 무한 분타의 장궤인 방금옥이 다소 추레한 차림의 중년인 한 명을 이끌고 나타났다. 중년인은 다리를 심하게 절었는데 그 바람에 유독 눈에 띄었다.

황학루 안에 있는 모든 사람들의 시선이 자신에게로 쏠리자 중년인은 부담스러워서 어쩔 줄을 몰라 했다.

방금옥이 말했다.

"이분께서 국주님을 뵙고 싶다고 하시어 모시고 왔습니다."

"이종산이라고 합니다."

"방립동입니다."

"저를 보자 하셨다고요"

“저는 남직예의 합비에 근거지를 둔 만보상단(萬寶商團)의 대행수입니다. 닷새 후 미곡 이백 섬을 합비로 운송하고자 하온데, 비록 운송량은 다른 상단의 절반도 채 안 되지만 기회를 주신다면 천룡표국에 의뢰를 하고 싶습니다.”

고작 미곡 이백 섬이라는 말에 지켜보고 있던 강북의 표국주들 사이에서 나지막한 실소가 새어 나왔다.

하지만 이종산은 진지하게 말했다.

“천룡표국은 다른 표국들보다 이 할이 비쌉니다.”

“알고 있습니다.”

“작은 상단이라면 한 푼의 표비도 부담스러우실 텐데, 어찌하여 천룡표국에 의뢰를 하시려는 겁니까?”

방립동은 선뜻 대답을 못 하고 잠시 방금옥을 돌아보았다. 아무래도 그녀와 조금 아는 사이인 듯했다. 그러고 보니 같은 방 씨이기도 했다.

방금옥이 가만히 고개를 끄덕이자 그가 결심한 듯 말을 이어갔다.

“십여 년 전 저는 천룡표국이 운송하던 미곡을 털려고 했던 비적이었습니다. 그때 귀 표국의 표사가 휘두른 몽둥이에 맞아 지금도 한쪽 다리를 절고 있지요.”

느닷없이 튀어나온 말에 이종산은 물론이거니와 지켜보고 있던 사람들 모두가 깜짝 놀랐다.

한 사람의 약점이 공개될 수도 있다는 생각에 이종산이 서둘러 말했다.

“더 말하지 않으셔도 됩니다!”

“아닙니다. 허락해 주시면 끝까지 말씀드리고 싶습니다.”

좌중의 공기가 태풍을 만난 것처럼 요동치는 가운데 방립동의 말이 이어졌다.

"병신이 되는 대신 얻은 쌀을 팔아 죽은 지 한 달도 넘은 홀어머니의 장례를 겨우 치렀습니다. 이후 만보상단에 들어가서 십 년을 악착같이 일했지요. 그러다 상단주의 눈에 들어 지금은 대행수 노릇을 하고 있습니다."

"상단주께서는 어디에 계십니까?"

"연로하신 탓에 합비의 총단에 계십니다. 상단의 모든 결정권은 저에게 일임하셨으니 다른 걱정은 하지 않으셔도 됩니다."

"우리가 원망스럽지 않으십니까?"

"원망스럽지 않다면 거짓말이겠지요."

"한데 왜?"

"원망하는 마음만 있는 건 아닙니다."

"……?"

"혹시라도 오해를 하실까 봐 말씀드리는데, 저는 지금 천룡표국에 보은을 하려는 것이 아닙니다. 감히 저희처럼 작은 상단이 어떻게……. 다만 저희가 맡기는 미곡 때문에 저 같은 사람들이 한 번의 실수로 죽는 일이 없기를 바라는 마음에서 이러는 것입니다. 저희의 의뢰를 받아주시겠습니까?"

"천룡표국은 만보상단의 의뢰를 기쁜 마음으로 받아들이겠습니다. 또한 원하시는 목적지까지 표물을 안전하게 운송해 드릴 것을 약속드립니다."

"정말 감사합니다."

"믿고 맡겨주셔서 감사합니다."

방립동와 이종산은 서로를 향해 다시 한번 정중하게 포권지례를 했다.

미곡 이백 섬이면 표마차 열 대 분량이고 교룡방의 조운선으로 딱 한 척을 채울 선적량이었다.

눈치를 보아하니 그나마도 석 달간 계속 왕복하는 것이 아니고 일회성으로 끝날 모양이었다. 작은 상단이 본격적으로 미곡을 취급하기 전에 경험을 쌓을 요량으로 해보는 것이다. 이런 걸 상계의 말로 '길잡기'라고 한다.

생각지도 못한 인물의 등장과 그로 말미암은 일화에 지켜보던 사람들은 갖가지 표정과 반응을 보였다. 다른 사람들은 어떤지 모르겠으나 강남구상과 천룡표국의 사람들은 모두 먹먹한 표정이 되었다. 비록 오고 가는 액수는 크지 않지만, 인간사 돌고 도는 인연이 참으로 기구하지 않은가.

그때였다.

다그닥 다그닥 다그닥.

어디선가 말발굽 소리가 다급하게 들려왔다. 소리가 나는 쪽을 돌아보니 장강 변을 따라 이어진 관도의 저 아래쪽으로부터 한 떼의 인마가 전속력으로 달려오고 있었다.

그들은 일행이 아닌 듯 백 장 이상 늘어진 상태에서 앞서거니 뒤서거니 하며 달려왔다. 숫자가 족히 오십 기는 되어 보였다.

이윽고 미곡시가 열리는 강변 개활지에 도착하자 일부는 각각의 상단들이 설치해 둔 천막으로 들어가고, 일부는 역시나 각각의 표국들이 주둔하고 있는 장소로 사라졌다.

눈치를 보아하니 무한의 바로 아래쪽 탄에서 대기하고 있던 상단과 표국의 무사들이 급히 무언가를 보고하러 온 것 같았다.

"전쟁이라도 난 거야 뭐야?"

언제 나타났는지 전병과 술을 갖고 올라온 이병룡이 혼잣말처럼 중얼거렸다.

십여 명은 말을 타고 황학산을 가로질러 올라왔다. 그리고 잠시 후에는 황학루의 꼭대기까지 올랐다. 가장 먼저 도착한 표사가 북천표국주를 향해 다급하게 외쳤다.

"범선 다섯 척이 올라오고 있습니다!"

"무슨 헛소리야! 장강에 범선이라니."

"저만 본 게 아닙니다. 각자의 위치에서 대기하고 있던 상단과 표국의 무사 수십 명이 함께 보았습니다."

"자세히 말해보아라!"

"오늘 아침 괴이한 모양의 정체를 알 수 없는 범선 다섯 척이 교룡방의 도움도 받지 않고 청수탄(青水灘) 거슬러 올랐습니다. 해 질 무렵이면 무한까지 올라올 겁니다."

"아침에 청수탄을 지났는데 저녁에 여길 닿는다고?"

"속도가 엄청납니다."

해가 지려면 이제 한 시진도 남지 않았다. 그 정도라면 이곳 황학루에서 배가 보일 수도 있었다.

표국주들을 비롯해 수많은 사람들이 일제히 가장자리로 몰려가 십리경으로 장강을 훑기 시작했다. 이종산과 갑룡과 을룡도 마찬가지였다.

나도 얼른 십리경을 뽑아 눈에 붙였다. 과연 다섯 척의 커다란 범선이 여덟 개의 돛을 펼친 채 전속력으로 달려오는 게 보였다. 선봉에 선 대장선의 선수에는 황해노경과 함께 남궁소소가 협봉검을 허리에 찬 채 보무도 당당하게 서 있었다.

'해냈구나!'

이번 작전은 돌발 변수가 워낙 많아서 일곱 개의 급류를 거슬러 오른다는 전제하에서도 닷새 정도는 늦어질 수 있다는 각오를 했다. 한데 무슨 조화인지 오히려 예상했던 것보다 이틀이나 더 빨랐다.

뒤늦게 배를 발견한 사람들 틈에서 비명과도 같은 외침이 터져 나오기 시작했다.

"맙소사!"

"진짜 범선이야!"

"대체 어떻게 된 거지?"

"이게 무슨 말도 안 되는!"

"누군가 주돛에 깃발을 올리고 있습니다."

깃발을 내건다는 말에 황학루의 구 층 전체에 잠시 쥐 죽은 듯한 침묵이 흘렀다.

모두가 십리경에 눈알을 바짝 갖다 댔다. 십리경이 없는 사람들은 십리경을 가진 사람들의 입을 초조하게 바라보았다. 범선을 다섯 척이나 장강에 올려서 무한까지 끌고 올라온 미친 인간들이 도대체 누군지 궁금한 것이다.

그러다 목구멍을 비집고 새어 나오는 소리가 있었다.

"저건!"

"천룡표국!"

대형 범선들이 천룡표국의 표기를 내걸었다는 말에 황하루 꼭대기 층에 모여 있던 사람들은 경악스러워하는 표정으로 이종산을 바라보았다. 젊은 시절 번번이 그랬던 것처럼, 이번에도 천하의 표왕이 또 무언가 엄청난 반전의 패를 준비했다고 생각한 것이다.

하지만 정작 이종산은 십리경에서 조용히 눈을 떼고는 나를 돌아보았다. 천룡표국 내의 사정을 잘 아는 이갑룡과 이을룡 그리고 이병룡도 놀란 고양이 눈이 되어 나를 응시했다.

이종산이 물었다.

"네가 벌인 일이더냐?"

"그렇습니다."

"어떻게 된 일인지 말해보아라."

"연초에 범선 다섯 척의 건조를 해룡선방에 맡겼다고 보고드린 일이 기억 나시는지요? 그 배들이 완성되어 지금 장강을 거슬러 오른 것입니다."

"저만한 크기의 범선을 건조하려면 일 년은 족히 걸릴 터인데? 게다가 범선을 부릴 줄 아는 선원들까지 구하려면 내년 가을은 되어야 장강에 띄울 수 있을 거라 생각했더니만."

"돈으로 밀어붙였습니다."

"얼마나?"

"그때 그 시점에서 가진 돈 다 털어 넣었습니다. 싹싹 끌어다가 전부요."

"농부는 밭을 팔아도 종자를 남겨두고, 마부는 말을 팔아도 고삐를 팔지 않는다고 했다. 그러다 재기의 동력마저 잃어버리면 어쩌려고?"

"마지막에 아낀 한 줌의 힘 때문에 실패할 수도 있지 않겠습니까. 그리고 불길은 한 번에 크게 일으켜야지 시간을 두고 천천히 일으키다 중간에 소나기라도 오면 꺼지는 수가 있더라고요."

슬쩍 옆을 돌아보니 어느새 이종산과 나의 주변은 강남구상의 늙은 상단주들을 비롯해 삼백여 명에 가까운 사람들로 바글바글했다. 범선이 천룡표국의 표기를 달고 오니 어떻게 된 영문인지를 알기 위해 아래층에서 미곡시를 지켜보던 표국주들까지 전부 올라온 탓이었다.

그런데 이종산은 까맣게 몰랐고, 오히려 전부 내가 벌인 사달이라는 걸 알고는 다들 놀라서 까무러칠 것 같은 얼굴들이었다.

"다른 건 다 그렇다 치고. 대체 범선을 어떻게 무한까지 끌고 올라올 생각을 한 것이더냐."

"그때도 범선을 타고 무한까지 오를 것이라고 말씀을 드렸던 것으로 기억합니다만."

"교룡방의 도움을 받을 줄 알았다. 지금도 스무 척의 비조선이 달라붙으면 조운선 한 척을 끌어 올린다. 계속해서 비조선의 숫자를 늘리다 보면 어느 순간엔 범선도 끌어 올리는 지점이 있을 것이라고 생각했느니라."

"장강에 범선 띄우는 일을 그들이 도와줄 리가요."

"해서 실패할 줄 알았느니라. 운이 좋아 교룡방을 설득한다고 해도 먼 장래의 일이 될 것이라고. 한데 범선을 무한까지 직접 끌고 올라올 줄은 몰랐구나."

"교룡방의 힘을 빌릴 것 같으면 기존에 있는 조운선만으로도 충분합니다. 구태여 비싼 범선을 다섯 척씩이나 건조할 필요가 없지요."

“네 말이 옳다. 남의 배를 빌려서 표물 운송하는 걸 두고 조운을 한다고 할 수는 없는 일이지. 암, 그렇고말고. 껄껄껄.”

이종산은 저 멀리 범선이 올라오고 있는 장강 하류 쪽을 응시하며 한바탕 호탕하게 웃기 시작했다. 그가 외인들 앞에서 이렇게까지 대놓고 웃는 것을 본 적이 없는지, 이갑룡과 을룡과 병룡은 살짝 어리둥절한 표정이었다.

한편, 이종산의 입에서 흘러나온 ‘조운’이라는 한마디에 주변에 있던 사람들이 흡사 벌집을 건드린 것처럼 술렁이기 시작했다.

지금은 상단들이 미곡을 사서 표국에 운송을 의뢰하면 표국이 다시 교룡방의 조운선과 방도들을 고용해 장강 구간을 이동하는 실정이었다. 한데 천룡표국이 직접 장강 조운까지 하게 되면 교룡방을 거칠 필요가 없게 된다. 이는 대륙의 모든 표국을 통틀어 최초의 일이면서 운송에 드는 비용을 획기적으로 낮출 수 있는 일대 사건이었다.

벌써부터 여기저기서 삼삼오오 얼굴을 맞대고 조용히 걱정하는 소리들이 초조하고 다급한 음성으로 들려왔다.

난리가 났다.

범선이 도착하려면 아직도 멀었는데 강변 개활지에 모여든 군중의 수는 어느새 수천 명에 달했다. 그러고도 모자라 하류 쪽 강변의 관도에는 범선들을 구경하며 따라 올라오는 사람들도 장사진을 이루었다.

상인이나 표사가 아니면 대부분의 사람들은 일평생 살면서 제 살던 고장을 떠날 일이 거의 없다. 그렇다 보니 난생처음 보는 거대한 범선이 온갖 복잡한 모양의 돛을 달고 장강을 거슬러 올라오는 광경은 충격과 경이로움 그 자체였을 것이다.

시간이 흘러 해가 반 뼘쯤 남았을 때 마침내 다섯 척의 범선이 천룡표국의 표기를 힘차게 펄럭이며 선창으로 진입했다.

하지만 수심이 충분치 않아 바로 붙지는 못하고, 십여 장 정도의 거리를 두고 닻을 내려야 했다. 그러자 방청양이 분타의 표사와 쟁자수들로 하여금 교룡방으로부터 사들인 조운선 열 척을 끌고 오게 해서 임시로 부교를 놓았다. 그제야 대장선으로 전부 옮겨타서 대기하고 있던 선원들이 우르르 내리기 시작했다.

선체가 워낙 높다 보니 뱃머리에서 뭍으로 그냥 훌쩍 뛰어오르면 되는 조운선과 달리 줄사다리를 타고 내리는 절차를 거쳤다.

구경꾼들에게는 모든 것이 생경하고 신기해서 무언가 새로운 움직임이 있을 때마다 '와아' 하며 감탄하는 소리가 끊임없이 흘러나왔다.

"국주님을 뵙습니다."

"국주님을 뵙습니다."

"오랜만에 뵙습니다."

비룡당의 표두 가불염과 특무표사 남궁소소에 이은 황해노경의 인사였다.

한데 황해노경의 말이 좀 뜻밖이었다. 두 사람이 이미 아는 사이였나?

"방주님을 이런 장소에서 이런 방식으로 다시 뵐 줄은 미처 상상하지 못했습니다."

"저도 뭐가 뭔지 모르겠습니다. 정신을 차리고 보니 그만 비룡당에서 운용하는 선단의 단주가 되어 있지 뭐겠습니까? 천룡표국의 사람이 되었기로 국주님께 정식으로 다시 인사를 올리겠습니다."

그러면서 황해노경은 또 한 번 포권지례를 올렸다.

눈치를 보아하니 흑룡도방과 황해노경을 알아보는 표사들이 적지 않았다. 그들은 비록 코딱지만 한 곳이었을지언정 일방의 방주였던 황해노경이 범선들을 이끌고 온 것으로도 모자라 이제는 천룡표국 소속의 단주임을 밝히자 놀라서 어쩔 줄을 몰라 했다.

이종산도 적지 않게 당황한 눈치였다.

"저의 막내 녀석이 어려운 표행 몇 개를 성공하더니 기고만장해서는 세상 무서운 줄 모르고 천지 사방으로 돌아다니는 모양입니다. 단주님께서 많이 가르쳐 주십시오."

"제가 아는 거라곤 그저 배를 모는 것뿐입니다. 어찌 표행을 함에 가르침을 운운하겠습니까. 다만 당주님을 주군으로 모시고 맡은바 최선을 다하겠다는 약속을 드리겠습니다."

주군이라는 말에 주위 사람들 전부가 깜짝 놀란 표정을 지었다.

이 정도까지의 극존칭과 관계 정립은 생각한 바가 없었기에 나도 적지 않게 놀랐다. 그러나 알 수 있었다. 황해노경은 지금 모두가 지켜보는 앞에서 흑룡도방의 전대 방주라는 신분을 던져 버리고 내게 고개를 숙였다.

이는 자신을 따라온, 밥보다 주먹이 먼저인 세상에서 살아온 백여 명의 방도들에게 이제부터 자신들의 진짜 대장이 누구이며, 앞으로 그를 어떻게 대해야 하는지를 그들의 방식과 언어로 확실하게 가르쳐 주려는 것이다. 그래야 한시라도 빨리 다들 적응할 테니까. 그래야 비룡당 표사들과의 마찰을 조금이라도 줄일 수 있을 테니까.

'오랜 세월 일방을 이끌어본 사람이다 보니 뭐가 달라도 다르구나. 국주님의 말씀처럼 정말 앞으로 많이 배워야겠다.'

황해노경은 이어 나를 향해 허리까지 숙이며 포권지례를 올려왔다.

"쌍각오선단주 임광요, 당주님을 뵙습니다."

한 박자 정도 사이를 두고 황해노경의 뒤에 도열해 있던 백여 명의 흑룡도방 방도들이 일제히 포권지례를 올려왔다.

"당주님을 뵙습니다!"

절반 정도는 흑룡선을 타고 함께 왜국으로 들어갔던 선원들이었다. 그중에는 전날 나와 한바탕 주먹다짐까지 하며 거창하게 인사를 나눴던 거인 갑판장 범주도 있었다.

저렇게 쓸 만한 인사를 다 빼 와버려도 흑룡도방이 멀쩡할지 살짝 걱정될 정도였다.

"천룡표국 비룡당의 식구가 되신 걸 환영합니다. 여러모로 부족한 것이 많은 당주이지만 한 가지, 여러분 모두 죽을 때까지 업계 최고의 대우를 받게 될 거라는 것만큼은 저 역시도 확실히 약속드리겠습니다."

"와아아!"

이제는 천룡표국 비룡당 소속 쌍각선단의 선원이 된 흑룡도방의 방도들이 하늘이 떠나가라 함성을 질렀다. 함께 배를 타고 올라온 비룡당의 표사와 쟁자수 칠십여 명도 덩달아 함성을 질러댔다.

그 바람에 한순간 벌 떼와도 같은 기세가 일어났다. 그렇게 일어난 기세는 선원들의 등 뒤에 버티고 선 산더미 같은 범선 다섯 척의 위엄과 묘하게 조화를 이루었다. 그리고 미곡시가 열리고 있던 수만 평의 강변 개활지 전체를 단숨에 뒤덮어 버렸다.

나는 마지막으로 남궁소소와도 인사를 나누었다.

"수고 많았소."

"칭찬할 거면 돈으로 해줘요."

"칭찬도 하고 포상금도 줄 거요."

"내 돈 들어간 것도 꼭 챙겨줘야 해요."

"돈 들어갈 일이 있었소?"

"그건 차차 얘기하기로 해요."

그러면서 남궁소소는 싱글싱글 웃었다. 무언가 강한 도전의 기운이 느껴진다.

"한데 어떻게 이렇게까지 빨리 온 것이오?"

"생각했던 것보다 배가 훨씬 빠르더라고요. 급류를 지나 평수가 시작되면 강변 관도에서 말이 우리와 비슷한 속도로 달릴 정도였다니까요."

배가 아무리 빠르기로 달리는 말보다 빠를까. 아무래도 전문가의 냉정한 식견이 필요할 것 같았다.

고개를 돌려 황해노경을 바라보았다. 그는 가볍게 웃더니 말했다.

"순풍이 불 때 돛을 전부 펼치면 정말 그 정도의 속도가 나옵니다. 그리고 역풍이 불 때라도 세 개의 커다란 삼각돛과 천공범을 이용하면 얼마든지 강물을 거슬러 오르는 것이 가능하고요. 노를 젓는 것까지는 갈 필요도 없습니다."

"그 말씀은?"

"대성공입니다. 범선이 급류를 거슬러 올라가는 걸 강변에서 넋 나간 표정으로 지켜보던 교룡방 방도들의 얼굴을 보셨어야 하는 건데. 껄껄껄.”

“장강수로맹의 수적들은 어떻게 상대하셨습니까? 통행세를 넉넉히 준다고 해도 순순히 통과시켜 주진 않았을 것 같은데 말입니다.”

“저도 그걸 가장 걱정했었는데 기우에 불과했습니다. 아무래도 제가 바다만 다니다 보니 장강수로맹과 천룡표국의 돈독한 관계를 크게 오판했던 것 같습니다.”

나는 무슨 말이냐는 듯 가불염을 돌아보았다.

“일곱 차례나 장강수로맹의 수적선을 만났지만 적당히 성의를 보였더니 모두 순순히 통과시켜 주었습니다. 심지어 우리와 나란히 달리며 누구의 배가 빠른지 경쟁을 해보는 수적선도 있었고, 조심하라며 물밑에 암초가 솟은 곳을 가르쳐 준 수적들도 있었습니다.”

예상했던 것보다 이틀이나 더 일찍 도착한 진짜 이유가 장강수로맹의 협조 덕분인 것 같았다.

이상한 일이었다. 천룡표국과 장강수로맹이 대대로 우호적인 관계를 맺어오긴 했다. 하지만 전혀 새로운 형태의 배인 범선이 출몰하면 계산도 다시 하자고 일단은 강짜부터 부렸어야 정상이다. 그게 흑도다.

남궁소소가 작은 소리로 물었다.

“범선에 싣고 갈 미곡은 어딨어요?”

“아직은 조운선 오십 척을 채우지도 못했소.”

“왜요?”

“일이 생각보다 잘 안 풀렸소.”

남궁소소는 눈치가 빠른 여자였다. 그녀는 돌아가는 분위기만으로 세 곳의 상단 외에도 추가 이탈이 있었다는 걸 눈치챈 것 같았다.

"범선이 도착했으니 다 해결되겠죠?"

비용이 절감된 만큼 표비를 내린다면 모를까, 범선이 있다는 것만으로는 상단들로부터 계약을 따낼 수 없다. 무한 미곡시에 모인 상단주들은 귀계와 암투가 난무하는 상계에서 지금의 상단을 일군 여우들이었다. 단지 장강에 범선이 올라온 게 신기하다는 이유로, 혹은 호기심에서 의뢰를 맡기는 일 따위는 절대로 없다. 오로지 돈이다. 무조건 다른 곳보다 싸야 한다.

월등한 운송 품질을 이유로 약간 더 지불할 수는 있으나 그 경우에도 이 할의 벽을 넘기는 어려웠다. 이런 상황에서 나는 범선을 통한 운송의 장점을 최대한 부각하며 상단주들을 설득해야 한다.

이 할의 벽을 넘을 무기는 이미 가지고 있다. 다만 저 의심 많고 꼼꼼하고 고지식한 여우들이 손바닥을 뒤집는 것처럼 쉽고 확실하게 설득할 묘안이 떠오르지 않을 뿐.

'어떻게 한다?'

쓰윽 옆을 돌아보니 수많은 상단 사람들이 범선에 관심을 보이고 있었다. 하지만 우리에게서 별로 기대를 하지는 않는 눈치였다. 타 표국의 국주와 표사들도 다소 긴장한 기색이기는 하되 처음 범선이 나타났을 때만큼 초조해하지는 않았다.

안력을 돋우어 황학산 쪽을 올려다보니 북천표국주와 강북의 표국주들이 아직도 황학루 꼭대기에서 우리를 굽어보고 있었다. 천룡표국의 들러리가 되기 싫어서 아예 내려오지도 않은 것이다. 심지어 북천표국주는 팔짱까지 낀 채 지켜보는 여유를 보였다.

일반적인 경우라면 경계심을 넘어 적개심까지 비쳐야 정상이다. 가장 두려워하던 경쟁 표국이 획기적인 비용 절감으로 표비를 대폭 인하할 여력까지 생겼으니까.

저들도 아는 것이다. 이종산이 지금의 표비를 고수하는 것이 꼭 이윤 때문만은 아니라는 걸.

그때였다. 누가 엉덩이를 꾹꾹 찌르기에 돌아보니 강남구상의 수장인 황삼 뇌일봉이 땅에 내려진 가마에 앉아 나를 물끄러미 바라보고 있었다. 손에는 지팡이로도 쓰고 가마꾼들과 호위무사들에게 이것저것 지시할 때도 쓰는 청려장(명아주 풀로 만든 지팡이)을 들고 있었다.

강호인들이 그를 황삼이라 부르는 데는 별다른 이유가 없다. 단지 사시사철 누리끼리한 황삼만 고집하며 입고 다녔기 때문이다. 들리는 소문에 의하면 그래야 때가 묻어도 잘 표시가 안 나고, 표시가 안 나야 한 번이라도 덜 빨고, 한 벌이라도 덜 빨아야 옷을 좀 더 오래 입기 때문이라고 했다.

거만의 부를 축적하고도 돈 한 푼 쓰는 데 벌벌 떠는 그의 지독한 성격 혹은 습관 때문에 그런 말들이 도는 것이라고도 했지만, 나는 생각이 좀 달랐다. 아무렴 그렇게까지 수전노이려고.

"예, 상단주님."

"어르신이라고 해라."

"예?"

"상단주라고 하니까 너무 삭막해서 그래."

"알겠습니다. 어르신."

"아니다, 선배님이라고 해라."

"예?"

"막상 어르신이라고 하니 내가 금방 죽을 사람처럼 느껴져서 그래. 선배님으로 하자. 솔직히 너한테까지 형님 소리 듣는 건 좀 그렇고."

"알겠습니다. 선배님. 한데 제가 하실 말씀이 있으신지요?"

"우리 저거 한번 태워줘."

"예?"

"저거 말이야. 이상하게 생긴 배. 저 배들 네 것 아냐? 아까부터 계속 잘난 척을 하길래 난 또 네가 주인인 줄 알았지."

황삼의 뒤에는 강남구상의 다른 상단주들도 전부 가마에 앉아 잔뜩 기대하는 표정으로 나를 바라보고 있었다.

"갑자기요?"

"어차피 상단들이랑 계약을 못 해서 지금 당장 할 일도 없잖아."

"한번 태워줘!"

"한번 태워줘!"

"한번 태워줘!"

누가 한마디 하면 따라서 하는 게 버릇인지 늙은 상단주들이 전부 똑같은 소리를 했다.

황삼이 입맛을 다시며 또 말했다.

"그냥 배에 올라가 기분만 내는 것 말고 저 밑에 청수탄까지 갔다 오자. 아까 들어보니 아침에 청수탄을 통과해서 지금 도착했다며? 그럼 지금 출발하면 내일 아침에는 청수탄을 지날 수 있겠군. 거기서 간단하게 아침을 먹고 다시 청수탄을 거슬러 오르는 거지. 그럼 내일 저녁쯤에는 여기에 도착할 수 있잖아. 어때? 선배님 생각이."

"딱 좋네."

"아침은 제가 사지요."

"가면서 천룡표국주가 갖고 온 봉황명주를 마시면 되겠네."

"크어. 별빛이 쏟아지는 밤에 선상에서의 주연(酒宴)이라."

"단주님은 어째 나이가 드실수록 계산이 총명해지십니다."

"형님이라고 해라아."

강남구상의 상단주들이 한마디씩 보태며 자기들끼리 좋다고 떠들어댔다.

그러다 황삼이 얼떨떨한 표정으로 서 있는 나를 보며 퉁명스럽게 말했다.

"왜, 싫어? 싫으면 북천표국이랑 계약하고."

밤새 범선을 타고 청수탄까지 내려갔다가 다시 급류를 거슬러 올라 여기까지 오자고? 이 노인네들이 영약을 먹고 회춘이라도 하셨나.

순간, 머릿속을 번개처럼 스치고 가는 생각이 있었다. 누가 망치로 뒤통수를 때리고 간 것 같았다.

이 노인네들은 지금 나를 도와주려고 일부러 그러는 것이다.

'그런 묘수가!'

강남구상의 의중을 알아차린 나는 이종산을 돌아보며 지금부터 내가 총지휘를 해도 좋을지 눈빛과 표정으로 물었다.

"여기 내 것은 선발대의 표사들밖에 없다. 나머지는 전부 네 것이니, 당분간은 나도 구상 선배님들과 함께 네 배의 선객이 되어 술이나 마시고 싶구나."

내 마음대로 해보라는 소리다. 이는 곧 기회를 주겠다는 뜻이기도 했다. 옆에서 상황을 지켜보기만 하던 이갑룡과 을룡의 표정이 더할 나위 없이 굳어졌다.

나는 감사의 의미로 이종산에게 가볍게 묵례를 하고는 서둘러 황해 노경을 돌아보았다. 그리고 작은 소리로 물었다.

"가능하겠습니까?"

"해 뜰 무렵 범선이 청수탄을 거슬러 오르는 걸 보고 싶으시다면 두 시진쯤 후에 출발하는 것이 좋겠습니다."

"어째서 그렇습니까?"

"지난 열흘 동안 장강을 거슬러 오르며 풍운조화를 살폈사온데, 특별한 조짐이 있지 않은 한낮에는 바람이 상류 쪽을 향해 불고 밤에는 하류 쪽을 향해 붑니다."

"어디서 많이 들어본 말씀입니다만."

"후후. 밤낮을 주기로 풍향이 바뀌는 것은 바닷가에서 항시 있는 일인데, 아무래도 장강이 바다처럼 크고 넓다 보니 비슷한 현상이 생기는 것 같습니다."

"그 말씀은?"

"순풍에다 유속이 빠른 강심까지 타면 올라올 때에 비해 삼 할 이상 속도를 낼 수 있을 것입니다. 구태여 서두를 필요가 없다는 뜻이지요."

"잘됐군요. 긴 여행에 지친 선원들이 고기와 술을 먹으며 잠시나마 휴식을 취할 수 있도록 해주십시오. 그리고 두 시진 후 다섯 척 모두 출항할 준비를 해주시고요."

"알겠습니다!"

나는 이어 방청양을 돌아보며 말했다.

"분타주께서는 지금 즉시 분타의 쟁자수들을 전부 풀어 밝은 선등(船

燈) 오백 개와 신호용 폭죽 일천 발을 사들여 범선에 싣도록 하세요."

"알겠습니다!"

방금옥에게도 지시를 내렸다.

"방 장궤께서는 오백 명이 먹고 마실 술과 요깃거리를 준비해 주세요. 구휼을 하려는 것이 아니니 정말 간단하게만. 쟁자수들에게 듣자 하니 주먹밥을 잘 뭉치신다고 하던데."

"예?"

"힘에 부치면 비룡당의 쟁자수들을 데려다 쓰십시오. 가불염 표두에게 협조하라고 지시를 내려두겠습니다."

천룡표국의 유명한 미녀장궤 방금옥을 가까이에서 볼 수 있다는 생각에 젊은 쟁자수들이 서로 돕겠다고 줄을 설 것이다.

그때였다.

"내가 도와줄게요."

"저도요."

"저도요."

"저도요."

불쑥 끼어든 사람들은 남궁소소를 비롯해 비룡당의 여표인 염지약, 여소옥, 운휘향이었다. 당황해하는 방금옥의 모습을 보고 도와주고 싶었던 모양이었다.

"알겠습니다. 준비하겠습니다."

명령을 받은 방청양과 방금옥이 사람들을 데리고 빠르게 사라졌다.

나는 주변을 둘러보다 조금 떨어진 곳에 우뚝 솟아 있는 바위를 발견하고는 훌쩍 뛰어 올라갔다.

구름처럼 모여든 군중의 시선이 동시에 전부 나를 향했다. 그새 소문을 듣고 왔는지 이제 일만 명은 족히 될 것 같았다.

그때쯤엔 해가 서산을 넘어가기 직전이어서 내 그림자가 군중의 머리 위로 길게 늘어졌다. 넘실대는 장강과 다섯 척의 범선을 등지고 선 나는 먼저 세 방향의 군중을 향해 천천히 포권지례부터 했다. 그런 다음 멀리서도 들을 수 있도록 내공을 담아 말했다.

"저는 천룡표국의 표사 이정룡이라고 합니다."

단지 이름을 말했을 뿐인데 곳곳에서 나직한 웅성거림이 흘러나오기 시작했다. 주로 향시와 회시, 장원급제, 무림맹, 풍운비룡, 남궁세가, 도화곡, 남만, 천마성교, 칠마총, 벼락부자 등의 단어들이 들어간 말들을 하고 있었다. 그동안 내가 했던 표행들을 중심으로 강호에 이름과 별호가 어느새 제법 알려진 모양이었다.

뭔가 기분이 묘했다.

"어쩌다 보니 얼마 전 다섯 척의 범선을 건조하게 되었습니다. 하지만 무한의 미곡시에 맞춰 급히 오느라 아직 제대로 된 진수식을 갖지 못했지요."

여기까지 말을 했을 때 군중은 이미 흥분으로 시끌시끌했다. 상남구상이 배를 태워달라고 요청한 데 이어 내가 황해노경과 잠시 이야기를 나눈 후 바위에 오르자 짐작하는 바가 있는 것이다.

"이에 천룡표국에게 특별한 의미가 있는 이곳 무한에서 손님들을 모시고 조촐하게나마 진수식을 치를까 합니다. 인원은 범선 한 척당 백 명씩, 딱 오백 명만 모시겠습니다."

"와아아아!"

일만 군중이 내지르는 함성에 흡사 천둥이 치는 것처럼 천지가 뒤흔들렸다. 생각했던 것보다 훨씬 격렬한 반응에 황해노경을 비롯해 주위에 있던 천룡표국의 사람들이 깜짝 놀란 표정들을 했다.

'이거 오백 명으로 끝냈다간 맞아 죽겠는데.'

함성이 잦아들 무렵 멀리서 누군가 손을 번쩍 들더니 혹시라도 내가 듣지 못할까 봐 꽥꽥 소리를 지르며 물었다.

"이렇게 많은 사람들 중 어떻게 오백 명을 고르신다는 겁니까아?"

"의도치 않게 개활지를 점령해 버리는 바람에 미곡을 싣고 온 농장 사람들과 상인들 그리고 강남북의 표국 사람들에게 큰 손해를 끼쳤으니 그분들께 먼저 기회를 드리도록 하겠습니다."

순간, 일만 군중의 희비가 엇갈렸다.

우선 절대다수의 군중은 실망한 기색이 역력했다. 그러나 호남에서 이곳까지 미곡을 싣고 온 농장의 일꾼들과 상인들은 좋아서 어쩔 줄을 몰라 했다.

범선이 순수한 돛과 노의 힘만으로 그 무시무시하다는 청수탄을 거슬러 오르는 광경을 구경할 수 있다. 그것도 강변에서가 아니라 직접 그 범선을 타고. 세상의 누가 이런 진귀한 경험을 놓치고 싶겠나. 친구들과 술을 마실 때마다 평생 자랑할 수 있는 얘깃거리가 될 텐데.

반면 강남북의 표국 사람들은 당황하고 난감한 기색이 역력했다. 범선에 타자니 천룡표국의 잔치에 들러리로 전락할 것 같고, 타지 않자니 천룡표국과 상단주들 사이에 무슨 일이 벌어질지 모르는 것이다.

이종산은 더할 나위 없이 뿌듯해하는 표정으로 내게 웃으며 고개를 끄덕여 주었다.

옆에서는 강남구상의 늙은 상단주들이 신바람이 나서는 호위무사들에게 두꺼운 옷을 준비하라느니, 피풍의를 빨리 챙기라느니 등의 지시를 내리고 있었다.

어둠에 둘러싸인 관제묘는 음습하고 섬뜩했다.

그는 안으로 들어서자마자 구석진 곳의 어둠 속을 노려보았다.

"한잔하겠나?"

귀에 익은 음성과 함께 어둠 속에서 호리병을 든 손 하나가 쑥 올라왔다.

"천산 설봉에서 채취한 영초로 담근 설초천엽주(雪草千葉酒)라네. 한 잔만 마셔도 세상의 시름을 절반은 잊을 수 있지."

"사양하겠습니다."

어둠 속의 사내는 한 모금을 더 홀짝이는가 싶더니 호리병을 옆에 놓아두고 쓰윽 몸을 일으켰다.

그러자 창문으로 들어온 달빛에 그의 모습이 드러났다. 눈동자 가득 정광이 번뜩이는 미공자였다.

"생각보다 빨리 왔군."

"못 올 이유가 없으니까요."

"내가 필요했던 건 아니고?"

"무슨 뜻입니까?"

"요즘 강북의 표사들이 객점에서 만나면 주로 무슨 얘기를 나는 줄

아나? 바로 천룡표국의 겁 없는 표사 풍운비룡에 관한 이야기지. 이번엔 무슨 표행을 했다더라. 이번엔 얼마를 벌었다더라. 이번엔 누구와 인맥을 쌓았다더라."

"사람을 불러다 놓고 무슨 뜬금없는 말씀을 자꾸 하십니까?"

"아직도 상황 파악을 제대로 못 하고 있군."

"뭐라고요?"

"향시와 회시에 연달아 장원급제한 기재가 벼슬길로 나아가지 않고 일개 표사가 되었네. 이런 경우를 본 적이 있는가?"

"그건 녀석이 평범한 유생이 아니라 천룡표국의 사공자이기 때문이지요. 비록 서자이기는 해도 말입니다."

"천룡표국 사공자 자리가 한림원의 학사 자리보다 낫다는 건가? 그것도 진왕의 총애까지 받는 처지이고 보면 출셋길이 보장되어 있는데도 불구하고?"

"벼슬이 체질에 맞지 않는 사람도 있습니다."

"백번 양보해서 그렇다고 쳐. 한데 이번엔 이 친구의 인생 목표가 글쎄 고작 명표가 되는 것이라는군. 표왕의 뒤를 이어 천룡표국의 국주가 되는 것이 아니라. 그게 거짓말이 아니라는 걸 증명하듯 밑바닥에서부터 시작해 모두가 불가능할 거라고 생각했던 표행들을 하나씩 차근차근 성공시키고 있지."

"제가 그걸 모를까 봐 확인시켜 주려고 불렀습니까?"

"풍운비룡의 행보가 강호의 표사들에게 그저 밥벌이로만 생각했던 자신들의 직업에 대해 긍지를 갖도록 해주고 있네. 바람이 불고 있다는 뜻이지."

"……!"

"풍운비룡은 과거의 자신들은 감히 생각지도 못했던 명성을 누리고, 인맥을 만들었으며, 항주에서 손꼽히는 부자가 되었네. 또한 주변엔 조영영, 당군백, 매소옥, 남궁소소 같은 미녀들이 들끓지. 어디 그뿐인가, 남궁세가의 사람들이라면 가주인 뇌검부터 시작해 말단 무사들에 이르기까지 풍운비룡을 한 식구처럼 여기고 좋아한다는 소문이 파다하네."

"하고 싶은 말이 대체 뭡니까!"

"발끈하는 걸 보니 이제야 상황 파악이 조금씩 되는 모양이군."

어둠 속에서 사내가 한 걸음 더 다가왔다. 정광이 번뜩이던 눈동자에는 이제 음침한 모략의 빛이 넘실거리고 있었다.

"풍운비룡이 범선을 앞세워 상단들과의 대량 계약까지 성공시키면 표사들은 이제 정말로 그를 명표라고 부르기 시작할지도 모르네. 자네도 나처럼 그걸 원하지 않을 것 같네만."

"함께 손을 잡고 망치기라도 하자는 말입니까?"

"손을 잡을 생각은 있고?"

"왜 형님들이 아니라 접니까?"

"풍운비룡 때문에 가장 많은 피해를 봤다고 들었네. 외가는 천룡표국에 의지해 겨우 연명 중이고, 항주 사대미인 중 하나라는 수항문의 영애에게는 파혼을 당하고. 아, 그러고 보니 그녀가 사실은 풍운비룡을 좋아했다는 소문도 도는 것 같던데."

퍼엉!

파팡!

느닷없는 그의 격장에 어둠 속의 사내 역시 쌍장으로 응수했다.

기습을 했음에도 불구하고 상대의 막강한 내공을 감당하지 못한 그는 삼 장이나 튕겨 날아간 끝에 벽과 부딪혀 떨어졌다.

낡은 관제묘의 벽에 구멍이 뻥 뚫리면서 황토를 구워 만든 벽돌이 우수수 떨어졌다.

"쿨럭!"

"많이 다쳤나?"

"다가오지 마!"

"그러게 왜 도발을 해."

"사람을 너무 우습게 보는군. 아무렴 내가 천룡표국에 해를 가하면서까지 네놈과 손을 잡을 줄 알았더냐?"

"천출에게 국주 자리를 넘겨줄 셈인가?"

"물론 그런 일은 없을 것이다. 하지만 그 자리에 오르는 것도, 녀석을 거꾸러뜨리는 것도 내 손으로 한다."

"물론이지. 난 단지 좀 거들어줄 뿐이야."

"대신 평생 나의 약점을 잡고 살겠지."

"아주 생각이 없진 않았나 보군."

"남의 표국 일에 신경 쓸 겨를 있으면 검술이나 수련해. 그런 보검을 들고도 그 녀석에게 고작 십초지적도 안 되는 주제에. 카악 퉤!"

그는 가래침을 얼른 뱉고는 도망치듯 관제묘를 빠져나가 버렸다.

어둠 속의 사내는 그가 빠져나간 문 쪽을 바라보며 조용히 뇌까렸다.

"저 새끼는 클수록 얼굴이 두꺼비를 닮아가네."

어둠 속의 사내도 관제묘를 떠났다.

이윽고 아무도 남지 않았을 때 바깥에서 시커먼 그림자 하나가 구렁이 담 넘듯 창문을 쓰윽 넘어 들어왔다. 이어 아직 손의 온기가 가시지 않은 술 호리병을 얼른 찾아 위로 꺾었다.

하지만 술은 잠시 쥐 오줌발처럼 쪼르르 나오다가 두어 방울 똑똑 떨어뜨린 후 완전히 멈춰 버렸다. 아직 혓바닥도 다 못 적셨다.

"에잇, 좋다가 말았네!"

여사평이 무슨 짓을 꾸밀지 모르니 잘 감시하라는 풍운비룡의 말을 듣고 졸졸 따라다닌 지 무려 한 시진. 생각지도 못했던 명주를 맛보나 했더니만, 아니나 다를까, 그런 행운은 그에게 찾아오지 않았다.

그건 그렇고, 여기서 이병룡을 볼 줄은 상상도 못 했다.

"두꺼비라……. 어쩐지 낯이 익더라니."

슈슈슉 펑! 펑! 펑!

신호용 폭죽 일천 발이 장장 반 시진에 걸쳐 장강의 밤하늘을 수놓았다.

선등이 꽃송이처럼 내걸린 범선의 갑판에는 진수식에 초대된 선객들이 술과 주먹밥을 나눠 먹으며 폭죽놀이를 구경했다. 폭죽이 허공에서 번쩍번쩍할 때마다 넘실대는 장강의 물과 돛을 한껏 부풀린 선단의 위용이 나타났다가 사라지기를 반복했다.

이종산은 강남구상을 비롯한 상단주들 및 표국주들과 함께 대장선의 갑판에서 조촐하게 술을 마시고 있었다.

남궁소소와 염지약, 여소옥, 운휘향 그리고 무한 분타의 장궤 방금옥은 하늘 돛을 날리기 위한 선수의 비상대 끝에 등을 보인 채 나란히 앉아 있었다. 그리고 허공에서 폭죽이 터질 때마다 손뼉을 치며 '와아!' 하는 소리를 냈다.

모두가 생경한 야간 운행을 즐길 때 나는 허락 받은 선원들만 오를 수 있는 선미 쪽 상갑판에서 황해노경을 만나고 있었다.

"그러니까 누군가 천룡표국이 상단주들과 계약하는 걸 방해하기 위해 내부의 조력자를 구하려고 했었다는 말씀이시지요?"

"그렇습니다."

"놈들이 어떤 방법을 쓸 것인지 제 의견을 묻는 것이고요."

"지혜를 빌린다는 말이 더 정확하겠지요."

"혹시 그자가 북천표국 사람입니까?"

"그걸 어떻게?"

"그 표국의 장자가 강북의 표국주들과 상단주들이 보는 앞에서 당주님께 크게 망신을 당했다는 얘길 들었습니다. 거친 호북인들의 기질을 생각하면 가만히 있는 것도 이상하지요."

"일단 그런 것 같습니다."

"북천표국은 가장 극적인 순간에 가장 극적인 모습으로 우리가 무너지는 걸 원할 겁니다. 기왕이면 수백 명의 선객들이 지켜보는 앞에서요."

"내일 아침. 청수탄!"

"당주께서 제게 조언을 구하시는 것처럼 그들도 물길에 익숙한 자들에게 조언을 구할 것입니다. 그리고 지금 장강엔 갑작스러운 범선의 등장을 매우 못마땅해하는 방파가 한 곳 있지요."

"교룡방!"

"역시 총명하시군요."

"그들이 북천표국의 손을 잡을까요?"

"울고 싶은데 뺨 때려주는 격일 겁니다."

지금쯤 교룡방은 살짝 얼이 빠져 있을 것이다.

일단 천룡표국이 의뢰받은 표물들을 직접 운송하겠다고 나선 상황에서 뭐라고 시비를 걸고 나설 명분이 없었다. 장강이 자기들이 파놓은 도랑도 아니고, 내 배로 내 물건을 내가 옮기겠다는데 누가 뭐라고 할 것인가.

하지만 범선의 선적량이 워낙 어마무시하다 보니 어떻게든 타격을 받는 것만큼은 확실했다. 게다가 행여라도 우리가 돈을 받고 다른 표국들의 미곡까지 운송하는 등, 본격적으로 조운에 뛰어들까 봐 조마조마할 것이다.

물론 나는 지금 당장은 거기까지 나갈 생각이 전혀 없었다. 뿐만 아니라 서로의 입장 정리를 위해 교룡방주와 만날 계획까지 갖고 있었다. 한데 이런 식으로 먼저 주먹다짐부터 하고 볼 줄은 몰랐다.

여사평이라는 돌발 변수 때문이다. 비무를 할 때 보았던 녀석의 눈빛이 찜찜해 호리독사를 붙여놓았더니만 이런 정보를 물어 올 줄이야.

"어떤 식으로 방해를 해올지도 아시겠습니까?"

"대충 알 만합니다."

"제 질문이 그렇게 간단한 거였습니까?"

"북천표국이나 교룡방 모두 자신들의 모습을 들키지 않아야 한다는 심각한 제약이 있습니다. 그랬다간 망신을 당하는 정도를 넘어 천룡표국과 전쟁을 해야 할지도 모르니까요. 그러면 쓸 수 있는 패가 몇 개 안 됩니다."

"창이 있으면 방패도 있겠죠?"

"폭죽놀이만으로는 뭔가 심심할 것 같다고 생각했는데 차라리 잘됐습니다. 재밌는 구경을 시켜 드리지요. 한데 어디까지 허용해 주시겠습니까?"

"무얼 말입니까?"

"교전 수칙 말입니다."

"교전…… 이라고요?"

"상대는 수백 년 동안 장강을 지배해 온 물귀신들입니다. 만만하게 보았다가는 도리어 크게 당하는 수가 있습니다."

그래. 이게 솔직한 모습이지.

하지만 자신만만한 황해노경의 모습 또한 거짓이 아닐 것이다. 이젠 내가 당주로서 오늘뿐만 아니라 앞으로의 행보에 대해서도 명확한 기준을 제시해 주어야 한다.

"일도삼고(一刀三考) 일도할단(一刀割斷)."

"그게 뭡니까?"

"한 번 칼을 뽑으려면 세 번을 먼저 생각하고, 일단 칼을 뽑으면 확실하게 끝장을 보라는 뜻입니다. 천룡표국의 표사들이 표행을 하는 동안 지켜야 할 '표사십규' 중 한 가지지요."

북천표국의 표사들은 무림인이지만 교룡방의 방도들은 엄격히 말해 무인이 아니다. 이유를 불문하고 천룡표국이 교룡방의 방도들까지 무자비하게 쳐 죽여 버린다면, 이는 이종산이 이번 무한행에서 오랜 거래처들을 잃어가면서까지 지키려고 했던 가치를 크게 훼손하는 일이었다.

나는 전쟁을 말하는 황해노경에게 이것이 어디까지나 표행 중의 일임을 분명히 했다. 전쟁을 해도 표사의 방식으로 하라는 뜻이었다.

"옛날 버릇을 못 버리고 잠깐 방심할 뻔한 늙은이를 일깨워 주시는군요. 무슨 말씀인지 알아들었습니다. 천룡표국의 명성과 표사로서의 긍지를 잃지 않도록 최선을 다하겠습니다."

"하지만 표사와 선원들이 위험에 처한다면 상대가 누구든 살인까지 허용하겠습니다. 뒷일은 모두 제가 책임을 집니다."

"선실 고물에 귀 밝은 선원을 하나 박아두어야겠군요. 첫 신호가 거기서 올 겁니다. 만약 그가 공을 세우면 사람들이 보는 앞에서 포상으로 은전 한 냥이라도 내려주십시오. 하면 충성심이 더욱 깊어질 것입니다."

"공이라고요?"

"작은 일이지만 범선 전체를 구하는 일이 될 것입니다. 은전 한 냥이면 싸게 먹히는 것이지요. 후후."

그때였다. 저만치 하갑판에서 삼족두꺼비처럼 생긴 쟁자수 하나가 대바구니를 들고 왔다 갔다 하며 선객들에게 주먹밥을 나눠주고 있었다.

"그 귀 밝은 선원 제가 뽑아도 될까요?"

마침내 범선 위에서의 날이 밝았다.

약 십 리에 걸쳐 펼쳐진 청수탄은 싱그러운 아침 햇살을 받아 온통 은빛으로 반짝이고 있었다. 그 모습이 흡사 엄청난 양의 보석을 뿌려놓은 것 같았다.

하지만 저 아름다운 모습에 속아 함부로 뱃머리를 밀어 넣었다가는 금세 방향을 잃고 떠내려가 버린다. 지금이야 온순한 편이지만, 장마가 지거나 폭우라도 쏟아지고 나면 청수탄은 한동안 접근조차 어려운 사지로 변한다.

그럼에도 불구하고 해마다 청수탄의 물살에 휩쓸려 가라앉는 배가 최소 열 척이 넘었고, 익사하는 사람은 수십 명에 달했다.

거대한 장강에 이처럼 급류가 생성되는 이유는 간단하다. 좌우로부터 산이 밀고 들어오면서 강폭이 다른 곳에 비해 급격히 좁아지기 때문이다.

"괘범(挂帆)!"

황해노경의 명령을 받은 갑판장 범주가 천둥 같은 목소리로 일갈했다.

대장선을 시작으로 뒤쪽에 도열해 있던 범선 네 척까지 모두 돛을 펼쳤다. 돛이 순식간에 부풀어 오르면서 배가 천천히 나아가기 시작했다.

"추노(抽櫓)!"

범선의 양쪽 옆구리로부터 스무 개의 노가 튀어나왔다.

본래 노공, 즉 노가 나오는 구멍은 쉰 개가 넘었지만 지금은 노꾼들의 수가 충분치 않았다.

"타고(打鼓)!"

두웅! 두웅! 두웅!

대장선의 북소리에 맞춰 갑판 바로 밑 일 층 선실에서 대기 중이던 노꾼들이 노를 젓기 시작했다. 지금은 비룡당의 쟁자수들이 노꾼 역할을 했다.

배의 속도가 점점 빨라지며 대장선부터 그 유명한 청수탄으로 뱃머리를 천천히 집어넣었다.

다섯 척의 범선에 나눠 탄 오백여 명의 선객들은 모두 숨을 죽인 채 그 모습을 지켜보았다. 나와 황해노경은 대장선 선미의 상갑판에서 모든 걸 지켜보았고.

그러나 범선은 어쩐 일인지 좀처럼 앞으로 나아가질 못하고 제자리에만 머물렀다. 청수탄의 빠른 물살을 생각하면 떠밀려 내려가지 않고 버티는 것도 사실 대단한 일이었다. 하지만 이걸 보자고 밤새 범선을 타고 내려온 것은 아니었다. 갑판에 서서 지켜보던 선객들의 얼굴엔 실망한 기색이 역력했다.

그때였다.

"양범(揚帆)!"

괘범은 돛을 걸어 올리고, 양범은 문자 그대로 돛을 하늘에 날리라는 소리였다.

모두가 어리둥절해할 때 이제는 쟁자수가 된 옛 흑룡도방의 선원 두 명이 각각의 밧줄을 동시에 잡아당겼다. 그러자 선수 쪽 뱃머리에 길게 누워 있던 거대한 연(鳶)이 벌떡 일어났다. 이어 바람을 받아 순식간에 빵빵하게 부풀어 오르는가 싶더니 비상대라 부르는 두 개의 나무 구조물을 타고 빠르게 미끄러지다 허공으로 쏘아졌다. 말 그대로 비상(飛上)이었다.

거대한 연은 밧줄을 끌고 전방 삼십여 장까지 날아오르다가 '펑!' 소리와 함께 멈췄다. 그러자 빌빌대던 범선이 마침내 급류를 비스듬히 거슬러 오르기 시작했다.

연이 멈출 때 배에 전해진 충격으로 잠시 휘청거렸던 대장선의 선객 백여 명이 일제히 함성을 내질렀다.

“와아아!”

대장선의 뒤쪽에서 자신들의 차례를 기다리던 네 척의 범선에서도 환호성이 오랫동안 들려왔다. 그 바람에 청수탄 초입이 한동안 왁자지껄했다.

하갑판의 목 좋은 곳에서 강남구상과 함께 지켜보던 이종산도, 주변에 있던 이갑룡과 을룡도 놀란 표정을 감추지 못하고 있었다.

놀랍기는 선미의 상갑판에 있던 나도 마찬가지였다. 막연하게 상상만 했던 일이 실제로 이루어지는 걸 내 눈으로 직접 보자 생각했던 것보다 훨씬 경이로웠다.

모두가 환호성만 내지른 건 아니었다. 대장선을 비롯해 다섯 척의 범선에 나눠 탄 다른 표국의 국주들과 표사들은 낭패한 기색이 역력했다.

강줄기를 천(川) 자 모양처럼 세 구역으로 나누었을 때 가장 깊고 물살이 센 가운데 부분을 보통 강심(江心)이라고 한다. 어느 강이나 강심을 제외한 양쪽은 상대적으로 흐름이 완만한 편이었다.

그래도 청수탄은 청수탄이었다. 범선 다섯 척은 강심을 침범하지 않고 오른쪽 구간 안에서만 지(之)자 모양으로 왔다 갔다 하면서 조금씩 거슬러 올랐다.

배가 방향을 바꿀 때마다 이십여 명의 선원들이 밧줄을 타고 선객들 머리 위를 휙휙 날아다녔다. 그러면 어느새 돛의 방향도 바람을 가장 효율적으로 받을 수 있도록 왼쪽에서 오른쪽으로 혹은 오른쪽에서 왼쪽으로 바뀌었다.

배가 가장 오른쪽으로 갔을 때는 강변과의 거리가 불과 십여 장도 되지 않았다. 오른쪽 산비탈 아래의 강변에는 교룡방 방도 수백 명이 자신들과 가까워졌다가 멀어졌다를 반복하는 범선들을 복잡한 심경으로 바라보고 있었다.

하지만 그것도 잠시, 다섯 척의 범선들은 교룡방 방도들이 대기 중인 구간을 지나쳐 계속해서 상류로 거슬러 올라갔다.

가장 극적인 장소에서 가장 극적인 방법으로 공격을 해올 거라는 황해노경의 예상과 달리 아무런 일도 일어나지 않았다. 급기야 한 시진이 흘러 급류의 기세가 조금씩 누그러지자 그것을 힘차게 거슬러 오르던 범선들의 역동성도 잦아들기 시작했다.

황해노경이 조심스럽게 물었다.

"어떻게 된 걸까요?"

"타인의 머릿속을 어찌 모두 알겠습니까?"

"분명 여기서 거사를 도모할 거라고 생각했었는데."

"아직 청수탄을 완전히 벗어난 건 아닙니다."

"하지만 가장 적절한 때는 놓쳤죠. 이 정도면 범선이 교룡방의 도움 없이도 청수탄을 거슬러 오를 수 있다는 건 확실히 증명한 셈이니까요."

"범선이 청수탄을 거슬러 오르는 것이 신기한 구경거리가 될 수는 있으나 정작 상인들에게 중요한 건 따로 있습니다. 북천표국과 교룡방이 우리에게 망신을 줄 적기는 놓쳤지만, 여전히 판을 엎을 기회는 남아 있다는 뜻이죠."

다른 배들과 달리 대장선에는 농장주와 상단주와 표국주 등의 귀빈들만 태웠다.

한데 그들 중에는 천룡표국과의 오랜 인연을 끊고 북천표국으로 갈아탄 상단주들도 있었다. 방금옥이 보고해 온 바에 따르면 북천표국주인 여문탁과 그의 아들 여사평을 제외한 강북의 표국주 아홉 명도 표사들을 거느린 채 다른 범선에 타고 있다고 했다.

대장선에 탄 농장주들은 범선이 그 악명 높은 청수탄을 거슬러 오르는 걸 보며 입에 침이 마르도록 감탄했다. 하지만 상단주들은 어느 순간부터 말을 아꼈고, 강남의 표국주들은 초조한 기색으로 주변의 눈치만 살폈다.

그러다 어느 젊은 상단주가 상갑판에 있는 나를 올려다보며 말했다.

"교룡방의 손을 빌릴 필요가 없으니 천룡표국의 미곡 운송 비용이 크게 절감되겠구려. 이 정도면 표비를 삼 할까지도 내릴 수 있을 것 같소이다만."

엄청난 파문을 불러일으키는 말이었다.

아니나 다를까, 농장주들의 탄성으로 왁자지껄하던 갑판이 한순간 찬물을 끼얹은 것처럼 고요해졌다. 만약 표비를 삼 할이나 깎아주면 상단주들은 노래를 부를 것이고, 표국주들은 절망감에 크게 당황해할 것이다.

나는 이종산을 가만히 돌아보았다. 천룡표국의 표비에 관한 일이다. 이런 중차대한 일은 내가 함부로 결정할 수 있는 것이 아니었다.

이종산은 가만히 고개를 끄덕여 보였다. 앞서 그랬던 것처럼 이번에도 전적으로 일임을 하겠다는 뜻이다.

나는 긴장한 표정의 사람들을 한번 쓰윽 훑어본 후 모두가 들을 수 있도록 큰 소리로 말했다.

"비용 절감은 천룡표국 내부의 일, 죄송합니다만 그것 때문에 표비를 인하할 생각은 현재로선 없습니다."

"하면 구태여 우리가 천룡표국에 미곡 운송을 의뢰할 이유가 무엇이오?"

"모두 보셨다시피 무한에서 이곳 청수탄까지 반나절 만에 왔습니다. 이는 교룡방의 조운선보다 삼 할 정도 더 빠른 속도입니다."

나는 분위기가 무르익도록 잠시 사이를 두었다가 말을 이었다.

"무한의 미곡시에서 사들인 미곡 절반은 강동으로 갑니다. 만약 최종 목적지가 회양(淮揚)이라면 교룡방의 조운선으로 열흘이 걸리는 길을 천룡표국의 범선으로는 이레 만에 도착하게 됩니다. 천룡표국에 미곡 운송을 맡기면 다른 표국들보다 사흘 먼저 회양의 미곡시에 물건을 푸는 셈이지요. 이게 무얼 의미하는지 모르는 분은 없으실 거라고 생각됩니다만."

일반적으로 상단주들이 미곡을 팔아 챙기는 전체 수익에서 대략 오 할 정도가 표비로 지출된다. 그 오 할에서 북천표국과 동조하는 다른 표국들이 다시 이 할을 깎아주겠다고 했다.

하지만 다른 상단들보다 사흘 먼저 회양의 미곡시에 물건을 풀 수 있다면 얘기가 완전히 달라진다. 오 할에서 이 할의 비용을 줄이는 게 중요한 게 아니라 십 할에서 이 할의 추가 수익이 생기느냐 마느냐 하는 문제가 되어버리는 것이다.

나는 지난밤 범선의 속도를 증명했고, 상단주들은 청수탄을 오르기도 전에 이미 계산을 다 끝내두었을 것이다.

셈이 얼마나 빠른 인간들인데 그걸 왜 모르겠나. 다만 산전수전 다 겪은 상계의 늙은 여우들이 일치단결하여 고작 스물 초반의 애송이 표사인 나를 상대로 협상을 하려는 것이다. 물론 나도 실제로는 산전수전 다 겪은 몸이지만.

서로가 치열하게 눈치를 보고 있던 그때, 범선은 물살의 속도가 확연히 다른 강심을 이십여 장 정도 남겨두고 다시 방향을 꺾어 강변 쪽으로 향했다.

범선이 기우뚱하는 순간 어디선가 '뚜둥퉁' 하는 소리가 제법 긴 간격을 두고 간헐적으로 들려왔다. 청수탄을 오른 이후 방향을 바꿀 때마다 나는 소리였다. 그래서인지 누구도 신경을 쓰지 않았다.

하지만 이종산을 비롯한 일부 고수들과 오랜 경험을 가진 선원들의 눈동자에 돌연 긴장감이 흘렀다. 나처럼 방금 난 몇 개의 소리가 여태 났던 것들과 조금 다르다는 것을 느낀 것이다.

그때였다.

텅!

갑판 아래의 선실로 향하는 문이 벌컥 열리더니 물에 빠진 생쥐 꼴을 한 이병룡이 헐레벌떡 튀어나왔다.

이어 목구멍이 찢어지도록 외쳤다.

"배 밑창에 구멍이 났다!"

"무슨 소리야. 구멍이라니!"

이을룡이 신경질적으로 다그쳤다.

이병룡은 상갑판에 있는 나를 올려다보며 다시 외쳤다.

"범선이 방향을 바꿀 때 갑자기 용골과 연결된 널빤지가 '텅!' 하고 떨어져 나가더니 그곳으로 물이 쏟아져 들어오고 있어. 일단 혼자서라도 어떻게든 눌러서 막아보려고 했는데 다른 쪽의 널빤지가 계속해서 터지는 바람에!"

"어느 정도입니까?"

"빨리 조처를 하지 않으면 금방 침몰할 거야!"

대화를 하는 그 순간에도 또 텅 소리가 울렸다. 그러자 누가 명령을 내리지도 않았는데 다섯 명의 선원들과 비룡당의 표사 열 명이 선실로 다급하게 뛰어들었다.

이제 강심 인근에서 막 방향을 틀었기에 강변까지의 거리는 무려 이백여 장에 달했다. 그런 상황에서 갑자기 배가 침몰하고 있다는 말에 선객들은 공황 상태에 빠져 버렸다.

"뭐가 어떻게 되는 것이오?"

"정말 배가 침몰하는 것이오?"

"뭐라고 말을 좀 해보시오!"

여기저기서 사람들이 고함을 질러댔다.

이종산 내가 어떻게 대응하는지 가만히 지켜만 보았다.

이갑룡과 을룡은 애써 표정을 굳히지만, 입가에 미세하게 번지는 조소까지 감추지는 못했다. 지금의 상황을 차라리 잘됐다고 생각하는 것이다.

옆으로 고개를 돌리자 눈을 마주친 황해노겸이 가만히 고개를 끄덕였다. 잠시 시간이 있으니 하실 말이 있으면 하시라는 뜻이었다.

나는 불안에 떠는 사람들을 향해 우렁우렁한 소리로 말했다.

"배가 침몰할 일은 절대 없습니다. 설사 그렇다고 하더라도 빨리 다른 범선을 붙여 옮겨 타면 될 일이니 너무 걱정들 마십시오."

"다른 배들은 멀쩡할 거라는 보장이 있소?"

불쑥 지르고 들어온 사람은 사십 줄의 남양상단주 왕자경이었다. 며칠 전 금성루에서 이종산에게 그동안 천룡표국이 폭리를 취했느니 마니 하는 망발을 했던 바로 그자였다. 그가 이번엔 나를 상대로 도발해 왔다.

"무슨 말씀이신지요?"

"당주께서 아직 어려 잘 모르시는 것 같은데, 범선은 본시 수천 개의 목재를 짜 맞춘 것으로 떠다니는 건축물과도 같소. 해서 예로부터 뱃사람들은 범선을 만든다고 하지 않고 건조(建造), 즉 세우고 짓는다고 했지."

"가르침을 주시겠습니까?"

나는 공손하게 포권지례를 하여 말했다.

일단 기를 죽였다고 생각했는지 왕자경이 의기양양한 태도로 말을 이어갔다.

"지금처럼 돛을 모두 올린 상태에서 역류를 거슬러 오르며 급하게 방향까지 꺾을 때는 선체에 가해지는 힘이 상상을 초월하오. 특히 속도를 내기 위해 선폭을 좁히고 용골을 날카롭게 세운 침저선들이 평저선들에 비해 구조적으로 훨씬 더 취약하오. 고작 선객 백 명을 태우고 두 번째 청수탄을 거슬러 오르는 순간 선미 쪽 하판 곡부가 연달아 터져 나가는 것만 보아도 알 수 있지."

왕자경의 말은 들판에 불을 지른 것과도 같았다. 일부 상단주들과 표국주들이 여기저기서 동조하는 말들을 쏟아내기 시작했다.

"만약 선실을 미곡으로 꽉 채웠다면 배를 수리한다손 치더라도 미곡들이 모조리 강물에 젖어버렸을 게 아닌가."

"선실을 미곡으로 채웠다면 물을 짓누르는 압력이 더욱 높았을 것이고, 미처 손 쓸 사이도 없이 침몰했을 가능성이 오히려 크지 않을까요?"

"미곡도 미곡이지만 줄초상이 났을 겁니다."

"장강에 범선을 통한 조운은 아직 시기상조인 것 같군."

"교룡방이 삼판선을 고집하는 데는 다 이유가 있었던 게지."

천룡표국과 거래를 끊었으면서 왜 대장선을 탔나 했더니만, 아무래도 왕자경은 북천표국이 심어둔 간자 같았다. 전문적인 식견이 동원된 그의 말은 상단주들의 마음을 움직이기에 충분했다.

한데 모두 간과한 것이 한 가지 있었다. 이 범선들을 설계하고 만든 사람이 해룡선방의 방주인 백선왕 담적공이라는 것. 바다에서 그 어떤 강맹한 태풍에도 부서지지 않는다는 해룡선방의 배가 고작 장강 급류를 거슬러 오르다 터진다는 건 말도 안 되는 헛소리였다.

하지만 지금 저들에게 아무리 설명을 해보아야 소용이 없을 것이다. 설득이 아니라 스스로 알아차리도록 확실한 물증을 보여주어야 한다.

그때쯤 선실 문이 다시 열리며 가불염이 튀어 올라왔다.

이어 모두가 들을 수 있도록 큰 소리로 보고했다.

"준비해 둔 널빤지들을 충분히 보강하고 버팀목을 받쳤습니다. 물이 들이치는 곳들은 전부 잡았고, 새로 문제가 생기는 곳은 충분히 대응 가능한 상황입니다."

마치 이런 상황이 올 줄을 알았던 것처럼 널빤지와 버팀목을 준비해 두었다는 말에 선객들은 모두 어리둥절해했다.

이제 내가 반격을 할 차례였다.

황해노경을 돌아보며 물었다.

"준비되셨습니까?"

"물론입니다."

"시작하십시오."

"존명!"

황해노경은 갑판장 범주를 통해 명령을 내리던 평소와 달리 자신이 직접 키를 잡고는 힘차게 왼쪽으로 꺾으며 사자후를 내질렀다.

"수노(收櫓)! 번범(翻帆)!"

뱃사람들은 강풍이 부는 환경 속에서도 빠르고 정확히 의사소통을 해야 하므로 중요한 명령이나 작업명은 짧은 단어들로 미리 만들어둔다.

일 층 선실로부터 삐져 나와 있던 노가 전부 안쪽으로 들어가 버렸다. 갑판 위에서는 선원들이 또다시 밧줄을 잡고 이리저리 날아다녔다.

강변 쪽으로 향하던 범선이 돌연 강심 쪽으로 방향을 틀었다. 이어 한참 속도를 내자 한눈에 보기에도 흐름이 확연히 차이가 나는 강심과 맞닥뜨렸다.

빨리 강변에 배를 대고 자신들을 내려줘도 모자랄 판에 고장 난 배를 끌고 강심으로 들어갈 것처럼 하자 놀란 선객들이 고함을 질러대기 시작했다.

"이게 뭐 하는 짓이오!"

"빨리 배를 강변에 대시오!"

일부 표국주들과 호위를 이유로 함께 온 표사들은 흥분을 주체하지 못하고 선미의 상갑판과 이어지는 계단 쪽으로 몰려왔다. 여차하면 상갑판으로 올라와 키를 빼앗기라도 할 기세였다. 저들이 만약 선원들이었다면 그대로 선상 반란이 되는 셈이었다. 물론 그 대가는 참형이었다.

그러나 표국주들과 표사들은 계단 가운데 고목처럼 버티고 선 한 사람과 맞닥뜨리고는 감히 접근을 못 했다. 표왕 이종산이었다.

그가 말했다.

"배는 강변에 댈 것이외다. 하지만 칼을 들고 이 계단을 오르려는 자가 있다면 강변에 닿기 전 먼저 내게 목숨을 맡겨야 할 것이오!"

그야말로 압도적인 기세에 누구 하나 찍소리조차 내지 못했다.

이종산은 이어 내게도 말했다.

"어서 배를 강변에 대라!"

"당연히 그렇게 할 것입니다. 하지만 그전에 못된 쥐부터 몇 마리 잡아야 해서 부득불 잠시 양해를 구하겠습니다."

황해노경의 명령이 이어졌다.

"단양(斷扬)! 낙범(落帆)!"

갑판장 범주가 갑자기 도끼를 들고 선수 쪽으로 뛰어가더니 저 멀리 허공의 하늘 돛과 연결된 밧줄을 찍었다.

텅!

팽팽하던 밧줄이 끊어지면서 하늘 돛이 그 이름처럼 바람을 타고 하늘로 끝도 없이 날아 올라가 버렸다. 동시에 다른 선원들은 갑판에 팽팽하게 고정해 놓았던 밧줄들을 힘차게 잡아당겼다. 그러자 잔뜩 부풀어 오른 돛 다섯 개가 갑자기 땅으로 떨어지며 뼈다귀 같은 돛대를 드러냈다.

하지만 아직 세 개의 삼각돛이 남아 있었다.

그때쯤 범선은 강심으로 뱃머리를 집어넣고 있었다.

강한 물살을 만나자 범선은 뱃머리부터 홱 꺾이기 시작했다. 그리고 잠시 후에는 완전히 거꾸로 돌아서 버렸다. 그 상태에서 끈 풀린 연처럼 하류를 향해 빠르게 떠내려갔다.

범선이 방향을 바꾸고 꺾을 때마다 갑판 위에선 선객들이 떨어지지 않으려고 난간으로 달려가 붙잡고 야단법석을 떨었다.

본격적으로 강심을 타자 범선의 속도는 더욱 빨라졌다. 삼각돛 세 개를 제외하고 전부 내렸기 때문에 범선을 통제하는 힘은 사실상 황해노경이 움켜쥔 키가 유일했다.

칠순의 나이에 목발까지 짚고 다녀야 하는 그의 몸 어디에서 저런 힘이 나오는지 모를 일이었다. 그가 키를 꺾을 때마다 제멋대로 흔들리는 범선이 신기하게도 중심을 잡았다.

그러던 어느 순간. 또다시 명령이 떨어졌다.

"투묘(投錨)!"

갑판에서 대기하고 있던 갑판장 범주가 사백 근은 족히 될 것 같은 거대한 쇠닻을 머리 위로 번쩍 들어 올렸다.

"으아아악!"

이어 괴성을 지르며 달려가다가 선수 쪽 비상대 사이로 냅다 던져 버렸다.

첨벙!

육중한 쇠닻이 물보라를 일으키며 강물 속으로 떨어졌다. 닻과 연결된 굵은 닻줄도 무섭게 빨려 들어갔다. 배가 빠른 속도로 떠내려가는 중에 저렇게 육중한 쇠닻을 던지면 어떻게 되겠나. 바보가 아닌 이상 다음에 일어날 일을 짐작할 수 있을 것이다.

내가 외쳤다.

"모두 난간을 꽉 잡으십시오!"

"다들 미쳤군!"

왕자경이 빽 소리를 질렀다. 다른 선객들도 저마다 욕설을 한마디씩 내뱉으며 사력을 다해 난간을 붙들어 맸다.

어느 순간, 닻줄이 팽팽하게 당겨지면서 빠르게 떠내려가던 배의 선수가 뚝 멈추었다. 그 반작용으로 선체가 쓰러질 것처럼 누우면서 선미는 여전히 떠내려가다가 뒤늦게 멈추었다.

우지끈!

여태 있었던 것들 중 가장 큰 충격과 함께 배 전체가 상류 쪽에 박힌 닻줄을 기준으로 일직선이 되었다. 청수탄 하고도 물살이 가장 빠른 강심에서 커다란 닻에 의지해 그대로 멈춰 버린 것이었다.

변화무쌍한 배의 운항에 내공이 없는 선객들은 웩웩 토악질을 해 댔다.

다행히 배 밖으로 떨어진 사람은 한 명도 없었다. 비룡당의 표사들에게 무공을 익히지 않은 선객들을 잘 지켜보라고 해놓았기 때문에 더 심한 요동에도 사실은 끄떡없었을 것이다.

배가 멈추자 대장선의 선객들은 대체 왜 이러는지를 몰라 모두가 어리둥절했다.

함성과 외침은 강심 바깥에서 상황을 지켜보고 있던 네 척의 다른 범선 선객들로부터 터져 나왔다.

"사람들이 있다!"

"배 밑에 사람들이 있다!"

왁자지껄한 외침에 대장선의 선객들이 전부 좌우의 난간 밖으로 고개를 쭉 빼고 배 밑을 살폈다. 그러다 강심과 좀 더 가까운 오른쪽에서만 보인다는 걸 알고 백여 명 전부가 그쪽으로 우르르 달려가 붙었다.

과연 선미 쪽 끄트머리에서 두 사람이 선체에 갈고리 모양의 쇠지레를 찍은 채 가까스로 버티고 있었다. 그들의 뒤로도 모두 다섯 명이 앞사람의 다리며 팔이며 허리 등을 붙잡은 채 물살에 떠내려가지 않으려고 안간힘을 쓰는 중이었다.

"저건 또 뭐야?"

"배 밑에서 왜 사람이 나와?"

"선객들 중에 빠진 사람이 있었나?"

"그랬다면 옷을 저렇게 홀딱 벗고 있지 않았겠죠."

"저 쇠지레는 또 뭐죠?"

여기까지 얘기가 나왔을 때 한순간 침묵이 찾아들었다.

갑자기 배 밑에서 나온 사람들, 헤엄을 치기 좋도록 홀딱 벗은 차림, 허리를 묶은 가죽 줄에 꽂아놓은 쇠지레까지. 이런 것들로 연상되는 그림이 있는 것이다.

"설마!"

"놈들이 배 밑창을 뜯어냈다!"

"저놈들이 우리를 수장시키려 했다!"

"그것도 모르고 그냥 지나갈 뻔했어!"

부자 몸조심하듯 한다고, 자신들이 죽을 뻔한 이유가 범선의 구조적 부실이 아니라 누군가의 공격 때문이었다는 걸 깨달은 선객들의 분노는 대단했다.

저간의 사정은 이랬다.

범선은 강심과 오른쪽 강변 사이를 지(之)자 모양으로 운항하며 십 리에 걸쳐 펼쳐진 청수탄 구역을 거슬러 올라갔다. 그러다 강변 쪽으로 가장 가까이 다가갔다가 방향을 꺾을 때, 풀숲에 숨어 대기하고 있던 괴한들이 잠영을 통해 범선의 꽁무니에 붙었다.

아마도 자신들이 속한 무리에서 자맥질에 가장 뛰어난 재주를 지닌 자들일 것이다. 그러려면 무공도 일정 수준 이상으로 익혔을 것이고.

그들은 범선이 강심에 최대한 가까이 다가가 방향을 바꿀 때까지 기다렸다가 배 밑으로 잠영을 해서 들어간 다음 하판 곡부의 판자를 일제히 뜯어냈다. 그에 맞춰 갑판 위에서는 왕자경을 비롯해 북천표국의 사주를 받은 자들이 범선의 구조적 문제 때문인 것처럼 열심히 떠들어댔고.

놈들의 공격 방법을 놓고 의논할 때 황해노경이 내게 말해주었었다.

"내공을 익힌 자가 쇠지레를 틈새에 찔러 넣고 꺾기를 반복하면 제아무리 튼튼한 하판도 버티질 못합니다."

"그 정도입니까?"

"우리도 옛날에 우리를 털어먹었던 해적선이 정박 중인 걸 보면 종종 써먹던 수법이지요."

하판을 뜯어내는 데 성공한 괴한들은 구멍 난 범선이 헐레벌떡 다시 강변 쪽으로 다가갔을 때 슬그머니 빠져나갈 생각이었을 것이다.

그들의 계획대로 되었다면 오백여 명의 선객들이 지켜보는 앞에서 대장선이 침몰했을 것이고, 범선에 대한 상단주들의 신뢰 또한 완전히 깨졌을 것이다.

하지만 철저하게 대비를 해놓고 기다렸던 우리는 첫 번째로 배의 구멍부터 막았다. 그런 다음엔 강변 쪽으로 가는 대신 방향을 틀어 강심 안으로 들어가 버렸다.

괴한들은 뒤늦게 무언가 잘못되었음을 깨달았지만 배를 떠날 수가 없을 것이다. 물살도 거세거니와 인간인 이상 강심에서 강변까지 무려 이백여 장이나 되는 거리를 오직 잠영만으로 헤엄쳐 갈 수는 없기 때문이다.

만약 물 밖으로 머리를 내밀면 반드시 누군가가 발견할 것이고, 그러면 자신들의 행각을 들키는 것은 물론이거니와 사로잡히는 것 또한 시간문제였다. 해서 그들은 선체의 볼록한 곡면 밑 그늘에 물방개처럼 찰싹 달라붙어 몸을 숨기고 있었던 것이다.

하지만 범선은 기어이 청수탄으로 들어가 버렸고, 선수를 아래쪽으로 해서 빠르게 떠내려가다가 닻을 던져 갑자기 배를 세웠다.

그때 순간적으로 가해지는 충격과 거센 물살을 견디지 못한 괴한들이 속수무책으로 미끄러지다 지금 저 꼴이 된 것이다.

본래 인원이 몇 명이었는지 모르겠으나, 그나마 두 명이라도 쇠지레를 찍어 버티고 있는 게 기적이었다.

한데 그마저도 한계에 다다른 모양이었다. 쇠지레를 찍은 자들이 어금니를 깨물면서까지 마지막으로 사력을 다해보더니 끝내 손을 놓아

버렸다. 그러자 일곱 명 전부가 넘실대는 강물에 속절없이 떠내려가기 시작했다.

"살려주십시오!"

무림 고수의 내공도, 평생 강가에서 살아온 사람의 헤엄 실력도 청수탄의 급류 속에서는 작은 판때기 하나 손에 쥔 것만 못했다. 자기들 딴에는 강심에서 벗어나려고 죽으라고 헤엄을 쳐보지만 아무런 소용이 없었다. 강심에서 벗어나기는커녕 오히려 용을 쓰면 쓸수록 뿔뿔이 흩어지기만 했다. 저러다 청수탄의 강심 곳곳에 펼쳐져 있는 소용돌이에 휘말리면 그대로 강바닥까지 끌려 내려갔다가 시체가 되어 올라온다.

용케 소용돌이를 피한다고 해도 안심할 수가 없다. 힘이 빠져 잠시라도 물속에 잠기면 수면 아래로 흐르는 물골에 휩쓸려 또 언제 사라질지 모른다.

선객들은 다들 어찌할 바를 몰라 가만히 있었다. 자신들을 죽이려 했다는 것 때문인지, 적극적으로 구해주려는 사람도 없었다.

나는 갑판장 범주를 향해 소리쳤다.

"닻줄을 끊어!"

범주가 두 번도 망설이지 않고 선수로 달려가 도끼로 닻줄을 찍었다. '텅!' 소리와 함께 거대한 범선이 고삐 풀린 망아지처럼 날뛰며 다시 급류를 따라 떠내려가기 시작했다.

하갑판으로 훌쩍 뛰어내린 나는 선원들이 예비용으로 뭉쳐놓은 밧줄의 한쪽 끝을 집어 들고, 다른 쪽 끝은 때마침 옆에 있던 가불염에게 던지며 외쳤다.

"돛대 꼭대기에 묶으시오!"

그리고 기다릴 사이도 없이 다시 선미의 상갑판을 달려 올라가며 밧줄을 허리에 묶었다. 이어 오른쪽 두꺼운 난간 끄트머리를 힘차게 박차고 날아올랐다. 십여 장을 비상하며 날아간 나는 방금 막 소용돌이 속으로 사라진 괴한을 따라 머리부터 거꾸로 꽂혀 들어갔다.

첨벙!

물속으로 들어가자마자 괴한과 함께 세차게 소용돌이치는 강물에 휩쓸려 버렸다.

지금 이 순간만큼은 백오십 년의 공력도, 북해투왕에게 배운 귀영무도, 여종매에게 배운 천금풍도 아무런 소용이 없었다. 오로지 본능과 의지와 약간의 운에 달려 있을 뿐이었다.

미친 듯이 출렁대는 놈의 머리끄덩이를 가까스로 잡는 데 성공했다. 그대로 끌어당기자 숨이 한계까지 다다른 괴한이 죽음의 공포를 이기지 못하고 발작적으로 나를 옭아맸다.

'이 새끼가!'

손가락으로 놈의 두 눈을 팍 찔렀다. 이어 내공을 담아 촌경(寸勁)으로 관자놀이까지 후려쳤다. 물속에서도 우렁찬 '빽!' 소리와 함께 괴한이 의식을 잃었다. 하지만 살겠다는 욕망이 얼마나 강했는지 괴한의 두 팔은 여전히 내 목을 꼭 붙들고 있었다.

나는 양손으로 허리에 묶은 밧줄을 열심히 잡아당겼다.

밧줄은 처음엔 아무런 저항 없이 쭉쭉 당겨왔다. 그러다 어느 순간 탁 걸리면서 팽팽해졌다. 동시에 내가 당기는 힘보다 훨씬 빠른 속도로 몸이 부웅 떠올랐다.

"푸아!"

참았던 숨을 토해내며 위를 올려다보니 가불염이 돛대의 꼭대기에 밧줄을 묶어놓는 대신, 원숭이처럼 다리를 꼬고 매달린 채 직접 밧줄을 잡아당기고 있었다. 내가 잡아당기는 힘에 그가 잡아당기는 힘이 더해져 그런 속도가 났던 것이다.

이심전심으로 둘이 함께 다시 밧줄을 힘차게 당기면서 나는 거의 나는 듯한 모습으로 범선에 올랐다. 이어 의식을 잃은 채 게딱지처럼 등에 달라붙어 있는 괴한을 그대로 엎어 치며 바닥에 메다꽂아 버렸다.

철퍼덕!

등부터 떨어진 괴한은 그 충격으로 숨이 트이며 입으로부터 물과 뒤섞인 오물을 허공에 쏟아냈다.

"콜록! 콜록!"

남궁소소가 달려들더니 괴한의 등쪽 혈도를 짚으며 숨 쉬는 걸 도와주었다.

그때쯤 나는 다시 선미의 상갑판 하고도 왼쪽을 향해 달렸다. 두 번째 괴한이 그쪽으로 떠내려가는 중이었기 때문이다.

그렇게 모두 일곱 번이나 급류로 뛰어들었다가 나오기를 반복했다. 마침내 마지막 한 명을 구해 갑판에 오르자 범선과 함께 떠내려가며 구경하던 선객 오백여 명으로부터 우레와 같은 함성이 터져 나왔다.

"와아아아!"

일곱 명을 갑판 한가운데 모아놓은 상태에서 심문이 시작됐다.

그전에 먼저 폭력이 있었다.

퍽! 퍽억! 퍼버벅!

뼛속까지 뱃사람들인 옛 흑룡도방의 방도들에게는 배가 곧 삶의 터전이자 목숨이었다. 누군가 자신들의 배를 침몰시키려 했다는 사실에 그들은 분노를 참지 못했다. 질문 따윈 입에 올리지도 않고 일단 무자비한 몽둥이찜질부터 퍼부은 것이다.

나는 한쪽에 서서 그 모습을 가만히 지켜만 보았다. 저들의 정체를 밝혀내는 것도 중요하지만, 그전에 먼저 표국의 범선을 공격한 것에 대한 대가를 치르게 해야 한다. 이건 굶주림을 견디지 못한 양민들이 비적 떼로 돌변해 표마차를 터는 것과 차원이 다른 문제였다.

이윽고 일곱 명과 그들의 주변이 온통 피 칠갑으로 변했을 때, 황해노경이 수하들에게 멈추라고 지시를 내렸다. 이어 우두머리로 짐작되는, 가장 마지막까지 쇠지레로 버텼던 근육 덩어리의 머리카락을 우악스럽게 잡아채며 물었다.

"소속이 어디냐?"

"칵 퉤!"

피와 뒤섞인 가래침이 얼굴에 묻었지만 황해노경은 이런 정도로는 결코 자신을 흔들 수 없다는 듯 표정 하나 변하지 않았다. 오히려 얼굴에 묻은 가래침을 쓰윽 닦아내더니 놈의 입속에다 양 손가락을 집어넣고 좌우로 쫙 찢어버렸다.

"으어억억!"

사내는 짐승의 울부짖음 같은 괴성을 지르다가 입으로 피를 왕창 쏟아내고서야 겨우 풀려날 수 있었다.

"수장고(水葬拷)를 시켜라!"

선원 두 명이 달려들어 한 사람은 사내의 목에 굵은 쇠사슬을 칭칭 감고, 다른 한 사람은 양 발목을 범선과 연결된 밧줄로 묶었다. 그런 다음 조금도 망설이지 않고 사내를 들어다가 배 밖으로 던져 버렸다.

풍덩!

하얀 물보라와 함께 물속에 거꾸로 처박힌 사내는 세찬 급류에 휩쓸려 빠르게 가라앉기 시작했다. 밧줄이 끝도 없이 빨려 들어갔다. 이러다가 정말 죽는 게 아닌가 싶을 정도였다. 하지만 대장선의 선객들 중 누구 하나 만류하며 나서는 사람이 없었다. 황해노경의 시퍼런 서슬도 서슬이었지만, 표국이 작심하고 누군가를 응징을 할 때는 함부로 끼어들지 말아야 한다는 걸 잘 알기 때문이다. 특히 그 표국이 천룡표국이라면 더더욱.

"올려라!"

다시 밧줄을 당기고 사내를 끌어 올렸을 때는 죽었는지 살았는지 의식이 없었다. 선원 하나가 달려들어 목을 뒤로 꺾어 구강을 확보한 다음 가슴을 펑펑 치자 그제야 다시 물을 뿜으며 다시 숨을 토해냈다.

"우웨액!"

"누가 보냈지?"

"카악…… 퉤!"

제 딴에는 기개를 보인답시고 찢어져 너덜거리는 입으로 가래침을 모아보지만 전혀 용을 쓰지 못했다. 마지막에 뱉은 침도 제 입을 벗어나지 못하고 턱으로 흘러내렸다.

"다시!"

황해노경의 명령에 선원들이 놈을 번쩍 들어다가 다시 강물 속으로 던졌다. 잠시 후, 다시 꺼내자 놈은 이번에도 의식이 없었다.

다시 살려내고, 묻고, 처넣고, 꺼내고, 살려내기를 무려 일곱 차례나 반복했다. 여덟 번째 던져 넣기 위해 선원들이 놈을 들어 올렸다. 이번에는 정말로 시체가 되어서 나올 것 같았다.

이윽고 난간으로 간 선원들이 사내를 강물에 던져 넣으려는 순간 내가 나직한 음성으로 말했다.

"그만!"

선원들이 동작을 우뚝 멈추고 나를 보았다.

나는 황해노경을 바라보며 명령을 내렸다.

"강변으로 배를 대시죠."

한 식경 후, 청수탄을 빠져나온 대장선은 하류 쪽 강변에 정박했다. 부드러운 모래톱과 함께 크고 넓은 숲이 펼쳐진 곳이었다.

배가 멈추자 가불염에게 명령했다.

"비조선 내리고 저들을 태워 보내세요."

"간단한 치료를 해주어도 되겠습니까?"

"지혈과 금창약 정도는 허락하겠습니다."

"감사합니다."

범선마다 육지와 모선을 오가는 소형선 두세 척씩은 포개어 싣고 다닌다. 그중 하나를 내린 다음 저들을 태워 죽든 말든 떠내려 보내라는 뜻이었다.

내 행동 하나하나를 지켜보고 있던 선객들이 크게 당황해했다. 그건 천룡표국의 수뇌부와 표사들 역시 마찬가지였다.

이을룡이 앞을 막아서며 작은 소리로 말했다.

"무얼 하는 거냐?"

"보신 그대로입니다."

"배후를 마저 밝혀야지!"

"그만하면 됐습니다."

"이대로 풀어주면 앞으로는 비적들이 천룡표국을 두려워하지 않을 것이다."

"어차피 저들은 입을 열지 않을 것입니다."

"열게 만들어야지! 만약에 입을 열지 않는다면 사람들이 지켜보는 앞에서 숨통을 끊어놓아야 하고. 내키지 않으면 내가 하겠다."

그러면서 이을룡은 비조선을 내리는 선원들을 향해 외쳤다.

"멈춰라!"

"무슨 짓입니까!"

"정룡!"

"물러나십시오!"

나도 이을룡도 으르렁거리며 서로를 노려보았다. 형제간의 갑작스러운 기 싸움에 좌중이 찬물을 끼얹은 것처럼 고요해졌다.

하지만 이 싸움은 이을룡이 질 수밖에 없었다. 범선의 선단도 내 것이었고, 그걸 운용하는 선원들과 표사들도 전부 비룡당의 사람들이었다. 결정적으로 나는 이종산에게 모든 지휘권을 위임받았다. 이종산은 아직 그것을 회수하겠다는 의사를 밝힌 적이 없었고.

이종산은 자신은 강남구상과 함께 선객이 되겠다고 하더니, 정말 아무런 참견도 하지 않고 죽이 되든 밥이 되든 지켜만 보았다.

"그만들 하거라!"

맏형인 이갑룡이 위엄 있는 음성으로 말했다. 둘을 싸잡아 나무라지만 사실은 이을룡에게 나와의 대치를 끝내고 물러날 명분을 준 것이었다.

"멍청한 녀석!"

이을룡이 나만 들을 수 있도록 작게 내뱉은 후 물러났다.

나는 입이 찢어진 괴한에게 다가가 말했다.

"일곱 번을 버텼으니 그만하면 귀하와 수하들의 목숨값은 벌었소. 그만 돌아가도 좋소."

"……?"

이을룡만큼이나 사내도 당혹스러운 모양이었다. 자신들이 저지른 일의 심각함과 이런 경우 적을 처리하는 표국의 방식이 얼마나 살벌한지를 잘 아는 것이다.

가불염의 지시를 받은 표사들에 의해 일곱 명의 괴한들이 비조선으로 무사히 옮겨졌다. 그리고 강변 가장자리의 완만한 물살을 따라 떠내려갔다.

만약 어딘가에 다른 동료들이 있다면 감시의 눈길이 붙는지 몇 번이고 살폈다가 저들을 구출해 데려갈 것이다. 아니면 화근을 없애기 위해 살인멸구를 할 수도 있고.

대장선에 탄 선객들 중 괴한들이 교룡방의 방도라는 걸 짐작 못 할 멍청이는 단 한 명도 없다. 교룡방의 방도가 아니라면 누가 겁도 없이 청수탄 급류에 뛰어들 것이며, 범선의 하판을 뜯었을 것이며, 감히 천룡표국의 조운을 방해할 생각을 했을 것인가.

하지만 저들은 남겨진 처자식들 때문에라도 절대 입을 열지 않았을 것이다. 교룡방이 중요한 거사를 치를 때는 만약을 대비해 방도들의 처자식을 인질로 삼아둔다는 건 공공연한 비밀이었다. 그래서 역설적이게도 괴한들이 입을 다물면 다물수록 교룡방과의 연관성을 의심받을 수밖에 없었다.

그러나 자신들의 입으로 교룡방을 언급하는 것과 하지 않는 것에는 하늘과 땅만큼의 차이가 있다. 저들이 입을 열지 않는 한 천룡표국은 절대 교룡방을 칠 수가 없다. 반대로 입을 열면 반드시 교룡방을 쳐야 한다.

책임자 몇 명을 넘겨받는 것으로 끝날지, 전면전으로 확대될지는 알 수 없다. 어느 쪽이든 전쟁의 승자는 천룡표국이 될 것이다. 아무리 지독한 근성을 지녔다고 해도 뱃사람들의 생업 방회인 교룡방이 일천 표사를 거느린 천룡표국을 무슨 수로 감당하겠나.

그런 연유로 선객들에게 지금의 이 그림은 위에서 시키면 시키는 대로 할 수밖에 없는 하급 교룡방도들의 사정을 내가 한번 질끈 눈감아준 것처럼 보일 것이다. 북천표국이 배후에 있는 줄은 까맣게 모르고.

대충 상황을 정리한 나는 황해노경으로 하여금 대장선의 선객들을 전부 다른 범선으로 옮겨 태우도록 지시했다.

범선을 기다리는 동안 강남구상의 수장인 뇌일봉이 이종산에게 속삭이듯 말하는 소리가 들려왔다.

"국주께선 아들 복이 많으신 것 같소이다."

"매양 사고만 치는 녀석들입니다. 방금도 보셨지 않습니까. 선객들이 보는 앞에서 아비를 망신시켜도 유분수지. 쯧쯧쯧."

"난 재밌고 대견하기만 하더이다. 우리 집 아이들은 저렇게 치열한 맛이 없어서 말이오. 죄다 약해 빠져서 내가 죽고 나면 이 많은 재산을 지킬 수나 있을런지."

"형제간에 우애가 깊은 탓이겠지요."

"그나마 아홉 번째 녀석 때문에 마음이 좀 놓이기는 하오. 여자인데도 불구하고 당찬 성격에다 지혜롭기까지 하지. 열일곱 살밖에 안 된 녀석이 벌써부터 나를 도와 행수 일을 보는데 솜씨가 제법이외다. 장차 녀석에게 재산의 절반을 물려줄까도 생각 중이오."

"대단한 손녀를 두셨군요."

"딸이오."

"방금 열일곱 살이라고……."

"내가 마누라가 좀 많다 보니."

"그러셨군요."

"언제 한번 보시겠소?"

"누구를 말입니까?"

"아무렴 마누라들을 볼 거냐고 물었겠소?"

"……?"

그때 다른 범선 한 척이 대장선의 오른쪽 선체에 뱃머리를 붙이면서 쿵 하는 소리와 함께 살짝 흔들렸다.

노련한 선원들이 달려들어 두 척의 배를 밧줄로 꽁꽁 묶어 고정한 다음 넓은 판자 대여섯 개를 놓아 순식간에 선교(船橋)를 만들었다. 이 정도 넓이면 만취한 사람도 왔다 갔다 하는 데 아무런 지장이 없을 것 같았다.

모든 준비가 끝나자 나는 대장선의 선객들에게 안전을 위해 다른 범선으로 옮겨 타고 먼저 출발할 것을 제시했다. 한데 어쩐 일인지 선객들은 전혀 움직이질 않고 서로의 눈치만 치열하게 살폈다.

그때 뇌일봉이 깜빡 잊고 있었다는 듯 갑자기 내게 물었다.

"우리 황금상단의 미곡은 전량 범선으로 운송해 주게. 설마, 새로 계약하는 상단들만 혜택을 주는 건 아니겠지? 그렇다면 북천표국과 계약을 하고."

"우리도!"

"우리도!"

뇌일봉을 필두로 구상의 상단주들 전부가 똑같은 말을 했다.

범선으로 미곡을 운송해 달라는 건지, 그렇게 해주지 않으면 북천표국과 계약을 하겠다는 건지, 아니면 둘 다라는 건지 알 수가 없었다. 내용이야 어찌 되었든 그들이 일심동체가 되어 한마디씩 던진 말들의 파장이 실로 작지 않았다.

"영화상단도 천룡표국과 계약을 하겠소!"

"백인상단도 천룡표국과 계약을 하겠소!"

"무가상단도 천룡표국과 계약을 하겠소!"

"향곡상단도 천룡표국과 계약을 하겠소!"

강변 모래톱에 커다란 황포를 씌운 막사 몇 동이 세워졌다. 대장선의 하판을 수리하는 동안 이런저런 일들을 처리하기 위해서였다.

그중 한 곳에 천룡표국의 수뇌부가 전부 모였다. 참석한 사람들의 면면은 국주인 이종산을 비롯해 강룡당주 이갑룡, 복룡당주 이을룡, 비룡당주인 나, 비룡당의 표두 가불염, 비룡당의 쌍각선단주 황해노경 그리고 무한 분타주 방청양이었다.

"그럼 보고를……."

이갑룡이 무언가 말을 하려는 순간 한 사람이 불쑥 막사 안으로 들어섰다. 깨끗한 새 표행복으로 갈아입고 머리는 정갈하게 틀어 올려 목련잠으로 쪽까지 진 그녀는 남궁소소였다.

'여기가 어디라고!'

화들짝 놀란 나는 목구멍을 쥐어짰다.

"밖에서 기다리시오."

"그게 아니고요."

"나중에 얘기하자니까."

"네가 무엇이관데 내 손님을 나가라 마라 하느냐?"

"예?"

나를 비롯해 막사 안에 있던 모든 사람의 시선이 남궁소소를 떠나 이종산에게로 향했다.

이종산은 이어 평소처럼 근엄하지만, 나와 형님들을 대할 때와는 어딘지 모르게 다른 목소리로 남궁소소에게 말했다.

"앉아라."

"예. 국주님."

남궁소소는 정중하게 묵례를 올리고는 가불염의 뒤쪽으로 가서 다소곳하게 자리를 잡고 앉았다. 자신은 어디까지나 손님이며 이곳에서의 서열은 가장 아래인 가불염보다도 더 아래라는 걸 스스로 밝힌 것이다.

느닷없는 상황에 모두가 어리둥절한 표정을 지었다. 남궁소소는 천룡표국의 정식 표사가 아니었고 수뇌부는 더더욱 아니었다. 아무리 좋게 포장을 해도 그녀는 그냥 외부인이었다.

다른 사람들은 별 상관없는 눈치였으나 이갑룡과 을룡은 불편한 기색을 감추지 못했다. 그녀를 위해서라도 내가 한마디 해야 할 것 같았다.

"천룡표국의 수뇌부 회의입니다. 그녀는 엄연히 외부인이니 그만 내보내시는 게 어떨는지요."

"내가 그런 것까지 너에게 허락을 받아야 하느냐?"

"그런 뜻이 아니고요."

"소소는 비록 외인이지만 천룡표국의 객표로서 세운 공이 너희 중 누구보다 크다. 하여 내가 물어볼 것이 있어 특별히 보자고 한 것이니 더는 문제 삼지 말라."

국주의 권위는 절대적인 것. 나는 더 이상 토를 달지 않았다. 내 입장에서는 사실 뭐 딱히 싫어할 이유도 없었고.

반면 이갑룡과 이을룡은 보통 당황한 눈치가 아니었다. 천룡표국의 수뇌부 회의에 남궁세가의 영애가 참석한다는 것은 그 자체로 엄청난 사건이기 때문이다. 내가 아는 한 외부인이 참석한 것은 이번이 처음이었다.

"시작하라."

"천룡표국과 거래를 하겠다는 상단이 백 곳도 넘습니다. 그나마 백인 이하의 작은 상단들은 하고 싶어도 자신들에게까지 기회가 오지 않을 거라며 아예 포기한 상태고요."

"무한에 도착하면 기회를 놓칠지 모른다며 다른 범선으로 옮겨 탄 이후에도 선장들을 압박해 떠나지 않고 있습니다."

"북천표국로 갈아탔던 여덟 곳의 표국들 중 나중에 옮겼던 다섯 곳의 상단주들께서 국주님을 뵙고 싶다는 의사를 조심스럽게 밝혀왔습니다."

이갑룡과 이을룡과 방청양이 차례로 한 말이었다.

세 사람의 보고를 두 마디로 정리하자면 능곡지변 상전벽해였고, 한 마디로 정리하자면 전세 역전이었다. 천룡표국에 미곡 운송을 맡겨달라며 상단들을 열심히 찾아다녀야 하던 처지에서, 몰려드는 상단들을 상대로 열심히 옥석을 가려야 하는 상황으로 바뀐 것이다.

이후로도 범선들의 선적량, 상태, 강동을 비롯한 여러 곳으로 가고 오는 동안 걸릴 시간 등에 대한 황해노경의 보고가 한참이나 이어졌다. 그런 다음엔 비룡당이 현재 보유한 표사와 쟁자수들로 감당할 수 있는 운송량에 대한 가불염의 보고가 바로 이어졌다.

이갑룡과 을룡도 천룡표국에서 출발해 이리로 오고 있는 본대의 규모와 현재 위치 및 향후 계획 등에 대해 상세한 보고를 했다. 아무런 보고를 하지 않은 사람은 나와 손님인 남궁소소뿐이었다.

이윽고 보고가 모두 끝났을 때 이종산이 내게 물었다.

"네 생각은 어떻느냐?"

다른 사람들로부터는 보고를 듣고 내게는 의견을 묻는다.

뒤늦게 상황을 파악한 이갑룡과 을룡의 표정이 더할 나위 없이 굳어졌다. 이 모든 사태를 만든 장본인이자 쌍각오선단의 주인인 나는 말만 비룡당의 당주이지 실제로는 이종산과 함께 보고를 받아야 하는 입장이었다. 저 내용들은 전부 내가 알아야 할 것들이었고, 그걸 근거로 이후의 일들을 처리해야 하기 때문이다.

이종산은 벌 떼처럼 몰려든 상단들로부터 거래 요청서를 잔뜩 받아온 이갑룡과 을룡이 막냇동생인 내게 직접 보고해야 하는 부담을 덜어주려고 일부러 이런 그림을 만든 것이었다.

"국주님의 뜻에 따르겠습니다."

"너의 배들을 보고 계약하겠다는 상단들이다. 당연히 너와 비룡당에서 전부 책임지고 운송해야 하고."

"천룡표국과 대를 이어 거래할 상단들을 고르는 일입니다. 지금은 고작 일 년 차 표사인 저의 어설픈 눈치가 아니라, 오랜 경험을 지닌 국주님의 지혜가 필요한 시점이라고 생각합니다."

"만약 네가 주도적으로 상단들을 정한다면 상단주들이 앞으로는 비룡당과 너에게 줄을 서려고 할 것이다. 그게 무얼 의미하는지 모르진 않을 터인데."

"정 그러시면 범선 한 척을 채울 정도의 상단들만 제가 정하도록 하겠습니다."

이종산은 '이 자식이 도대체 무슨 속셈이지? 분명히 무슨 꿍꿍이가 있는데'라는 듯한 표정으로 한참이나 나를 바라보았다.

그러다 포기한 듯 묵직한 음성으로 말했다.

"교룡방으로부터 확보한 조운선 오십 척과 범선 네 척으로 거래할 상단은 강남구상을 포함해 서른 곳으로 한정한다. 강룡당과 복룡당의 당주는 나머지 스물한 곳의 후보를 선별해 내게 보고하라."

"명을 따르겠습니다."

"명을 따르겠습니다."

"상단들이 맡긴 미곡 전부를 범선에 실을 수는 없다. 범선과 교룡방의 조운선으로 나누어 싣되, 가까운 곳으로 가는 미곡은 속도가 크게 차이 나지 않으니 조운선에 싣고, 닷새 이상 멀리 가는 미곡은 범선에 싣는 것으로 조율하면 상단주들을 설득할 수 있을 것이다."

"명심하겠습니다."

"명심하겠습니다."

이갑룡과 이을룡이 거듭 대답했다.

이종산은 두 사람에게 한 명당 대략 열 곳의 상단들을 정할 수 있는 권한을 줌으로써 대외적인 체면을 세워주었다.

한데 이건 사실상 내가 일부러 양보해 준 것이었다. 이종산은 물론 이거니와 갑룡과 을룡도 당연히 그걸 눈치챘다. 다만 내가 열심히 죽을 쒀서 왜 자신들에게 주려는 지 그 이유를 모를 뿐.

상황이 대충 정리되는 듯하자 이종산이 남궁소소에게 역시나 우리를 대할 때와는 다른 음성으로 물었다.

"지켜보니 어떻느냐?"

"제가 표국 일을 어찌 알겠습니까?"

"타성에 젖지 않은 의견을 듣고 싶구나."

남궁소소는 잠시 내 눈치를 살피더니 조심스럽게 말했다.

"미곡 운송에 관한 한 표국들은 지금까지 상단들에게 끌려다니는 처지였습니다. 한데 천룡표국이 처음으로 그걸 뒤집었습니다. 이제 그 힘을 확실히 보여주어 계속해서 주도권을 잡아야 할 것 같습니다."

"좋은 생각이 있느냐?"

"상단들과 계약을 함에 있어서 사람들이 예측할 수 없도록 해야 합니다. 그러려면 절대로 공정하게 선발해선 안 되고요."

"어찌하여?"

"누가 보아도 계약을 할 것 같은 상단들과 계약을 하면 상단주들은 천룡표국의 눈치를 보지 않을 것입니다. 오히려 그런 상단들 중 몇 곳을 과감히 배제해 버려야 합니다. 그리고 지금 당장은 자격이 안 되지만 미래가 밝은 상단들로 채우면 상단주들이 천룡표국을 대함에 있어 항상 긴장을 늦추지 않을 것입니다."

"상단들을 줄 세워서 내가 얻는 것은?"

"천룡표국에 우호적인 세력을 만드는 것이지요."

"우호적인 세력은 만들어서 무엇에 쓰고?"

"표사들의 전통을 존중하게 할 수 있습니다."

"……!"

이종산을 비롯해 막사 안에 있던 사람들 전부가 화들짝 놀랐다. 단순히 상계를 찍어 눌러서 최대한 이득을 취하라고 할 줄 알았다가 상상도 못 한 답변을 들은 것이다.

저렇게 놀라운 말을 해놓고도 남궁소소는 혹시라도 실수를 했을까봐 열심히 눈알을 굴리며 눈치를 살폈다. 그러다 나와 눈이 마주치자 베시시 웃었다.

남궁소소를 빤히 바라보던 이종산의 입꼬리가 천천히 올라갔다. 그러다 끝내 희고 가지런한 이까지 드러내며 말했다.

"표사가 다 되었구나."

“어쭙잖은 경험으로 국주님과 여러 선배님들의 귀를 어지럽히지나 않았는지 모르겠습니다. 후배의 치기라 생각하고 너그럽게 용서해 주시어요.”

여우다. 여우.

이종산은 더 이상 흡족할 수 없다는 듯 웃으며 고개를 끄덕였다. 그리고 내게도 물었다.

“잘 들었느냐?”

“그렇습니다.”

“하면 범선 한 척을 어떻게 쓰려느냐?”

“무한 분타에 줄 것입니다.”

“……!”

이종산과 무한 분타주인 방청양의 눈동자가 동시에 주먹만 하게 커졌다.

다른 사람들도 뜨악한 표정이 되었다. 기껏 범선 한 척을 차지해 놓고 그 막강한 권력을 무한 분타에 주겠다고 하니 다들 어리둥절할 수밖에.

이종산이 웃음기가 사라진 얼굴로 물었다.

“어째서?”

“무한은 해마다 두 번 미곡시가 열리는 곳이고, 천룡표국에는 말로 설명할 수 없을 만큼 중요한 교두보입니다.”

“그런데?”

“하여 분타주께서 상단의 대행수들과 자주 만나고 관계를 다져두시려면 무한 분타에도 힘을 실어줄 필요가 있습니다.”

"소소도 말했지만 범선들이 있는 한 상단들과의 관계에서 우리가 주도권을 쥐게 될 것이다. 구태여 그렇게까지 할 필요가 있느냐?"

"단순히 주도권을 쥐는 것이 아니라 대를 이어 함께 갈 상단들을 만들어야 합니다. 그러려면 처음부터 싹수가 있어 보이는 작은 상단들을 선별해 대형 상단으로 키우는 방법밖에 없습니다. 강남구상이 끝까지 의리를 지킨 것도 수백 년 전의 선대 때부터 천룡표국과 함께 서로의 희로애락을 지켜보며 커왔기 때문이라고 생각합니다."

"방 분타주에게 그 역할을 주겠다?"

"가장 적임자입니다."

천룡표국 살림을 맡아서 하는 사람이 대장궤 손지백이듯 무한 분타의 살림을 맡은 사람은 분타주의 딸인 장궤 방금옥이었다. 따라서 범선 한 척으로 장사할 상단들을 결정하는 일에도 방금옥의 목소리가 가장 크게 들어갈 것이다.

날벼락처럼 자신에게 큰 힘이 주어지자 방청양은 놀라서 어쩔 줄을 몰라 했다. 하지만 그 놀란 표정 속에 깃든 기쁨과 환희를 몰라볼 사람은 막사 안에 아무도 없었다.

한편, 이갑룡과 을룡은 누가 망치로 뒤통수를 박살 내버린 것 같은 얼굴을 하고 있었다. 그들이 왜 이렇게 놀라고 당황해하는 지를 모를 사람도 여기에 없었다.

방청양은 이제 내 사람이 될 것이다. 그리고 무한 분타는 천룡표국의 분타가 아니라 비룡당의 분타가 될 것이고.

장강 물길을 통해 항주와 무한을 오고 가고, 그로 말미암아 조운을 개척해 큰돈을 벌어들이려면 무한 분타를 장악하는 것이 필수적이었다.

"이런 날강도 같은 녀석을 보았나. 어쩐지 힘들게 수확한 과실을 흔쾌히 양보하더라니, 알고 보니 밭을 통째로 훔쳐 갈 생각이었군. 그래. 껄껄껄."

이종산은 호탕하게 웃었다. 그의 모습 어디에서도 무한 분타를 내게 빼앗겨서 아깝다는 기색은 없었다. 오히려 그 반대로, 아무도 올라온 적 없는 벼랑을 기어코 기어 올라와 자신이 꽂아둔 황금 깃발을 뽑아 가는 아들을 바라보는 것처럼 흐뭇해했다.

황해노경이 웃으며 한마디 덧붙였다.

"방법은 다르지만 남궁 표사와 비룡당주께서 비슷한 생각을 하셨군요. 그 당주에 그 표사입니다. 허허허."

"듣고 보니 그렇군요."

이종산과 황해노경은 이심전심 마음을 주고받으며 환하게 웃었다. 그러면 그럴수록 이갑룡과 이을룡의 표정은 굳었다. 반대로 남궁소소의 얼굴은 발개졌고.

"그리고 저도 보고 드릴 것이 하나 있습니다."

"이 음흉한 녀석. 또 무슨 일을 꾸미려고?"

"청수탄에서 괴한들이 대장선을 공격할 때 병룡 형님이 먼저 알아차리고 보고를 하지 않았다면 미처 손 쓸 사이도 없이 침몰했을 것입니다."

"그래서?"

"자고로 한 문파의 기강은 분명한 상벌에서 나오고, 적어도 천룡표국은 그것을 철저히 지켜왔습니다. 이제 그만 병룡 형님을 복권시켜 주시는 게 어떨는지요?"

"형을 생각하는 네 마음은 알겠다만, 공에 비해 지난날 녀석이 저지른 잘못이 지나치게 크다. 이만한 일로 복권시키면 앞으로는 국주의 령이 서지 않을 것이다."

"공이 분명함에도 불구하고 포상과 치하를 하지 않으면 앞으로는 표사들이 앞장서서 싸우려 하지 않을 것입니다."

"한데 병룡이 선실 고물에는 왜 들어간 것이더냐?"

"저는 모르는 일입니다."

나는 시치미를 뚝 뗐다.

"급류를 오를 때 배에 문제가 있을지 몰라 제가 들어가서 살펴보라고 했습니다. 기왕이면 귀 밝은 선원이 필요하던 차에 때마침 일류고수인 삼공자께서 눈에 띄기에 그만……."

황해노경이 슬쩍 끼어들어 나를 도와주었다.

이종산은 잠시 실눈을 뜨고 나와 황해노경을 한참이나 뚫어지게 노려보았다. 반대로 나와 황해노경은 눈을 똑바로 뜨고 직사광선 같은 이종산의 눈빛을 악으로 깡으로 받아냈다.

이윽고 이종산이 말했다.

"알았으니까 눈이나 깜빡여라."

나와 황해노경은 더는 참지 못하고 얼른 손으로 눈을 비볐다.

그사이 이종산이 막사 바깥을 향해 말했다.

"쟁자수 이병룡을 들라고 해라!"

잠시 후, 이병룡이 찻주전자와 다기가 가득 든 대바구니를 들고 헐레벌떡 들어왔다. 이어 사람들 앞에 찻잔을 하나씩 놓고 차를 따라주기 시작했다.

"이게 무엇이냐?"

"철관음입니다."

"철관음인 줄은 나도 안다."

"차를 가져오라고 부르신 것 아닙니까?"

"그새 쟁자수 일이 몸에 배었더냐?"

"뭐든 열심히 배우려고 하는 중입니다. 예전엔 몰랐는데 쟁자수 일을 몇 달 하고 보니 뜯어고쳐야 할 게 한두 가지가 아니……. 죄송합니다."

"표사 일도 그렇게 새로운 마음으로 배우거라."

"예?"

막사를 나온 사람들은 각자 맡은 일을 위해 빠르게 헤어졌다.

남궁소소는 사람들의 시선을 의식해선지 나와 손등을 살짝 스치고는 여표들이 휴식 중인 곳으로 갔다.

그러면서 작게 속삭였다.

"이따가 봐요."

잠시 후, 황해노경이 대장선 하판의 수리가 곧 끝난다는 보고를 해왔다.

출항 준비를 하라는 명령을 내리고 돌아서려는데 저만치에서 방금옥이 중년인과 얘기를 나누며 오는 게 보였다.

중년인은 전날 황학루 꼭대기에서 만났던 합비의 작은 상단인 만보상단의 대행수였다. 이름이 방립동이었던가?

황학루에서 그는 십수 년 전 비적이었던 시절 천룡표국의 표마차를 습격했다가 표사들에게 맞아 불구가 되었다고 고백해 모두를 놀라게 했었다. 무슨 이야기를 하는지 두 사람 모두 심각한 표정이었다.

자기들 딴에는 작은 소리로 나눈다고 했겠지만, 백오십 년의 공력을 지닌 내게는 조곤조곤 다 들려왔다.

"정말 안 될까요?"

"글쎄, 소용없어요."

"모두 천룡표국을 떠나려고 할 때 우리는 오히려 천룡표국을 찾아가 계약을 했습니다. 하면 우리에게 먼저 기회를 주어야 하는 게 아닌가요?"

"천룡표국이 불이익이라도 주었던 말인가요?"

"그런 뜻이 아니라."

"무려 백 곳이 넘는 대형 상단들이 천룡표국과 계약을 하겠다는 의사를 밝혀왔어요. 표국의 입장에선 대형 상단들과 거래를 하는 것이 압도적으로 유리하고요. 그걸 누가 뭐라고 할 수 있겠어요?"

"그래서 이렇게 부탁을 드리는 겁니다."

"제가 무슨 힘이 있다고요."

"비룡당주께서 총애하신다고 들었습니다."

"그러실 리도 없지만, 만약 그렇다고 하면 더더욱 조심해야죠. 보는 눈들도 많고 하니 그 얘긴 이쯤에서 그만하도록 하……."

대여섯 장 앞에서 나와 눈이 딱 마주친 방금옥이 그대로 얼어붙었다. 방립동도 덩달아 깜짝 놀라서 그 자리에 멈춰 섰다.

하지만 그것도 잠시, 두 사람 모두 잰걸음으로 다가와서 내게 꾸뻑 포권지례를 했다.

"고생이 많았습니다."

"제가 무얼 했다고요."

"갑자기 오백 인분의 주먹밥을 만들었잖습니까."

"저는 재료와 비율을 가르쳐 주고 감독만 했을 뿐, 하나부터 열까지 일을 한 건 비룡당의 쟁자수들이었습니다. 남궁소소 아가씨와 비룡당의 여표들도 도와주었고요."

그때였다. 무한 분타의 표사 하나가 헐레벌떡 달려왔다가 뒤돌아 있는 나를 뒤늦게 발견하고는 깜짝 놀랐다.

그는 내게 꾸벅 인사를 하더니 방금옥에게 다급히 말했다.

"분타주님께서 급하게 찾으십니다."

"저를요?"

"예!"

"왜요?"

"그건……."

표사가 말을 못 하고 내 눈치를 힐끔힐끔 살폈다. 방청양에게 뭔가 들은 얘기가 있는 모양이었다.

내가 방금옥에게 말했다.

"빨리 가보십시오."

방금옥이 불안한 표정과 함께 서둘러 표사를 따라갔다.

그녀가 대여섯 정도 멀어졌을 내가 불러 세웠다.

"주먹밥 잘 먹었습니다!"

방금옥이 걸음을 뚝 멈추더니 뒤돌아 나를 보았다. 이어 깜빡했다는 듯 제 머리를 콱 쥐어박고는 얼른 포권을 쥐어 보인 후 다시 걸음을 옮겼다.

이제 나와 방립동만 남았다.

내가 물었다.

"두 분은 전부터 아는 사이였습니까?"

"어렸을 때 어머니가 저를 데리고 다니며 방물을 팔았는데, 그때 가끔 들렀던 마을에 그녀가 살았습니다. 분타주님도 그렇고 장궤님도 그렇고, 우리 모자에게 잘해주셨지요."

"성씨가 같아서 친족인 줄 알았더니만."

"제 성은 가짜입니다. 아비가 누군지를 몰라 성도 물려받지 못했는데, 어느 날 어머니가 방씨 성이 듣기 좋다며 그렇게 부르기 시작한 것이 지금에 이르렀습니다."

지난번 황학루에서도 그러더니, 어떻게 된 사람이 보통은 숨기고 싶어 할 이야기를 잘도 털어놓는다. 한데도 이상하게 거짓말이라는 생각이 전혀 들지 않았다. 아무래도 천성이 그런 모양이었다.

나는 더 묻지 않았다.

"그렇군요."

"저기 당주님……."

"말씀하십시오."

"단도직입적으로 말씀드리겠습니다. 저희도 범선에 미곡을 실을 수 있게 해주십시오. 비록 이백 섬밖에 되지 않지만 편의를 봐주신다면 이 은혜는 꼭……."

"죄송합니다만, 제게는 그럴 만한 힘이 없습니다."

방립동이 고개를 푹 떨구었다. 실망을 넘어 살짝 섭섭한 모양이었다. 내가 범선들의 주인이라는 걸 다 아는데 힘이 없다고 하니 거절이라고 생각하는 것이다. 나 같아도 그랬을 것 같다.

"이럴 게 아니라 방 장궤에게 한번 말씀해 보시죠. 제가 도와주지 못해 아쉬워하더라고 하면 모른 척하지는 않을 것 같습니다만."

"예에?"

"제가 방 장궤에게 직접 말을 해줄 수도 있습니다만, 그러면 압력을 행사하는 것이 되어버려서 말입니다."

"당최 무슨 말씀을 하시는 건지……."

"가보시면 압니다. 그럼 이만."

나는 서너 걸음을 옮기다가 다시 돌아왔다. 그리고 아직도 얼떨떨한 표정을 짓고 있는 방립동에게 다시 말했다.

"혹시 과일을 운송해 보실 생각 없으십니까?"

"과일을요?"

"아, 지금 말고 장강수로가 상대적으로 한가한 여름에 말입니다. 강남에서 나는 신선한 과일들을 강북으로 가져가 파는 것이지요. 천룡표국의 범선을 이용해 남경까지만 가도 좋고, 아예 진강까지 가서 운하를 타고 북상하면 양주, 회안, 합비 등의 대도시는 물론이거니와 멀리 산동의 추성, 곡부, 제남도 넘볼 수 있을 겁니다."

"……!"

"지금도 일부 상단에서 교룡방의 조운선을 이용해 과일을 운송하고 있기는 하지만, 수량도 적은 데다 신선함에서 상대가 되지 않을 겁니다."

방립동의 눈이 툭 튀어나오며 그대로 석상이 되어버렸다. 젊은 나이에 상단의 대행수 자리에 오른 사람답게 내가 한 말이 무얼 의미하는지 바로 깨달은 것이다.

"관심 있으시면 방 장궤와 상의해 보십시오. 그럼 진짜로 이만."

깜깜한 밤, 나는 비룡당의 표사 십여 명을 이끌고 독고완의 뒤를 따랐다.

울창한 숲길을 달리길 한참, 갑자기 오래된 선창을 연한 작은 마을 같기도 하고 장원 같기도 한 것이 눈앞에 나타났다. 당연히 그 너머는 장강이었다.

"여깁니다."

독고완이 잠행을 멈추고 완벽한 새소리를 흉내 냈다.

잠시 후, 시커먼 그림자가 딱히 조심하는 기색도 없이 쫄레쫄레 나타났다. 호리독사였다.

"오셨습니까?"

"상황은?"

"살인멸구를 할 줄 알았더니 날이 어두워지길 기다렸다가 일곱 명 모두 살려서 데려갔습니다. 아주 의리가 없는 놈들은 아닙니다."

"위치는?"

"안으로 들어가서 왼쪽에 있는 세 번째 전각에 전부 처박혀 있습니다. 서너 명이 계속해서 들락거리며 피를 닦아내고 약을 먹이는 것 같습니다."

나는 함께 온 무한 분타의 표사를 돌아보았다. 마지막으로 확인을 하려는 것이다.

그가 말했다.

"교룡방이 맞습니다."

이을룡의 말이 맞다. 천룡표국의 범선이 공격받고도 그냥 넘어가는 선례를 남기면 안 된다. 최소한 그것을 사주한 자들에게는 확실히 값을 치르게 해야 한다. 그래야 다시는 엉뚱한 짓을 못 한다.

"들어간다!"

3장
표사들의 전통

"무슨 일이오!"

"여긴 아무나 들어오는 곳이 아니오!"

"누군데 교룡방의 장원에 함부로 들어오는가!"

도검으로 무장한 십여 명의 무사가 한밤중에 막무가내로 들이닥치자 교룡방은 난리가 났다. 수채인지 장원인지 모를 곳을 절반도 가로지르지 못해 우리는 수백 명의 뱃사람들에 의해 가로막혔다. 하나같이 한 손엔 횃불을 들고 다른 손에는 박도나 몽둥이 등을 꼬나 쥔 상태였다.

우렁찬 외침과 함께 엄청난 덩치를 자랑하는 거인이 다가오며 횃불을 훅 들이밀었다.

"어디서 온 무뢰한들이냐!"

퍽! 퍼퍽!

독고완이 번개처럼 달려들어 화려한 발재간과 금나수로 거인을 땅바닥에 메다꽂아 버렸다. 갑작스러운 공격에 분기탱천한 뱃사람들이 벌 떼같이 달려들려는 찰나, 가불염이 돌연 거인에게서 횃불을 빼앗아 내 얼굴 앞에 훅 갖다 댔다.

나도 모르게 움찔 놀라며 횃불을 쳐낼 뻔했다.

'이 양반이 사전에 말도 없이!'

그때 내 얼굴을 알아본 뱃사람들이 소스라치게 놀라더니 더는 다가오지 못하고 그 자리에서 우뚝 멈춰 섰다.

"저 사람은!"

"풍운비룡이다!"

뱃사람들에게 내 얼굴을 확인시켜 준 가불염이 다시 횃불을 앞으로 가져가 칼질하듯 위협적으로 휘둘러 댔다. 그러자 조금 전까지도 죽일 것처럼 달려오던 뱃사람들이 앞다투어 물러나면서 한순간 혼란스러운 상황이 펼쳐졌다.

'이게 이렇게까지 효과가 있다고?'

이윽고 주변을 깨끗이 정리한 가불염이 내 곁으로 돌아와서는 마치 주군을 대하듯 공손한 태도로 시립하며 말했다.

"말씀하시지요."

표사는 역시 경험이다. 총표두 곽석산이 멀리서 그를 발탁해 오고, 전생에서 그가 모두로부터 신뢰받는 표두가 된 데는 다 이유가 있었다.

나는 수백의 뱃사람들을 한차례 쭈욱 쓸어 본 후 뒤쪽 높다랗게 솟은 전각을 향해 우렁우렁한 일갈을 쏟아냈다.

"나는 천룡표국의 비룡당주 이정룡이오. 오늘 낮 청수탄에서 있었던 일로 칼값을 받으러 왔으니, 교룡방의 방주께서는 어서 나타나 계산을 해주시길 바라오!"

잠시 후, 뱃사람들이 썰물처럼 갈라지며 흡사 짐승의 그것을 연상케 하는 한 쌍의 새파란 눈동자가 나타났다.

이윽고 오척단구에다 한 손에는 죽장을 든 칠순 노인이 대여섯 장의 거리를 둔 채 나와 마주하고 섰다. 눈빛이 예사롭지 않더라니, 전신에서 흘러나오는 기세 또한 가공할 수준이었다. 이종산에게 미칠 정도는 아니지만 그렇다고 만만하게 볼 상대도 아니었다.

뿐만 아니라 그의 뒤에는 각양각색의 용모를 지닌 일곱 명이 도검을 패용한 채 버티고 섰다. 전신에서 뿜어져 나오는 기세로 미루어 내가 거느리고 온 표사들보다 한참 윗줄로 보였다.

필시 어두운 과거를 씻고 교룡방에 신변을 의탁한 은둔 고수들일 것이다. 자세히 파고들면 살인을 밥 먹듯이 했던 흉신악살들일 확률이 높고.

나는 일단 포권지례부터 올렸다.

"처음 뵙겠습니다. 이정룡입니다."

"을목청이라고 하네."

장강일패(長江一霸) 을목청. 일곱 개로 나뉘어 있던 장강의 조운 방회들을 교룡방이라는 이름 아래에 하나로 통일한 전설적인 뱃사람과 마침내 조우하는 순간이었다.

"청수탄에서 있었던 일은 들었네."

"방주님과는 무관한 일인 것처럼 말씀하시는군요."

"평소 의욕이 과한 분타주가 한 명 있었는데 그만 보고도 않고 선을 넘어버렸더군. 그렇다고 해도 방주로서 책임을 회피할 생각은 없네."

"어떻게 값을 치르시겠습니까?"

"성격이 급하군."

"피차 불편한 자리인데 구태여 시간을 끌 이유가 있겠습니까."

"장강은 대대로 교룡방의 영역이었고 그걸 먼저 침범한 건 천룡표국이었네. 설마 부인하지는 않겠지?"

"정의가 틀렸습니다. 장강은 교룡방만의 것이 아니고, 천룡표국은 의뢰받은 표물 외에는 범선에 실을 생각이 없습니다. 하니 좁은 의미로든 넓은 의미로든 교룡방의 영역을 침범한 적이 없으며 앞으로도 그럴 것입니다."

"상단들이 앞으로는 교룡방에 맡길 물건을 천룡표국에 맡길 텐데도?"

"교룡방은 운송을 하지만 표국은 호송을 합니다. 방주님께서 이 간단하지만 큰 차이를 모르시지 않을 것 같습니다만."

"그동안엔 표국들의 호송도 교룡방의 조운선을 이용했네."

"앞으로도 그럴 것입니다."

"천룡표국은 아니겠지."

"범선은 다섯 척에 불과하고 천룡표국의 모든 미곡을 범선으로만 운송할 수는 없습니다. 이번에도 석 달간 교룡방의 조운선 오십 척을 독점 운용하기로 했고요."

"여름과 겨울엔 무얼 운송할 셈인가?"

"차차 생각해 볼 것입니다."

"나를 속일 생각일랑 말게. 일 년에 고작 여섯 달 동안 미곡만 운송하자고 대책도 없이 그 큰 범선들을 다섯 척씩이나 들여오진 않았을 것이네. 귀하는 분명히 계획이 있어."

"제가 비수기에 범선으로 무얼 나르든 조운을 하는 것이 아닌 한 교룡방에서 알 바도 참견할 바도 아닙니다."

나는 칼로 자르듯 단호하게 말했다.

순간, 을목청의 뒤쪽에 있던 칠 인의 무인들이 오른손으로 도검을 움켜쥐며 막강한 살기를 발산했다. 그에 대응하여 내가 대동하고 온 표사들도 저마다 빠르게 도검을 잡아갔다.

나와 을목청 사이에는 이미 실제 싸움이 벌어지고 있었다. 아까부터 을목청이 내 단전에 자신의 기(氣)를 계속해서 파도처럼 부딪혀 왔던 것이다. 최소 일 갑자 이상의 내가고수만 시전할 수 있는 격기였다.

나는 호신강기를 끌어 올려 을목청의 격기를 막아내는 한편, 망혼소로 오히려 그의 단전을 더듬었다. 백오십 년의 공력을 얻고 난 후 망혼소의 위력도 덩달아 강해졌다. 게다가 망혼소는 작용기전이 격기와 달라서 이종산 같은 초절정 고수가 아니고서는 절대 알아차리지 못한다.

"꽉 찬 오리알을 품으셨군요."

"……!"

을목청의 얼굴이 딱딱하게 굳어졌다. 내가 자신의 단전을 들여다보았다는 사실을 뒤늦게 깨달은 것이다. 그것도 소름 끼치도록 정확하게.

그는 실패했고 나는 성공했다. 그는 몰랐고 나는 알아차렸다. 을목청의 상식에서 격기는 내공의 영역, 제대로 붙어볼 사이도 없이 내게 압도당해 버렸다고 생각할 것이다.

사실 아주 거짓도 아닌 것이, 초식의 정교함과 실전의 경험이야 밀릴지 몰라도 내공으로는 내가 한참 위였다.

"항주의 천룡표국에서 잠룡 한 마리가 알을 깨고 나와 비상하는 중이라고 하더니만 소문이 사실이었군."

"기왕에 꺼낸 말씀, 천룡표국의 범선에 관한 교룡방의 입장을 주시지요. 그래야 우리도 교룡방을 적으로 대할지 아니면 계속해서 친구로 대할지 정하지 않겠습니까."

"의뢰받은 표물만 운송하겠다는 약속을 지켜주면 우리도 장강에 천룡표국의 범선이 드나드는 걸 인정하지."

"무언가 착각하시는 것 같은데, 저는 지금 범선의 운항을 놓고 교룡방의 허락을 구하러 온 것이 아닙니다."

"하지만 협조는 필요할 것이네. 천룡표국이라고 모든 미곡을 범선으로만 운송하지는 못한다고 방금 귀하의 입으로도 말하지 않았던가?"

딱 내가 원하는 바였다. 가장 적절하다고 생각되는 교룡방과 천룡표국의 대치 전선. 더 욕심을 부리면 교룡방은 전쟁도 불사할 수밖에 없다. 자신들의 밥줄이 심각하게 위협받기 때문이다.

"좋습니다. 그럼 이제 청수탄에서 있었던 일을 계산해 볼까요?"

"원하는 게 무엇인가?"

"관련자들의 신병을 넘겨주십시오."

"내어주지 않겠다면?"

"제 손으로 거두어야 하겠지요."

"정녕 전쟁이라도 하자는 건가?"

"그건 오늘 아침 청수탄에서 교룡방이 천룡표국의 범선에 한 짓입니다. 저는 오히려 조용히 해결하기 위해 온 것이고요. 오백 명의 선객들이 지켜보는 앞에서 교룡방의 이름이 나오지 않도록 한 것이 그간의 정리를 생각한 배려였음을 정녕 모르시겠습니까?"

나를 바라보는 을목청의 눈동자에 고민이 깊어졌다. 그로서는 진퇴양난이었다. 순순히 내주자니 교룡방의 체면이 말이 아니고, 나와 일전을 벌이자니 판만 더욱 커지게 생겼다. 무엇보다 내 말 중 틀린 게 하나도 없다는 사실이 마치 튼튼한 밧줄에 몸을 꽁꽁 묶인 것처럼 답답할 것이다.

을목청은 잠시 땅이 꺼져라 한숨을 쉬더니 뒤쪽의 무인에게 말했다.

"데려와라."

"방주님!"

"어서!"

잠시 후, 시끌벅적한 소리와 함께 온몸을 붕대로 칭칭 감은 사람들이 일부는 부축을 받고, 일부는 들것에 실려 왔다. 아침에 범선을 침몰시키려고 했다가 잡히는 바람에 선원들에게 흠씬 두들겨 맞은 그 괴한들이었다.

'한데 왜 여덟 명이지?'

그러고 보니 처음 보는 자가 하나 있었다. 얼굴 전체가 터질 것처럼 부풀어 오른 데다 양쪽 눈알은 피멍이 맺히다 못해 누가 후벼 판 것처럼 시뻘겋고, 하관은 빠져서 제멋대로 너덜거렸다.

저 지경까지 된 이유는 금방 알 수 있었다. 양쪽 뺨에 시꺼멓게 남아 있는 손바닥 자국, 즉 장흔(掌痕) 때문이었다. 양쪽 다 오른손 자국인 걸 보면 왼쪽 뺨을 통해 들어간 장력이 얼굴 전체를 관통한 다음 오른쪽으로 방출된 것 같았다.

'흑살투골장(黑煞透骨掌)!'

장강일패 을목청의 독문무공이었다. 저 장법에 제대로 맞으면 오장육부가 찢겨 나가는 건 둘째치고 뼈가 몸속에서 살점과 붙은 채 가루가 되어버린다든가.

하지만 얼굴을 맞고도 목숨이 붙어 있는 걸 보면 손속에 사정을 많이 둔 것 같았다. 청수탄의 일을 자신은 미처 몰랐다는 을목청의 말이 거짓이 아니었던 모양이다. 만약 그렇다면 저 만신창이 얼굴은 대체 무슨 배짱으로 그런 엄청난 짓을 저질렀단 말인가.

하기사 미리 첩보를 입수하지 못했다면 범선은 강변 쪽으로 가던 중 침몰했을 것이고, 청수탄의 급류에 휩쓸려 버리는 바람에 영영 원인을 밝혀내지 못했을 수도 있다.

사내는 나를 보자마자 저승사자라도 만난 것 같은 얼굴이 되었다. 내가 나타날 줄은 까맣게 몰랐나 보다. 더구나 자기가 이렇게 내 앞에 불려 나오기까지 할 줄은.

"교룡방의 청수탄 분타를 책임지고 있는 분타주일세. 그가 이번 일을 주도했고 나머지는 당주께서도 잘 아는 얼굴들일 것이네."

함께 끌려 온 뱃사람들은 하나같이 사십 대 중반의 장년인들인데 반해 분타주는 서른 살쯤으로 한참 젊었다. 아마도 을목청의 뒤쪽에 버티고 선 칠 인의 무인들 못지않게, 아니, 어쩌면 그들보다 더 높은 수준의 무공을 익힌 고수일 것이다.

교룡방이 조운으로 밥을 먹는 방파라고 해도 외부의 수많은 세력들로부터 평범한 뱃사람들인 방도들을 지키려면 결국 무공의 고수가 무리를 이끌 수밖에 없었다.

을목청의 말이 이어졌다.

"교룡방도의 목숨은 교룡방의 것. 하늘이 무너져도 이들의 신병을 천룡표국에 넘겨줄 수는 없네. 하지만 천룡표국의 비룡당주가 보는 앞에서 숨통을 끊어주도록 하지. 이 정도는 양보해 주겠지?"

"그렇게 하시죠."

"시작하라!"

지금 이 자리에서 모두 죽여 버린다는 말에 여덟 명은 사색이 되었다. 의식을 잃고 들것에 누워 있던 자는 벌떡 일어나 앉았고, 금방이라도 죽을 것처럼 끙끙거리던 자도 눈을 동그랗게 떴다. 분타주는 그야말로 사색이 되어 어쩔 줄을 몰라 했다.

이윽고 을목청의 뒤를 지키던 칠 인의 무사들이 천천히 부상자들의 뒤쪽으로 가서 섰다. 그리고 분타주를 제외한 나머지 일곱을 부축해 무릎 꿇렸다.

예정에도 없던 처형식이 진행되자 지켜보던 수백 명의 뱃사람들은 크게 술렁이기 시작했다. 하지만 청수탄에서 있었던 일의 심각성을 알기에 대부분 어느 정도는 수긍하는 듯한 분위기였다. 심지어 이 정도 선에서 정리되는 것만도 다행이라는 기색도 읽혔다.

교룡방의 입장에서도 방주의 허락 없이 그런 엄청난 일을 저지른 방도들에 대한 단죄는 반드시 필요했다. 다만 내가 예상치 못한 시간에 예상치 못한 방법으로 나타나 신병을 요구하고, 그 바람에 방주가 떠밀리듯 서둘러 징벌을 내리는 것이 분할 뿐. 그것도 참형이라는 극형으로.

"가족들은 염려 마라."

방도들을 향한 을목청의 마지막 말이 있었다.

처음 사로잡혔을 때도 강단이 보통 아니더라니, 일곱 명의 장년인들은 가족을 돌봐주겠다는 방주의 말에 모든 걸 체념한 듯 조용히 눈을 감았다. 오직 분타주라는 젊은 고수만 이렇게 될 줄은 상상도 못 했다는 듯 을목청과 칠 인의 무사들을 번갈아 보며 눈을 부릅떴다.

이윽고 뱃사람들의 뒤로 간 칠 인의 무사들이 도검을 높이 들었다.

잠시 쥐 죽은 듯한 침묵이 흐르고 도검이 떨어지려는 찰나 내가 말했다.

"그런데 말입니다."

"……?"

"저기 있는 일곱 명에게는 오늘 아침 제가 살려 보내주겠다고 약속을 이미 했습니다. 저는 한 입으로 두말하는 사람이 아닙니다."

"무슨 뜻인가?"

"저들의 목숨은 필요 없다는 뜻입니다. 만약 교룡방 내부의 법 집행을 위해 죽이시겠다면 어쩔 수 없지만 말입니다."

"……!"

뱃사람들이 또다시 크게 웅성거렸다. 구사일생으로 목숨을 건지게 된 당사자들은 격정을 억누르지 못하고 눈물을 흘렸다. 그러나 확실하게 구명을 받지 못한 분타주는 더욱 침통한 표정을 지었다.

잠시 시간을 끌던 을목청은 내게서 다른 말이 나오지 않자 다시 명령을 내렸다.

"어서 분타주의 형을 집행하라!"

칠 인의 무사들 중 한 명이 겁에 질린 분타주의 뒤로 갔다.

이윽고 무사의 칼이 허공으로 올라갔다. 달빛에 비친 칼 그림자가 공교롭게도 분타주의 목에 걸렸다.

"잠깐!"

젊은 분타주가 사력을 다해 외쳤다. 이어 행여라도 칼이 떨어질세라 무릎걸음으로 다급하게 걸어오더니 을목청과 나를 번갈아 보며 열변을 토해냈다.

"저는 단지 시키는 대로 했을 뿐 진짜 범인은 따로 있습니다. 그자가 이르길 지금 우리가 합심하여 천룡표국의 행보를 막지 않으면 장차 장강이 표국의 범선들로 넘쳐날 거라고 해서 그만."

"그게 무슨 소리냐. 사주를 받다니!"

"정말입니다. 믿어주십시오!"

"대체 누구의 사주를 받았다는 것이냐!"

"그자는…… 입니다."

분타주가 사주했다는 사람의 이름만 전음으로 전한 모양이었다.

분노한 을목청이 호목을 부릅떴다.

"한데 왜 내게 말하지 않은 것이냐?"

"사주를 받았다는 것이 창피하여."

"이런 멍청한 놈!"

을목청이 달려가서 놈의 얼굴에 일장을 출수하려고 했다. 하지만 가불염을 비롯한 표사들이 그의 앞을 막아섰다.

을목청이 수염을 바르르 떨며 내게 말했다.

"무슨 짓인가!"

"저는 아직 그자가 누군지 듣지 못했습니다."

"눈치를 보니 이미 알고 있었던 것 같네만."

"그래서 더욱 죽이면 안 되지요."

나는 분타주를 돌아보며 물었다.

"이름이 무엇이오?"

"무삼통이라고 하오."

"향후 십 년 이내에 장강이 표국의 범선들로 넘쳐나는 일은 없을 것이오. 범선이 장강을 거슬러 오르기 위해서는 겉으로는 보이지 않는 몇 가지 중요한 장치들이 있는데, 이는 오직 나와 배를 만든 장인만 알고 있기 때문이오. 설사 그 기술이 유출된다고 해도 아직까지는 제대로 만들 수 있는 사람이 없고."

"……!"

"그리고 또 하나, 사주한 자가 따로 있다는 것만으로 귀하가 천룡표국의 범선에 저지른 짓이 없던 일이 되는 건 아니오. 물론 혼자 죽으려면 억울하기는 하겠지만."

"부디 살길을 일러주시오."

"한 가지 방법이 있기는 한데……."

"누구냐!"

"웬 놈들이냐!"

"침입자들이다!"

깡! 까강! 깡깡!

가불염이 아홉 명의 표사들과 함께 금성루의 수문무사들을 뚫고 길을 열었다. 나는 거침없이 안으로 들어갔다. 그러자 곳곳에서 도검을 꼬나 쥔 무인들이 벌 떼같이 쏟아져 나왔다. 금성루의 호기무사들을 비롯해 이곳에 묵고 있는 강북의 여러 표사들이 저마다 무기를 들고 튀어나온 것이다.

화르륵!

가불염이 수문무사에게서 빼앗은 횃불을 내 얼굴에 들이댔다. 이번에는 나도 놀라지 않았다. 오히려 잘 보일 수 있도록 고개를 높이 쳐들었다. 그러자 우르르 달려 나오던 호기무사와 표사들이 교룡방의 뱃사람들이 그랬던 것처럼 우뚝 멈춰 섰다.

"풍운비룡!"

"풍운비룡이다!"

웅성거리는 호기무사들과 표사들을 무시하고 나는 먼저 숨부터 골랐다.

이제부터 상대해야 할 사람은 지금까지 싸웠던 자들과는 차원이 다른 고수였다. 특히 표행의 경험으로도 그렇고 무리를 이끌어 본 경험으로도 그렇고, 나와는 비교조차 할 수 없는 실력과 내공의 소유자였다. 하지만 반드시 넘어야 할 산이었다.

마침내 결의를 다진 나는 안쪽을 향해 큰소리로 외쳤다.

"이 몸은 천룡표국 비룡당주 이정룡이라고 하오. 북천표국의 국주이신 조령검객 여문탁 대협을 뵈러 왔소이다!"

북쪽 전각의 일 층 문이 활짝 열리면서 회랑을 앞세운 개방형의 객실이 나타났다. 그곳에 북천표국주 여문탁을 비롯해 아홉 명의 강북 출신 표국주들이 각각의 수뇌부를 거느린 채 앉아 있었다. 천룡표국이 범선들을 동원해 미곡시를 모조리 쓸어버리자 밤늦도록 대책 회의를 하던 중인 모양이었다.

갑작스러운 나의 등장에 모두 당황한 기색이 역력했다. 특히 여문탁의 바로 옆자리를 차지하고 앉아 있는 여사평은 얼굴이 돌덩어리처럼 굳어졌다.

여문탁은 그런 여사평을 힐끗 일별한 후 객실 안쪽 깊숙한 곳에서 일어나지도 않고 나를 물끄러미 바라보며 물었다.

"나를 보러 왔다고?"

"그렇습니다."

"이 밤중에?"

"예를 따질 때가 아니어서요."

"감히 누구 앞이라고!"

강북의 표국주 하나가 발끈하며 소리쳤다. 동석해 있던 다른 여덟 명의 표국주들도 모두 눈썹을 역팔자로 사납게 꺾으며 나를 노려보았다.

여문탁만큼은 아니지만 저들 아홉 명의 표국주들 역시 절정을 바라보거나 혹은 이미 절정의 경지에 든 고수들이었다. 동시에 표국 일로도 산전수전 다 겪은 노강호들이었다.

이럴 땐 그저 뻔뻔한 게 최고다. 나는 고개를 빳빳이 쳐들고 아홉 명의 표국주들 한 명 한 명의 시선을 전부 받아냈다.

여문탁이 다시 말했다.

"무슨 일 때문인지 모르나 오늘은 늦었으니 날이 밝으면 다시 찾아오시게. 하면 내 충분히 시간을 내주도록 하겠네."

"저는 오늘 꼭 빚을 받아가야겠습니다."

"빚?"

"사람들을 물리시는 게 어떻겠습니까?"

"도가 지나치군."

"적반하장이라는 말씀으로 돌려드립니다."

"정녕 이리 무례한 사람이었나!"

"표국업계의 후배로서 최소한의 예의를 지키기 위해 드리는 말씀입니다. 사람들을 물리시는 게 어떻겠습니까?"

나를 보는 여문탁의 눈빛이 얼음장처럼 차가워졌다. 을목청의 그것과는 비교도 할 수 없었다. 서늘하고 섬뜩한 한기가 내 눈을 뚫고 들어와 심장을 찔렀다. 분명 격기는 아닌데, 그것보다도 더 적나라하게 내 속을 더듬는 것 같았다.

나도 모르게 마른침이 꼴깍꼴깍 넘어갔다.

'이것이 호북제일검의 경지!'

이윽고 여문탁이 착 가라앉은 음성으로 말했다.

"무슨 일 때문에 이리 흥분했는지 어디 말해보시게."

"북천표국에서 자맥질에 익숙한 자들을 사주, 오늘 아침 청수탄에서 저의 범선을 침몰시키려 한 일에 대해 책임을 묻고자 합니다."

"……!"

"사과는 필요 없습니다. 재발 방지의 약속도 필요 없습니다. 이 일을 처음부터 계획하고 사주한 자의 신병만 제게 넘겨주시면 됩니다."

좌중이 벌집을 건드려 놓은 것과도 같았다. 정원으로 쏟아져 나온 수백 명의 표사들과 객실에 있는 표국주들이 크게 웅성거렸다. 그런가 하면 사방을 둘러싼 삼 층 전각들에서 창밖으로 얼굴을 내밀고 구경하던 기녀들과 늙은 상단주들도 소스라치게 놀랐다.

여문탁이 살광을 폭사하며 말했다.

"칼 찬 사람들은 입이 무거워야 한다네. 입 밖으로 나온 말에 책임을 지지 못하면 그 말이 칼로 변해 내 목에 꽂힐 수도 있는 법이거든."

"한낱 말 한마디가 그러할진대 칼을 함부로 휘두른 값은 얼마나 비싸겠습니까? 북천표국에선 부디 칼값을 잘 계산해 주시길 바랍니다."

나는 딱딱하게 굳는 여문탁의 얼굴을 뒤로하고 가불염에게 고개를 끄덕였다.

가불염이 길게 휘파람을 불자 한 무리의 사람들이 정문으로 들이닥쳤다. 교룡방주 을목청과 그에게 곤죽이 되도록 얻어터진 분타주 무삼통 그리고 을목청을 그림자처럼 따르는 칠 인의 호위무사들이었다.

갑작스러운 인물들의 등장에 좌중이 다시 한번 크게 술렁였다.

여문탁이 잔뜩 눈살을 찌푸리며 을목청에게 물었다.

"방주께서 여긴 어쩐 일이시외까?"

"귀하의 자식과 내 제자가 작당해서 천룡표국의 범선을 공격한 모양이외다. 피차 범선의 출현을 탐탁지 않게 생각했으니 누가 주도를 했느냐 하는 것은 중요하지 않을 것이오."

교룡방에서의 일이 끝나갈 무렵 알게 된 사실인데, 무삼통은 을목청의 첫 번째 제자였다.

무삼통은 장강이 장차 표국의 범선들로 넘쳐나면 방도들의 밥줄이 끊길까 걱정하는 차에 범선 다섯 척이 선객 오백을 싣고 다시 청수탄으로 향한다는 얘기를 들었다. 청수탄 분타주인 그는 자신의 영역이 강도들에게 유린당하는 것 같은 기분에 치밀어 오르는 화를 참을 수가 없었다고 했다.

그때 여사평이 좋은 계획이 있다며 접근을 해왔고, 그러면 안 되는 줄 알면서도 놈의 제안을 덥석 물었다. 이게 무삼통이 진술한 청수탄 사건의 자초지종이었다.

한데 을목청은 자신의 장제자가 북천표국주도 아니고 그의 아들놈인 여사평에게 한낱 수하처럼 조종당했다는 사실을 가장 참을 수 없어 했다. 그래서 저렇게 '둘이서 함께 작당'이라는 말로 묶어버리는 것이다.

이렇게 와서 증언까지 해주는 마당에 나는 모른 척했다.

을목청의 말이 이어졌다.

"아무튼, 본 방은 이 일로 천룡표국에 큰 빚을 졌고 충분한 사과와 함께 적절한 배상을 할 작정이오. 이에 아무래도 모르고 계실 것 같아 사실을 알려 드리는 것이니 북천표국주께선 알아서 잘 처리하시기 바라외다!"

말을 모두 끝낸 을목청이 나를 보며 물었다.

"이제 됐나?"

"감사합니다."

"그 말은 내가 해야 할 것 같군. 싸게 계산해 주어 고맙네. 국주께는 내가 일간 찾아뵙고 오해를 풀겠다고 전하시게."

갑작스러운 전개에 아홉 명의 표국주들과 수백 명의 표사들은 당황해서 어쩔 줄을 몰라 했다. 교룡방주 을목청은 무림의 거물, 내가 부탁을 했다고 해서 없는 말을 지어내 증언해 줄 사람이 아니었다. 그가 그렇다면 그런 것이다.

사람들의 시선은 이제 하나같이 여문탁과 그의 아들 여사평에게로 향했다. 만약 여사평이 정말로 교룡방의 방도들을 사주해서, 혹은 결탁해서 천룡표국의 범선을 침몰시키려 했다고 치자. 하면 이는 천룡표국이 북천표국을 상대로 전쟁을 선포해도 이상하지 않은 일이었다.

좌중의 공기가 요동쳤다. 여문탁의 얼굴은 뭐라 말할 수 없이 참담하게 일그러졌다.

나는 속으로 조금 놀랐다. 북천표국주가 그런 비겁한 짓까지 했을 리 없다고 생각하면서도, 한편으로는 여사평이 혼자서 그런 무모한 짓을 벌였다는 것도 선뜻 납득이 되지 않았었다.

철담도룡이라는 별호에서도 알 수 있듯 여사평은 어려서부터 간이 배 밖으로 나왔다는 평가를 들었던 놈이긴 했다. 어른이 되어서도 수많은 크고 작은 사건들을 일으켰었고. 한데 현생에서 나와 이렇게 더러운 일로 엮일 줄이야. 어딜 가나 의욕만 앞서고 경험은 모자라는, 그러면서도 자신의 위치가 마치 제가 잘나서 손에 쥔 것인 줄 착각하는 멍청이들이 문제다.

'남의 표국 얘기할 것도 아니지.'

자식은 아비가 가장 잘 아는 법이다. 여문탁은 굳은 표정의 여사평을 보고 놈의 짓임을 확신한 것 같았다.

사실 내가 나타났을 때부터 여사평과 관련 있음을 그는 알아차렸을 것이다. 한데 아무것도 묻지를 않는다.

'뭐지?'

시간을 끌려는 속셈이었다. 그래서 상황을 제대로 파악한 다음 수긍을 할지 반격을 할지 결정하려는 것이다. 그러려면 지금 여사평에게서 자신이 했다는 진술을 받아내 버리면 안 된다. 반대로 하지 않았다는 진술도 받아내면 안 된다. 부인을 했다가 나중에 거짓말인 것이 들통나면 무인으로서 더 큰 것을 잃게 된다. 일단 모든 걸 뒤로 미루어야 한다.

'늙은 생강이라고 하더니 과연.'

사실 여문탁으로서도 환장할 노릇일 것이다.

그가 내게 말했다.

"무슨 말인지 충분히 알아들었네. 한데 이 일은 자네 선에서 해결할 일이 아닌 것 같군. 오늘은 그만 돌아가게. 하면 정확한 전후 사정을 파악한 후 내가 직접 천룡표국주를 찾아뵐 것인즉."

"빈손으로 돌아갈 순 없습니다."

"타 방파 사람들의 말만 믿고 부국주를 두말없이 내줄 정도로 북천표국이 만만한 곳인 줄 알았는가?"

"시간을 끌어 북천표국에도 좋을 것이 없습니다."

"무슨 뜻이지?"

"저는 여사평에게 그가 휘두른 칼값만 돌려받고 돌아가겠지만, 천룡표국주님께서 직접 걸음 하시면 범인이 누구이든 북천표국주님께 칼값을 받으려 하실 겁니다. 표왕의 청구서를 감당하실 수 있겠습니까?"

여문탁은 여사평을 넘겨주면 내가 목숨을 취해 버릴까 봐 두려워했다. 백번 양보해서 사정을 조금 봐준다고 해도 팔 한 짝 정도는 내놓을 각오를 해야 한다.

북천표국의 장남인 여사평이 천룡표국의 범선을 침몰시키려다 들켜서 그곳의 사남인 이정룡에게 팔을 잘렸다. 이런 소문이 도는 순간 북천표국의 명예와 위신은 땅에 떨어진다. 강호인들은 여사평의 외팔을 볼 때마다 오늘 일을 쑥덕거릴 것이다. 여문탁이 여사평을 쉽게 넘겨줄 수 없는 이유가 여기에 있었다.

그때였다.

쾅!

"네놈이 아비의 위세를 믿고 감히 우리를 겁박하는 것이더냐? 시건방지기 짝이 없는 놈 같으니라고. 뭣들 하는 거냐. 저놈들을 당장 쫓아내라!"

강북의 표국주 중 한 명이 탁자를 내려치며 외친 말이었다.

채채채채챙!

칼 뽑는 소리가 끝도 없이 울려 퍼졌다.

어느새 오백여 명으로 불어난 강북의 표사들이 번뜩이는 도검을 앞세운 채 밀고 들어오기 시작했다.

가불염과 우리 쪽 표사들도 도검을 뽑아 들고 내 앞을 막아섰다. 하지만 그 기세는 오백 명의 표사들이 뿜어내는 투기에 묻혀 조금도 위협이 되질 않았다.

가불염이 물었다.

"어떻게 할까요?"

"칼침 맞은 걸 따지러 왔다가 협박이 무서워 그냥 돌아가면 강호인들은 천룡표국엔 사람이 없다고 할 것입니다."

"하면?"

"육검진을 펼치세요. 범인이 나타나 잘못을 시인하고 죗값을 치를 때까지 결사 항전합니다!"

"존명!"

우렁찬 열 개의 목소리와 함께 나를 중심으로 육검진이 펼쳐졌다.

이것이 여문탁이 던진 패에 대한 나의 응수였다.

저들은 그쯤 하면 내가 겁을 집어먹고 일단 후퇴할 줄 알았을 것이다. 하지만 천만의 말씀. 나는 판을 더 키워 버렸다.

저들은 절대로 나와 표사들을 해칠 수가 없다. 그랬다간 정말로 전쟁이 발발하게 된다. 멈출 수도 없고, 그렇다고 무작정 밀어붙일 수도 없는 여문탁과 강북의 표국주들은 낭패한 기색이 역력했다.

스르릉!

나도 마사무네를 뽑아 들었다.

이윽고 첫 번째 격돌이 시작되려는 순간!

퍼르르르릉!

허공에서 무언가 한참을 펄럭이는가 싶더니 오백의 표사들이 밀고 들어오는 앞쪽 땅바닥에 커다란 깃발 하나가 '푹!' 하고 꽂혔다.

붉은 바탕에 비상하는 황금빛 용 한 마리가 수 놓인 그것은 다름 아닌 천룡표국의 표기였다. 그것도 오직 국주가 직접 표행을 나섰을 때만 쓸 수 있는 표왕기!

"누가 천룡표국의 표사들을 겁박하는가!"

천지가 쩌렁쩌렁 울리는 사자후와 함께 말을 탄 채 정문으로 들어온 사람은 놀랍게도 이종산이었다. 그의 뒤로는 방금 사자후를 내지른 총표두 곽석산을 비롯해 이갑룡과 을룡 그리고 황룡당주 황자충, 적룡당주 양진각, 청룡당주 유지평이 따랐다. 다시 그들의 뒤에는 중무장한 천룡표국의 표사들이 역시나 전부 말을 타고 물밀듯이 쏟아져 들어오고 있었다.

모두 들어오고 보니 얼추 삼백 명은 될 것 같았다. 본격적인 미곡 운송을 위한 본대의 병력이 무한에 도착한 것이다. 이갑룡과 을룡은 그에 편승하여 함께 온 것이고.

그 와중에 표사 복장을 한 이병룡과 남궁소소도 보였다.

금성루가 발칵 뒤집혔다.

북천표국주 여문탁과 아홉 명의 다른 표국주들은 그대로 석상이 되어버렸다. 오백여 명에 달하는 강북의 표사들은 표왕기 너머에 낭떠러지라도 있는 듯 감히 넘어오지를 못하고 멈춰 섰다.

천하십검의 일인이면서 천룡표국의 국주이자 표왕이라고까지 불리는 전설적인 표사의 등장에 좌중은 찬물을 끼얹은 것처럼 고요해졌다. 들리는 건 오직 말발굽 소리뿐.

또각. 또각. 또각…….

이종산은 내 곁에서 말을 멈추었다. 하지만 곽석산, 황자충, 양진각, 유지평은 휘하의 표사들을 이끌고 계속해서 앞으로 나아갔다. 그러자 강북의 표사들은 낭떠러지에 이어 이번엔 앞쪽에서 거대한 벽이 밀고 오기라도 하는 것처럼 앞다투어 물러나기 바빴다.

나는 마상의 이종산을 올려다보며 목구멍을 쥐어짰다.

"여길 어떻게……."

"천룡표국의 범선이 공격당했는데 국주인 내가 아무런 손도 쓰지 않고 보고만 있을 거라 생각했더냐."

"하지만 총표두님도 안 계셨는데 누가……."

"내게 야조가 있음을 간과했구나."

'흑살객!'

대부분의 큰 문파들은 '반드시'라고 해도 좋을 만큼 음지에서 조용히 일하는 비밀 조직들을 운영한다.

이들을 보통 비선 혹은 비각이라고 하는데, 천룡표국에서는 아직까지 이런 조직을 따로 운영하지 않았다. 대신 충성심이 강한 표왕부의 호위각에서 그런 일들을 도맡아 처리해 왔다. 그런 이유로 천룡표국의 표사들은 표왕부의 호위각을 달리 비각이라고도 불렀다.

흑살객은 비공식적으로는 바로 그 비각의 각주이고, 공식적으로는 표왕부의 호위장인 가뢰압을 일컫는 별호였다. 이종산을 항상 그림자처럼 따르지만 외부에서는 위급한 상황일 때를 제외하곤 좀처럼 모습을 드러내지 않는 유령 같은 존재.

내가 호리독사와 독고완을 풀어 교룡방도들의 뒤를 밟게 한 것처럼 이종산도 흑살객으로 하여금 비각의 무사들을 풀어 추적게 한 모양이었다. 하면 호리독사와 독고완이 교룡방도들을 뒤쫓은 것부터 시작해 내가 을목청과 담판을 짓고, 나아가 금성루로 쳐들어오는 것까지 모두 지켜보았다는 뜻이 된다.

이종산으로부터 줄곧 보호받고 있었다는 생각에 한편으로는 든든하면서도 다른 한편으로는 부처님 손바닥을 벗어나지 못한 손오공이 된 기분이었다.

'나는 아직도 멀었구나.'

순간, 인기척이 느껴져 돌아보니 교룡방주 을목청이 어느새 내 옆으로 쓰윽 다가서고 있었다.

그는 이종산이 뭐라고 할세라 얼른 포권지례부터 올렸다.

"이 밤에 이런 장소에서 천룡표국주를 뵙게 될 줄은 몰랐습니다. 기왕에 이렇게 뵈었으니 청수탄에서 본 방의 방도들이 저지른 일에 대해

간략하게나마 먼저 사과를 드리지 않을 수 없군요."

"방주님의 사과를 받아들이는 것은 물론이거니와 천룡표국은 앞으로도 교룡방과 변함없는 관계를 유지해 나갈 것임을 약속드립니다."

"진심…… 이십니까?"

"방주님께서 이 일과 무관하심을 잘 알고 있습니다. 또한 늦게나마 책임을 지기 위해 제자의 목숨까지 거두시려 한 것도요. 교룡방과 방주님의 본의가 그렇다면 청수탄에서의 일은 사고였던 셈이지요."

"국주……."

"더불어 범선이 장강을 거슬러 오르는 일과 관련하여 교룡방에 미리 양해를 구하지 못했음을 죄송하게 생각합니다."

양해와 허락이 다르고 죄송하다와 사과하다가 또 다르다.

이종산은 '양해'와 '죄송하게 생각한다'라는 표현을 썼다. 이는 범선으로 장강을 오르는 일이 결코 교룡방에게 허락을 구할 일이 아니라는 것을 분명히 함과 동시에, 그럼에도 불구하고 장강 조운에 대하여 교룡방이 그동안 누려왔던 독점적 권리를 인정하고 충분히 존중해 주지 못한 것에 대해서는 미안하게 생각한다는 뜻이었다.

수많은 사람들이 지켜보는 앞에서 이종산이 교룡방과 자신의 체면을 세워주자 을목청은 크게 감동을 한 것 같았다.

아마도 나한테 머리끄덩이를 잡히는 봉변을 당했다가 그 아버지에게 위로를 받으니 저도 모르게 앙금이 눈 녹듯 녹으면서 무장 해제가 되는 듯한 기분이지 않을까?

을목청은 사뭇 비장한 음성으로 말했다.

"교룡방은 수백 년 전, 일곱 개의 방회로 나누어져 있을 때부터 강남북의 표국들과 긴밀한 관계를 맺어왔습니다. 특히 천룡표국과는 서로의 혼상례(婚喪禮)를 챙길 만큼 각별했지요. 잠시 투닥거림은 있었으나 선조들이 지켜온 상부상조의 전통은 결코 흔들리지 않을 것입니다."

"물론입니다."

아랫사람들끼리의 관계는 윗사람들에게 달려 있다. 한때 서로 칼을 겨누었던 교룡방의 무사 칠 인은 어느새 우리 쪽 진영으로 와서 비룡당의 표사들과 함께 섞여 있었다. 가불염이 을목청의 제자인 무삼통과 어깨를 나란히 하고 섰지만, 칠 인의 무사들 중 누구도 제지하거나 경계하지 않았다.

이종산은 이어 객실에 모여 있는 강북의 표국주들을 쓸어 보았다. 그리고 흡사 구름 속에서 천둥이 꾸르릉거리는 듯한 음성으로 말했다.

"지금부터 본 표국이 청수탄 사건의 범인을 색출하려 하거니와, 만약 이를 방해하는 자가 있다면 공범으로 간주, 마땅히 그 책임을 함께 물을 것입니다."

그 누구도 아닌 표왕의 경고이기에 살벌하기 짝이 없게 들렸다.

그는 입 밖으로 내뱉은 말을 반드시 지키고 관철시키는 사람이었다. 도화곡의 분파 이전 건을 제외하곤 평생 단 한 번의 표행도 실패한 적 없다는 전설적 기록이 그가 얼마나 강하고 지독한 사람인지를 증명한다. 그마저도 충분히 성공할 수 있었지만 도화곡이 사천에 무사히 뿌리내리는 걸 돕기 위해 스스로를 희생한 것이었다.

나는 응징을 하러 온 입장인데도 불구하고 온몸에서 소름이 돋을 지경이었다.

강북의 표국주들은 한편으로는 두려워하면서도 한편으로는 함부로 맞설 수 없는 약자의 치욕을 견디느라 몸을 부르르 떨었다.

아무도 대꾸를 하지 않자 이종산은 가장 상석에 앉아 있는 북천표국주 여문탁에게로 천천히 시선을 옮겼다.

"북천표국주께서는 들으시오. 교룡방주께서도 이미 증언을 하신바, 귀 표국의 부국주가 청수탄의 일과 무관하지 않음은 의심의 여지가 없을 것이오. 이에 범선의 주인인 본 표국의 비룡당주가 귀 표국의 부국주에게 지금 당장 몇 가지 물을 것이 있다는데, 협조해 주시면 고맙겠소."

북천표국과 여문탁의 체면을 생각해 에둘러 말하지만 좋게 말할 때 당장 여사평을 내놓으라는 소리다. 그러면서도 마땅히 응징하겠다 하지 않고 심문을 하겠다고 했다. 그것도 본인이 아니라 내게 맡기는 것으로.

이 역시 서로의 입장을 매우 정교하게 고려한 말이었다. 이종산이 직접 여사평을 심문하면 까마득한 노강호가 새파란 아이를 핍박하는 것 같은 느낌을 준다. 그러면 여문탁으로서도 여사평을 내주기가 껄끄럽다. 강호인들은 호북제일검인 조령검객 여문탁이 천하십검인 표왕 이종산이 두려워 자식을 넘겨주었다고 하지 않겠나.

하지만 내가 심문을 하겠다고 하면 얘기가 조금 달라진다. 여사평을 내주어도 최소한의 체면은 지키게 된다. 더불어 북천표국으로서는 어차피 피할 수 없는 망신이겠지만, 최악의 경우 표국 간의 전쟁으로 번질 수도 있는 상황을 자식들 간의 싸움으로 한정할 수 있는 여지가 생기는 것이다.

'대단한 정치술이다.'

일세를 이끄는 수장들을 상대하는 이종산의 수완과 경륜에 나는 속으로 혀를 내둘렀다. 역시 표국의 국주라는 자리는 단순히 표행만 잘

한다고 차지할 수 있는 자리가 아니었다.

이종산이 서슬은 시퍼레도 여사평이 저지른 짓에 비하면 나름대로 배려를 해주었다는 건 누구라도 알 수 있었다.

금성루 전체에 술렁거림이 끝도 없이 번져갔다. 이제 저들은 선택을 해야 한다. 끝까지 맞서서 전면전을 벌일 것이냐, 아니면 여사평을 내게 넘겨줄 것이냐.

북천표국의 표사들은 어떨지 모르나 여사평 때문에 천룡표국의 표사들과 칼부림을 벌이고 싶은 강북의 표사들은 여기 한 명도 없을 것이다. 또한 북천표국 때문에 천룡표국과 전면전을 벌이고 싶은 표국주들도 없을 것이다.

언제부턴가 사람들의 시선은 전부 여문탁을 향했다. 그쯤하고 아들 여사평을 넘기라는 압박이었다.

이렇다 할 무림 대문파가 없는 호북성에서 북천표국은 사실상 패자의 지위를 누려왔다. 그곳의 국주이자 자타가 공인하는 호북제일검 조령검객 여문탁은 치욕과 분노로 수염을 바르르 떨었다. 그가 어디를 가서 이런 수모를 당할 것인가.

만인 위에 군림할 충분한 힘이 있음에도 불구하고 더 강한 세력과 고강한 존재 앞에서 그는 무릎을 꿇을 수밖에 없었다. 무엇보다 더는 거절할 명분이 없었다.

이윽고 여문탁이 옆을 돌아보며 말했다.

"나가보아라."

여사평은 각오하고 있었다는 듯 자리에서 일어나더니 천천히 앞으로 걸어 나왔다.

잠시 후, 대여섯 장 정도의 거리를 남겨두고 나와 마주하며 섰다.

이종산은 자신이 할 일은 여기까지라는 듯 내게 고개를 끄덕여 보였다.

됐다. 생각지도 않게 이종산이 나타나 여문탁과 아홉 명의 표국주들이라는 고산 준봉들을 찍어 눌러주었다. 그 바람에 나는 이제 여사평만 상대하면 된다.

이종산에게 가볍게 고개를 숙인 후 여사평을 돌아보며 말했다.

"여사평, 귀하는 어젯밤 교룡방의 청수탄 분타주를 포섭해 천룡표국의 범선을 침몰시키려 했다는 사실을 인정하시오?"

"어젯밤 그를 만난 건 사실이다. 하지만 난 단지 머지않아 표국의 범선들이 장강을 뒤덮게 될 것이고, 그리되면 교룡방은 큰 낭패를 볼 것이라고 경고했을 뿐이다. 이후에 벌어진 일들은 나와 무관하다."

"무슨 방도가 없겠냐는 내 질문에 청수탄을 거슬러 오르는 범선 한 척만 침몰시키면 모든 게 깨끗이 해결될 거라는 말도 했었지!"

갑자기 소리를 지르며 빽 끼어든 사람은 무삼통이었다.

여사평이 즉각 반박했다.

"내가 큰 실언을 했음을 인정하겠소. 하지만 싸우는 법을 일러줬다고 해서 나를 당신의 배후로 지목하는 건 지나친 억측이오. 혹시 나를 끌어들여 자신의 책임을 전가하려는 수작이 아니오?"

"교룡방을 걱정하는 척하면서 가만히 있던 나를 부추기고 구체적인 방법까지 일러주며 범선을 침몰시키게 한 것이 사주가 아니면 무엇이란 말이오!"

"방금 귀하의 입으로도 말했거니와 내가 한 일이라곤 함께 교룡방을 걱정하고 비겁하지만 방도를 가르쳐 준 것뿐이오. 한데 그것이 부추김을 거쳐 사주로 돌변하는군. 그건 지나친 비약이오!"

여사평의 갑작스러운 일갈에 무삼통은 잠시 말문이 막히는 듯했다.

내가 보기에 무삼통은 처음부터 여사평의 상대가 되질 않았다. 하기사 그랬기에 여사평의 꾐에 빠져 그런 무모한 짓도 저질렀겠지만 말이다.

여사평은 대범하기만 한 것이 아니라 약아빠진 여우이기도 했다. 게다가 만약의 경우를 대비해 아무런 물적 증거를 남기지 않는 저 주도면밀함이라니.

시시각각으로 변하는 주변의 정세에도 불구하고 여문탁은 거물답게 시종일관 침착한 표정을 지었다. 강북의 아홉 표국주들은 하나같이 한숨을 돌린 듯한 얼굴들이었다. 여사평의 언행이 매우 부적절하긴 하지만 저 정도 가지고 이 난리를 피우는 건 도를 넘어도 한참 넘었다고 생각하는 것이다. 오히려 잘 걸렸다는 듯 슬그머니 역공의 빌미를 찾으려는 기색도 읽혔다.

어떻게든 여사평의 입에서 자백을 받아내야 한다. 만약 실패하면 도리어 나와 천룡표국은 물론이거니와 이종산까지 역풍을 맞는다.

한편, 여사평이 이렇게까지 뻔뻔하게 나오자 가장 먼저 관제묘에서 내부의 조력자 역할을 제안받았던 이병룡이 더는 참지 못하고 끼어들려 했다.

나는 서둘러 전음을 보냈다.

[끼어들지 마세요!]

[뭐?]

[가만히 계시라고요.]

[너…… 다 알고 있었어?]

[형님이 얘기해 봤자 딱히 증거도 되지 않거니와, 지금 끼어들면 미리 보고해 대책을 세우도록 하지 않은 것에 대해 천룡표국 표사들의 눈길이 곱지 않을 겁니다.]

[여사평이 대범하게도 범선을 노릴 줄은 몰랐다. 그리고 나 나름대로는 놈의 공격에 대비를 하고 있었다. 말을 하지 않은 것은…….]

[혼자 공을 세우고 싶어서겠죠. 그래야 한시라도 빨리 쟁자수 노릇을 때려치우고 묵룡당으로 복귀할 수 있을 테니까.]

[귀신이 따로 없군.]

[아셨으면 방해하지 말고 가만히 계세요.]

[여사평 저 개자식이 새빨간 거짓말로 사람들을 속이는 걸 보고만 있으라고?]

[다 수가 있습니다. 기다려 보세요.]

"이게 무슨 청천벽력 같은 소리야!"

'드디어 나섰다!'

분노의 일성과 함께 한 무리의 사람들이 나타났다. 숫자는 대략 삼십여 명, 조금 전까지 금성루의 전 객실에서 술을 마시던 대형 미곡상단의 상단주들이었다.

어젯밤의 일이었다. 저들은 미곡 운송 건을 놓고 북천표국을 비롯해 강북의 여러 표국들과 사실상 얘기가 거의 끝났음에도 불구하고 범선을 타보고 싶다는 의사를 전해왔다.

나는 기꺼이 대장선에 자리를 만들어주었고, 강남구상을 비롯한 다른 대형 상단주들과 똑같이 귀빈 대우를 해주었다.

그러다 범선의 하판에 구멍이 나고 곧 침몰할 것 같다는 소식을 들었을 때 저들은 배를 빨리 강변에 대라며 야단법석을 떨었다. 급기야 자신들의 눈치를 볼 수밖에 없는 강남의 표국주들을 부추겨 선미의 상갑판을 장악하려고까지 했었다. 물론 이종산이 한 방에 제압해 버렸지만.

이후에는 범선이 빠른 물살에 떠내려가거나 수차례 급회전을 하면서 심한 뱃멀미와 함께 적지 않은 고초를 겪어야 했다.

내가 지켜본 바에 의하면 그들은 정말로 죽음을 생각했다. 청수탄은 상인들에게 그만큼 공포의 대상이었다. 부자 몸 사리듯 한다는 말이 괜히 있는 게 아니다.

나는 할 수 있는 건 무엇이든 다 이루어 남은 욕망이라곤 오래 사는 것밖에 없는 늙은 상단주들의 삶에 대한 집착이 어느 정도인지 잘 알고 있었다. 여사평은 무모하게도 그런 노인들이 탄 범선을 침몰시키려고 했다. 그리고 나는 지금 그걸 이용해 여사평을 궁지로 몰아넣으려는 것이고.

흰 수염을 가슴까지 드리운 백발의 노상단주는 호목을 부릅뜨고 여사평에게 일갈했다.

"교룡방주가 나타나 증언을 했을 때까지만 해도 설마 하며 지켜보았거늘. 정녕 너 때문에 우리가 죽을 뻔했단 말인가!"

"오해이십니다. 단주님!"

"북천표국의 부국주는 똑바로 말을 하라!"

"그렇지 않아도 선객들의 안전이 염려되어 교룡방의 분타주에게 물었더니, 그가 말하길 비상 상황이 발생하면 재빨리 다른 범선이 붙어 선객을 옮겨 태울 것이기 때문에 아무런 문제가 없다고 하였습니다!"

"네가 가르쳐 준 방법을 교룡방의 분타주가 실행에 옮길 걸 알고 있었단 말이지 않느냐. 그게 사주하고 작당한 것이 아니라면 대체 무엇이란 말이더냐!"

"저는 다만 만약을 생각하여……. 그것도 술자리에서 여러 가지 이야기가 오고 가고 있는 와중에……. 부디 오해를 푸십시오!"

"술자리를 관제묘에서 가졌었지. 여사평, 귀하가 아무리 말재간이 좋아도 그것까지 부인하지는 못할 것이오!"

무삼통이 회심의 일격을 가하듯 외쳤다.

노상단주의 다그침에 이어 무삼통이 날린 한마디는 그야말로 외통수와도 같았다. 구태여 내가 힘들여 심문할 필요도 없었다.

갑작스러운 노상단주의 개입에 여사평은 당황해서 어쩔 줄을 몰라 했다. 무삼통을 단숨에 바보로 만들어 버린 그도 상계의 늙은 여우에게는 한 입 거리도 되지 않았다.

한데 백발의 노상단주는 이것으로 만족하지 않았다. 그가 갑자기 어젯밤 함께 대장선에 탔던 남양상단주 왕자경을 불러냈다.

"왕 단주, 귀하가 겪은 일을 말해보시오!"

장내에 있던 모든 사람들의 시선이 왕자경에게로 향했다.

순간, 여사평의 얼굴은 어느 때보다 사색이 되었다. 흡사 저승사자라도 만난 것 같은 표정이었다. 왕자경은 왕자경대로 편한 얼굴이 아니었다. 상계의 까마득한 선배 단주가 호통을 치니 불려 나오긴 했지만, 내키지 않아 하는 기색이 역력했다.

"왕 단주!"

"어젯밤 누군가 저를 찾아와 천룡표국의 범선이 청수탄을 거슬러 오를 때 심각한 문제가 발생할 수도 있다는 말을 했습니다. 이유를 물었더니 돛을 전부 펼치고 강한 물살을 거슬러 오를 때 선체에 가해지는 압력 등에 관해 설명해 주었습니다."

"구체적으로 무얼 말했다는 거요?"

"전문적인 얘기라 모두 알아들을 수는 없었고, 간단히 정리하자면 천룡표국의 범선은 속도를 최대한으로 끌어내기 위해 취약한 선체 구조인 침저선으로 만들었고, 그 바람에 청수탄에서 사고가 나도 이상할 것이 없다고요."

"그런 얘기를 귀하에게 왜 했단 말이오?"

"그건……."

"그런 얘기를 귀하에게 왜 했냐고 물었소이다!"

"그는 청수탄에서 범선에 문제가 생겼을 때 제가 동요하는 선객들 앞에서 그런 말들을 해주길 원했습니다."

설마 공짜로 그걸 해달라고 했겠나. 분명 대가가 있었을 것이다. 아마도 오래전부터 호북성 두어 곳에 분타를 내고 싶어 하는 남양상단에게 뒷배가 되어주겠다고 하지 않았을까?

하지만 초록은 동색이요 가재는 게 편이라고, 노상단주는 그것에 대해서는 일절 묻지 않았다. 대신 처음부터 목표로 했던 본질을 파고들었다.

"그자가 누구요?"

"바로 저자입니다!"

왕자경이 손가락이 일 층 객실 안쪽 깊숙한 곳에 서 있던 한 사람을 찌를 듯이 가리켰다. 알 만한 사람은 다 아는바, 그는 여사평을 그림자처럼 따라다니던 북천표국의 표두였다.

금성루의 정원에 빽빽하게 들어차 있던 일천여 명의 표사들과 표국주들 그리고 상단주들 전부가 크게 술렁이기 시작했다. 교룡방의 청수탄 분타주 무삼통에 이어 남양상단주 왕자경까지 증언을 했다. 이제는 여사평이 어떤 변명을 해도 통하지 않을 것 같았다.

노상단주는 여사평에게는 더 이상 볼일이 없다는 듯 여문탁을 돌아보며 마지막으로 노성을 터뜨렸다.

"백양상단은 이 시간부로 미곡 운송 건은 물론이거니와 그동안 북천표국과 맺은 모든 계약을 파기하겠소이다. 더불어 이번 사건을 산서상인 차원에서 그냥 넘어가지 않을 것임을 분명히 하오다!"

대륙에는 두 개의 거대 상인세력이 있었다. 한 곳은 남직예성 휘주성에서 뻗어 나간 휘주상인들이었고, 다른 한 곳은 산서성 진중에서 시작된 산서상인들이었다.

휘주상인이나 산서상인은 처음엔 각각 휘주와 진중 출신의 상인들을 일컫는 말이었지만, 지금은 그들 두 곳을 중심으로 뭉친 거대 상인세력을 일컫는 말이 되었다. 팔순의 노상단주 예명후가 이끄는 백양상단은 바로 그 산서상인 내에서도 상당한 영향력을 행사하는 거물이었다.

참고로 강남구상은 산서상인과 휘주상인 중 어느 곳에도 속하지 않는 세력으로, 그들을 따로 거상련이라 불렀다.

"신화상단도 모든 계약을 파기하겠습니다!"

"태화상단도 모든 계약을 파기하겠습니다!"

"천중상단도 모든 계약을 파기하겠습니다!"

예명후를 시작으로 그와 함께 온 삼십여 명의 상단주들 전부가 북천표국 및 강북의 아홉 표국들과 맺은 계약들을 파기하겠다고 선언했다. 그들도 산서상인들이었다. 남양상단의 젊은 상단주 왕자경이 예명후의 호통에 쩔쩔맸던 이유가 있었던 것이다.

볼일을 모두 끝낸 예명후는 의미심장한 눈빛으로 이종산을 스치며 빠르게 장내를 빠져나갔다. 삼십 인의 상단주들이 뒤를 따랐다.

'어랍쇼, 이게 아닌데.'

이건 내가 생각했던 것보다 훨씬 강력하고 파격적인 반응이었다.

그제야 나는 천룡표국의 무한 분타주 방청양이 어제 아침 강변의 막사에서 했던 말을 떠올렸다.

"북천표국로 갈아탔던 여덟 곳의 상단들 중 나중에 옮겼던 다섯 곳의 상단주들께서 국주님을 뵙고 싶다는 의사를 조심스럽게 밝혀왔습니다."

방금 예명후와 함께 온 상단주들 중에 방청양이 말했던 바로 그 상단주들이 전부 있었다. 그때만 해도 다섯 곳의 상단주들은 북천표국과 계약을 확정 지어놓고 세부 조건을 조정하는 중이라고 들었다.

짐작하건대, 다른 상단주들도 범선이 청수탄을 거슬러 오르는 걸 보고 천룡표국과 새로 계약하는 걸 내심 고려했던 것 같았다. 하지만 그들에겐 세부 조율만 남은 계약을 파기할 명분이 없었기에 그냥 원래대로 가려고 했다. 아무리 돈이 좋아도 상단으로서 그동안 쌓아온 신용을 깨뜨릴 수는 없으니까. 한데 여사평이 뻘짓을 하는 바람에 갑자기 계약을 파기할 넘치도록 충분한 명분이 생긴 것이다.

'이런 여우들 같으니라고!'

청수탄 일로 분기탱천한 와중에도 상단과 결부시켜 어떻게든 좀 더 이익을 끌어내고야 마는 늙은 상단주들의 집요함과 비정함에 나는 속으로 혀를 내둘렀다.

여문탁은 조용히 눈을 감았다. 애써 침착함을 유지하려 하지만, 두 손을 올려놓은 대리석 탁자가 부르르 떨리고 있음을 나는 놓치지 않았다.

여사평 때문에 폭삭 망하게 생긴 강북의 아홉 표국주들도 분노한 기색을 감추지 못했다. 지금 미곡 운송이 문제가 아니었다. 강북에 기반을 둔 자신들이 역시 강북을 주 무대로 활동하는 산서상인들과 척을 지면 그 여파는 상상조차 하기 싫을 것이다.

쾅!

"빌어먹을!"

누군가 앞에 있는 탁자를 내려치며 분노했다. 한 뼘 두께의 거대한 대리석 탁자가 박살이 나버렸다. 조금 전에는 어떠했을지 모르겠으나, 지금 그의 분노는 왠지 나나 천룡표국을 향한 것이 아닌 것 같았다.

장내가 크게 술렁거렸다.

천룡표국의 표사들은 비룡당의 범선이 북천표국의 부국주씩이나 되는 자에게 공격받았다는 명확한 사실에 부글부글 끓었다. 이종산의 명령만 떨어지면 금방이라도 도검을 휘두르며 폭주할 것 같은 기세였다. 이에 당황한 강북의 표사들은 혹여라도 자신들에게 불똥이 튈까 봐 빠르게 대열을 재정비하기 시작했다.

반면 북천표국의 표사들은 어느새 전체 대열에서 빠져나와 여사평의 뒤쪽이면서 여문탁이 있는 객실 쪽으로 집결했다.

이종산과 오당 당주들의 시선이 내게로 향했다. 어찌할 것인지를 묻는 것이다. 늙은 상단주들을 이용해 여사평의 죄를 밝혀내는 데 성공했지만, 내게는 아직 중요한 계산이 남아 있었다.

"대체 왜 그런 것이오?"

내가 묻자 여사평은 반쯤은 체념하고 반쯤은 분노가 가득한 목소리로 말했다.

"무한 미곡시는 수백 년 전부터 이어져 온 전쟁터였다. 전쟁터에서는 수단과 방법을 가리지 않고 이기는 것이 중요하지. 네가 범선을 다섯 척이나 이끌고 온 것도 그래서가 아니었던가?"

"나는 무한 미곡시를 표국과 표사들이 각자의 실력을 뽐내는 격전장으로 보았는데, 귀하는 진짜 전쟁을 하고 있었군."

"내가 한 행동을 변명할 생각은 없다. 하지만 밝혀지지만 않았을 뿐 수면 아래에서는 내가 한 짓보다 더한 음모와 암투가 항상 있어왔다는 걸 아무도 부정하지 못할 것이다."

"부정한 음모가 있었음을 안다고 해서 모두가 동의를 한 건 아닐 것이오. 그건 앞으로도 그럴 것이고."

"대체 원하는 게 무엇이냐?"

"북천표국에선 비적을 어떻게 처리하시오?"

"뭐?"

"비록 직접 손을 쓰지 않았다고는 하나 귀하가 한 행동은 천룡표국의 표마차를 공격한 것과 같소. 표사가 다른 표국의 표마차를 공격하면 그때부터 비적이 되는 것이오."

"그래서 지금 날 죽이기라도 하겠다는 거냐?"

"아니면 이 밤중에 여길 왜 왔겠소."

스릉!

말과 함께 나는 이종산이 나타나는 순간 갈무리했던 보도를 다시 뽑았다. 이어 칼끝을 아래로 늘어뜨린 채 두 다리를 비스듬히 벌리고 섰다.

좌중이 찬물을 끼얹은 것처럼 고요해졌다.

지금 내 뒤에는 이종산이 천룡표국의 표사를 삼백 명이나 이끌고 와서 지키고 있었다. 내가 어떤 결심을 하든 그는 나를 지지해 줄 것이다. 천룡표국의 표사들도 여사평을 반드시 죽여야 직성이 풀리겠다는 듯 투기를 끓어 올렸다.

상황이 생각했던 것보다 훨씬 심각하게 돌아가자 간이 배 밖으로 나온 놈이라던 여사평도 겁을 집어먹기 시작했다. 그는 도움을 요청하듯 여문탁을 바라보았다.

여문탁은 잠시 굳은 표정을 짓더니 힘주어 말했다.

"너는 북천표국의 부국주다. 마지막까지 그에 걸맞게 행동하거라!"

여문탁의 말이 내게는 꼭 북천표국주의 아들답게 나가서 장렬하게 싸우다 죽으라는 소리로 들렸다.

그도 그럴 것이 지난번 비무에서 여사평은 나에게 십초지적으로 패한 바 있다. 내가 죽이려고 하면 진짜 끝장나 버리는 것이다. 피하거나 도망을 치기에는 지켜보는 사람들이 너무 많았다. 그리고 철담도룡 여사평이라는 이름이 그렇게 가볍지가 않았다.

그때쯤엔 주변을 에워싼 표사들이 전부 물러나면서 방원 십여 장의 공간이 생겨났다.

이윽고 결심을 한 여사평이 검을 뽑아 쥐고 나를 겨누었다.

무인의 몸은 정직하다. 나와의 일방적인 일전을 고스란히 기억하는 그의 손이, 그 손에 쥔 검 끝이 사시나무처럼 떨렸다. 이번엔 무공의 고하만 겨루는 비무가 아니라 한 사람이 죽어야 끝나는 생사결임을 직감한 탓이다.

"오늘은 후배로 찾아온 것이 아니니 내가 선공을 양보해 주겠소. 십 초식 정도면 되겠소?"

"지, 지금이라도 사과를 하면……."

"싫으면 내가 먼저 공격하겠소."

"시키는 건 무엇이든 할 테니 제발……."

"갈!"

천금풍의 경공을 펼치자 그와 나와의 거리가 눈 깜짝할 사이에 사라져 버렸다.

여사평이 본능적으로 검을 휘둘렀다. 무림일절이라 불리는 북천표국의 비전검법 천지수라검의 절초였다. 얼마나 죽으라고 수련을 했는지 전의를 완전히 상실한 와중에 펼쳤는데도 불구하고 속도와 강맹함이 예사롭지 않았다.

쩌캉!

하지만 단 일격에 그의 검은 박살이 나버리고 말았다. 지난번 보았던 황금 용두장검도 두 동강 났는데 평범한 검이, 그것도 백 년의 내공을 담아 펼친 일 초를 견딜 수 있겠나.

대경실색한 여사평은 손잡이만 남은 검을 쥐고 황급히 뒷걸음질 쳤다. 나는 귀영무의 보법을 펼치며 그를 그림자처럼 따라붙었다. 이어 천무십검의 검초를 보도에 담아내며 무자비한 속도로 여사평을 난도질했다.

슉! 슈슈슉! 슉슉슉! 슉! 슉!

이윽고 여사평의 왼쪽 아랫배로 들어간 칼이 몸을 정확히 대각선으로 가르며 오른쪽 어깨 밖으로 빠져나가는 것을 마지막으로 폭풍우 같은 검초를 멈추었다.

속수무책으로 당하며 뒷걸음질 치던 여사평은 돌부리에 걸려 그만 털썩 주저앉았다.

그의 몰골은 뭐라 설명할 수 없이 처참했다. 상투는 날아가 산발이 따로 없고, 상앗빛 비단 무복은 곳곳이 잘려 나가 걸레처럼 너덜거렸다.

눈이 있는 사람들은 알 수 있을 것이다. 내 칼이 지나간 곳이 전부 일격필살의 급소였다는 걸.

하지만 여사평은 살아 있었다. 나뒹굴며 신음하지도 않았으며 피를 흘리지도 않았다. 비록 산발이 되고 옷이 수십 가닥으로 잘려 나갔을 망정 그의 몸은 멀쩡했다.

좌중의 공기가 차갑게 가라앉았다. 내 칼이 자신의 옷자락을 자르고 지나갈 때마다 죽음의 공포를 생생하게 경험한 여사평은 사지를 달달 떨며 나를 올려다보았다.

"천룡표국과 달리 북천표국은 후계자가 귀하로 일찌감치 정해졌다고 들었소. 국주가 되시면 부디 굶주림 때문에 비적이 된 양민들에게 인정을 베풀어주시오."

"갑자기 그걸 왜……."

"뭐든 한다고 하지 않았소?"

"……!"

"표사가 비적이 되는 게 한순간인 것처럼 양민들도 그렇소. 덧붙여 그들의 절박함은 경쟁에서 이기고 싶어 하는 귀하의 치열함에 비할 바가 아니오."

철컹!

나는 칼을 도갑에 회수한 후 뒤돌아 걸음을 옮겼다.

이 층과 삼 층 창문에서 옹기종기 얼굴을 내밀고 구경하던 수십 명의 기녀들을 비롯해 금성루에 있던 일천 표사들 전부가 나만 바라보았다.

잠시 후, 나는 마상에 앉아 있는 이종산의 앞에 서서 그를 올려다보며 말했다.

"천룡표국의 표마차가 공격당한 일의 보복에 관한 중차대한 문제를 국주님과 한마디 상의도 없이 마음대로 처리해 버렸습니다. 벌을 달게 받겠습니다."

"너는 이미 비적을 수차례 베고 천룡표국의 명예를 지켰다. 상을 내리지는 못할망정 내 어찌 벌을 주겠느냐."

"감사합니다."

"밤이 깊었구나. 그만 돌아가자!"

이종산이 말 머리를 돌려 또각또각 걸음을 옮겼다. 총표두 곽석산을 비롯해 이갑룡, 이을룡, 황자충, 양진각, 유지평 등이 유유히 뒤를 이었다.

나는 남궁소소가 고삐를 끌고 온 말에 훌쩍 올라탔다.

그녀가 말 머리를 나란히 붙이며 나만 들을 수 있도록 작은 소리로 말했다.

"잘했어요!"

"일이 잘 끝나서 다행이오."

"보는데 떨려 죽는 줄 알았어요."

"아무렴 나만 했으려고."

"당주님도 떨었다고요?"

"오줌보가 터지는 줄 알았소."

"완전 뻔뻔해 보이던데."

"혹시라도 여사평의 죄를 못 밝혀낼까 봐."

"그래서 국주님께도 말씀드리지 않고 몰래 온 거예요?"

"그게 가장 컸소."

"난 이런 인간적인 면이 참 좋더라."

"……?"

"으음, 아무튼 대성공이었어요. 못 봤겠지만 당주님이 표사들의 전통을 말할 때 강북의 표사들이 크게 동요하는 눈치였어요. 북천표국과 강북의 다른 표국들도 이제 비적 토벌이란 명목으로 무공도 모르는 양민들을 대놓고 죽이진 못할 거예요."

나와 남궁소소의 뒤를 이어 비룡당과 천룡표국의 표사 삼백여 명이 역시나 말을 타고 금성루를 빠져나왔다.

천룡표국의 수뇌부가 머물고 있는 무한 분타는 아침부터 저녁까지 상단주들의 방문이 끊이질 않았다.

그리고 열에 아홉은 비룡당주인 나를 찾았다. 범선 다섯 척이 비룡당의 소유이며, 비룡당은 천룡표국 내에서도 독립적인 경영을 보장받는

다는 소문 때문이었다. 계산이 빠른 상인들답게 지금 당장 계약을 맺는 것도 중요하지만, 이후 실질적인 힘을 지닌 사람과의 유대가 더욱 중요하다는 걸 아는 것이다. 상계는 인맥으로 돌아간다는 말이 실감 났다.

하지만 상단 선별의 권한을 이갑룡과 을룡 그리고 무한 분타주에게 일임한 나는 정작 분타에 있지도 않았다. 아침 일찍부터 사람들이 잘 알아보지 못하도록 죽립을 깊이 눌러 쓴 채 장강 변으로 나와 있었다. 그리고 다섯 척의 범선에 싣고 온 물건들을 뒤늦게 하역하는 걸 종일 지켜보았다.

한데도 보고는 계속됐다.

"무한 미곡시가 발칵 뒤집혔습니다. 산서상인들이 북천표국을 비롯해 강북의 아홉 개 표국들과 진행 중이던 계약을 전부 파기해 버렸다는 소문이 빠르게 돌고 있습니다."

"조금 전 북천표국과 강북의 표국들이 미곡 운송에서 손을 떼겠다고 선언한 후 표사들을 전부 철수시키고 있습니다."

"천룡표국이 계약할 상단을 서른 곳으로 한정한 데 이어 파격적인 운송 비용을 제시하며 뛰어들었던 경쟁자들까지 사라지자 남은 표국들은 그야말로 신바람이 났습니다."

"금성루의 루주가 당주님을 한번 꼭 모시고 싶다고 했습니다. 소문에 들으니 예쁜 기녀들도 많다더라고요."

"금성루의 루주가 가장 넓고 전망 좋은 전각의 꼭대기 층을 비워두었으니 오늘 밤 오셔서 달구경이나 하고 가시라고 합니다."

"금성루의 루주가 해 질 무렵에 마차를 보내 드리겠다고 합니다. 창문에 차양이 드리워져서 안에서 닫으면 누가 탔는지 점쟁이도 모른다고요."

가불염, 가불염, 가불염, 호리독사, 호리독사, 호리독사가 아침부터 저녁까지 하루 동안 해온 보고였다.

가불염은 그렇다 쳐도 호리독사는 정식 표사도 아니거니와 지금까지 보고 같은 걸 해온 적이 한 번도 없었다. 가끔 우연히 엿들은 걸 말해주기는 하지만 그건 보고라기보다 고자질에 가까웠다.

그런데 갑자기 왜 이런 엉뚱한 짓을 하는 걸까? 그것도 누가 보면 금성루의 앞잡이가 아닌가 하고 의심할 법한 보고를.

해 질 무렵 나타난 무한 분타의 장궤 방금옥이 이유를 설명해 주었다.

"금성루는 대설산 만년설을 녹인 물과 동정호에서 나는 아홉 가지 영초로 담근 빙설구화주(氷雪九華酒)가 유명합니다. 근동의 유명한 주객들은 금성루의 빙설구화주를 맛본 것이 큰 자랑이죠."

"그 정도입니까?"

"하지만 역설적이게도 워낙 귀해서 값이 문제가 아니라 특급의 귀빈이 올 때만 겨우 한 병씩 내놓는다고 들었습니다. 그런데 루주가 천룡표국의 표사들에게 비룡당주님을 모시고 오면 세 병을 내놓겠다고 약속한 모양입니다."

"왜요?"

"고급 기루의 명성은 규모나 화려함이 아니라 어떤 유명 인사가 다녀갔느냐에 달렸지요. 기녀들도 마찬가지입니다. 유명 인사의 시중을 한 번이라도 들면 그 기녀는 하루아침에 몸값이 달라지곤 하지요."

나는 약간 우쭐해져서 물었다.

"내가 그렇게 유명합니까?"

"기루에서는 같은 귀빈이라면 무림 고수들을 더 선호합니다. 신비로운 행적과 사람들의 호기심을 자극하는 이야기들 때문이지요."

"남의 고생한 이야기가 재밌긴 하지요."

"당주님은 천룡표국의 사공자라는 엄청난 신분에다 최근 여러 가지 어려운 표행들을 성공시켜 표국업계를 떠들썩하게 만드신 것은 물론, 젊고 잘생기기까지 하시어 화제성에서 단연 으뜸……. 이라고 루주가 생각한 것 같습니다."

"그렇군요."

"한데 정말 모르셨습니까?"

"예?"

"아, 아닙니다."

맞다. 나는 원래 항주에서 유명한 한량이었지. 그 소문을 귀가 따갑도록 들었을 방금옥의 눈에는 금성루의 뻔한 수작을 이해 못 하는 내가 잘 이해되지 않았을 것이다.

언제부턴가 느낀 건데 방금옥은 직언을 참지 못하는 성격이 살짝 있는 것 같았다. 전생에선 왜 몰랐을까? 하긴 그땐 그녀와 길게 말을 나눌 신분도 아니었다.

어쨌거나 음흉한 성격보다 백배 낫다. 최소한 앞에서는 입 안의 혀처럼 굴고 뒤돌아 몰래 비수를 갈지는 않을 테니까.

잠시 어색한 침묵이 흐른 후 방금옥이 말했다.

"감사드립니다."

"갑자기 뭘요?"

"범선 한 척의 선적권을 저희 분타에 주셨다고 들었습니다. 덕분에 무한 분타의 위상이 크게 높아졌습니다. 그동안 마치 상전이라도 되는 것처럼 까다롭게만 굴던 상단주들도 저희 부녀를 대하는 태도가 많이 달라졌고요."

"잘됐군요."

"이렇게 큰 선물을 주신 이유를 여쭈어도 될는지요."

"선물에 이유가 있으면 쓰나요."

"그럼 염치 불고하고 부담 없이 받도록 하겠……."

"두 분을 내 사람으로 만들기 위해서입니다."

나는 천박하다고 여길 만큼 노골적으로 말했다. 천성이 솔직하고 담백한 사람들은 혀로 장난치는 사람들을 믿지 않는다. 일단 말을 던져 놓고는 가타부타 설명 없이 방금옥을 빤히 바라보았다. 내 강렬한 눈빛으로 그녀의 크고 맑은 눈동자를 지져가며.

범선 다섯 척이 항주와 이곳을 왕복하며 돈을 쓸어 담으려면 무한에 거점을 두고 있는 분타의 역할이 거의 절대적이었다. 만약 무한 분타가 이갑룡이나 이을룡의 손에 떨어졌다고 가정해 보자. 범선을 통한 장강 조운 자체가 위협받게 된다. 그들은 무언가 계약이 성사되려 할 때마다 사사건건 방해하려 들 것이 분명했다.

방금옥 정도의 식견과 재주를 지닌 사람이라면 충분히 꿰뚫어 볼 것이다. 그리고 나는 지금 그녀에게 내 수족이 되어 그걸 막아줄 의향이 있는지를 물었다.

방금옥은 한참이나 내 눈을 피하지 않고 응시하더니 말했다.

"국주님께서 일개 표사에 불과했던 제 아비를 파격적으로 발탁하시어 무한 분타를 맡기셨지요. 그리고 항상 변함없는 신뢰를 보내주셨습니다. 그 후 제 아비는 국주님을 주군으로 생각하고 있습니다. 아마 앞으로도 그럴 것입니다."

"……?"

"하지만 저는 그분의 넷째 아드님을 주군으로 모시게 될 것 같습니다. 만약 그분께서 저처럼 하찮은 사람의 손도 필요로 하신다면 말입니다."

이 여자, 전생에선 내게 주먹밥을 쥐여주었지만 현생에서는 범선 다섯 척에다 돈을 차곡차곡 담아줄 것이다.

나는 저만치 떨어진 곳에 앉아 하릴없이 장강에 짱돌을 던지며 시간을 죽이고 있던 호리독사를 불렀다.

"부르셨어요?"

"왜 그렇게 기운이 없는 거요?"

"딱히 기운이 날 일도 없고 해서요."

"범선 다섯 척이 장강을 거슬러 오르는 역사를 만들고, 우리와 계약을 하기 위해 상단들이 줄을 서는데도 기운이 안 난다고요?"

"그닥 관심이 없어서……."

"그렇게 주인 의식이 없어서야."

"저는 객원표사인데요."

"……!"

그렇게 빙설구화주가 탐나면 훔쳐서라도 마셨을 인간이다. 한데도 저러는 이유는 한 가지밖에 없다. 이미 털어봤는데 금성루에는 없는 것이다.

"금성루의 루주에게 가서 오늘 밤 제일 넓고 전망 좋은 방으로 하나 비워놓으라고 하세요. 새로 사귄 친구와 코가 삐뚤어지게 마셔볼 라니까."

"저, 정말이십니까?"

"가불염 표두와 남궁소소와 황해노경 선배님 그리고 갑판장 범주에게도 시간을 비워두라고 전하세요. 귀하도 마찬가지고요."

"명을 따르겠습니다!"

"금성루의 루주에게는 기녀들을 한 명도 들이지 말라고 미리 못 박아두시고요. 대신 솜씨 좋은 악기가 있다면 선금을 주어 미리 약속을 잡아놓으세요."

"탁월한 선택이십니다. 기녀들은 불러봤자 귀찮게 굴면서 아까운 술만 축냅니다. 그럼, 저는 이만 당주님의 말씀을 전하러!"

쌩!

호리독사는 공령신투의 평생 역작인 영사신법을 펼치며 쏜살같이 사라져 버렸다.

방금옥은 피식 웃더니 말했다.

"재밌는 분이시군요."

"알고 보면 대단한 사람입니다."

그때 방금옥의 너머 저만치에서 이십여 기의 인마가 보였다. 이종산이 곽석산은 물론이거니와 오당의 당주 등을 거느리고 이리로 오는 중이었다. 이종산의 바로 옆에는 내 특명을 받고 그를 모시러 갔던 남궁소소도 보였다.

잠시 후, 말들이 멈춰 서자 이종산을 시작으로 모두가 내렸다. 이어 잔뜩 흥분한 표정으로 나와 마주하고 섰다.

"범선이 두 척 더 있다고?"

"그렇습니다."

"어디에 있느냐?"

"지금 하역 중입니다."

그러면서 나는 아침부터 쟁자수와 선원들 전부가 동원되어 하역 중인 물건들을 가리켰다. 갖가지 모양과 크기로 가공된 목재들은 어느새 강변에 두 개의 무더기를 이루며 산더미처럼 쌓이는 중이었다.

"저게 범선이라고?"

"정확하게는 범선으로 조립하기 직전 상태까지 모두 가공을 마친 목재들입니다. 다섯 척의 선실에 나누어 싣고 왔는데도 불구하고 모양과 크기가 제각각이다 보니 차지하는 면적이 생각보다 컸습니다."

"어찌하여 처음부터 완성해서 끌고 오지 않고?"

"이 두 척의 배들은 항주와 무한을 오가지 않을 것입니다. 대신 민강과 장강이 합류하는 사천성 의빈에서 호북성 자귀까지만 운항할 겁니다."

사천성 의빈은 장강 물길을 따라간다고 가정했을 때 이곳에서 약 삼천 리나 더 상류 쪽에 위치한 도시였다. 표사들의 걸음으로 대략 이십일이 걸리는 길. 반면에 자귀는 닷새면 도착한다. 말을 타고 속도를 조금 낸다 싶으면 사흘 안에 주파하는 것도 가능하고.

자귀까지도 거리는 꽤 되지만 대부분 평지인 데다 관도가 거의 직선에 가깝도록 시원하게 뚫려 있기 때문이었다.

그야말로 폭탄 같은 선언에 지켜보고 있던 오당 당주들과 이십여 명의 일급 표사들은 모두 입이 떡 벌어져서 한동안 말을 잇지 못했다.

사실 여기 도착할 때부터 저들은 이미 얼굴이 반쯤 누렇게 떠 있었다. 갑자기 남궁소소가 나타나 생각지도 않았던 범선 두 척이 더 있다고 했으니 얼마나 놀랐겠나. 아마도 누가 철퇴로 뒤통수를 두 번 정도 가격하는 충격이었을 것이다.

한데 완전히 건조된 범선이 아니라 그 직전까지 가공한 목재들이라고 하자 '이건 또 무슨 희한한 소리야'라는 표정들을 지었다.

그리고 지금, 범선들을 조립한 후 사천성의 의빈에서 호북성의 자귀를 오가는 구간에 띄울 거라는 내 말에 거의 까무러치기 직전이었다.

이종산이 격정을 억누르며 말했다.

"장강의 그 어떤 배도 호북성을 넘어 사천성까지 거슬러 오를 수는 없다. 바로 두 성의 경계에 그 유명한 장강삼협(長江三峽)이 있기 때문이지."

"과거라면 그랬겠지요. 하지만 지금은 상류의 구당협과 무협을 쌍각선으로 충분히 거슬러 오를 수 있습니다. 교룡방도 그 구간에선 오래전부터 조운선을 운용하는 중이고요."

"그게 다가 아니지 않느냐."

"맞습니다. 문제는 가장 하류 쪽에 있는 서릉협입니다. 서릉협은 백오십 리 구간 안에 무려 일곱 개의 크고 작은 탄(灘)이 밀집해 있어 물고기도 오르다 지쳐 죽는다는 말이 있지요. 자귀는 무한에서 보자면 바로 그 서릉협이 끝나는 지점입니다."

장강삼협 중 상류 쪽 두 곳은 양안의 깎아지른 산비탈로 말미암아 강폭은 좁아지지만, 대신 수심이 충분히 깊어 물살을 아주 감당하지 못할 정도는 아니었다.

하지만 서릉협의 물살은 그런 차원이 아니었다. 그곳은 그냥 장강에 펼쳐져 있는 절대사지였다. 들어가서도 안 되고 들어갈 수도 없다.

애초 사람이 접근할 일이 없으니 장강십팔탄을 말할 때도 이곳 서릉협 구간의 여울들은 아예 언급조차 하지 않는다.

"육로를 통해 저 목재들을 서릉협 너머 자귀까지 옮겨간 다음 그곳에서 건조와 조립을 할 생각이더냐? 이후 장강에 띄워 의빈과 자귀를 오가며 운항할 것이고?"

"서릉협의 입구인 남진관까지는 교룡방의 방주께서 조운선 서른 척에 나누어 실어다 주겠다고 하셨습니다. 이후 자귀까지 백오십 리 구간은 인근 형주에 있는 성원표국의 표마차 백 대에 나눠 싣고 두어 차례 왕복하며 옮길 것이고요."

"자귀에 도착해서는?"

"뱃도랑을 파고 범선으로 조립 건조할 것입니다. 이를 위해 해룡선방의 배목수 열 명과 노련한 십장 스무 명이 처음부터 함께 범선을 타고 왔습니다. 그 십장들이 현지에서 일꾼 백여 명을 한 달 정도 추가로 고용할 계획이고요."

"한 달?"

"해룡선방의 방주님 말씀이, 잘 건조된 목재를 모두 가공한 상태라면 대륙 어디에서든 한 달 만에 쌍각선과 똑같은 범선을 만들 수 있을 거라고 하셨습니다."

"……!"

장강 변에 때아닌 태풍이 몰아쳤다.

사람들은 놀라는 정도를 넘어 하나같이 경악스러워했다.

무한은 장강 전역을 놓고 보자면 대략 중간쯤에 위치한 대도시였다. 다시 말해 강남과 강북의 물자들을 양쪽으로 운송한다고 가정했을 때 절반 정도만 감당할 수 있었다.

그럼에도 불구하고 사람들이 강남북의 교통 혹은 물자 유통을 말할 때는 대개 이 절반의 장강을 경계로 대면하는 지대를 의미했다.

그럴 수밖에 없었다. 장강 물길로는 그 유명한 삼협이 오가는 배들을 집어삼켰고, 육로로는 대파산맥이라는 천연의 거대한 장벽이 저 북쪽 섬서성까지 이어지며 버티고 서 있었기 때문이다.

그런저런 이유로 대륙의 물자들은 동과 서로 유통되는 것보다 남과 북으로 유통되는 양이 압도적으로 많았다. 한데 내가 기존에는 없던 동서 유통의 새로운 단초를 만든 것이다.

이것이 의미하는 바를 가장 먼저 간파한 사람은 역시 천룡표국에서 가장 두뇌가 뛰어나다는 청룡당주 유지평이었다.

"지금이야 미곡 운송 때문에 범선이 무한까지만 올랐지만, 청수탄을 올랐다면 서릉협이 시작되는 남진관까지도 갈 수 있을 겁니다. 저 멀리 사천성 의빈에서 자귀까지 두 척의 범선으로 물자를 운송하고, 자귀에서 남진관까지 백오십 리 구간은 표마차를 이용하고, 다시 남진관에서 범선 다섯 척에 옮겨 실어 강동으로 나른다면……. 수천 년을 이어온 장강 조운의 역사를 새로 쓰겠군요."

황룡당주 황자충이 덧붙였다.

"제 생각도 같습니다. 상대적으로 오지처럼 여겨졌던 사천, 운남, 귀주의 강서삼성에서 나는 수많은 특산물들을 강동과 강남북으로 운송하는 데 획기적인 방식이 될 것입니다."

총표두 곽석산도 한입 보탰다.

"대설산의 고대 교역로를 통해 마방들이 들여오는 서장과 천축의 귀한 물건들을 운송할 수도 있습니다. 우선 호북의 부호들이 찻물로 그렇게 선호한다는 대설산 만년설수값부터 크게 내려가겠군요."

모든 게 계획대로만 된다면 천룡표국은 절강성 제일의 표국이 아니라 천하제일의 표국이 될 것이 틀림없다. 벌어들이는 돈도 돈이지만, 대륙의 그 어느 표국도 가지지 못한 장강 조운로를 교룡방의 도움 없이 독단적으로 운영하는 최초이자 유일한 표국이 될 테니까. 물론 그 중심에 비룡당이 있을 것이고.

자신이 싣고 온 목재들이 그렇게까지 엄청난 일의 초석이 될 줄 몰랐던 남궁소소는 눈이 동그래져서 나만 뚫어지게 바라보았다.

그녀뿐만이 아니었다. 이종산을 비롯해 곽석산, 황자충, 유지평, 양진각, 이갑룡, 이을룡 그리고 스무 명의 일급 표사들과 그들 속에 섞여 있는 이병룡은 놀라서 하나같이 어쩔 줄은 몰라 했다.

한참 만에야 이종산이 내게 물었다.

"한데 왜 여태 숨긴 것이냐? 일 년 전 표왕부에서 돈의 지출처를 물었을 때도 너는 분명 해룡선방에 범선 다섯 척의 건조를 주문한다고 말했다."

"어떻게 될지 몰라서요."

"음?"

"목재만 완가공한 상태에서 배와 표마차로 번갈아 옮겨 실어가며 수천 리를 이동한 다음 다시 내려서 조립하는 방식으로 건조하는 게 가능할지 그땐 몰랐습니다. 해룡선방주께서도 이론상으로는 가능하지만, 한 번도 해보지 않은 일이라 하셨고요. 사실은 지금도 성공을 장담할 수 없습니다."

"하기사 그렇게 말했다면 그땐 나라도 믿지 않았을 것이다. 사실 장강에 범선을 띄워 무한까지 오른다고 했을 때도 이런 방식일 거라고는 상상도 못 했다."

"미리 말씀드리지 못해 죄송합니다."

"비룡당의 독립적인 운영을 보장해 주었으니 하나부터 열까지 내게 보고할 이유는 없겠지. 질책하려고 물은 것이 아니니라."

그러면서 이종산은 왼손으로는 뒷짐을 쥐고 오른손으로는 수염을 쓰다듬으면서 조용히 웃었다. 앙천광소를 터뜨리고 싶지만, 표왕의 체통을 지키느라 애써 억누르는 기색이 역력했다.

곽석산, 황자충, 유지평도 이종산을 따라 고개를 끄덕이며 웃었다. 그들이 휘하에 거느리고 온 표두들도 마찬가지였다.

이갑룡과 을룡과 양진각도 천룡표국의 영토 확장 소식에 애써 웃고는 있었다. 하지만 한 꺼풀 너머에는 뭐라 말할 수 없이 강렬한 질투가 느껴졌다.

"한데 의빈과 자귀를 오가는 범선은 누가 맡아서 운항할 것인가?"

곽석산이 뒤늦게 생각났다는 듯 불쑥 물었다. 당주들과 표두들이 함께 있는 자리다 보니 둘만 있을 때처럼 완전히 하대를 하지 않았다.

"저기 혼자서 돛대를 어깨에 짊어지고 내리는 거인이 보이십니까? 범주라고, 평생 황해노경 선배님 밑에서 잔뼈가 굵은 갑판장이지요. 그에게 맡기려고 합니다. 얘기도 다 되었고요."

"범선만 운항한다고 되는 것이 아닐세. 의빈과 자귀 양쪽에서 상주하며 여러 가지 일을 봐줄 교두보가 반드시 있어야 하네."

"의빈 쪽 교두보는 성도에 있는 도화곡에 부탁해 볼 작정입니다. 성도에서 의빈까지는 이삼일 정도밖에 걸리지 않는 데다, 일전에 하오문 친구들을 통해 소식을 들어보니 빠르게 자리를 잡고 있는 중이라고 해서요."

"도화곡이라면야 더 바랄 게 없지. 어떤 분타보다도 믿음직스러울 테니까. 이 방면의 경험이 전무하다는 게 조금 걸리지만 그거야 배우면 되는 것이고."

"해서 기왕 무한까지 온 김에 여기 일은 당주님들께 맡기고 잠시 도화곡을 다녀올까 합니다. 비룡당은 가불염 표두와 황해노경 선배님께 일임해 놓았으니 큰 문제 없이 굴러갈 것이고요."

"암, 그래야지. 사문이 그렇게 큰일을 겪었는데 지금쯤에는 존장들을 찾아뵙고 문파와 사제들의 안부를 묻는 것이 도리지. 범선 두 척을 선물로 가져가면 곡주께서 크게 기뻐하실 걸세."

곽석산이 흡족한 듯 고개를 끄덕이는 사이 이종산이 다시 물었다

"의빈이야 그렇다 치고 자귀 쪽은?"

"여기 있는 방 장궤가 도와주기로 했습니다."

주군으로 모시겠다고 맹세한 지 일각도 지나지 않아 갑자기 자신에게 막중한 임무가 주어지자 방금옥은 눈이 동그래졌다.

그 모습을 본 이종산이 걱정스러운 표정으로 말했다.

"무한에서 자귀까지는 빠른 말로도 사흘이 걸리는 길. 도화곡과 달

리 분타의 여력으로는 도움을 주기가 쉽지 않을 터인데."

"무한 분타의 지시를 받는 소분타를 자귀에 만들면 됩니다. 해낼 자신 있습니다. 믿고 맡겨주십시오!"

갑자기 방금옥이 큰소리로 외쳤다. 그러나 분타주도 아니고, 장궤에 불과한 자신이 할 말은 아님을 뒤늦게 깨닫고 얼굴이 발개졌다.

"죄송합니다. 소인이 그만 주제넘은 말을."

방금옥의 우려와 달리 이종산과 곽석산은 매우 흡족한 듯 입꼬리까지 늘리며 웃었다.

그리고 주거니 받거니 말했다.

"무한 분타에 힘을 실어준 이유가 이거였구만."

"분타만 훔친 줄 알았더니 사람도 훔쳤군요."

"분타를 훔치려면 사람을 훔치는 게 맞지."

"그 말씀도 맞습니다."

"분타주라도 빼앗기지 않으려면 단속을 단단히 해야겠군. 총 표두는 가서 방청양을 찾아 데려오시게. 오랜만에 금성루로 가서 술이나 한잔하세."

"그렇지 않아도 루주가 국주님을 모시고 오면 빙설구화주를 열 병까지 내놓겠다고 했습니다. 어서 가시지요."

"오당주들도 함께 갑시다."

그러더니 이종산은 순식간에 사람들을 전부 끌고 사라졌다.

빙설구화주 열 병이라는 말에 나와 방금옥은 그대로 석상이 되어버렸다.

영문을 모르는 남궁소소는 말을 타고 저만치 멀어져 가는 이종산의 뒷모습을 보고 한없이 존경스러워 하는 눈빛으로 말했다.

"방 분타주님을 부르셔서 자귀에 소분타 만드는 걸 각별히 신경 써 달라고 부탁하시려는 거예요. 국주님은 정말 멋진 분이신 것 같아요."

이종산은 곽석산과 함께 황학루의 꼭대기 층에서 장강을 굽어보고 있었다. 상단들과의 계약을 전부 끝내 버렸더니 더는 귀찮게 하는 이가 없어서 좋았다.

장강의 한쪽에선 천룡표국의 쟁자수들이 개미 떼처럼 늘어서서는 멀리 강동으로 운송할 미곡섬을 범선 다섯 척에 차곡차곡 실어 올리는 중이었다. 그런가 하면 또 다른 한쪽에선 범선 두 척의 구조가 될 목재들을 실은 교룡방의 조운선 삼십여 척이 물살을 거슬러 상류 쪽으로 막 출발했다.

그 선단의 선두에 자신의 넷째 아들이자 비룡당의 당주인 이정룡이 타고 있었다. 옆에는 뇌검 남궁유룡이 애지중지하는 손녀 남궁소소가 바늘 가는 데 실 가는 것처럼 따르고 있었고.

저들은 남진관까지 조운선을 타고 간 다음 서릉협 구간 동안 잠깐 육로를 이용했다가 다시 교룡방의 배를 얻어타고 의빈까지 갈 예정이었다. 기왕 도화곡으로 가는 김에 장차 범선들을 통해 싣고 나를 표물들이 지나갈 길을 되짚어가며 상황을 점검하려는 것이다.

"과감하고 집요한 데다 철두철미하기까지."

"금성루에서 정룡이 보인 무위를 놓고 표사들 사이에 소문이 크게

도는 것 같습니다. 아무래도 풍운비룡의 무공이 절정 지경에 다다른 것 같다고요."

"게다가 음험하고."

"예?"

"항주 유흥가의 호구라고 불리던 녀석이 제아무리 오지산 천지령을 먹고 북해투왕의 비기를 전수하였다고 해도 고작 일 년 만에 어떻게 절정고수가 될 수 있겠나."

"하면……."

"필시 그동안 사람들 몰래 혼자 뼈가 부서져라 수련을 했을 터인데, 그런 와중에도 온갖 수모를 참고 견뎠으니 음험한 게지."

"사내가 뜻을 품었으면 그 정도 독기는 있어야지요. 음험하다는 말씀은 좀 아닌 것 같습니다."

"누가 보면 자네가 아비인 줄 알겠군."

"그나저나 그토록 소원하시던 장강 조운의 기틀이 만들어졌습니다. 사천성 의빈에서 절강성 항주까지 범선을 운영하다니. 지금도 잘 믿기지가 않습니다."

"장강은 천지인삼재(天地人三才)의 변화가 가장 무쌍한 곳. 아직 성공을 속단하긴 이르네. 물론 이 정도의 기틀을 다진 것만으로도 충분히 대단한 일이기는 하지만."

"소제에게는 솔직해지셔도 됩니다. 손 대형께 속내를 털어놓으시면 술을 마실 때마다 두고두고 놀림감이 되시겠지만 말입니다."

"사실 밤새 한숨도 잘 수가 없었다네. 내가 한 일은 아니지만 내 대에서 내 아들이 조상들께서 염원하시던 장강 조운의 물꼬를 텄다는 생각에 어찌나 가슴이 벅차오르는지."

"소제를 장강수로맹주에게 보내 몰래 정룡을 돕게 하신 걸 빼놓고 말씀하시면 안 되지요."

"나도 처음엔 녀석의 허술함을 탓하며 우쭐했었지. 하지만 지금은 생각이 바뀌었네. 내가 한 일이라곤 녀석이 놓친 마차 바퀴의 살대 하나를 바로잡아 준 것에 불과했네. 한데 녀석은 그 커다란 바퀴를 통째로 굴려 버렸지. 살대 하나가 부러졌어도 바퀴는 틀림없이 굴러갔을 것이네."

"한데 왜 구태여 조용히 돕게 하신 겁니까?"

"표왕이 하지 못한 일을 그의 아들이 해냈다. 그럴듯하지 않은가? 그동안 녀석에게 일말의 의구심을 품던 사람들도 이제는 신뢰하지 않을 도리가 없을 걸세."

곽석산은 이종산이 그의 아들에게 명표가 되는 데 꼭 필요한 전설을 만들어주려 했음을 알 수 있었다.

그 자신이 해남도의 다섯 개 흑도문파에게 쫓기던 일가족 네 명을 광동성에서부터 시작해 대설산까지. 장장 한 달 동안 호송해 준 일이 전설로 회자되며 명표라는 칭호를 받았던 것처럼.

"혹시, 정룡에게 표국을 물려주실 생각이신지요."

"왕좌는 물려받는 것이 아닐세. 형제들을 쓰러뜨리고 스스로 차지하는 것이지. 그래야 진짜 내 자리가 된다네."

"정룡이 형들을 쓰러뜨리려고 할까요?"

"언젠가 자네도 내게 말했지 않았나. 제 뜻이 무엇이든지 간에 결국은 운명이 이끄는 대로 갈 수밖에 없을 것이라고."

이종산은 대화를 멈추고 잠시 하늘을 올려다보았다. 쪽빛 하늘이 꼭 장강 물빛을 닮았다.

그는 다시 구름과 함께 서쪽으로 흘러가는 조운선으로 시선을 던지며 말했다.

"그나저나 장강수로맹주에게 자네가 한 번 더 다녀와야 할 것 같네. 그 욕심 많은 늙은이가 이번엔 또 얼마를 뜯어내려 할는지 모르겠군."

"물길이 애초에 계약한 것보다 두 배로 늘어났으니 인사값으로만 금전 백 냥은 준비를 해야 할 겁니다."

"날강도 같으니라고."

"오죽하면 호광성의 표국주들이 십시일반으로 돈을 모아 혈랑곡(血狼谷)에다 살인청부를 하자는 말까지 나왔겠습니까?"

"왜 안 했다고?"

"그를 제거한다고 해도 어차피 또 다른 누군가가 그 자리에 올라 수적질을 계속할 테니까요. 쓸데없이 청부금만 나갈 뿐."

"그것도 그렇군."

"그래도 우리는 이렇게 길을 닦아주면 정룡이 범선으로 열심히 돈을 벌어다 또 절반을 갖다 바칠 게 아니겠습니까? 엄청나게 남는 장사입니다."

"그렇지?"

"그렇고말고요."

"클클클."

"후후후."

4장
사숙이다

무한을 떠난 지 열흘째 되는 날 아침, 나는 남궁소소와 함께 장강의 지류이자 민강 입구인 의빈에 도착했다.

훗날 장강의 사천성 구간에 범선 두 척을 띄우면 상류 쪽 종착지가 될 곳이었다. 의빈에서부터는 민강 물길을 따라 성도까지 오르내리는 여객선을 탔다.

커다란 삼판선을 개조해 만든 여객선에는 돛이 두 개나 달려 있었다. 하지만 그걸로는 성에 차지 않는지, 네 명의 선원이 각각 두 명씩 짝을 지은 다음 양쪽에서 번갈아 가며 노를 저었다.

선객은 서른여 명이었는데, 삼삼오오 모여 강변의 풍광을 구경하거나 세상 돌아가는 소식들을 주고받았다. 다만 강바람이 워낙 세서 대화를 나누는 선객들은 싸우는 것처럼 목청을 높여야 했다.

그 바람에 배는 선원들이 구태여 노를 저을 필요가 있을까 싶을 정도로 물살을 잘도 거슬러 올라갔다.

나와 남궁소소는 선미 쪽 갑판 구석에 앉아서 역용에 관한 이야기를 이음술(移音術)로 나누고 있었다.

이음술은 남궁소소가 훗날 유가문파를 세우면 제자들에게 가르쳐 주겠다며 창안한 공부였다. 방식은 내공을 이용해 내 말소리가 공기 중으로 흩어지지 않고 특정 상대의 귓속으로만 파고들도록 조종하는 것이었다. 이음술을 익히면 비유로서가 아니라, 진짜 모기만 한 소리로도 일 장 이상 떨어진 상대와 비밀스럽게 대화를 나눌 수가 있었다.

그런데 거창한 설명과 달리 사실 이건 내공을 어느 경지까지 익힌 고수가 전음입밀을 할 수 있게 되기 직전의 단계에서 나타나는 현상이었다. 다만 남궁소소가 이음술이라고 이름을 붙인 후 좀 더 쉽게 익힐 수 있도록 방법을 고안했고 계속해서 연구하는 중일 뿐.

그녀의 말처럼 잘만 다듬는다면 확실히 전음입밀보다 익히기 쉽고, 다자간에도 대화가 가능했으며, 내공의 소모도 훨씬 적을 것 같았다.

"다시 원점으로 돌아와서, 사람들은 눈만 보고도 상대가 누군지 알 수 있다고 생각하는데 천만의 말씀이에요. 사람의 특징을 가장 잘 드러내는 건 턱이에요. 턱! 복면을 착용할 때 눈을 가리지 않고 턱과 입을 가리는 것도 다 그런 이유 때문이고요."

"눈을 가리면 앞을 볼 수 없어서 그런 것 아니오?"

"물론 그런 것도 없지는 않지만, 눈보다는 턱과 입을 가리는 것이 그만큼 더 중요하다는 걸 말하는 거예요. 한번 볼래요?"

그러면서 남궁소소는 매화가 수 놓인 손수건을 꺼내 직사각으로 접었다.

이어 자신의 얼굴을 한번은 턱과 입을 가려서 보여주고 한번은 눈을 가려서 보여주었다.

"어때요?"

"잘 모르겠는데."

"이걸 어떻게 모를 수가 있죠?"

"내 생각엔 한눈에 들어오는 이목구비의 조화가 제일 중요한 것 같은데, 소저가 말한 건 사람이냐 아니냐를 알아차릴 때 중요한 것 같고. 방금 그거 역용술이 아니라 은신술 얘기 아니오?"

"……!"

"맞네."

"익힌 지 오래되어서 잠시 헷갈렸어요."

"헷갈릴 게 따로 있지. 시도 때도 없이 역용을 하면서 그 이치를 모른다는 게 말이 되오?"

"모르는 게 아니라 깜빡한 거예요. 어떤 동작이든 몸이 완전히 기억을 해버리면 그때부턴 생각이라는 걸 하지 않게 돼요. 모든 초식을 완벽히 체득한 후에는 그 초식들을 잊으라는 말도 있잖아요."

"가르쳐 주기 싫어서 그런 게 아니고?"

"내가 왜요?"

"그거야 나도 모르지."

"제자의 태도가 영 불성실하니 의욕도 안 나고 그러네. 잠깐 쉬어가기로 하고요. 그동안 밀린 계산이나 좀 해줘요."

"갑자기 무슨 계산?"

"황해노경 선배님을 모시러 갈 때 해룡선방 사람들을 백 명이나 이

틀 동안 임시로 고용했다고 말했었잖아요. 그때 내 돈 금전 이백 냥이 들어갔어요."

"그거 내가 써먹은 수법이오."

"뭘요?"

"은전을 금전으로 바꾸는 거."

"내가 금전이라고 했나요?"

"설마, 실수인 척하려고?"

"당연히 실수죠. 은전 이백 냥과 금전 이백 냥의 차이가 얼마나 큰데, 설마하니 그걸 속이려고 했겠어요."

"낚이면 좋고 아니면 말고였겠지."

"말해봐야 믿지도 않을 텐데 변명은 그만할래요. 어쨌든 전표는 지금 하나 써줘요."

"지금?"

"생각났을 때 받아둬야죠. 나중에 또 무슨 귀신같은 수법으로 순진한 나를 등쳐먹을지 모르니까요."

"지금은……."

"없다는 소리일랑 하지도 말아요. 왼쪽 품속에 액수가 적혀 있지 않은 백지 전표가 잔뜩 있다는 거 다 아니까."

"그건 또 어떻게 알았소?"

"다 아는 수가 있죠. 도화곡에 가서 필요한 일이 있을 때 쓰라며 국주님께서 주신 거잖아요."

"그냥 주신 게 아니고 강제로 빌려주신 거요. 필요 없다고 하는데도 먼 곳으로 가면 칼보다 더 요긴하게 쓰이는 것이 돈이라고 하시면서."

"그런 것까지 내가 알 바는 아니고요."

"아무튼 지금은 써주고 싶어도 써줄 수가 없소."

"왜요?"

"붓과 먹이 없소."

"있어요."

그러면서 남궁소소는 품속에서 한 뼘 길의 붓대롱을 꺼내 척 내밀었다.

뚜껑을 열자 먹물로 촉촉하게 젖은 세필 붓이 모습을 드러냈다.

이 정도 정성과 치밀함이면 깨끗이 인정해 줘야 한다. 당연히 돈을 떼먹을 생각도 아니었고.

나는 만금전장에서 발행한 전표를 바닥에 내려놓고 한쪽 끝을 잡은 다음 금액란을 천천히 채워가기 시작했다. 은전에 이어 막 이백이라는 숫자를 적어 넣으려는 순간, '꼴깍' 하고 남궁소소의 침 삼키는 소리가 미세하게 들려왔다.

손길을 우뚝 멈췄다. 갑자기 머리가 팽팽 돌아가기 시작했다. 남궁소소와의 대화를 처음부터 하나씩 복기하다 마침내 이상한 점을 발견했다.

"이백 냥이 아니라 백 냥을 준 거 아니오?"

"맞아요."

"그럼 나머지 백 냥은?"

"포상금이죠. 내가 처음부터 범선 다섯 척을 끌고 해문으로 가는 바람에 황해노경 선배를 설득할 수 있었다는 걸 부인하지는 않겠죠?"

"왜 처음부터 백 냥이라고 하지 않은 거요?"

"방금 말하려고 했어요."

"전표를 작성하고 나서?"

"순서가 뭐 중요한가요. 어차피 줄 건데."

"누구 마음대로?"

"내가 역용술을 진짜 까먹은 것 같아요?"

그러면서 남궁소소는 눈을 깜박깜박했다.

언제부턴가 나는 남궁소소에게서 점혈법에 이어 역용술까지 배우고 있었다. 천룡표국에도 남궁세가만큼은 아니어도 충분히 고절한 점혈법과 역용술이 있었다. 다만 어쩌다 시간이 나서 곽석산에게 사사를 할 때면 더 중요한 천무십검과 권장지각들에 관해 의문 나는 것들을 묻기 바빴다. 해서 점혈법이나 역용술 같은 잡기들은 표행 중 짬이 날 때마다 남궁소소로부터 가법을 어기지 않는 선에서 열심히 배우는 중이었다. 내겐 표행이 곧 수련의 여정이기도 했던 것이다.

"여깄소."

"진작 그럴 것이지."

"미리 챙겨주었어야 하는데, 작은 성공에 취한 나머지 내가 잠시 교만했던 것 같소. 미안하게 생각하오."

"마음에도 없는 소리 하지도 말아요."

남궁소소는 은전 이백 냥이 적힌 전표를 챙겨 품속에 갈무리했다.

솔직히 무공 때문이 아니어도 은전 백 냥이 전혀 아깝지 않았다. 남궁소소가 한 일은 가치를 따질 수 없었다. 그리고 또 하나, 그녀가 아니었으면 내 일처럼 발 벗고 나서서 어떻게든 관철하려고 애쓰지도 않았을 것이다. 분배금 일 푼의 위력이 이렇게 대단할 줄이야.

"원하는 걸 얻었으니 이제 진짜를 가르쳐 주시오."

"이것 보라지."

"하던 거는 마무리 지어야지."

"역용술이나 은신술이나 원리는 같아요. 특징적인 걸 평범한 것 속에 감춘다. 은신술에서는 인간 신체의 가장 큰 특징이랄 수 있는 사지의 형태를 감추는 것이 첫 번째고, 역용술에서는 원래 가진 이목구비의 조화를 깨고……."

"또 왜 그러시오?"

"저기 세 사람, 혹시 도화곡 제자들 아니에요?"

"음?"

그녀의 눈길을 따라 선수 쪽을 바라보니 과연 이십 대 초반의 여자들 세 명이 나란히 앉아 있는 게 보였다. 한 명은 키가 크고, 한 명은 반대로 작았으며, 한 명은 눈 밑에 가득한 주근깨가 귀여웠다.

세 사람 모두 어설프게나마 변장을 한 상태였다. 역용까지는 아니고, 단순한 남장에 초립을 깊이 눌러 쓴 정도였다. 그 바람에 가까이 다가가 자세히 보면 여자라는 걸 어렵지 않게 알아차릴 것 같았다. 그리고 확실히 안면이 있는 얼굴들이었다.

"가서 물어보면 되지. 여어!"

나는 반가움에 벌떡 일어나 세 사람에게 다가가려고 했다.

남궁소소가 황급히 손으로 내 입을 틀어막더니 뒷다리까지 걸어 넘기며 난간에 주저앉혔다.

"왜 그러시오?"

"여태 모르고 있다가 이제 와서 '아무래도 안면이 있어서 그러는데, 당신들 혹시 도화곡의 제자가 아니시오?' 하고 물으려고요?"

"그렇소"

"이름은 알아요?"

"이제부터 물어봐야지."

"이 남자 진짜 어떡하면 좋아. 사기 치는 거랑 표행하는 것 말고는 도무지 아는 게 없으니."

"무슨 문제라도 있소?"

"구대 제자들에게 귀하는 단순한 속가의 사숙이 아니에요. 처음 보는 자신들을 위해 목숨 걸고 싸워준 최초의 외부인이자 동경의 대상이라고요. 그런 분이 자기들 이름도 모르고, 심지어 제대로 알아보지도 못했다면 얼마나 서운하겠어요?"

"그게 그렇게까지 서운할 일인가?"

"당연히 서운할 일이죠. 가슴에 손을 얹고 생각해 봐요. 저 제자들이 섭부용이나 예홍이처럼 엄청나게 예뻤으면 이름까지는 몰라도 얼굴을 기억 못 했겠어요?"

솔직히 뜨끔했다. 나도 남자인지라 예쁘게 생긴 여자는 당연히 눈에 띄고 좀 더 오래 기억하게 되는 것이 인지상정이었다.

하지만 단순히 저 여자들이 엄청난 미녀가 아니어서 기억을 못 한 거라고 단정 지어 말하는 건 좀 억울하다.

도화곡의 제자들은 무려 삼백여 명에 달했다. 그들과 함께 대별산에서 사천성 성도로 가는 데 한 달이 채 안 걸렸다. 그나마 나는 이십일 째 되던 날 소수의 선발대를 이끌고 먼저 성도로 들어갔다. 해서 한 명 한 명과 다 어울릴 틈도 없었고 모두 기억을 하지도 못했다.

특히 상대적으로 어린 구대 제자들은 그 나이 때 여자들이 으레 그러하듯 아주 특별하지 않고는 다들 비슷비슷하게 생겼다. 그마저도 여정 내내 볕을 피하느라 초립을 썼고.

"못 알아본 건 피차 마찬가지지 않나?"

"우린 역용을 하고 있잖아요!"

아차차!

남궁소소와 내가 함께 역용을 하고 다닌 지는 며칠 됐다. 일단 그녀의 용모가 워낙 출중한 탓에 가는 곳마다 사람들의 시선을 끌어 여간 불편한 게 아니었다. 나는 나대로 동경(銅鏡)을 보며 남궁소소에게 배운 역용술을 연습하느라 뒤죽박죽으로 역용을 한 상태이고.

그런 이유로 남궁소소는 지금 가장 손에 익은 점백이 풍진양의 모습을 했고, 나는 그냥 못생긴 장한의 모습을 했다.

도검은 가불염에게 맡기고 아예 챙겨 오지도 않았다. 있으면 위기의 순간 요긴하게 쓰이긴 하지만, 아무래도 칼 찬 무림인들은 어딜 가나 시선을 끌어 그 역시 불편했다. 결정적으로 나는 검법보다는 권장지각에 능했고 웬만큼 자신도 있었다. 칼이 정 필요하면 빼앗아 쓰면 되는 거고.

"언제부터 타고 있었지?"

"반나절 전에 들렀던 포구에서 탄 것 같아요."

"확실하오?"

"그 전엔 못 본 것 같아요."

긴장할 이유가 없기 때문에 딱히 주변 상황에 주의를 기울이지 않았다. 하다못해 검을 찼으면 한번은 눈이 갔을 텐데 세 사람은 검도 지니고 있지 않았다.

"반나절 전이면 성도에서 사흘은 걸리는 길인데, 이 먼 곳까지 무슨 일로 온 거지?"

"문파의 일로 왔겠죠. 도화곡이 자리 잡는 걸 보지 못하고 가서 항상 걱정했었는데, 이렇게 멀리까지 제자들이 출타하는 걸 보면 괜한 우려…… 라고 하기엔 뭔가 이상한데?"

남궁소소가 말을 하다 말고 이상한 낌새를 알아차렸다. 무림세가의 핏줄답게 확실히 눈치가 보통이 아니었다.

"순조롭다면 굳이 남장을 할 필요가 없겠지. 미안한 말이지만 저 아이들이 일상에 불편함을 느낄 만큼 용모가 빼어난 것도 아니고. 결정적으로 이렇게 멀리까지 오면서 도화곡의 제자들이라면 누구나 지니고 다니는 협봉검이 없소."

"하면?"

"무슨 문제가 생긴 거요."

"……!"

장담할 수 있다. 이름조차 모르는 저 세 명의 도화곡 제자들은 지금 본인들도 인지하고 있는 어떤 위험에 노출된 상태였다. 어딘지 모르게 쫓기는 듯한 표정만 보아도 알 것 같았다.

그중에서도 가장 어려 보이는 주근깨의 눈동자는 초조함과 불안감을 넘어 공포에 질려 있었다. 왜 좀 더 일찍 관심을 가지지 못했는지 나 자신이 한심할 지경이었다.

정신을 집중하고 빠르게 주변을 살폈다. 만약의 경우를 대비해 소맷자락 끝에 꽂아둔 비격쌍뇌창도 점검했다.

'걱정 마라. 누구도 너희의 털끝 하나 못 건드리게 해주마!'

상황이 심상치 않음을 직감했는지, 남궁소소도 팔짱을 끼는 척 소맷자락 속에 양손을 쑤셔 넣었다. 검을 두고 오는 대신 손목의 완갑에 꽂아둔 암기와 판관필을 점검하는 것이다.

때마침 마을이 나타나는가 싶더니 여객선이 포구 쪽으로 방향을 잡았다. 이건 전혀 이상한 일이 아니었다. 강변에 마을이 나타날 때마다 두 명의 선원이 배를 대면 내릴 사람은 내리고 탈 사람은 타기를 반복했다.

이윽고 배가 강변에 닿았다.

"영화촌이오. 하선할 사람들은 하선하시고, 더 올라갈 사람들은 반 시진만 쉬어갈 테니 허기라도 달래고 오시오!"

선원들 중 가장 연장자로 보이는 장년인이 말했다.

도화곡의 제자들은 진작부터 강변을 살피고 있다가 배가 닿자 바로 내렸다. 한데 크고 작은 두 제자의 동작이 어딘지 모르게 이상했다. 배에서 땅으로 옮겨 딛는 순간 몸의 균형이 살짝 무너졌던 것이다. 그러자 주근깨가 가운데에서 얼른 양손을 뻗어 두 사람을 표 나지 않게 부축했다.

'부상!'

나도 모르게 누 수먹에 힘이 불끈 들어갔다.

엄격하게 말하면 나는 저들을 잘 알지도 못한다. 한데도 뭐라 말할 수 없는 분노가 치밀어 올랐다. 이건 내가 천룡표국의 구성원으로서 다른 쟁자수들이나 표사들 혹은 형님들이 위기에 처했을 때 느꼈던 감정과는 또 달랐다.

'내가 왜 이러지?'

남궁소소가 한 손을 가만히 내 손등 위에 얹어왔다. 그리고 이음술을 통해 봄바람처럼 부드러운 목소리로 말했다.

"침착하세요. 걷는 데 지장이 없는 걸 보면 심각한 부상은 아니에요. 지금은 저들을 노리는 자들이 누구인지를 찾는 게 먼저예요. 그러려면 일단은 우리의 존재를 드러내지 않는 게 유리하고요."

나는 그제야 평정심을 되찾고 남궁소소를 돌아보았다. 그녀는 자기를 믿으라는 듯 꼭 다문 입술로 고개를 끄덕였다. 좀 전의 장난기 가득한 모습은 온데간데없었다.

"고맙소."

"천만에요."

반 시진이나 쉬어간다는 말 때문인지, 다른 선객들도 전부 우르르 내렸다. 뒤따라 내린 선객들 틈에 체격과 발걸음이 예사롭지 않은 자들이 몇 명 있었다.

나와 풍진양도 행낭을 등에 짊어지고 배에서 내렸다. 그리고 무릎도 두드리고 기지개도 켜면서 도화곡의 제자들이 어디로 향하는지, 그들을 뒤따르는 자들이 있는지를 자연스럽게 살폈다.

영화촌은 대륙의 어느 강가에서나 흔히 볼 수 있는 작은 포구 마을이었다. 집이라고 해봐야 강변의 야트막한 산비탈을 따라 이십여 가구가 구석구석 깃들어 있는 게 전부였다.

한데 한 가지 독특한 것이 있었다.

도화곡 제자들의 행보를 은밀히 살피면서 한편으로는 주변을 둘러

보던 남궁소소가 말했다.

“반점이 하나밖에 없군요.”

“장강을 오르내리는 선객들만 상대해야 하니까.”

“그런 것치고는 또 너무 크지 않나요?”

“여기서부터 상류 쪽으로 삼백 리 구간은 홍수가 잦아 강변에 사람들이 거의 살지 않소. 당연히 포구 마을도 없고.”

“포구 마을이 없으니 반점도 나타나지 않겠군요. 때문에 배를 든든히 채우기 위해서라도 여길 지나가는 배들은 무조건 다들 들를 수밖에 없고요.”

“지금 당장 밥 생각이 없더라도 앞으로 하루 동안 배 안에서 쫄쫄 굶지 않으려면 여기서 뭐라도 사 가야 하고.”

“그런 건 대체 어떻게 알았어요?”

“봄에 여길 한 번 지나갔잖소. 기억 안 나시오?”

“한 번 지나간 길의 사정을 모든 사람들이 훤히 꿰뚫고 있는 건 아니죠. 더구나 그땐 역방향이었는 데다 저 객점엔 들르지도 않았고요.”

“그때 꼬박 하루 만에 반점이 하나 나타나는 걸 보고 유추한 것이오. 표사라면 당연히 지리를 읽을 줄 알아야 하고.”

그런 얘기를 하는 사이 도화곡의 제자들이 반점으로 들어갔다.

사실 그녀들뿐만이 아니었다. 내 말을 증명하기라도 하듯 함께 타고 온 선객들 전부가 반점으로 향했다.

포구촌의 이름을 딴 영화반점은 대낮인데도 불구하고 이미 만석이었다.

포구에 크고 작은 배들이 몇 척 보이더라니, 서른여 개나 되는 탁자마다 손님들이 들어차 있었다. 어림잡아도 백여 명은 족히 될 것 같았다.

그리고 예사롭지 않은 눈빛과 체격, 기세를 풍기는 자들이 무려 절반은 되었다.

'무림인들!'

여정 중에 들른 시골 포구촌의 반점에서 오십여 명이나 되는 무림인들과 마주치다니. 이건 절대로 우연일 수가 없었다.

'뭐가 어떻게 돌아가는 거야?'

나와 남궁소소는 약속이나 한 것처럼 기운을 안으로 갈무리해서 무림인이라는 걸 최대한 숨겼다.

가장 늦게 배에서 내리는 바람에 반점에도 늦게 들어온 우리는 자리를 찾지 못해 잠시 입구 어림에서 멀뚱거리며 서 있었다. 그러자 열예닐곱 살가량의 넉살 좋게 생긴 점소이가 다가와 수건에 손을 닦으며 물었다.

"두 분이십니까요?"

"보시다시피."

"합석도 괜찮으시겠습니까요?"

"따로 앉고 싶은데."

"혹시 저희 반점에 처음 오셨습니까?"

"아마도."

"앞으로 오백 리 구간 동안 반점은 여기밖에 없고, 배는 반 시진 후에 출발하니 합석을 하지 않으시면 굶으셔야 합니다."

"알았으니 그만 안내하지."

점소이는 반점의 가장 안쪽으로 나와 남궁소소를 끌고 갔다. 그곳에 방금 우리와 함께 내린 선객들 대부분이 대여섯 개의 원탁을 차지하고 앉아 있었다.

점소이는 그중에서도 하필 도화곡 제자들이 앉아 있는 탁자로 우리를 안내했다. 그러고는 도화곡 제자들에게 당당하게 물었다.

"합석 좀 해도 될깝쇼?"

도화곡 제자들이 선뜻 대답을 못 하고 나와 남궁소소를 바라보았다. 경계하는 기색이 역력했다. 싫으면 싫다고 단호하게 말하면 될 텐데 왜 주저하는 걸까?

점소이가 금방 고압적인 자세로 변했다.

"합석을 안 하시면 탁자값으로 석 냥을 추가로 내셔야 합니다. 아니면 저기 붉은 글씨로 씌어 있는 음식들을 드시든가요. 인당 검남춘 한 병은 기본으로 시키셔야 하고요."

"알았어요. 합석할게요."

키 큰 제자가 말했다. 눈빛도 총명해 보이는 데다 목소리에서 제법 강단도 느껴지는 것이 아마도 이들 셋 중에서는 가장 연장자이자 사저인 듯했다.

나와 남궁소소는 고맙다는 표시로 살짝 포권을 쥐어 보이고는 세 명의 여자들과 마주 보며 앉았다.

"뭘로 드실지 정하셨습니까?"

자리에 앉기 무섭게 점소이가 세 명의 여자들에게 먼저 재촉하듯 물었다.

여자들은 선뜻 정하지를 못하고 자기들끼리 속닥거리며 잠시 시간을 끌었다. 대충 들어보니 키 작은 둘째와 주근깨 셋째는 삶은 양고기를 먹고 싶은 눈치인데, 첫째는 남은 돈이 얼마 없다며 간단하게 먹자고 했다. 돈이 모자란다는 말에 둘째와 셋째도 더는 묻지 않고 고개를 끄덕였다.

"빨리 좀 시키시죠."

"만두로 주세요"

"만두 세 접시에 다른 건 필요 없으시고요?"

"아뇨. 한 접시만."

"예?"

"행낭을 통째로 도둑맞아서 그래요. 다음에 올 때 많이 시킬 테니까 눈치 좀 그만 주고 오늘은 만두 한 접시만 줘요!"

둘째가 점소이를 올려다보며 툭 쏘아붙였다.

나와 남궁소소는 무인들에게 둘러싸인 와중에도 하마터면 쿡 하고 웃음을 터뜨릴 뻔했다.

"여기 세 명이 만두 한 접시이!"

점소이가 보복하듯 반점 안에 있는 사람들 모두가 들을 수 있도록 주방을 향해 큰소리로 외쳤다. 그러자 여기저기서 킥킥거리는 소리와 함께 잠시 시선이 모아졌다가 곧 사라졌다.

세 여자의 얼굴이 붉으락푸르락해졌다. 보아하니 다른 사람들처럼 앞으로 하루 동안 굶을 것에 대비해 배를 미리 채워두려는 것이 아니라 이미 비어 쫄쫄 굶은 눈치였다. 배가 포구에 닿자마자 서둘러 내린 것도 뭐라도 먹어서 기운을 차리려고 그런 것이고. 부상을 당한 데다 굶기까지 했다는 걸 알게 되니 더욱 안쓰러웠다.

그래서인지 점소이의 뒤통수를 갈겨 버리고 싶은 걸 꾹 참았다. 대가리에 쇠똥도 안 벗겨진 놈이 벌써부터 돈독이 올라가지고.

점소이가 나와 남궁소소를 돌아보며 물었다.

"손님들은 뭘로 드시겠습니까?"

"여기도 화과아(火鍋兒)가 있네."

남궁소소가 혼잣말처럼 중얼거렸다.

화과아는 사천성을 대표하는 요리로 커다란 냄비에 육수를 끓이면서 고기와 채소와 면 등을 익혀 먹는 탕을 말한다. 덧붙여 화과아는 영화반점에서 가장 비싼 요리였다. 만두 한 접시에 동전 한 냥이었지만 화과아는 무려 열 냥이나 했다.

점소이의 허리가 한 뼘이나 자동으로 굽혀졌다.

"화과아로 드릴깝쇼?"

"이런 시골구석에서 화과아를 제대로 할까?"

"본래 진미는 시골구석에 있는 법입죠. 저희 반점의 화과아는 신선한 양고기만을 쓰는데 한번 드신 분들은 꼭 다시 찾으십니다요."

"또 뭘 잘하지?"

"어향육사(魚香肉絲)는 어떻습니까? 돼지고기를 가늘게 썰어 죽순과 버섯 등 각종 신선한 채소들을 넣고 볶다가 육수로 걸쭉하게 조린 것인데, 별미 중의 별미입죠."

"공교롭게도 두 번째로 비싼 음식이군."

"비싼 데는 다 이유가 있는 법입죠. 어떻게 화과아로 드릴깝쇼? 아니면 어향육사로 드릴깝쇼?"

"화과아랑 어향육사 한 그릇씩 줘봐. 검남춘도 두 병 내오고."

"손님, 죄송합니다만 화과아랑 어향육사는 최소 조리 양이 이 인분 이상입니다. 그렇지 않으면 번거롭기만 하고 수지가 맞질 않아서요."

철그렁!

남궁소소는 동전 한 뭉치를 탁자 위에 거칠게 올려놓았다. 대충 보아도 쉰 냥은 족히 될 것 같았다.

"가져와. 전부!"

"다섯 냥 정도 남는뎁쇼."

냉큼 돈뭉치를 집어 든 점소이가 잔뜩 기대하는 표정으로 물었다. 별로 복잡하지 않은데도 불구하고 여유 있게 주는 데는 이유가 있을 것이기 때문이다.

"남은 돈은 가는 동안 배에서 먹을 수 있도록 전부 월병으로 싸줘. 한 푼도 착오 없이 정확하게. 주문 끝."

"알겠습니다."

점소이가 시무룩한 얼굴을 하고 사라졌다.

나는 의아한 표정으로 남궁소소를 곁눈질했다.

무슨 생각으로 이렇게 많은 주문을 하는 걸까? 필시 도화곡의 제자들에게 나눠주려는 모양인데, 밑도 끝도 없이 함께 먹자고 하지는 않을 것이다. 객점에서 낯선 사람들끼리 음식을 먹는 경우도 드물거니와 이유 없이 갑자기 음식을 나눠주면 오히려 경계심만 유발할 뿐이다.

음식을 기다리는 동안 나는 자연스럽게 주변을 관찰했다.

무인이라고 짐작되는 자들은 모두 조용히 술을 마시거나 음식을 먹고 있었다. 이목을 끌지 않으려고 해서인지 병기를 쓰는 자들은 대부분 도검을 탁자 밑이나 가랑이 사이로 감춘 상태였다.

그들은 점소이가 '세 명이 만두 한 접시'라고 외칠 때만 잠시 관심을 기울였을 뿐, 이쪽은 쳐다도 보지 않았다.

하지만 귀는 온통 이쪽으로 꺾여 있었다. 도화곡 제자들이 무슨 얘기를 나누는지 듣기 위해서다.

재밌는 것은 나와 남궁소소에게는 별로 신경을 쓰지 않는 눈치였다는 점이었다. 우리가 이곳에 앉은 것은 순전히 점소이의 강요에 의한 것이었고, 기운도 안으로 갈무리를 한 탓에 무인 특유의 기세가 느껴지지 않기 때문일 것이다. 그저 돈 많은 여행객 정도로 여기는 모양이었다.

실제로 나는 몰라도 남궁소소는 풍진양으로 역용을 했어도 얼굴에 타고난 귀티가 좔좔 흘렀다. 옷도 비단옷으로 깨끗하게 차려입었고.

'한데 왜 가만히 지켜만 보지?'

마음만 먹으면 저들이 도화곡 제자 세 명을 사로잡는 건 손바닥 뒤집는 것보다도 쉬울 것이다. 심지어 몇몇 범상치 않은 기도의 고수들까지 보이는데.

그런 와중에 한쪽 탁자를 차지하고 있는 일반 선객들의 대화가 왁자지껄 들려왔다. 차림새를 보아하니 여기저기서 모여든 봇짐장수들인 것 같았다.

"장강에 범선이 떴다는 말 들었소?"

"교룡방의 조운선들을 말하는 거요?"

"지금 한창 미곡을 운송할 시기이긴 하지. 이맘때 무한에서 교룡방의 조운선 수백 척이 박쥐 날개 같은 돛을 올리고 줄지어 출항하는 걸 보면 정말 장관……."

"그게 아니라 바다를 항해하는 범선 다섯 척이 장강 물길을 거슬러 올라 무한까지 들어왔다고 하오."

"무슨 그런 얼토당토않은 소리를. 바다에 떠 있는 범선이 장강십팔탄을 무슨 수로 거슬러 오른다는 말이오?"

"그 소문은 나도 들었소. 안 그래도 그것 때문에 무한 미곡시가 발칵 뒤집혔다고 하더이다. 소문에는 풍운비룡이 벌인 일이라고 하던데."

장강에 범선이 떴다는 말에는 눈곱만큼의 관심조차 보이지 않던 도화곡 제자들이 풍운비룡이라는 말에 눈을 번쩍 떴다.

"또 풍운비룡이오?"

"풍운비룡이 누군데 그러오?"

"장사꾼이 이렇게 소식이 늦어서야. 표왕 이종산의 아들이잖소. 요즘 한참 강호에 명성이 자자한 후기지수이고."

"표왕이라면 천룡표국의 그 표왕?"

"세상에 표왕이 또 있소?"

"피는 못 속인다고 하더니 싹수가 예사롭지 않군. 대체 어떻게 장강에다 범선을 띄울 생각을 한 거지."

"싹수가 다 무엇이오. 절강에서는 벌써부터 사대명표의 한 자리가 나면 그 자리를 차지할 유력한 표사 다섯 중 한 명으로 거론될 지경이라고 들었소."

"그것도 이제 옛날 이야기오. 미곡 운송 일로 무한에 집결한 표사들 사이에서는 사대명표의 한 자리가 나면 첫 번째로 풍운비룡이 차지해야 한다고 이구동성으로 말한답디다."

"표사들이 인정했다면 더 말할 것 없지."

"그런데 명표 소리를 듣기에는 너무 젊지 않나? 천하의 표왕조차도 서른다섯 살은 되어서야 비로소 명표라고 불리기 시작했거늘."

"천하의 표왕도 하지 못한 장강 조운을 열었으니 특별한 취급을 받기에는 모자람이 없지. 다만 언제 고꾸라질지 모른다는 게 문제일 뿐."

"고꾸라지다니?"

"무림사를 되짚어 보면 강호가 떠들썩할 정도로 엄청난 표행들을 몇 차례 성공시키고 사라진 표사가 어디 한둘이었어야지. 심지어 아예 저세상으로 간 자들도 많고."

"하긴 중요한 건 변함없는 실력을 보이는 것이지. 그것보다 더 중요한 건 계속해서 살아 있어야 하는 것이고."

"듣고 보니 그것도 그렇네. 크크크."

심장이 철렁하고 내려앉는 것 같았다.

명표가 되겠다는 일념으로 앞만 보고 달려왔는데, 기어이 내 이름 앞에 명표라는 두 글자가 아른거리기 시작했다. 나는 그걸 또 생각지도 않은 장소에서 생각지도 않은 방식으로 알게 되었고.

기분이 정말 묘했다.

사람들은 계속 살아 있어야 명표도 되는 것이라며 시시덕거렸지만, 이미 죽음을 경험한 나는 조금도 신경 쓰이지 않았다.

눈이 마주치자 남궁소소가 미세한 웃음을 보내왔다.

나는 대수롭지 않게 생각하는 것처럼 얼른 고개를 돌리며 딴청을 피웠다.

그러자 이번엔 자기들끼리 손을 잡고 숨죽여 기뻐하는 맞은편의 세 여자가 눈에 들어왔다. 나는 저 녀석들 이름도 모르는데, 저 녀석들은 멀리서 내 소식을 듣는 것만으로도 저렇게 좋아해 주는 것을 보니 더 마음이 쓰였다.

'어떻게 이름을 알아낸다.'

한데 선객들의 대화는 끝난 게 아니었다.

"풍운비룡이 여색을 그렇게 밝힌다며?"

"어렸을 적에는 기루를 제집처럼 들락거렸다더군."

"어렸을 적만이 아니오. 지금도 주변에 온갖 미녀들이 끊이질 않는다고 들었소. 심지어 표행을 하는 와중에도 어떻게든 미녀들과 염문을 뿌리며 다닌다고 하던가."

"그건 약과요. 일 년 전에는 형수가 될 여자에게도 추파를 던졌다가 거절당하자 자살할 것처럼 자작극을 벌였다든가 어쨌다든가. 그 일로 형님은 끝내 파혼을 했다는 소문도 있고."

"그건 거의 패륜인데."

"내 말이."

"그게 정말이오?"

"소문이 전부 진짜인 것 본 적 있소? 다만 연기를 따라가면 꼭 불이 있다고. 뭐라도 비슷한 일이 있으니까 그런 말도 도는 게 아니겠소?"

"후레자식이네. 후레자식이야."

갑자기 머리가 지끈거리며 정신이 아득해졌다.

세 사람이 증언하면 없는 호랑이도 만든다고 했다. 하물며 아주 거짓도 아닌 이야기에 살이 붙으니 사정을 속속들이 모르는 사람은 누구라도 믿을 수밖에 없을 것 같았다.

남궁소소는 웃음을 참느라 시뻘게진 얼굴로 입술을 파르르 떨었다. 저들이 말한 '미녀들과의 염문'에는 자신의 지분이 가장 클 텐데도 불구하고 아무렇지도 않은 모양이었다.

슬쩍 앞을 보았더니 도화곡의 제자들은 실망한 기색이 역력했다. 그러면서 한편으로는 잘 알지도 못하면서 함부로 떠들어대는 선객들을 향한 분노도 느껴졌다. 자기들도 믿어야 할지 말아야 할지 헷갈리는 것이다.

"주문한 음식들 나왔습니다요."

마침내 음식이 나왔다.

도화곡 제자들의 앞에는 만두 한 접시가 놓였다. 반면 나와 남궁소소의 앞에는 숯불 화로 위에서 펄펄 끓는 화과아와 어향육사 그리고 검남춘 두 병이 놓였다.

빈부 격차는 세상 구석구석에 존재하는 법이다. 도화곡 제자들은 추한 모습을 보이고 싶지 않은지 우리 쪽에는 눈길 한번 주지 않고 조용히 만두를 나누어 먹었다.

특이하게도 화과아는 고기가 처음부터 육수에 담겨 완전히 익혀진 채 나왔다. 그것도 뼈다귀가 붙어 있는 갈비가 통째로.

빨리 먹고 배를 타야 하는 손님들을 위해 시간을 단축해 주려는 의도인 것 같았다. 그래서인지 육수가 말도 못 하게 진했다.

나도 젓가락을 들어 화과아에 담긴 양고기를 집어갔다. 순간, 남궁소소가 자기 젓가락으로 내 젓가락을 탁 치면서 말했다.

“잠깐!”

“음?”

“향채(香菜)가 잔뜩 들었습니다.”

속으로 ‘그게 뭐 어쨌다는 거지?’라고 생각하는데 남궁소소가 얼른 덧붙였다.

“향채라면 우리 둘 다 질색하잖습니까.”

봄에 성도의 ‘천하제’ 객점에서도 화과아를 먹은 적 있다. 그때도 향채가 잔뜩 들어갔었다. 그럼에도 불구하고 우리는 잘도 먹었고. 그제서야 나는 남궁소소의 의중을 간파하고 얼른 맞장구를 쳐주었다.

“뭐어?”

“이 동네는 화과아에 쓸데없이 향채를 넣어 먹는 모양이군요. 이럴 줄 알았으면 빼달라고 미리 말할 것을.”

“도로 가져가라고 해.”

“점소이 하는 꼬라지를 보면 그런다고 돈을 돌려줄 것 같지도 않은데요.”

“그러게 왜 쓸데없이 이중으로 시켜가지고.”

“이것저것 다 먹고 싶어서 그랬죠. 두 가지를 한꺼번에 먹을 수 있는 기회가 자주 오는 것도 아니고. 그나저나 이를 어쩐다…….”

남궁소소는 잠시 망설이더니 앞에 앉은 세 명의 여자들에게로 슬쩍 시선을 주었다.

향채라는 말이 나올 때부터 우리를 슬금슬금 곁눈질하던 여자들이 눈을 마주치자 얼른 얼굴을 만두 접시에 박았다.

남궁소소가 슬그머니 물었다.

“혹시 향채가 들어간 화과아라도 괜찮다면 가져가 드시겠습니까? 보셨다시피 손도 대지 않은 음식입니다. 싫다면 어쩔 수 없지만.”

둘째와 셋째는 이게 웬 떡이냐 하는 표정이었다. 하지만 첫째가 단호하게 말했다.

“사양하겠습니다.”

“난 단지 음식이 아까워서.”

“호의만 받겠습니다.”

첫째가 가볍게 미소 지으며 다시 한번 확실한 거절 의사를 밝혔다. 둘째와 셋째는 얼굴 가득 아쉬운 기색이 역력했지만 금세 마음을 다잡는 눈치였다.

작전 실패다. 오랫동안 굶은 것 같아 뭐라도 좀 먹여보려고 했더니만 저렇게 경계심을 늦추지 않을 줄이야.

하지만 한편으로는 믿음직스러우면서 더 안심되었다.

표사들은 여러 가지 지켜야 할 규칙들이 많다. 대표적인 것이 ‘표사십규’이고, 특별히 ‘육로삼금’과 ‘수로삼금’이라고 따로 빼서 만든 것도 있다. 이름에서도 알 수 있다시피 각각 육로와 수로로 표행을 할 때 엄격히 금지하는 세 가지 것들을 말한다.

육로삼금의 첫 번째는 새로 연 객점에는 들어가지 않는 것이고, 두 번째는 주인이 바뀐 객점에는 들어가지 않는 것이고, 세 번째는 모르는 사람이 주는 음식을 먹지 않는 것이었다. 말이 표사들의 규칙이지 실제로는 강호행을 하는 무림인들이 항상 금과옥조로 여겨야 할 가르침들이었다.

첫째 제자는 배가 고파 기력이 쇠하는 와중에도 모르는 사람이 주는 음식을 먹지 말라는 규칙을 철저하게 지켰다.

깨끗한 새 음식이 자신의 눈앞에서 그대로 전해졌다고 해도 마찬가지였다. 남궁소소가 마음만 먹는다면 잠깐 동안에도 독을 타는 건 식은 죽 먹기였다.

도화곡이 대별산에 있던 시절, 구대 제자들 중에서는 오직 섭부용이 이끄는 칠검향만 바깥출입이 가능했었다. 다시 말해, 세상 물정을 전혀 모르는 저 녀석들이 이 정도로 조심스럽게 행보를 하는 것은 매우 칭찬할 일이었다.

'잘 적응하고 있구나.'

한편, 도화곡의 제자들이 이렇게까지 나올 줄 몰랐던 남궁소소는 살짝 당황한 얼굴이었다.

그녀가 세 명을 쉽게 본 탓이다. 솔직히 말도 안 될 정도로 유치한 방법이기도 했고. 당황한 그녀를 보자 이번엔 내가 웃음을 참느라 얼굴이 시뻘게졌다.

그때였다.

"그거 내가 먹어도 되겠소?"

갑작스러운 말과 함께 한 사람이 나타나더니 나와 첫째 제자 사이의 빈자리를 불한당처럼 털썩 차지하고 앉았다. 황소 같은 체격과 머리통에 어울리지 않게 손톱 반달만 한 눈을 가진 사십 줄의 장년인이었다. 옆구리에는 작두처럼 크고 끝이 직각으로 절단된 칼을 차고 있었다. 꼭 개작두 같았다.

내가 아는 강호의 인물들 중에 저런 개작두를 성명병기로 들고 다니는 자는 두 명 정도에 불과했다. 하나는 무림맹에서도 만난 적 있는 금안표국의 표두 여불강이고, 다른 하나는 사천성 일대를 돌아다니며 강호인들을 공포에 떨게 만드는 살인마 화우도(火牛刀)였다.

그의 이름이 무엇인지는 알지 못한다. 다만 한번 칼을 뽑으면 물불을 가리지 않는 성질에다 황소를 닮은 얼굴 때문에 화우도라고만 불렸다. 무공 수준은 절정급. 확인한 바는 없지만 하오문이 집계한 흑도 백대고수 중 한 명이라는 소문도 있었다.

한데 화우도는 혼자 다니는 법이 없었다. 그 못지않게 포악하고 잔악무도한 세 명의 의제들과 반드시라고 해도 좋을 만큼 함께 다녔다. 이들 네 명을 일컬어 강호인들은 사천사흉(四川四凶)이라고 불렀다.

재빨리 장년인의 뒤쪽을 보았다. 아니나 다를까 기괴한 용모에 피 냄새를 철철 풍기는 세 명의 인간들이 서 있었다.

한 명은 외팔이었는데 구절편을 허리에 감았고, 한 명은 혼자 똥이나 닦을 수 있을까 싶을 만큼 엄청난 뚱보였는데 쇠로 만든 초자검을 허리에 찼다. 마지막 한 명은 작은 키에 옅게 화장을 한 여자였는데 턱과 코밑에 까뭇까뭇한 수염이 올라오고 있었다.

'여장 남자?'

그들이 자신들의 앞에 서자 조금 전까지 나를 열심히 씹어대던 선객들은 도망치듯 자리를 비켜주었다. 사천사흉은 당연하다는 듯 그 자리를 차지하고 앉았다.

갑작스러운 고수들의 출현에 나도 그리고 남궁소소도 바짝 긴장했다. 세 명의 도화곡 제자들도 사색이 되었다.

우리뿐만이 아니었다. 조용하던 반점 안이 태풍이라도 불어닥친 것처럼 술렁였다. 곳곳에서 강렬한 살기도 감지되었다.

"먹어도 되냐고 물었소만."

"안 될 것도 없겠지요."

남궁소소가 얼른 펄펄 끓고 있는 화과아 탕그릇을 화로째 화우도의 앞으로 밀어주었다.

화우도는 만족한 표정을 짓고는 탕그릇 속에 맨손을 넣어 큼지막한 양갈비 하나를 덥석 집어 들었다.

이어 김이 뿌옇게 오르는 그것을 입으로 천천히 뜯기 시작했다. 자신의 내공을 과시하고 싶었던 모양인데, 명성에 어울리지 않게 유치하기 짝이 없는 짓거리였다.

하지만 효과는 직방이었다. 지켜보고 있던 무인들 상당수가 매우 당황해하는 눈치였다. 최소 일 갑자 이상의 내공이 아니고서는 할 수 없는 신기였기 때문이다. 그 모습이 재밌는지 사천사흉의 나머지 것들은 입가에 가만히 미소를 띠었다.

그러고 보니 그들 세 명은 구석에 앉아 있는 우리와 상대적으로 입구 쪽에 앉아 있는 다른 수십 명의 무사들 사이를 차지하고 있었다. 천금풍을 익힌 도화곡의 제자들이 갑자기 도망치는 걸 막는 동시에 다른 무인들이 선수를 치는 것도 막으려는 것이다.

의제들과 함께 단숨에 반점을 장악해 버린 화우도는 양고기를 뜯는 한편 석상처럼 굳어 있는 세 명의 도화곡 제자들을 보며 무심한 표정으로 물었다.

"누가 수장이더냐?"

"그건 왜 묻는 거죠?"

역시 키 큰 첫째가 당당하게 말했다. 나는 만약의 경우를 대비해 양손을 탁자 밑으로 소매 끝에 꽂아둔 비격쌍뇌창을 슬그머니 뽑았다.

순간, 화우도가 손에 들고 있던 양고기를 내려놓은 후 나를 돌아보며 툭 내뱉었다.

"손을 탁자 위에 올려놓으시겠소?"

"예?"

"어느 문파의 후기지수들인지 모르겠소만, 살아서 배를 타고 싶다면 하려던 식사나 조용히 마저 하고 가시오. 경고하건대 나는 한번 칼을 뽑으면 뒤를 생각지 않는 사람이외다."

이 자는 우리가 무인이라는 걸 이미 간파하고 있다. 그것도 기운을 안으로 갈무리할 만큼 상당한 수준이라는 것까지. 게다가 어쩐 일인지 정도문파의 제자들이라고 생각하는 것 같았다.

아마도 남궁소소의 맑은 눈동자에서 뿜어져 나오는 정광 때문일 것이다. 그래서 제법 많은 나이 차이에도 불구하고 반공대나마 해주는 것이고.

"무언가 오해를 하셨군요. 저희는 다만 초면에 건방져 보일까 봐 손을 내리고 있었던 것뿐입니다."

그러면서 나와 남궁소소는 얼른 두 손을 탁자 위에 올려놓았다. 어차피 비격쌍뇌창은 이미 뽑아서 바닥에 떨어뜨려 놓았으니 상관없었다.

한편 우리가 무림문파의 제자들이라는 것이 밝혀지자 도화곡의 제자들과 반점 안에 있는 다른 무림인들도 적지 않게 놀라는 눈치였다.

화우도는 이어 도화곡의 첫째 제자에게 물었다.

"화리(火鯉)의 내단은 어디에 있느냐?"

'이건 또 무슨 소리지?'

화리는 천지간의 알 수 없는 조화로 말미암아 제 명을 넘어서까지 산 붉은 잉어를 말한다. 적게는 백 년에서 길게는 수천 년까지도 산다는데, 삼백 년이 넘어가면 몸에 내단이 생기는 것으로 알려져 있다.

화리는 세상의 모든 영물 중에서 가장 흔한 편이었다. 내가 진왕가에서 오황자에게 얻어먹은 영약 중 '일봉'이라 불렸던 것도 공청석유에 화리의 내단을 녹여 만든 것이었다. 덕분에 지금 내 단전엔 무려 백오십 년 동안을 수련한 양과 깊이의 내공이 단단하게 뭉쳐 있었다.

외공을 익혔으면서도 절정의 경지에까지 오른 고수들도 많듯이, 무공의 고하를 꼭 내공만으로 말할 수는 없다. 하지만 비슷한 경지에 접어든 고수들끼리 싸울 때는 내공 깊은 쪽이 압도적으로 유리한 것도 사실이었다.

어쨌든, 화리가 갑자기 왜 튀어나오는지 모를 일이었다. 더구나 그걸 화우도가 도화곡의 제자들에게서 찾는 게 더 의아했다. 필시 무슨 곡절이 있을 것이다.

"무슨 얘기를 하는지 모르겠군요."

"너희의 눈에는 반점에 모인 쉰여 명의 무인들이 핫바지로 보이느냐? 여기까지 왔으면 충분히 애썼다. 부질없는 싸움 그만하고 이제 그만 우리에게 넘겨라."

"설사 우리에게 화리의 내단이 있다고 쳐도 귀하가 무슨 권리로 내놓아라 마라 하는 건가요?"

"영약은 본래 누군가의 배 속으로 들어가 녹아 없어지기 전까지는 주인이 없는 법이다. 그리고 중간에서 가로채기는 너희도 마찬가지일 텐데."

"가로챈 것이 아니라 충분한 대가를 지불하고 얻은 것입니다."

"제아무리 거금을 주었어도 장물을 샀다면 가로챈 것이나 마찬가지지."

"그렇게 따지면 당신들이 아니라 원래의 주인에게 돌아가야 하지 않나요?"

"원래의 주인이 죽어버렸으니 어쩌겠느냐."

"그렇다면 우리가 줄 이유는 더더욱 없겠군요."

쾅!

화우도가 주먹으로 탁자를 거칠게 내려쳤다. 도화곡의 세 제자들이 동시에 움찔 놀랐다. 겉으로는 강단 있는 척했지만 속으로는 벌벌 떨고 있었던 것이다.

"선택하거라. 지금 내 손에 목숨을 잃든가. 아니면 화리의 내단을 내놓든가. 내 입장에서 가장 쉬운 건 너희 모두 숨통을 끊어놓은 다음 넷째 의제를 시켜 옷을 하나씩 벗기면서 뒤져보는 것이다만."

여장한 남자를 말하는 것이다.

"무림인들이 뒤쫓는 걸 알면서도 몸에 지니고 다닐 거라고 생각했다면 우리를 너무 멍청이로 보았군요. 아니면 귀하가 멍청이든가."

"좋아. 너희의 말을 믿으마. 대신 너희 중 한 명이 내 아우들과 함께 내단을 숨겨둔 곳으로 가서 가져와야 한다. 물론 나머지 두 명은 나와 함께 여기서 기다리고."

"싫다면요?"

"하나씩 쳐 죽여야겠지."

철컹!

말이 끝나기 무섭게 화우도가 자신의 성명병기인 개작두를 탁자 위에 올려놓았다.

그의 무공 수준이라면 손으로도 충분히 쉽게 때려죽일 수 있었다. 그럼에도 불구하고 구태여 개작두를 올려놓은 것은 점점 투기를 끓어 올리는 주변의 무인들을 향한 경고였다.

"다섯을 세겠다. 하나, 둘, 셋, 넷, 다섯!"

"알았어요!"

"하마터면 벨 뻔하지 않았느냐."

말과 함께 화우도가 반쯤 뽑았던 칼을 다시 철컹 꽂아 넣었다.

단언하건대 그는 경고 차원에서라도 가장 가까이 있는 주근깨의 목을 정말로 칠 생각이었을 것이다. 물론 그전에 내 비격쌍뇌창의 바늘이 마혈에 박혀 들어갔겠지만.

"그런데 한 가지 문제가 있어요. 귀하의 아우들과 제가 내단을 찾으러 가면 반점 안에 있는 무림인들이 일거수일투족을 감시하며 전부 따라다닐 텐데, 과연 무사히 가지고 돌아온다는 보장이 있나요?"

"그런 걱정은 하지 않아도 좋다."

"이건 무공의 문제가 아니에요. 호랑이 한 마리가 늑대 열 마리를 못 당하는 법이에요. 하물며 쉰 명의 무림인들 중에 어떤 재주를 지닌 기인이 섞여 있을 줄 알고."

"하고 싶은 말이 뭐지?"

"이렇게 하시죠. 제가 귓속말로 귀하에게만 내단 숨겨둔 곳을 말해

줄게요. 그러면 우리를 인질로 삼고 아우들을 보내 찾아오게 하는 거죠. 귀찮은 혹이 없으면 다른 무림인들도 귀하의 고강한 아우들을 따라잡기가 쉽지 않을 거예요."

나는 하마터면 무릎을 칠 뻔했다. 눈빛부터가 초롱초롱 빛나더라니, 첫째 제자의 꾀가 예사롭지 않았다.

화우도는 단순무식한 인간처럼 보이지만 강호의 경험이 풍부한 만큼 바로 첫째 제자의 꼼수를 간파했다.

"제법 머리를 굴리는구나."

"그래서 싫은가요?"

"천하에 사천사흉이 가시가 들어 있다고 새파란 애송이의 잔꾀를 무서워해서야 쓰나. 좋다. 내게 귓속말로 말해보거라."

첫째 제자가 귓속말을 전하기 위해 화우도 쪽으로 슬그머니 고개를 숙였다. 그러자 곳곳에서 즉각적인 반응이 튀어오기 시작했다.

"멈춰라!"

"말하지 마라!"

"요망한 것! 당장 멈춰라!"

반점 안에 있던 무인들 전부가 자리를 박차고 일어났다. 손에는 어느새 탁자 밑에서 뽑아 든 검과 칼을 비롯해 각종 병장기들이 들려 있었다.

무서운 와중에도 여태 구경을 하고 있던 일반 선객들은 더는 참지 못하고 후다닥 일어나 반점 밖으로 도망쳐 버렸다. 음식을 내오던 점소이들은 점소이들대로 화들짝 놀라서는 재빨리 주방 안으로 다시 뛰어 들어갔다. 선객 수십 명이 계산도 않고 달아났지만, 감히 무인들 사이를 가로질러 쫓아갈 생각을 못 했다.

첫째 제자가 의도한 게 이거였다. 반점 안에 있는 다른 무인들을 전부 끌어들여 사천사흉과 맞서도록 하는 것. 그 속셈을 뻔히 알면서도 화우도는 들어줄 수밖에 없었다. 자신이 제안한 방식으로는 내단을 빼앗길 수도 있다는 첫째 제자의 말이 결코 틀리지 않았기 때문이었다.

그런가 하면 다른 무림인들은 또 그들 나름대로 더는 지켜만 볼 수 없었다. 일단 내단을 숨겨둔 장소가 화우도의 귀에 들어가 버리면 선수를 빼앗겨 버리기 때문이다.

"화우도, 이런 식으로 나오면 우리도 가만있을 수 없소이다!"

입구 쪽에서 대감도를 비껴 찬 대머리 장년인이 말했다.

"줄곧 보이지 않다가 갑자기 튀어나와 이러면 곤란하지!"

오른쪽 창가에서 낭아봉 두 자루를 양손에 나눠진 중년의 곱사등이가 새파란 안광을 쏟아내며 한 말이었다.

"사천에 흑도가 사천사흉만 있는 줄 안다면 큰 오산이지!"

왼쪽 구석에서 애꾸눈을 한 거구의 장년인이 말했다. 한 손에는 언월도가 들려 있었는데 금방이라도 화우도의 머리통을 쪼개러 갈 듯한 기세였다. 예상했던 대로 사천사흉의 남은 세 명이 슬그머니 일어나 길목을 가로막고 섰다.

표왕 이종산의 이름이 천하에 진동하지만 정작 사천의 무림인들 중 그의 얼굴을 아는 이는 많지 않을 것이다. 마찬가지로 별호를 들어보면 모를까. 사천의 고수들 얼굴을 내가 전부 알 수는 없다. 저들이 누군지는 모르지만 만만하게 볼 자들이 아닌 것만은 분명했다. 화우도가 그런 것처럼 저들 역시 혼자가 아니었다. 적게는 열 명에서 많게는 스무 명까지 수하들을 거느린 상태였다.

그제서야 나는 저들이 여태 도화곡의 제자들을 잡아 족치지 않았던 이유를 알았다. 먼저 족쳐서 내단의 위치를 알아내면 그 즉시 남은 무리들로부터 집중적인 공격의 대상이 되기 때문이다. 이전의 누군가로부터 내단을 넘겨받은 도화곡의 제자들이 지금까지 쫓기고 당해온 것처럼 말이다.

그래서 치열하게 서로의 눈치만 살피며 기회를 엿보고 있었던 것이다. 그런 와중에 사천사흉이라는 엄청난 강자들이 갑자기 튀어나온 것이고.

"그래서 어쩌겠다는 거지?"

"기왕에 이렇게 되었으니 모두가 들을 수 있도록 공개적으로 말하게 하시오. 그럴 수 없다면 당신들 넷이서 우리 모두를 상대해야 할 것이오."

화우도의 질문에 대감도를 든 대머리가 말했다. 반점 안에서는 그가 이끌고 온 무리가 가장 많아서 대략 서른 명 정도 되었다.

"차라리 귀하가 우리 편에 서는 건 어떻소? 내단 세 개를 손에 넣게 되면 그중 한 개를 귀하에게 주도록 하지. 그편이 우리와 맞서는 것보다 나을 텐데."

이건 또 무슨 소리. 하나도 보기 힘든 화리의 내단이 무려 세 개씩이나 된다고? 그 귀한 걸 도화곡의 제자들은 대체 무슨 수로 손에 넣은 걸까? 목숨을 걸면서까지 구태여 그걸 구한 것은 또 무슨 이유에서고.

화우도는 이어 다른 무리들을 한차례 쓰윽 쓸어 보고는 말했다.

"다른 분들께도 똑같이 제안 드리는 바이오. 누구든 먼저 우리와 손을 잡는 쪽에게 내단 한 알을 나눠주겠소. 이건 나 화우도의 이름을 걸고 하는 맹세요. 결심을 한 쪽은 신호를 주시오."

그야말로 소리 없는 아수라장이 펼쳐졌다.

계산을 하느라 사람들의 머릿속이 핑핑 돌아가는 게 훤히 보였다. 화우도의 말처럼 내가 내단을 손에 넣을 가장 유리한 경우의 수도 계산해야 하지만, 동시에 경쟁 상대들이 자신들보다 먼저 사천사흉에게 붙어버리는 상황도 고려해야 한다.

사실 볼 것도 없었다. 나머지 전부가 달려들어 사천사흉을 상대한다면 전멸을 각오해야 한다. 운이 좋아 몇 명 남는다고 해도 그들끼리 내단을 두고 또 생사대결을 벌여야 한다. 그럴 바에야 사천사흉과 손을 잡고 나머지를 쓸어 버린 다음 내단 하나라도 챙기는 게 가장 현실적이고 마지막까지 살아 있을 확률도 비약적으로 높았다.

내단 한 알을 포기하는 것으로 단숨에 분위기를 유리하게 끌고 가버린 화우도는 팔짱을 낀 채 돌아가는 상황을 구경했다.

대충 계산을 끝낸 사람들은 이제 치열하게 서로의 눈치를 보기 시작했다. 어차피 답은 하나밖에 없었다. 상대가 사천사흉에게 붙기 전에 내가 먼저 선수를 쳐야 하는 것.

"쳐라!"

대머리 대감도의 일갈을 시작으로 일대 혼전이 벌어지기 시작했다.

깡깡 소리와 함께 수십 개의 병장기가 불꽃을 작렬하며 부딪혔다. 탁자가 뒤집히고, 먹던 음식들이 허공으로 솟구쳐 올랐다. 초전부터 비명이 난무하는가 하면, 피가 호선을 그리며 사방팔방으로 뿌려졌다.

구수한 음식 냄새로 가득했던 반점이 순식간에 피비린내 나는 살육의 현장으로 변했다. 아수라장도 이런 아수라장이 없었다.

나는 도화곡의 첫째 제자를 다시 보았다.

처음엔 반점 안에서 무림인들이 진을 치고 기다릴 줄 뻔히 알고도 들어온 이유가 배고픔 때문이라고 생각했다. 어차피 추격자들을 피할 수 없는 바에야 실컷 먹고 기운이라도 차리자는 계산으로. 한데 어쩌면 그게 아닐지도 모르겠다는 생각이 들었다.

한편 사천사흉은 함께 뛰어들어 싸울 것처럼 하던 것과 달리 흑도들끼리 싸움만 붙여놓고 팔짱을 낀 채 구경만 했다.

반면 한번 맞물려 돌아가기 시작한 싸움은 중간에 멈출 수가 없었다. 도화곡의 제자들은 죽을 날 받아놓은 사형수들처럼 서로의 손을 꼭 붙든 채 오들오들 떨었다.

그런 그녀들을 서로 차지하겠다며 흉악한 흑도들끼리 싸우고 있자니 분노가 치밀어 올라 더는 견딜 수가 없었다.

'문제는 사천사흉인데…….'

화우도 혼자만 상대한다면 충분히 해볼 만했다. 하지만 혼자서 넷은 어불성설이었다.

그럼에도 불구하고 해야 한다. 그것도 기습적으로 공격해서 순식간에 끝내 버려야 한다. 만약 삼 초식 이상의 공방을 주고받는 일이 생긴다면 나는 저들의 반격을 감당하지 못하고 죽을 것이다.

덧붙여 기왕이면 어쭙잖게라도 명분을 만들어야 한다. 갑자기 끼어들면 사람들로부터 쓸데없이 의심을 살 것이고, 그러다 보면 내 정체가 탄로 날 수도 있다. 무엇보다 저 신중하고 의심 많은 도화곡의 첫째 제자가 제일 걱정된다. 언젠가는 정체를 밝혀야겠지만 그전에 일단 세 명의 이름부터 알아내고.

그때 국물이 담긴 탕그릇 하나가 우리 쪽으로 휙 날아들었다.

남궁소소는 가볍게 샥 피했다. 반대로 나는 어딘가를 보려고 그런 것처럼 슬쩍 일어나면서 얼굴을 갖다 댔다.

철푸덕!

"억!"

정체를 알 수 없는 건더기가 뒤섞인 국물을 잔뜩 뒤집어썼다. 코에서는 피가 철철 흘러내렸다.

도화곡의 제자들과 사천사흉이 내게 잠깐 관심을 보였지만 이내 시선이 떠났다.

남궁소소가 뜨악한 표정으로 나를 보았다.

[뭐예요?]

[뒤를 부탁하오.]

나는 자리에 일어서서는 손으로 얼굴에 묻은 건더기를 쓸어내렸다. 그리고 통나무를 켜서 만든 원탁의 끄트머리를 잡고는 벌떡 뒤집었다.

순간적인 힘에 의해 음식들이 하늘로 치솟고 멀쩡하던 탁자가 팽글 돌며 화우도의 뒤통수를 덮쳐갔다.

펑!

그 찰나의 순간에도 화우도는 귀신같이 알아차리고는 뒤돌아 일장을 쳐서 탁자를 산산조각 내버렸다.

"이놈!"

터져 나가는 파편들 사이로 화우도의 성난 얼굴이 훅 다가왔다. 그때쯤 나는 화과아를 담았던 크고 두꺼운 황동 탕그릇을 허공에서 낚아채 화우도의 면상을 냅다 갈겨갔다.

"죽엇!"

화우도는 실로 무시무시한 인간이었다. 사실상 시간을 느리게 흐르도록 만드는 이능력을 펼쳤음에도 불구하고 그는 왼쪽 손목으로는 자신의 얼굴을 막고, 오른손으로는 허공에서 떨어지는 자신의 칼을 뽑아가는 가공할 속도를 내 눈앞에서 선보였다.

나는 어쩔 수 없이 탕그릇에 모든 내공을 폭발시키듯 쏟아부어 그의 손목을 후려쳤다. '빠벅!' 소리와 함께 탕그릇은 화우도의 팔뚝을 부러뜨린 데 이어 인중을 정확히 가격했다.

한순간 화우도의 눈동자가 까무룩 해졌다. 더불어 반쯤 뽑던 칼도 그대로 멈춰 버렸다.

'이게 무슨!'

놀랄 겨를도 없이 화우도의 얼굴을 밟고 솟구치며 삼흉에게로 몸을 던지듯 달려들었다.

구절편을 출수하며 가장 먼저 날아오던 외팔이가 한순간 중심을 잃고 흔들렸다. 비격쌍뇌창의 검은 바늘 하나가 그의 입속으로 들어가 목젖을 관통해 뒷목으로 뚫고 나갔기 때문이었다.

터엉!

백오십 년의 내공이 담긴 탕그릇으로 놈의 관자놀이를 후려쳤다. 사람의 머리통이 무슨 공처럼 튕겨 나갔다.

그때쯤엔 오른쪽에서 공격해 오던 뚱보가 화들짝 놀라며 고개를 꺾는 한편 벼락처럼 초자검을 회수해 눈앞의 무언가를 쳐내려 했다. 비격쌍뇌창의 다른 하나가 그의 눈을 노리고 날아든 탓이었다.

그 찰나의 틈을 이용해 나는 역시나 백오십 년의 내공이 담긴 탕그릇으로 뚱보의 초자곤을 내려쳤다.

'한 번 더!'

빠캉!

날카로운 쇳소리와 함께 탕그릇을 맞은 초자곤이 뚱보의 얼굴을 수직으로 갈겼다. 제가 제 무기로 제 얼굴을 때린 격.

가공할 힘을 견디지 못한 뚱보도 중심을 잃고 휘청거렸다.

그 순간 '쩍! 쩍!' 소리와 함께 무언가 날카로운 것이 내 옆구리를 두 번이나 벼락처럼 베고 지나갔다. 마지막으로 남은 여장 남자가 허리춤에 감아둔 연검(軟劍)을 풀어 기어이 나를 좌우로 베어 버린 것이다.

나는 여장 남자가 세 번째 검초를 펼치기 전에, 그리고 전권에서 벗어나기 전에 탕그릇으로 정수리를 힘차게 내리찍었다.

그것도 두 번.

빽! 빽!

뼈와 살로 이루어진 인간이라면 쇳덩어리만 맞아도 죽거나 까무러친다. 하물며 백오십 년의 내공까지 담아냈다면 더 말할 것도 없었다.

박이 터진 여장 남자는 철퍽 철퍽 두 번을 접고 엎어지더니 대자로 뻗었다. 그리고 정수리로 피를 철철 흘렸다. 경력이 뇌를 파고든 모양인데, 나중에 깨어나더라도 말이나 제대로 할 수 있을지 모르겠다.

그에게 베였던 옆구리는 옷자락만 길게 잘려 나간 상태였다. 백오십 년의 내공이 없었다면, 비격쌍뇌창의 바늘 두 자루가 없었다면, 그리고 용린신갑을 입지 않았다면 나는 오늘 세 번 모두 죽었을 것이다.

뒤를 돌아보니 남궁소소와 도화곡의 제자 세 명이 탁자 다리를 뽑아서는 이미 쓰러졌거나 반쯤 쓰러진 화우도와 대머리와 뚱보를 개 잡듯이 두들겨 패고 있었다.

퍽! 퍽! 퍽! 퍽!

"제, 제발 그만……!"

피투성이가 된 채 철썩 무릎을 꿇는 화우도의 뒤통수를 남궁소소가 냅다 갈겼다. 퍽! 소리와 함께 앞으로 고꾸라지는 화우도를 마지막으로 사천사흉과의 날벼락 같은 일전이 끝났다.

나와 남궁소소는 누가 먼저랄 것도 없이 서로를 보며 수고했다는 듯 고개를 끄덕였다.

반면 도화곡의 제자들은 아직 나와 남궁소소에 대한 경계심을 감추지 않았다. 우리도 내단을 노리고 사천사흉을 쓰러뜨린 것인지 모르기 때문이다.

어느 순간부터 병장기 부딪히는 소리가 점점 잦아들더니 이윽고 반점 전체가 고요해졌다.

피를 철철 흘리며 신음하는 사람들이 도처에 널린 가운데 서 있는 사람들은 피 칠갑이 되어 나동그라진 사천사흉과 나를 번갈아 보았다. 그리고 약속이나 한 것처럼 석상이 되어버렸다. 하나같이 인세 나타나선 안 되는 괴물이라도 본 것 같은 얼굴이었다.

"모두 자리에 앉으시오!"

좌중을 한차례 쓸어 보며 내가 한 말이었다.

사람들은 도검을 꼬나쥔 채 서로의 눈치만 보고 있을 뿐, 말을 들을 생각을 하지 않았다.

나는 그때까지 들고 있던, 이미 찌그러질 대로 찌그러져서 본래의 형태를 알아볼 수 없는 탕그릇을 가장 가까이 있는 대머리의 머리통을 향해 냅다 던졌다.

깜짝 놀란 대머리가 대감도를 발작적으로 휘둘러 탕그릇을 보기 좋기 쳐냈다. 그 틈을 이용해 어느새 집어 든 의자로 그의 얼굴과 어깨를 사정없이 후려쳤다.

퍼억!

의자가 박살이 나는 중에도 양손에 들린 다리 두 개는 그대로 남아 있었다.

그걸로 휘청거리는 대머리의 목을 갈기고, 옆에 있던 대여섯 놈을 딱히 어디랄 것도 없이 걸리는 대로 두들겨 팼다.

퍽! 퍼퍼퍼퍼퍼퍽!

귀영무와 십초박과 천무십검을 응용한, 그러면서도 형식에서 한참이나 벗어난 마구잡이식 공격이었다. 눈 깜짝할 사이에 여섯 명이 만신창이가 된 얼굴로 쓰러져 나뒹굴었다.

나는 아직도 뻣뻣하게 서 있는 흑도들을 향해 반점의 지붕이 들썩거릴 정도로 사자후를 내질렀다.

"쳐 앉으라고 이 잡것들아!"

척! 처처처처척!

"퍼져 있지 말고 보기 좋게 한쪽으로 모여 앉아!"

내가 다시 한번 빽 소리를 지르자 본래의 자리로 돌아가 앉았던 흑도들이 우르르 일어나 구석진 곳으로 몰려갔다. 그 와중에도 두 패로 나뉘어 하나는 왼쪽 다른 하나는 오른쪽으로 갔다. 서로 자기 쪽으로 올 줄 알았던 것이다.

"이 양반들이 장난치나."

내가 눈알을 부라리자 상대적으로 머릿수가 작은 왼쪽의 무리가 다시 얼른 일어나 오른쪽 구석으로 가서 합류했다.

이렇게 해서 사십여 명의 흑도가 영화반점의 구석진 곳에 모여 절반은 자리에 앉고, 절반은 서서 나를 바라보는 그림이 만들어졌다.

잠시 쥐 죽은 듯한 침묵이 흘렀다. 그러자 부상자들의 숫자와 정도가 더 선명하게 드러났다. 바닥에는 대략 일곱 명의 흑도들이 쓰러져서는 벌레처럼 꿈틀거리며 죽겠다고 신음하는 중이었다.

격전의 시간이 일각 정도로 아주 짧았기에 망정이지, 한 식경만 이어졌어도 바닥이 온통 피 칠갑에 꿈틀꿈틀 굼벵이 밭이었을 것이다.

"으으……."

"살려줘……."

"배에 박힌 칼 좀 뽑아줘……."

쾅!

"더럽게 시끄럽네!"

내가 탁자를 내려치며 소리 지르자 바닥을 뒹굴던 부상자들의 비명도 뚝 그쳤다.

그세야 주방 어딘가에 숨어 있을 점소이를 향해 술을 가져오게 했다.

점소이가 바람처럼 술을 내왔다. 눈치도 빠른 것이 얼굴을 닦을 수건도 두 장이나 내왔다.

잔에 술을 따르고 한잔 쭈욱 들이키며 잠시 숨을 골랐다. 동시에 수건으로 얼굴과 목과 옷에 묻은 국물을 깨끗이 닦아냈다.

흑도들도, 도화곡의 제자들도 각자의 위치에서 전부 내 눈치만 슬금슬금 보았다.

실제로는 기습과 기물의 힘을 빌려 가까스로 이겼지만, 저들의 눈에는 내가 거의 십초지적으로 사천사흉을 때려눕힌 절대고수처럼 보일 것이다.

그때 부상자 한 명이 고통을 참지 못하고 '끙!' 하며 신음을 안으로 삼켰다. 배에 칼을 꽂은 채 하늘을 향해 대자로 누운 자였는데, 배에서 흘러내린 피가 바닥을 흥건하게 적시고 있었다. 출혈량과 숨소리로 미루어 저대로 두면 한 식경 안에 숨통이 끊어질 것이다.

"다들 끌고 가서 치료를 해줘!"

말이 떨어지기 무섭게 각자의 무리에서 흑도들이 우르르 튀어나와 부상자들을 끌고 돌아갔다. 이어 재빨리 혈도를 눌러 지혈부터 하고, 상처를 압박하고, 금창약을 바르는 등의 소동을 벌였다.

치료를 하는 사람이나 치료를 받는 사람이나 절대로 소리를 내지 않았다. 대화를 나눌 일이 있으면 전음이나 귓속말로 했다.

잠시 시간을 주며 목을 축인 나는 좌중을 한차례 쓰윽 쓸어 보았다. 그러다 스무 살가량으로 가장 나이가 어려 보이는, 그래서 거짓말을 하면 금방 얼굴에 표가 날 것 같은 놈을 하나 골랐다.

"거기 너."

사람들은 일제히 내 시선이 향한 곳으로 고개를 돌렸다. 한데 정작 본인은 눈알을 좌우로 또록또록 굴리기만 했다.

"목에 뱀 문신한 놈 말이야."

"저요?"

"여기 뱀 문신이 너 말고 또 있어?"

"용인데……."

"뭐?"

"아닙니다. 아무것도."

"태도가 살짝 마음에 안 드네."

"죄송합니다. 조심하겠습니다!"

나는 거꾸로 잡아가던 호리병을 슬그머니 다시 내려놓았다.

"뭐가 어떻게 돌아가는 건지 설명해 봐."

"어디서부터 설명을 해드려야 할지……."

"그냥 처음부터."

"한 달쯤 전의 일이었습니다."

월식이 있던 날 밤이었다.

가족도 없이 홀로 외롭게 살아가던 장강의 늙은 어부가 야밤에 고기잡이를 나섰다. 그리고 으슥한 절벽 아래의 물속에서 기이한 빛 덩어리들이 유영하듯 돌아다니는 걸 보고 냅다 그물을 던졌다.

그날 밤 그는 소문으로만 듣던 화리를 세 마리나 잡았다.

집으로 가져가 해체를 해보니 놀랍게도 모두 도토리만 한 내단이 배 속에 들어 있었다.

횡재한 노인은 내단을 팔려고 인근 의원들을 찾아갔다. 무지렁이 촌부라고 의원 놈들이 전부 후려치려고만 들어서 여러 날에 걸쳐 멀리 큰 도시까지 나갔다.

그러다 냄새를 맡은 주먹패들에게 그만 살해당하고 내단을 빼앗겨 버렸다.

최초의 주인이 죽어버리자 영약을 노리는 범죄자들은 점점 더 꼬였다. 한 달쯤 지나자 급기야 곳곳에서 무림인들이 소식을 듣고 나타나기 시작했다.

"그러다 남장을 한 저 여자들이 마지막에 가로챘고, 이에 사람들이 이곳에서 내단을 차지하기 위해 기다리고 있었던 것입니다."

"새빨간 거짓말이에요!"

묻지도 않았는데 도화곡의 첫 번째 제자가 불쑥 끼어들었다. 내 오른쪽에 있던 그녀는 억울함을 호소하듯 세 걸음이나 앞으로 나와서 열변을 토해냈다.

"우린 내단을 마지막으로 소유했던 사람에게서 충분한 대가를 치르고 사들였습니다. 절대로 빼앗거나 가로챈 것이 아닙니다."

"장물을 비싸게 산다고 진짜 주인이 되나."

이번엔 낭아봉을 든 곱사등이가 끼어들었다.

첫째 제자도 호락호락하지 않았다.

"적어도 날로 빼앗으려는 당신들과는 다르겠죠."

"대가를 주었다는 것도 본 사람이 없고 말이지."

"누군가 보았으면 순순히 물러날 생각은 있고요?"

"주인도 아니면서 주인인 척하지 마라!"

"무뢰배들답게 날강도 같은 소리만 하는군요."

"우리가 누군 줄 알고 감히!"

"당신들이 누군지 똑똑히 알고 있죠. 얼굴도 전부 기억하고요. 오늘의 이 수모는 언젠가 반드시 되돌려 주겠어요."

"흥, 도화곡 따위를 누가 무서워할 줄 알고!"

쾅!

"닥쳐!"

나도 모르게 탁자를 내려치며 소리를 내질렀다. 하마터면 소리만 지르는 것으로 끝나지 않고, 그대로 날아가 저 곱사등이의 굽은 등을 반대 방향으로 확 꺾어 버릴 뻔했다.

사람들이 모두 움찔 놀라면서 다시 나를 바라보았다. 도화곡의 제자들도 자신들 역시 닥치라는 말의 대상에 속하는 줄 알고 합죽이가 되었다.

그때였다. 흑도들 사이에서 언월도를 든 거구의 애꾸눈이 슬그머니 자리에서 일어났다. 그러곤 밑도 끝도 없이 내게 포권지례를 해왔다.

"잠시 한 말씀 드려도 되겠습니까?"

"일어나도 된다고 한 적 없소만."

애꾸눈이 아무 소리도 않고 다시 자리에 앉았다.

"일어나도 좋소."

애꾸눈이 다시 자리에서 일어났다. 반점을 장악한 사람이 누구인지를 확실히 가르쳐 주려고 한번 굴린 것인데, 뜻밖에도 애꾸눈은 평정심을 잘 유지했다.

"말해보시오."

"이 몸은 담왕수라고 합니다. 사천 무림의 형제들은 독안룡(獨眼龍)이라는 과분한 별호를 안겨주었지요."

'이자가 독안룡이라고?'

이 물건도 살인마다. 사천성 하고도 강북 일대를 돌아다니며 걸핏하면 살인을 저지르는데, 잔혹한 수법도 수법이지만 한번 산 원한은 잊지 않고 꼭 찾아가 복수를 하는 것으로 악명이 높았다. 사천사흉의 맏형인 화우도에게는 부족할지 모르지만, 나머지 세 명 중 하나 정도와는 충분히 붙어볼 만한 고수였다.

내가 앞서 쓰러뜨린 대머리나 낭아봉 두 자루를 들고 있는 저 곱사등이도 만만치 않은 짐승들일 것이다. 사천사흉의 존재감이 워낙 커서 다른 자들은 상대적으로 만만하게 보았는데, 이제 보니 그렇게 대충 생각할 게 아니었다.

"그래서 뭐 어쩌라는 거요?"

"말투를 보아하니 이곳 분이 아니신 듯합니다만."

"호북성에서 왔소."

"호북성에서 이 먼 곳까지 어쩐 일로 오셨는지요?"

"지금 날 취조하는 거요?"

나는 살기를 화르르 끌어 올렸다. 나름 강심장을 자랑하던 독안룡도 이번에는 살짝 당황했는지 얼른 눈을 내리깔며 한발 물러났다. 사람이나 짐승이나 눈을 내리까는 건 맞설 생각이 없다는 확실한 의사 표시였다.

"그럴 리가요."

"정확히 묻고 싶은 게 뭐요?"

"어쩌실 생각인지요?"

"무얼 말이오?"

"보아하니 화리의 내단에는 관심이 없으신 듯한데, 이 일에 개입해서 저 여자들을 도와줄 생각이신지, 아니면 이쯤하고 그냥 지나갈 생각이신지를 알고 싶습니다."

"확실한 입장을 밝혀달라 이거군."

"그래야 저희도 진퇴를 결정하지 않겠습니까?"

"반점 안에서는 어떤 싸움도 허용하지 않겠소. 나와 동료의 식사를 방해한 값으로 그 정도는 받아도 될 것 같은데. 불만 있소?"

"강한 자가 규칙을 정하는 것이 강호의 순리지요."

"말이 제법 통하는군."

"다만, 한 가지만 더 여쭈어도 되겠습니까?"

"또 뭐요?"

"어느 문파의 제자들이신지 알고 싶습니다."

"그건 알아서 뭐 하시려고?"

"대협에게 비하면야 보잘것없겠지만, 저희에게도 나름 이름이라는 것이 있습니다. 최소한 누구를 만나 물러섰는지는 알아야 사천무림에서 좁쌀만 한 체면이라도 세우지 않겠습니까?"

"내가 귀하들 체면까지 생각해 줘야 하오?"

"부탁드리겠습니다."

"닥치고 앉으시오."

독안룡도 이제는 치욕을 느꼈는지 자리에 앉지도 않고 살짝 어금니를 깨물었다.

나는 그런 그를 빤히 노려보며 말했다.

"내게서 욕 다음에 나갈 것은 주먹밖에 없는데, 이빨이 몽땅 빠져서 합죽이로 남은 생을 한번 살아보시겠소?"

독안룡이 더는 어쩌지 못하고 자리에 앉았다.

도화곡의 제자들에게도 아직 말하지 않은 내 진짜 신분을 구태여 저들에게 가르쳐 줄 이유가 하나도 없었다.

이제 와서 겸사겸사 신분을 밝히는 것도 좋은 생각이 아니었다. 사천사흉은 독안룡보다 더 지독한 놈들인 데다 체면을 따지는 종자들이었다. 나중에 깨어난 후 자신들의 뚝배기를 깨고 쓰러뜨린 사람이 누군지를 알면 내가 사천성에 머무는 동안 복수를 하겠답시고 찾아올 수도 있다.

싸워야 한다면 싸우겠지만, 피할 수 있는데 번거롭게 일부러 시비를 불러일으킬 필요는 없다. 나는 도화곡의 제자들만 안전하게 성도로 데려가면 그뿐.

그때였다.

"표두님!"

싸움이 끝난 후 조용히 밖으로 나갔던 남궁소소가 헐레벌떡 들어오며 나를 불렀다.

반점 안의 흑도들이 전부 뜨악한 표정이 되어 나를 보았다. 나를 무당파나 화산파 같은 명문대파의 제자라고 생각했다가 고작 표사였다는 사실을 알고는 깜짝 놀란 것이다.

나는 나대로 생각지 못한 전개에 당혹스러웠다. 독안룡의 취조를 상대로 겨우 꼬리를 감췄는데 갑자기 남궁소소가 들이닥쳐 먹잇감을 던져주다니.

그러나 눈치 빠른 남궁소소가 사람들 앞에서 나를 이렇게 부른 데는 다 이유가 있을 것이다. 나도 그녀의 의도를 반쯤은 짐작했다.

"왜?"

"선장들이 선객들을 태우고 전부 도망가 버렸습니다."

"어째서?"

"흉신악살들이 잔뜩 모여든 걸 알고는 선객들이 선장들을 재촉한 것 같습니다. 살인마들과 시체를 싣고 남은 여정을 함께하려니 무서웠던 게지요."

"이런 망할!"

"그럴 줄 알고 제가 일찌감치 나가서 우리 배는 으름장을 놓아 붙잡아뒀습니다. 언제 내뺄지 모르니 서둘러 타시죠."

"그래?"

새빨간 거짓말이다. 흑도들이 타고 온 다른 배의 선장들에게 겁을 줬거나, 돈을 줬거나, 아니면 겁도 주고 돈도 주거나 해서 전부 쫓아버렸을 것이 분명했다. 반점 안에 있는 흑도들을 이곳 영화촌에서 자연스럽게 잘라내고 쳐내기 위해서다.

남궁소소는 파손된 기물값이라며 은전 석 냥을 꺼내 점소이에게 주었다. 이어 아까 주문한 월병을 빨리 싸달라고 재촉했다.

이대로 쑥대밭을 만들어놓고 그냥 가는 줄 알았던 점소이와 뒤쪽 주방에 숨어 빼꼼히 머리를 내밀고 있던 주인의 입이 함지박만 하게 벌어졌다.

그때 도화곡의 제자들이 내 곁으로 다가왔다. 이어 첫 번째 제자가 한 발 더 나서며 말했다.

"우리도 함께 갈 수 있을까요?"

"어차피 같은 배를 타야 하는 거 아니오?"

그녀가 얼른 무언가를 내밀었다.

작고 고운 손바닥 위에 복숭아 꽃가지 모양의 은잠 세 개가 놓여 있었다.

일전에 남궁소소가 여종매에게 받은 것도 복숭아 꽃가지 모양의 은잠이었다. 하지만 모양도 다르고 그녀가 받은 것보다 꽃송이 수도 훨씬 적었다. 세 사람 모두 상투를 틀고 초립을 썼더라니, 본래 꽂고 다니던 은잠을 다급한 대로 내놓는 모양이었다.

"이걸 왜 주는 거요?"

"성도의 도화곡까지 우리를 좀 호송해 주세요."

"호송?"

"모자라면 목적지에 도착한 후 더 드리겠습니다."

돈을 더 받을 일도 없고, 당연히 내가 안전하게 데려갈 것이다. 나는 살짝 장난기가 발동해 모르는 척 시치미를 떼고 한번 물어보았다.

"중간에 우리가 내단을 노리면 어쩌려고?"

"표사님들이시라고 들었습니다만."

"표사는 비적으로 돌변하지 말란 법이라도 있나?"

"최소한 우리가 아는 표사들은 그런 적이 없었습니다. 오히려 마지막 순간까지 목숨을 걸고 지켜주었죠."

"……!"

대별산에 있던 도화곡을 성도로 옮기는 과정에서 동원되었던 천룡표국의 모든 표사들을 말하는 것이다.

삼십 년 전의 일이었다.

해남도의 다섯 개 흑도 문파에게 쫓기던 일가족 네 명이 두 명의 표사들로부터 호위를 받으며 광동성, 광서성, 귀주성, 사천성을 지나 대설산까지 장장 한 달 동안 여정을 한 적이 있었다.

춥다고 울며 보채는 아이를 업고 대설산을 마지막으로 넘은 젊은 부인은 표행을 완수하고 돌아가려는 표사들을 불러 세웠다.

그리고 자신의 머리카락과 치마폭을 잘라 미투리 두 짝을 삼아주며 말했다. '죽을 때까지 날마다 새벽에 일어나 당신들이 산다는 천룡표국 쪽을 향해 절하겠습니다. 우리가 죽고 나면 아이들이 또 죽을 때까지 절하며 두 분의 무사 안녕을 기원할 것입니다. 부디 안녕히 돌아가십시오.'라고.

이 얘기는 내가 전생에서 장궤 전립성에게서 들은 얘기들 중 가장 좋아하는 것이었다. 그래서 기회만 닿으면 졸라서 듣고 또 들었다.

나는 도화곡의 세 제자들에게서 삼십 년 전의 그 부부를 보았다. 절절함이야 그 부부들만큼 하겠느냐만, 그래도 저들이 강호의 표사라는 사람들을 어떻게 보는지가 느껴졌다.

정신이 번쩍 들었다. 내가 누구인지, 왜 표사가 되려고 했는지를 다시 한번 생각하게 됐다.

내가 선뜻 대답하지 않자 갈등을 한다고 생각했는지 세 여자는 초조해서 어쩔 줄을 모르는 얼굴들이었다.

반점 안의 흑도놈은 흑도들대로 당황한 기색이 역력했다. 만약 내가 이 의뢰를 받아들여 버리면 그야말로 낭패기 때문이다.

'한번 죽어봐라!'

은잠을 챙겨 품속에 넣고 말했다.

"나는 동료와 함께 호북과 강동 일대를 돌아다니며 표행을 하는 독표(獨鏢) 이립이라고 하오. 나와 동료는 의뢰를 받아들여 지금부터 도화곡의 제자 세 분을 목적지까지 안전하게 호송을 할 것을 천지신명께

맹세하오."

"도화곡의 구대 제자 옥소군, 은옥교, 서동예는 지금부터 이립 표사님과 그의 동료 표사님께 신병을 의탁하겠습니다. 잘 부탁드립니다."

그러면서 세 여자가 나와 남궁소소에게 꾸벅 포권지례를 해온다. 얼떨결에 나와 남궁소소도 마주 포권지례를 했다.

이립은 아무렇게나 지껄인 이름이었다. 기왕에 이렇게 된 거, 사천사흉이 깨어나거든 세상에 있지도 않은 인물을 찾느라 개고생 좀 해보라고. 물론 도화곡의 제자들에게는 여객선에 타고 난 후 더는 시간 끌지 않고 죽이 되든 밥이 되든 내가 누구인지를 밝힐 생각이었다.

'마침 이름까지 말해주네.'

상대방에게 자신들을 소개할 때는 연장자부터 말하는 것이 예의이다. 야무진 첫째가 옥소군이고, 그만 좀 눈치 주라며 점소이에게 당차게 쏘아붙이던 둘째가 은옥교고, 마지막으로 무섭고 두려운 와중에도 부상당한 사저들을 쉬지 않고 보살피던 막내가 서동예인가 보다.

'이름도 전부 예쁘네.'

아마도 계약의 조건을 확실히 못 박아두기 위해서 사문과 세 명 전부의 이름을 자세하게 말해준 것 같았다. 그럴수록 나는 빨리 배에 타서 내가 누군지를 말해주고 싶었다.

옥소군, 은옥교, 서동예는 구명줄이라도 잡은 것처럼 얼굴이 환해졌다. 반대로 흑도들은 하나같이 썩어 문드러졌다.

그때 점소이가 대바구니 하나를 가져왔다. 은전을 넉넉하게 주었더니 월병뿐만 아니라 삶은 양고기와 술까지 넉넉하게 넣어준 모양이었다. 이것 역시 남궁소소가 의도한 바였을 것이다.

그녀는 점소이로부터 대바구니를 건네받은 후 내게 말했다.

"가시죠. 표두님."

"앞에서 길을 열어라."

"알겠습니다."

남궁소소가 먼저 반점을 문을 열고 나갔다. 내가 손짓을 하자 도화곡의 세 여자가 서둘러 남궁소소의 뒤를 따라갔다.

마지막으로 반점에 남은 나는 낭패한 기색의 흑도들을 서늘하게 노려보며 말했다.

"다시 눈에 띄면 목들을 잘 간수하시오."

세찬 강바람에 황포 돛이 잔뜩 부풀었다.

나는 구름과 함께 북쪽으로 흘러가는 황포 돛배의 선미 쪽 갑판 위에 앉아 술을 홀짝이며 휴식을 취했다.

남궁소소는 반대로 선수의 갑판에 서서 십리경과 맨눈으로 번갈아 보며 주변을 살폈다. 어차피 표사들로 신분을 위장한 김에 추적자나 매복자나 아니면 수상한 배들이 있는지를 보는 것이었다.

선객들은 갑판 한가운데의 차양 아래에서 이번에도 바람 때문에 소리를 꽥꽥 질러가며 대화를 나누었다. 조금 전 반점의 창 너머로 지켜본 무림인들의 싸움 얘기를 다들 신나게 하는 중이었다.

그러다 이따금 나를 흘끔거렸다. 내가 사천사흉을 때려눕히는 걸 보고는 한편으로는 신기하고 한편으로는 두려운 것이다.

도화곡의 제자들은 일반 선객들과 조금 떨어진 오른쪽 난간에 기대어 앉아 있었다. 그리고 남궁소소가 손수건에 싸서 준 월병을 받아서는 말을 붙여볼 사이도 없이 허겁지겁 먹어댔다.

흑도들에게 쫓기는 데다 행낭이며 검까지 전부 잃어버려 사흘 동안 제대로 먹지도 자지도 못했다고 했다. 역설적이게도 그 모습이 너무나 다급하면서도 평화로워 보여서 나는 식사가 끝날 때까지 잠시 기다려 주기로 했다.

이윽고 남궁소소가 준 월병이 바닥나고 마지막 하나만 남았다. 그러자 둘째 은옥교가 집더니 첫째 옥소군에게 주면서 말했다.

"이건 옥 사저께서 드세요. 어제저녁에도 우리에게 만두를 양보하느라 거의 못 드셨잖아요."

옥소군이 월병을 받아 다시 서동예에게 주며 말했다.

"동예야, 네가 먹어. 어제 종일 나와 옥교를 번갈아 업고 뛰느라 네 기력이 가장 많이 소진됐을 거야."

서동예는 은옥교에게 주었다.

"은 사저께서 드세요. 내상 때문에 어제도 먹은 걸 전부 게워 내셨잖아요."

"그럼 셋이 똑같이 나눠 먹어요."

은옥교가 한 바퀴를 돌아 다시 자신에게 돌아온 월병을 들고 말했다. 그러면서 게딱지보다도 작은 월병을 세 조각으로 쪼개서는 사이좋게 나눠 먹었다. 그 와중에도 은옥교는 조금 큰 쪽을 옥소군과 서동예에게 주고 자신이 가장 작은 걸 먹었다.

'눈물 나네. 눈물 나.'

이윽고 배를 적당히 채운 여자들은 마지막으로 역시나 남궁소소가 챙겨준 백주를 한 모금씩 하고는 '휴우'하고 길게 숨을 토해냈다.

"이제 좀 살 것 같네."

"죽으라는 법은 없군요."

"전 세상에서 월병이 제일 맛있는 것 같아요."

막내 서동예의 말에 첫째 옥소군과 둘째 은옥교가 빙그레 웃었다. 그러다 은옥교가 갑자기 주변을 한번 쓰윽 살피더니 옥소군 쪽으로 얼굴을 갖다 대고 모기만 한 소리로 속삭였다.

나도 모르게 공력을 잔뜩 끌어 올렸다.

"구 사저는 무사할까요?"

"지금쯤이면 성도를 코앞에 두고 있을 거야."

"우리가 흑도들을 유인한 보람이 있어야 할 텐데요."

"걱정하지 마. 숙정은 용감한 데다 우리 중에서 경공술과 은신술이 가장 뛰어나니 틀림없이 성공할 거야."

이 여우들 좀 보소. 눈치를 보아하니 내단을 손에 넣은 후 몸을 숨긴 채 대기 중이던 다른 제자에게 벌써 빼돌린 모양이었다. 저들이 목숨 걸고 흑도들을 유인하는 사이 그 제자가 내단을 들고 도화곡으로 잽싸게 내뺀 것이다.

아마 처음부터 그럴 작정으로 한 명을 마지막까지 숨긴 것 같았다. 그리고 이 작전은 순전히 저 첫째 옥소군의 머릿속에서 나온 것이고.

서동예가 은옥교에게 물었다.

"정룡 사숙께서 무한에 오셨다는 게 사실일까요?"

"봇짐장수들이 없는 얘기를 지어내진 않았겠지."

"무한까지 온 김에 성도도 다녀가시면 좋을 텐데."

"정룡 사숙이 보고 싶니?"

"은 사저는 안 보고 싶으세요?"

"나도 당연히 보고 싶지. 지금처럼 도화곡이 어려울 때는 더더욱. 하지만 사숙께서는 미곡 운송 일로 한창 바쁘실 거야. 사람들 말이 표국은 일 년 중에서 지금이 가장 바쁘대."

"그 얘긴 저도 들었어요."

"그리고 항주에서 무한까지보다 무한에서 성도까지의 거리가 두 배는 더 멀어. 말을 갈아타며 쉬지 않고 오셔도 보름은 족히 걸릴걸."

"처음부터 사천이 아니라 절강성으로 이사를 했으면 좋았을걸. 그럼 천룡표국과도 가깝고 지금보다 훨씬 자주 왕래를 했을 텐데요."

"미곡 운송 철이 지나면 한 번 오시지 않을까?"

"정말요?"

"그랬으면 좋겠다고."

확실히 도화곡에 무슨 일이 생긴 것 같았다. 더는 시간을 끌 이유가 없었다. 나는 슬그머니 자리에서 일어났다.

그때 서동예가 말했다.

"사숙께서 여자관계가 복잡한 건 사실이에요."

얼른 다시 자리에 앉았다.

"어려서부터 기루와 도박장을 제집처럼 들락거린 것도 사실이고요. 돌아가신 사조님 말씀이 남자들의 여색과 도박은 평생을 가도 못 고친다고 하셨는데 큰일이네요."

"갑자기 무슨 말이니?"

"아까 봇짐장수들 얘기 들으셨잖아요. 정룡 사숙께서 아직도 정신을 못 차리시고 표행을 가는 곳마다 미녀들과 염문을 뿌린다고요."

"고양이를 본 이야기가 아홉 사람의 입을 거치면 호랑이에게 물려갔다 살아 돌아온 이야기로 변한다고 했어. 하물며 수천 리 밖의 소문은 하나도 믿을 게 못 돼."

"이건 도화곡의 구대 제자들이라면 대부분 아는 이야기예요. 두 분 사저들께서도 처음 듣는 얘기는 아닐 텐데요?"

"정룡 사숙께서 워낙 출중하시다니 보니 시기를 하는 사람들이 나쁜 말들을 지어내는 걸 거야. 엄청난 가문에다 학문이면 학문, 무공이면 무공, 용모면 용모, 돈이면 돈. 어느 것 하나 빠지시는 게 없으시니 말이야."

"여자도 많으시고요."

"대체 그런 얘길 누구한테 들은 거니?"

"저는 정룡 사숙을 가장 가까이에서 지켜본 사람에게서 직접 들었어요. 그러니까 안 믿을 수가 없더라고요."

"그러니까 그게 누구냐고."

"남궁소소 선배요."

"뭐?"

'뭐!'

나는 반사적으로 선수 쪽을 돌아보았다. 전방을 살피던 남궁소소의 작은 등짝이 움찔하는 게 느껴졌다. 그녀도 도화곡 제자들의 대화를 들은 게 틀림없다.

'이 여자를 강에 확 밀어버리고 차라리 내가 쌍욕을 한번 먹자!'

나는 다시 쓰윽 몸을 일으킨 후 선수 쪽으로 걸어갔다. 중간쯤에서 도화곡의 제자들이 잠시 나를 보았지만 이내 다시 자기들 이야기로 돌아갔다.

이윽고 선수의 갑판에 한 발을 척 올렸을 때, 남궁소소가 귀신같이 알고는 홱 돌아보았다.

그리고 얼른 전음을 보냈다.

[가까이 오지 말아요!]

[왜?]

[왠지 나를 밀어버릴 것 같아서요.]

[잘도 아시는군.]

[일단 진정부터 하세요.]

[대체 왜 그런 헛소문을 퍼뜨리고 다닌 거요?]

[난 기억에 없어요.]

[시치미를 뗀다고 될 일이 아니오. 이런 상황에서 내가 어떻게 '사실은 내가 바로 그 호색한 사숙이다'라고 신분을 밝힐 수 있겠소.]

[지금 한가하게 우리끼리 싸울 때가 아니에요. 기회가 없어 미처 말을 못 했는데, 아까 영화반점에서 흑도들을 제압하자마자 내가 왜 서둘러 밖으로 나간 줄 알아요?]

[또 무슨 희한한 소리를 하고 빠져나가려고?]

[흑도들이 타고 온 배들을 쫓아 보내려고 그런 것도 있지만, 그것보다는 사천구룡방도 무너뜨릴 정도로 강력한 도화곡의 복수를 흑도들이 전혀 무서워하지 않는 게 이상해서 봇짐장수들에게 물어보러 간 거였어요.]

[……!]

나는 걸음을 우뚝 멈추었다.

이건 나도 줄곧 이상하게 생각하던 차였다. 다만 나는 도화곡의 제자들에게 내 신분을 밝힌 후 천천히 물어볼 생각이었다.

[그들 말이 도화곡은 곧 풍비박산 날 거래요.]

[왜?]

[운남성 깊은 밀림 속에 살던 백포산군(白袍山君)이 은거를 깨고 홀로 도화곡의 최고수들과 생사결전을 치르기 위해 오고 있대요. 이미 한 달 전에 도화곡에 경고를 했고, 지금쯤이면 장강을 넘었을 거라고요.]

[백포산군이 누군데 그러오?]

[한때 천하십대고수의 한 명으로 불렸던 무신급의 초고수예요. 어느 날 운남의 애뇌산 깊은 밀림으로 사라지고 난 이후 삼십 년 동안 생사를 아는 이가 없어 잊힌 인물이죠.]

내가 아는 무림인들은 전생에서 동시대에 활동했던 인물 정도로 국한됐다. 지금으로부터도 삼십 년 전의 인물이면 사람들의 입에 끊임없이 회자되지 않은 이상 내가 알 가능성은 거의 없다.

그러나 내가 정작 놀란 것은 천하십대고수의 한 명이라는 말 때문이었다.

강호에는 천하십검과 천하십권이 있다.

무림고수들의 서열 매기길 좋아하는 사람들은 천하십도니 천하십각이니 하며 좀 더 세분화도 한다지만, 대부분은 천하십검과 천하십권을 말했다.

한데 이런 분류들을 깡그리 무시하고 만든 서열이 천하십대고수였다. 다만 이런 초강자들끼리는 손속을 나눈 적이 극히 드물고, 나누었어도 강호인들 대부분이 알지 못했다. 무엇보다 병기와 주먹의 끝을 본 괴물들의 싸움은 우열을 가늠하기 매우 어려워서 천하십대고수라는 말은 잘 쓰질 않았다. 그럼에도 불구하고 쓰인다면 천하십대고수의 서열을 정할 때 그 인물만큼은 반드시 들어간다는 뜻이었다.

강호에 알려진 대표적인 인물로는 현 무림맹주인 설산신검 장초풍과 남궁세가주인 뇌검 남궁유룡 정도가 있었다.

듣도 보도 못한 괴수가 도화곡의 최고 고수들과 생사결전을 치르러 오고 있다는 말에 나는 온몸의 털이 곤두서는 충격을 느꼈다.

[대체 그런 거물이 왜?]

[도화곡의 전대 곡주이신 여종매 선배께서 사천구룡방주인 만세노조 뇌정갑과 구백여 합을 주고받은 끝에 숨통을 끊어놓으셨던 것 기억하세요?]

[당연히.]

[알고 보니 뇌정갑이 그의 제자였대요.]

[그게 무슨!]

[그래서 말인데 당주님이나 나나 일단은 지금처럼 신분을 숨기는 게 좋겠어요. 도화곡으로 가서도 마찬가지고요. 필요하면 곡주님께만 살짝 귀띔해 드릴 수는 있겠지만.]

[그건 또 왜?]

[정체를 드러내는 순간 도화곡은 물론이거니와 무림인들의 시선이 한동안 우리에게 집중될 거예요. 그러면 운신이 어려워져요.]

[생각해 둔 계획이라도 있소?]

[그건 당주님이 찾아야죠. 그 방면으로는 전문가잖아요. 난 다만 적을 가까이에서 정확히 보려면 은밀하게 움직이는 쪽이 더 유리하다는 말을 하는 거예요. 쉽게 말해 곡주님의 숨겨둔 눈과 귀와 칼이 되어드리는 거죠.]

[혹시 갑자기 표두님이라고 부르며 들어온 것도 그 때문이오?]

[맞아요.]

영화촌을 떠난 지 사흘째 되는 날, 우리는 마침내 성도의 초입에 있는 포구촌에서 하선을 했다.

뱃가죽이 등에 달라붙을 정도로 배가 고팠지만, 도화곡의 세 제자가 어찌나 서두르는지 국수 한 그릇 사 먹을 틈도 없이 곧장 마방산으로 향했다.

성도 시내의 서쪽 끄트머리에 자리 잡은 마방산 입구는 봄에 왔을 때보다 훨씬 더 많은 집과 점포들로 장사진을 이루었다.

원래 백도를 표방하는 무림문파가 하나 나타나면 이 시대의 가장 고질적인 문제인 치안이 비약적으로 개선된다. 그런 이유로 무림문파 주변은 사람들이 꼬이면서 자연스럽게 촌락이 형성된다.

덧붙여 무림문파의 제자들과 그곳을 찾는 외지인들과 마을 사람들을 상대로 한 다원, 반점, 주루 등의 여러 가지 점포들도 차례로 생겨난다.

한데 지금은 그런 것들로는 설명할 수 없을 만큼 많은 인파가 도화곡의 장원으로 이어지는 길목에서 웅성거리고 있었다. 어림잡아도 천여 명은 될 것 같았다.

그뿐만 아니라 누군가 커다란 이불을 연달아 터는 것처럼 '뻥뻥' 하는 굉음도 울려 퍼졌다.

"싸움이 벌어진 것 같은데요?"

남궁소소의 말이었다.

놀란 도화곡의 제자들이 사람들을 지나쳐 장원을 향해 달려갔다. 나와 남궁소소도 재빨리 뒤를 따랐다.

대로를 가득 메우고 있던 군중을 지나자 예사롭지 않은 체구와 용모에 도검을 패용한 무림인들이 보였다. 대충 삼백은 되어 보였다.

"통천방!"

"설마 벌써!"

"아직 아흐레나 남았는데!"

옥소군, 은옥교, 서동예가 차례로 한마디씩 하고는 통천방 무리를 피해 앞으로 치고 나갔다.

통천방은 이십 년 전 성도를 중심으로 활동하던 아홉 개의 흑도방파 중 한 곳이었다. 그곳의 방주가 바로 뇌정갑이었고, 아홉 개의 흑도방파를 일통해 사천구룡방을 세웠다.

하지만 올해 봄 도화곡의 전대 곡주인 여종매에게 뇌정갑이 죽자 사천구룡방은 다시 예전의 구룡으로 돌아가 버렸다. 그리고 유흥가에서 기루 하나라도 더 먹기 위해 자기들끼리 치열하게 세 싸움을 벌이는 중이라고 들었다.

통천방의 흑도들을 지나자 넓은 공터가 나타났다.

공터의 건너편에서는 도화곡의 제자 이백여 명이 곡주인 이막하의 주도 아래 검진을 펼치며 정문을 막아선 상태였다. 그 모습이 흡사 철벽이 버티고 선 것 같았다.

도화곡의 삼대 비기 중 하나인 멸살구곡대진이었다. 열 명으로 백 명을 잡고, 백 명으로 천 명을 막아낸다는 검진. 한데도 앞에는 이미 적지 않은 제자들이 피를 흘리며 쓰러진 채 다급한 조치를 받거나 들것에 실려 안으로 후송되는 중이었다. 그 숫자도 어림잡아도 삼십여 명은 될 것 같았다. 그런가 하면 공터 한가운데에서는 칠순을 넘긴 사대장로들이 협봉검을 뽑아 들고는 한 명의 괴노인을 상대로 맹공을 퍼붓는 중이었다.

사방에서 쇄도하며 같으면서도 제각기 다른 묘용의 검초를 난도질하듯 뿌려대는데 지켜보는 내가 다 섬뜩할 정도였다. 흡사 폭풍우 치는 날 바닷가에 외로이 서 있는 바위를 상대로 벼락과 바람과 빗줄기와 파도가 동시에 몰아치는 것 같았다.

'엄청나다!'

그러나 폭풍우가 아무리 거세게 몰아쳐도 바닷가의 바위는 꿈쩍도 하지 않는 것처럼 괴노인 역시 그랬다.

놀랍게도 적수공권인 괴노인은 넓은 공터를 미끄러지듯 휘젓고 다녔다. 동시에 사방에서 위협적으로 날아드는 검초들을 오직 장법만으로 전부 막고 쳐냈다.

빵! 빠빵! 빵! 빵!

그가 장력을 출수할 때마다 사대장로들은 허공을 격해오는 막강한 경력을 감당하지 못하고 튕겨 나갔다가 다시 공격해 오기를 반복했다.

허무하게도 그리고 어처구니없게도, 벼락과 바람과 빗줄기와 파도는 그토록 강맹한 공세에도 불구하고 바위의 옷자락조차 건드리지 못했다. 아니, 근처에도 이르지 못했다.

"격공장(隔空掌)!"

남궁소소가 목구멍을 쥐어짰다. 허공을 격해 멀리 떨어진 상대에게 타격을 가하는 장법의 경지를 일컫는 말이었다. 천하의 모든 권법가들이 꿈꾸는 극상의 경지.

이제 보니 사대장로는 괴노인을 상대로 협공을 하는 것이 아니라, 그가 더는 난동을 부리지 못하도록 사력을 다해 막고 있었다.

하지만 그것도 오래가지 못했다.

빠벙! 뻥! 뻥!

괴노인의 보법이 파격적으로 변하는가 싶더니 좀 전과는 다른 폭발음이 연달아 울렸다. 동시에 사대장로들이 순차적으로 강력한 일격을 얻어맞고는 대여섯 장 밖으로 뻥뻥 나가떨어졌다.

한순간 중심을 잃고 구르다가 벌떡 일어나며 반격의 자세를 취해보지만 두 명이 입으로 검붉은 피를 왈칵 토해냈다.

저런 쳐 죽일!

울컥해서 나가려는 나를 남궁소소가 황급히 붙잡았다. 그리고 평소와 달리 잔뜩 굳은 표정으로 고개를 가로저었다. 경거망동했다간 일을 더 망칠 거라는 경고였다.

"와아아아!"

지켜 보고 있던 통천방의 흑도들로부터 우레와 같은 함성이 터져 나왔다.

반면, 이막하와 함께 장원의 입구를 지키고 있던 도화곡의 제자들은 낭패한 기색이 역력했다.

현실을 인지한 사대장로들은 공세를 이어가는 대신 일단 숨을 고르며 전열을 가다듬었다. 괴노인은 괴노인대로 딱히 서둘러 공격할 생각이 없는 듯했다. 덕분에 잠시 싸움이 중단되었다.

그 틈을 타 옥소군이 외쳤다.

"사부님!"

"소군!"

뒤쪽 검진 속에서 장년의 여제자가 반색하며 외쳤다.

세 여자 모두 공터를 가로질러 사문의 사람들을 향해 달려갔다. 특히 사부라고 부른 사람의 곁으로 다가가 부모라도 만난 것처럼 안겼다.

은옥교와 서동예는 눈물까지 터뜨렸다. 주변에 있던 다른 사형제들이 그녀들을 안거나 등을 두들겨 주었다.

장년의 여제자가 옥소군에게 무언가를 물었다. 내가 있는 곳에서 십수 장이나 떨어졌지만, 내공이 넘쳐 흐르다 보니 구태여 들으려고 하지 않아도 자연스럽게 들렸다.

"다친 곳은 없느냐?"

"보시다시피 모두 무사해요."

"흑도들에게 쫓긴다는 소식을 듣고 사흘 전 제자들을 급파했다. 한데 너무 늦은 것 같아 걱정을 태산같이 하던 참이었느니라."

"사흘 전이라면 확실히 늦었을 거예요."

"한데 어찌 모두 무사한 것이더냐?"

"영화촌에서 우연히 근처를 지나던 표사님들을 만났어요. 그분들께 호송을 부탁해 무사히 올 수 있었습니다."

"고마운 분들이구나. 지금 어디 계시느냐?"

"그렇지 않아도 저기 함께 오셨어요."

그러면서 옥소군이 뒤를 돌아보았다.

하지만 나와 남궁소소는 십수 장 떨어진 공터의 건너편에서 통천방의 흑도들과 어깨를 나란히 하고 있었다.

자신들을 따라 공터를 건너오지 않은 우리를 보고 옥소군, 은옥교, 서동예의 표정이 잠시 굳어졌다. 큰 싸움이 벌어져 도화곡이 위험에 처한 듯하자 끼어들고 싶어 하지 않는다고 생각한 것이다.

세 사람은 사형제들과의 회포를 잠시 미루고 우리를 향해 정중하게 포권지례를 올렸다. 여기까지 안전하게 호송해 준 것에 대한 감사와 우리의 입장을 충분히 이해한다는 표시와 원래 목적지까지 안녕히 가시라는 인사가 담긴 포권지례였다.

나와 남궁소소는 모른 척하며 인사를 받지 않았다. 우리의 목적지는 처음부터 도화곡이었고 떠날 생각이 전혀 없었으니까. 한데 이것조차 세 여자에겐 통천방의 흑도들 앞에서 우리를 되도록 노출하지 않으려는 행동으로 비칠 것 같다는 생각이 들었다.

나는 시선을 거두어 적들을 살폈다. 도화곡이 모든 전력을 다해 맞고 있는 상대는 병장기를 휴대한 삼백여 명의 통천방 흑도들이 아니었다. 그들은 아예 병장기를 뽑지도 않은 상태였다.

도화곡 제자들을 이백여 명이나 출동하게 만들고, 이미 수십 명을 쓰러뜨렸으며, 마침내 사대장로마저 내상을 입게 만든 자는 공터 한가운데 서 있는 한 명의 작고 볼품없는 노인이었다.

오척단구에 빼싹 마른 노인은 은발을 넘어 하얗게 탈색된 머리카락과 수염과 눈썹을 얼굴에 붙이고 있었다. 백발 백염 백미라는 말이 딱 어울렸다. 머리카락은 위로 말아 올려 상투를 틀었고, 수염은 무려 배꼽까지 내려왔으며, 백 년은 기른 것 같은 눈썹은 빗자루처럼 축 늘어져서 움푹 들어간 눈을 반쯤이나 덮고 있었다.

그리고 기세가 있었다. 단지 두 다리를 가볍게 벌리고 서서 뒷짐을 쥐었을 뿐인데, 방원 십여 장의 공간이 그가 뿜어내는 기세로 가득 찼다. 보기만 하는데도 숨이 턱 막힐 지경이었다. 전생과 현생을 통틀어 한 번도 본 적 없는, 그야말로 압도적인 존재감이었다.

"백포산군!"

남궁소소의 목구멍을 비집고 나온 소리였다. 그녀도 나처럼 완전히 압도당한 것 같았다.

한편 사대장로는 자신들이 최후의 보루라도 되는 듯 내상을 입은 와중에도 좀처럼 물러설 기미를 보이지 않았다. 죽음 따위는 이미 초연한 사람들 같았다.

하지만 백포산군은 이제 사대장로에게는 흥미를 잃었다. 그는 뒤쪽에서 이백의 제자들과 함께 멸살구곡대진을 펼치고 있는 이막하를 향해 우렁우렁한 음성으로 말했다.

"언제까지 늙은이들의 뒤에 숨어 있을 셈인가?"

"복수는 또 다른 복수를 낳는 법. 도화곡은 지난날 사천구룡방과의 일전과 관련하여 복수를 목적으로 한 그 어떤 비무나 도전도 받아들이지 않을 것임을 다시 한번 천명합니다."

"헛소리! 노부가 지금 당장에라도 뚫고 들어가 모조리 쓸어버리면 그

뿐. 너희에게는 이 싸움을 피하고 말고 할 선택권이 없다."

가볍게 언성을 높이는데도 불구하고 천둥이 치는 것처럼 대기가 떵떵 울렸다. 나도 모르게 심장이 고동쳤다.

그의 말이 이어졌다.

"지금까지 아무도 죽이지 않은 것은 삼십 년 은거를 깨고 나와서 한 첫 살인이 고작 이런 오합지졸들이라는 게 내키지 않아서니라."

"노옹께서 왜 이렇게 진노했는지 이유를 모르는 바 아니나, 지난날 먼저 길을 막고 싸움을 걸어온 것은 귀하의 제자였으며 승부 또한 정당하게 이루어졌음을 다시 한번 말씀드립니다."

"그런 건 아무래도 상관없다. 내가 원하는 건 딱 두 가지다. 도화곡주의 목을 내 손으로 비트는 것과 장원을 불태워 버리는 것. 만약 끝까지 저항한다면 내가 가는 걸음걸음 시체가 쌓일 것이니라!"

백포산군의 광오한 협박에 도화곡의 제자들은 부글부글 끓었다. 느닷없이 나타나 사문을 풍전등화의 위기로 몰아넣은 초고수의 무공이 두렵기도 하지만, 동시에 말할 수 없는 분노도 솟구치는 것이다.

백포산군은 피는 피로 갚는다는 무림의 원칙에 따라 뇌정갑이 죽고 사천구룡방이 멸문지화를 당한 것처럼 곡주도 죽이고 도화곡을 이 땅에서 지워 버릴 생각인 모양이었다.

상대는 이미 삼십 년 전부터 하늘 아래 열 손가락에 꼽힌다고 했던 극초절정의 고수. 패배가 분명한 이막하의 입장에서는 비겁하다고 손가락질을 받을지언정 선뜻 나서서 싸울 수가 없는 것이다.

죽음이 두려워서가 아니었다. 자신의 패배는 곧 도화곡의 패배이고, 이는 도화곡의 멸문지화로 이어질 수밖에 없었다. 사대장로가 죽음을 각오하고 최후의 보루처럼 막아선 것도 그 때문이고.

그렇다고 언제까지 피할 수만도 없는 노릇이었다. 계속 버틸 생각이라면 결국 이백여 명이 멸살구곡대진을 펼치며 상대해야 한다. 하지만 그건 여태 구경만 하고 있는 통천방의 흑도 삼백여 명을 싸움에 끌어들이는 좋은 빌미가 될 것이 뻔했다.

설사 통천방의 흑도들이 끼어들지 않더라도 도화곡의 제자들이 멸살구곡대진으로 백포노군을 잡을 가능성도 거의 없어 보였다.

앞서 이미 수십 명이 쓰러져 뒹굴다가 들것에 실려 후송되는 걸 보았다. 돌아가는 정황으로 미루어 그들은 사대장로들이 나서기 전에 이미 한차례 백포산군과 격돌을 했다. 그야말로 백척간두에 진퇴양난이었다.

그때 남궁소소의 전음이 머릿속으로 들어왔다.

[저분, 진짜 곡주님이 아니세요.]

[그게 무슨 말이오?]

[아무래도 도화곡에 역용술의 대가가 있는 것 같아요. 그렇다고 해도 저 정도로 완벽하려면 최소 한나절은 공을 들였을 거예요.]

[대체 왜?]

[곡주님에게 무슨 변고가 있는 건 아닐까요?]

[그러고 보니 아까 서동예가 이상한 말을 했소.]

[아직 아흐레나 남았다는 말 말인가요?]

[난 백포산군이 오려면 아흐레나 남은 줄 알았다는 말로 들었는데, 생각해 보니 그가 오는 날짜를 정확히 안다는 게 더 이상하군."

[만약 그게 곡주님에 관한 말이라면?]

[의원들 누구도 환자가 털고 일어날 날짜를 정확히 말해주지는 않소. 그럼에도 불구하고 딱 꼬집어 아흐레라고 한 걸 보면 아흐레 후에는 무조건 일어나는 상황이라는 뜻이오. 그게 뭘까?]

[백포산군이 온다는 소식을 듣고는 그를 꺾을 방법을 찾아내 급하게 폐관 수련에 들어가셨던 게 아닐까요? 없는 살림에 거금을 주고 화리의 내단을 세 개나 부랴부랴 구해온 것도 생사결을 앞두고 내공을 크게 증진하기 위해서이고요.]

[그게 맞는 것 같군!]

[한데 백포산군이 끝까지 고집을 피워 혈사를 일으키려 하면 곡주님도 은거를 깨고 나오실 수밖에 없어요. 그러면 도화곡은 끝장이에요.]

[일단 내가 시간을 끌어야겠소.]

[어떻게요?]

[그를 늪으로 끌고 들어가야지.]

"삼십 년 만에 은거를 깨고 나왔다더니 세상 돌아가는 물정을 몰라도 너무 모르시는군."

조용한 틈을 타 내가 얼른 혼잣말처럼 중얼거렸다.

통천방의 흑도들은 물론이거니와 백포산군과 도화곡의 제자들까지 범인을 찾느라 잠시 술렁거렸다.

나는 개의치 않고 다음 말을 이어갔다.

"일신의 무공만 믿고 저러다 큰일 치르지."

첫 번째와 달리 두 번째에는 근처에 있던 통천방의 흑도들이 나를 찾아냈다.

십수 명의 시선이 손가락질하듯 나를 가리키자 나머지 전부가 뒤를 따랐다.

옥소군, 은옥교, 서동예가 깜짝 놀란 표정을 짓더니 재빨리 자신들의 사부에게 뭐라고 귓속말을 전하는 게 보였다. 이막하로 변장한 정체 모를 제자도, 내상을 입은 채 대치 중인 사대장로도 동시에 표정을 굳히며 나를 보았다.

백포산군은 사대장로와 이막하를 마주 보고 선 상태에서 살짝 고개만 돌려 내게 관심을 보였다. 단지 두 눈을 마주쳤을 뿐인데도 심장이 철렁 내려앉는 것 같다.

쫄지 말자! 배에 칼이 안 들어가는 인간은 세상에 없다. 분명히 저 괴수도 약점이 있을 것이다. 그걸 찾아내기 위해서라도 지금은 시간을 벌어야 한다.

"네놈은 누구냐?"

"지나가는 길에 재밌는 구경거리가 있는 듯하여 잠시 멈춰 지켜보던 중이었습니다. 방해되었다면 용서하십시오."

"내게 들으라고 한 말이렷다?"

"그렇습니다."

"기백이 제법이구나. 기회를 줄 테니 하고 싶은 말이 있거든 마저 해보거라."

"지금 귀하께서 하고 계신 행동은 흑도 패거리들이 보복을 하거나 타문파를 먹어치우려고 할 때 하는 패악질과 하등 다를 바가 없습니다."

상당한 수준의 도발이었는데도 불구하고 백포산군은 화를 내지도 당황하지도 않았다. 다만 고개만 돌려 나를 보던 것에서 아예 한 걸음을 옮겨 내 쪽으로 돌아섰다.

"너는 방금 넘지 말아야 할 선을 넘었다. 만약 충분히 납득시키지 못한다면 노부를 희롱한 죄를 물어 눈과 혀를 뽑을 것이다."

"도화곡이 사천구룡방과의 결전을 앞두었을 때 당문과 청성파가 삼백여 명의 제자들을 보내 함께 싸우도록 했습니다. 비록 그들이 실제로 참전하는 일은 없었지만, 두 문파는 그때부터 도화곡의 동맹이 되어주겠다고 선언한 것이나 다름없습니다."

여기까지 말했을 때 통천방의 흑도들은 내가 하려는 말의 의도를 알아차리고 살짝 술렁거리기 시작했다.

"귀하께서 비무를 가장한 생사결에 응하지 않겠다는 곡주를 살해하고 도화곡을 피로 물들인다면 당문과 청성이 두고 보지 않을 것입니다. 또한 강호인들로부터 평생 손가락질을 받을 것입니다."

"그만한 일로 동맹을 맺었다는 것도 믿기지 않지만, 설사 그렇다고 해도 노부는 당문과 청성을 안중에 두지 않느니라."

"표왕과 천룡표국까지 가세하면 어떻습니까?"

갑작스럽게 튀어나온 두 개의 이름에 통천방의 흑도들과 도화곡의 제자들이 이번엔 여기저기서 작은 탄성이 흘러나올 정도로 크게 술렁거렸다. 특히 도화곡의 제자들은 가슴에 불이라도 지른 것처럼 얼굴이 발갛게 상기되었다.

나는 천천히 말을 이어갔다.

"도화곡의 전대 곡주께서 생을 마감하시기 직전 제자를 하나 거두었는데, 그가 바로 천룡표국주인 표왕 이종산의 넷째 아들입니다. 그 말은 곧 도화곡과 천룡표국이 남이 아니라는 얘기지요."

이건 금시초문인 듯 백포산군이 고개를 갸웃했다.

'이것 봐라.'

수상한 낌새를 눈치챈 나는 얼른 기름을 한 바가지 부어보았다.

"통천방의 방주께서 운남성 애뇌산으로 들어가 고인을 뫼시고 올 적에 그 얘긴 하지 않았나 보군요. 참고로 표왕은 귀하께서 은거하시는 동안 천하십검의 반열에 들었습니다."

통천방의 방주인 흑갈자 노청봉이 얼른 한 걸음 앞으로 나왔다. 이어 구부정한 허리로 백포산군에게 다급히 말했다.

"표왕의 아들이 여종매의 제자가 되었다는 소문이 있기는 했으나 확인된 바 없습니다. 일 년이 다 되어가도록 그놈이 찾아온 적도 없고요. 무엇보다 천룡표국은 이곳에서 만 리나 떨어진 곳에 있습니다."

도대체 애뇌산 그 깊은 오지에 은거 중인 저 괴수에게 누가 찾아가 제자의 죽음을 일러바쳤을까 궁금하던 차에 한번 툭 던져본 말이었다. 한데 정말로 저 인간이 꾸민 짓일 줄이야. 노청봉은 사천구룡방 서열 삼위로 뇌정갑의 오랜 심복이었던 자다.

'통천방은 반드시 궤멸시키고 돌아간다.!'

도화곡을 쓸어버리면 표왕과 천룡표국이 가만있지 않을 거라는 내 말에 도화곡의 제자들은 하나같이 가슴이 벅차오르는 듯한 얼굴이었다. 반면 이막하와 사대장로, 그리고 팔대 제자들은 의아한 표정을 지었다. 내가 대관절 누구인데 이렇게 나서서 도움을 주는지 궁금한 것이다.

그러면서도 사람들의 시선은 이제 백포산군을 향했다.

사천당문과 청성파에 이어 천룡표국까지 나선다면 확실히 보통 일이 아니었다. 한데 백포산군은 노청봉의 말을 모두 듣고도 별다른 감흥이 없어 보였다. 오히려 쓸데없는 이야기를 들었다는 듯 인상을 살짝 구기더니 심드렁하게 말했다.

"대관절 표왕이라는 놈이 누구냐? 내가 은거를 시작할 무렵 항주의 어느 표국에 명표라고 불리기 시작하며 검을 제법 잘 쓰는 젊은 표사 놈이 하나 있었는데, 혹시 그놈을 말하는 것이더냐?"

당문과 청성파에 이어 표왕과 천룡표국 역시 안중에도 없다는 소리였다.

백포산군이 이렇게까지 자신만만한 데는 이유가 있었다. 몇 개의 문파가 덤벼들더라도 일반 제자들은 그를 찾는 데만 동원될 뿐, 결국 승부는 가장 고강한 몇 사람들과의 대결로 판가름 날 확률이 높았다. 명문대파의 최고수들은 체면을 생각해서라도 절대 협공을 하려 들지 않을 테니까. 한데 백포산군은 당문과 청성파와 천룡표국에는 감히 자신을 죽일 만한 고수가 없다고 생각하는 것이다.

혹시나 목이 달아나는 줄 알고 잔뜩 얼어붙었던 노청봉은 그제야 안도의 한숨을 내쉬었다.

"네놈의 말은 하나도 쓸모가 없는 것이었다. 하지만 내가 미처 모르는 것을 말해주었으니 그만하면 목숨값은 했다. 말투를 보아하니 강동 출신인 듯한데, 내가 도화곡을 어떻게 궤멸하는지 잘 지켜보았다가 가서 표왕이라는 자에게 전하거라."

백포산군이 내게 말했다. 이어 사대장로고 뭐고 전부 쓸어버릴 것같은 기세로 도화곡을 향해 걸음을 옮기려는 순간, 내 옆에 있던 누군가가 빽 소리를 질렀다.

"뇌검과 남궁세가는 어떻습니까?"

백포산군이 우뚝 걸음을 멈추었다. 그리고 다시 천천히 돌아서서는 묘한 표정을 지으며 내 옆에 있던 남궁소소에게 물었다.

"방금 뭐라고 했지?"

"뇌검 남궁유룡이 나설 수도 있습니다."

지켜보고 있던 사람들도 모두 깜짝 놀랐다.

백포산군이 아무리 천하십대고수의 반열에 든다고 해도 뇌검까지 이긴다는 보장은 없었다. 표왕 이종산에 이어 뇌검 남궁유룡이 나서준다면 백포산군을 찾아 죽여 없애 버리는 건 거의 확실할 것 같았다.

과연 사천당문, 청성파, 천룡표국에는 시큰둥한 반응을 보이던 백포산군이 뇌검 남궁유룡이라는 말에는 예사롭지 않은 관심을 드러냈다.

"그 늙은이가 아직도 살아 있다고?"

"펄펄하시죠."

"오래도 사는군."

누가 할 소릴. 겉모습으로만 보면 남궁유룡이나 그나 늙은 정도가 별 차이 없었다. 덧붙여 백포산군에게서는 남궁유룡을 향한 적개심도 살짝 엿보였다.

"한데 그 늙은이가 왜 나선다는 거지?"

"뇌검께서는 대별산에 있던 도화곡이 이곳 성도로 무사히 옮겨 올 수 있도록 천룡표국을 소개해 주고 물심양면으로 도와주셨습니다."

백포산군이 의아한 표정을 지었다. 지켜보고 있던 통천방의 흑도들도 고개를 살짝 갸우뚱했다. 그게 뭐 어쨌냐는 투였다.

남궁소소는 한발 더 나아갔다.

"뇌검께서는 젊은 시절부터 대별산 도화곡을 종종 찾아가 전대 곡주이셨던 일추천리 여종매 어르신과 논검을 한 사이셨죠. 두 분은 오랜 친구이셨습니다."

그래도 백포산군과 통천방의 흑도들은 여전히 의문스러운 표정을 거두지 않았다. 그 정도의 친분만으로 뇌검과 남궁세가가 일어나 도화곡의 복수를 해줄 거라고 하기에는 뭔가 조금 모자란다는 느낌?

남궁소소는 나와 도화곡의 제자들과 이막하와 사대장로를 차례로 보았다. 그리고 잠시 눈을 감으며 갈등하는가 싶더니 한순간 '에라 모르겠다'하는 표정을 짓고는 폭로하듯 말했다.

"두 분은 좋아하던 사이였어요! 젊어서 첫정을 준 정인의 피붙이 같은 제자들이 처참하게 살해당했다는 걸 알면 뇌검의 진노가 천하에 진동할 거예요!"

지켜보고 있던 사람들은 전부 깜짝 놀랐다. 통천방의 흑도들은 눈을 동그랗게 떴고, 도화곡의 제자들은 입이 쩍 벌어졌다.

나는 나대로 어안이 벙벙해져서는 남궁소소를 보았다.

남궁소소는 이미 엎질러진 물이라는 듯 고개를 빳빳이 쳐들고 백포산군을 응시했다.

만약 그녀의 말이 사실이라면 표왕에 이어 뇌검의 복수행도 거의 확정적이었다. 아무리 백포산군이라고 해도 무작정 밀어붙이기가 쉽지 않은 것이다. 적어도 지금처럼 수많은 사람들이 지켜보는 앞에서는.

하지만 그렇게 되려면 한 가지 전제 조건이 있어야 한다. 지금 저 말이 모두 사실이어야 한다는 것.

사람들의 시선이 약속이나 한 듯 다시 남궁소소를 향했다.

백포산군이 모두를 대신해서 남궁소소에게 물었다.

"네가 그걸 어떻게 아느냐?"

"들었으니까요."

"누구에게서?"

"뇌검께요."

"네가 대관절 누구이기에?"

남궁소소는 초립을 벗고 상투를 풀었다. 이어 고개를 세차게 흔든 다음 출렁 내려오는 머리카락을 한 손으로 익숙하게 쓸어 올렸다. 그러자 좀 전의 점백이 풍진양은 온데간데없고, 눈이 번쩍 뜨일 만큼 엄청난 미녀의 얼굴이 나타났다.

느닷없는 상황에 모두가 당황해할 때 도화곡의 구대 제자들로부터 반가움 가득한 외침이 연달아 터져 나왔다.

"남궁소소 선배다!"

"남궁소소 선배가 오셨다!"

"남궁소소 선배께서 오셨다!"

구대 제자들이라고 해서 다들 어린 건 아니었다.

한데 웬일인지 소리를 지른 제자들은 전부 선배라고 불렀다. 새삼 남궁소소의 나이를 실감하게 되는 순간이었다.

그런 와중에 몇몇 눈치 빠른 제자들의 시선이 남궁소소를 떠나 자연스럽게 나를 향했다. 그리고 얼굴이 뭐라 말할 수 없는 흥분과 기대로 가득 차기 시작했다.

안타깝게도 나의 역용술은 남궁소소만큼 고명하지 못했다. 초립을 벗고 얼굴을 한참이나 조물딱거리고 나서야 비로소 본래의 모습을 조금씩 되찾아갔다.

한데 벌써부터 알아보는 이들이 있었다.

"사숙이다!"

"정룡 사숙이다.!"

"정룡 사숙께서 오셨다!"

"정룡 사숙께서 오셨다아!"

구대 제자들은 검진을 펼치고 있는 와중에도 서로를 바라보며 좋아서 어쩔 줄을 몰라 했다. 이막하와 사대장로는 이게 대체 무슨 일이냐는 듯 그대로 얼어붙어 버렸다.

영화촌에서부터 우리의 호위를 받고 온 옥소군, 은옥교, 서동예는 전신이 나무토막처럼 뻣뻣하게 굳어서는 금방이라도 쓰러질 것 같았다. 화리의 내단을 빼앗으려는 흑도들로부터 자신들을 구해주고 지켜준 표사들이 사실은 사숙이었음을 알게 됐으니 얼마나 당혹스럽겠나.

한편 통천방의 방주 노청봉은 재빨리 백포산군에게 다가가 무언가를 전했다. 남궁소소와 내가 누구인지를 말해주는 것이다.

그 틈을 타 나와 남궁소소는 포권지례를 했다.

"도화곡의 속가제자 정룡, 곡주님과 여러 사숙님들 그리고 사저들을 뵙습니다."

"남궁장의 남궁소소가 곡주님 이하 도화곡의 여러 선배님들을 뵙습니다."

"와아아아!"

천지가 떠나갈 듯한 함성이 도화곡의 제자들로부터 터져 나왔다.

잠시 후 사위가 잠잠해졌다. 나와 남궁소소가 정체를 드러내자 분위기가 아까와는 많이 달라졌다. 다 죽어가는 얼굴이던 도화곡의 제자들은 이제 기세가 등등해졌다.

반면 통천방의 흑도들은 난감해하는 기색이 역력했다. 짐작하건대 노청방은 뇌정갑의 복수를 빌미로 그의 사부인 백포산군을 끌어들여 도화곡을 밀어버리려고 한 것 같다.

그런 다음 백포산군이라는 이름을 등에 업고 다시 아홉 개로 흩어진 성도의 흑도방파들을 규합, 사천구룡방의 새로운 방주가 되어 그 옛날의 영광을 누리고 싶었을 것이다. 한데 나와 남궁소소가 나타났으니 찝찝할 수밖에.

사실 우리 두 사람이야 지금 당장 큰 문제가 안 되지만, 우리 둘의 배경은 감히 통천방 따위가 감당할 수 있는 곳이 아니었다.

백포산군의 표정은 좀처럼 알 수가 없었다. 당황한 것 같기도 하고 화가 난 것 같기도 했다. 한 가지 확실한 건 그가 이 상황을 매우 짜증나 하고 있다는 사실이었다.

나를 빤히 보던 그가 갑자기 한 손을 쭉 뻗었다.

순간, 갑자기 항거할 수 없는 어떤 거력이 발생해 나를 끌어당겼다. 백포산군과 나와의 거리는 십여 장. 대여섯 걸음을 속수무책으로 끌려가던 나는 천근추의 수법과 함께 오른발로 진각(震脚)을 크게 밟았다.

쿵!

지축이 울리며 발끝이 땅속을 쟁기처럼 파고들었다.

그 상태에서도 계속 거력에 끌려갔다.

"격공섭물(隔空攝物)!"

나도 모르게 목구멍을 비집고 나온 소리였다.

이것이 천하십대고수의 위엄일까? 격공섭물이라는 경지가 있다고 해도 멀리 놓여 있는 칼을 끌어당기는 수준일 거라고 생각했다. 한데 이 정도로 강력한 힘일 줄은 상상도 못 했다.

"멈추지 못할까!"

대갈일성과 함께 사대장로들이 내상을 입은 와중에도 나를 구하기 위해 다시 공격에 나섰다.

백포산군은 쳐다도 보지 않고 좌장을 연거푸 뻗었다.

빠벙뻥!

그와 동시에 칠검향이 쏜 화살 일곱 발이 백포산군을 향해 벼락처럼 날아들었다.

백포산군이 좌수를 뻗어 허공에 원을 그리며 휘저었다. 그러자 강렬한 회오리바람이 일어나 화살을 모조리 빨아들여 버렸다.

그의 소맷자락에 휘감긴 화살들은 좌장을 떨치는 순간 뻥 소리와 함께 협봉검을 뽑아 들고 쇄도해 오는 칠검향에게로 다시 날아갔다. 대경실색한 칠검향이 발작적으로 검을 휘두르며 화살을 쳐냈다. 그 바람에 신법도 멈출 수밖에 없었다.

그와 동시에 이막하를 중심으로 한 이백여 명의 제자들 전부가 검진을 확장해 오기 시작했다. 나의 뒤쪽으로부터 남궁소소도 판관필을 뽑아 들고 날아드는 중이었다.

"모두 멈춰!"

나는 일갈을 내지르며 그때까지 버티던 힘을 풀어버렸다. 그러자 빠르게 끌려가서는 백포산군의 오른손에 덥석 목을 잡혀 버렸다.

내 목숨이 백포산군의 수중으로 떨어지자 그를 향하던 사람들의 모든 공격도 뚝 그쳤다.

백포산군이 말했다.

"나는 평생 누군가를 두려워서 해본 적이 없다. 더욱이 누군가가 두려워서 하고자 하는 일을 그만둔 적도 없지."

내가 만났던 무림의 명숙들은 하나같이 격기를 통해 내 단전부터 더듬으려고 했다. 한데 이 괴수는 그런 것 따윈 아무래도 좋다는 듯 전혀 관심이 없었다.

"그렇지 않아도 도화곡을 끝장낸 후 천룡표국으로 갈 생각이었다. 듣자 하니 내 제자가 죽고 사천구룡방이 무너지는 데 네놈이 아주 큰 역할을 했다지?"

이건 인정한다. 거의 내 덕분이라고 할 수 있다.

"구태여 천룡표국까지 갈 것 없이 내 오늘 너를 죽여서 표왕인지 뭔지 하는 애송이로 하여금 나를 찾아오게 하리라. 으하하하!"

그러면서 백포산군은 내 목을 번쩍 쳐들더니 손아귀에 힘을 주기 시작했다. 모두가 보는 앞에서 서서히 죽이려는 듯 천천히.

나는 양손으로 그의 손가락을 틀어쥐고 사력을 다해 벌리려 했다. 이어 더 목을 조이기 전에 재빨리 말했다.

"사천당문, 청성파, 천룡표국, 남궁세가의 고수들이 애뇌산으로 들어가서 온 산을 뒤지면 아무리 귀하라고 해도 한 달을 버티지 못할 것입니다. 다른 산으로 도망을 가면 모를까!"

"노부는 도망가지 않는다!"

"강호인들로부터 손가락질을 받지 않으면서 뇌검과 그들로 하여금 귀하를 귀찮게 할 수 없도록 하면서도 복수를 할 방법이 있다면 어쩌시겠습니까?"

"나를 귀찮게 하지 않는다고?"

당신을 죽일 수도 있다는 말 대신 '귀찮게'라는 표현을 썼다. 예상대로 백포산군은 이 말을 썩 마음에 들어 했다.

"물론입니다."

"노부는 누군가 귀찮게 하는 걸 세상에서 가장 싫어한다. 속세를 떠나 심산유곡에 은거한 것도 모두 그 때문이지."

목을 조여오던 손이 뚝 멈추었다.

"방법이 무엇이냐?"

백포산군의 눈동자 저 깊은 곳에서 무언가가 반짝였다.

장담할 수 있다. 이 미친 노인네는 이종산까지는 아니어도 남궁유룡은 분명 께름칙하게 생각하고 있었다. 아마도 젊은 날 그와 맞붙었다가 호되게 당한 전력이 있지 않을까? 그 께름칙함 때문에 내가 도발의 강도를 서서히 올리다가 마침내 조심스럽게 던진 미끼를 덥석 문 것이다.

아직 방심하면 안 된다. 미끼를 무는 정도에서 그치지 않고 미늘이 달린 낚싯바늘로 아예 코를 확 꿰어버려야 한다. 제 손으로는 절대 빠져나가지 못하도록.

"가르쳐 주면 저는 무슨 이득입니까?"

"목숨을 살려주마."

잠시 갈등하는 척을 했다.

백포산군이 흥 하고 코웃음을 치더니 다시 손목을 조여왔다.

깜짝 놀란 표정을 지으며 황급히 말했다.

"법(法)과 식(式)을 갖추십시오!"

"뭐?"
"아까도 말했지만 귀하께서 지금 하고 있는 행동은 흑도들의 복수행에 지나지 않습니다. 이런 식으로는 모두에게 전쟁을 일으킬 명분만 줄 뿐입니다."
"그래서?"
"법과 식을 충분히 갖추어 도화곡에 정식으로 도전하십시오. 그리하면 비록 은원으로 말미암은 것이라고 해도 다른 문파에서 함부로 개입하거나 시비 걸기가 어렵게 됩니다. 그들이 명문대파라면 더더욱."
"도전?"
"한낱 절차상의 표현일 뿐입니다. 천하의 누구도 귀하를 도전자의 위치라고 생각지 않을 것입니다. 반면에 명문대파의 인물들이 저마다의 문파에서 엉덩이를 떼지 않게 만들려면 꼭 필요한 표현입니다."
백포산군은 잠시 골똘히 생각하더니 일리가 있다는 듯 고개를 끄덕였다. 그리고 한층 부드러워진 음성으로 내게 물었다.
"법과 식은 어떻게 갖추어야 하느냐?"
"명문대파들이 인정하는 강호의 명숙을 통해 비무첩을 전달토록 하십시오. 그를 통해 비무첩이 전달되는 과정 자체가 귀하에게 충분한 정당성을 만들어줄 것입니다. 또한 그가 이 과정이 공명정대했음을 증언해 줄 것이고요."
"만약에 도화곡이 비무첩을 받지 않는다면?"
나는 다시 한번 잠시 망설이는 것처럼 하다가 땅이 꺼져라 한숨을 쉬며 말했다.
"아까처럼이라면 몰라도 정식으로 비무첩을 보내오면 받지 않을 수가 없을 겁니다. 그랬다간 천하의 웃음거리가 될 테니까요. 하면 도화곡은 더는 성도에서 발을 붙일 수가 없게 됩니다."

백포산군의 표정이 점점 더 밝아졌다.

"하지만 여기 있는 놈들은 죄다 살인과 강간이나 일삼는 한심한 놈들뿐이다. 대체 어딜 가서 명문대파들이 인정할 만한 강호의 명숙이라는 자를 찾는단 말이냐?"

"하면 성도의 유명한 표국을 찾아 의뢰하십시오. 비록 강호의 명숙이 아닐지라도 표사가 전달하면 표국의 이름으로 가는 것이기 때문에 제아무리 강호의 명숙이라고 해도 개인이 전달하는 것보다 훨씬 더 공신력이 있습니다!"

"옳거니. 그런 묘수가 있었군!"

한껏 기분이 좋아진 백포산군은 그때까지 잡고 있던 내 목을 털썩 놓아주었다. 이어 노청봉에게 당장 지필묵을 가져오게 했다.

'걸려들었다.'

지켜보고 있던 사람들은 백포산군이 내 조언을 받아들였음을 짐작했다.

통천방의 흑도들은 모두가 의기양양해했다. 반면 도화곡의 제자들은 전부 어리둥절한 표정을 지었다. 조금 전까지만 해도 천룡표국과 남궁세가를 동원해 복수해 줄 것처럼 굴던 내가 숨통이 끊어질 것 같아지자 갑자기 돌변해 버리니 뭐라 말할 수 없이 혼란스러운 것이다.

하지만 나를 배신자로 여기는 듯한 표정을 짓는 사람은 단 한 명도 없었다. 나를 믿어서가 아니었다. 자신들을 팔더라도 지금 당장 내가 살아남기를 바라는 것이다. 그걸 증명하기라도 하듯 사대장로와 이막하 그리고 팔대 제자들 전부가 잘했다는 듯 고개를 끄덕여 주었다. 내가 방금 자신들을 구해준 줄은 까맣게 모르고.

잠시 후, 노청봉이 지필묵을 가지고 돌아왔다.

백포산군은 그 자리에서 바로 도화곡주 이막하에게 보내는 비무첩을 썼다. 대충 휘갈겨 쓰는 것 같은데도 웅혼한 필체가 예사롭지 않았다.

마침내 문장이 완성되자 곱게 접어 노청봉이 준비해 온 비단 봉투에 넣더니 내게 휙 내밀었다.

"이제 전달하거라."

"제가요?"

"그래."

"예에?"

"애뇌산을 떠나 이곳으로 오는 동안 네놈에 관한 소문을 수차례 들었다. 절강성 제일세를 자랑하는 천룡표국의 풍운비룡이라는 표사가 아비를 닮아 그렇게 표사질을 잘한다더군. 그런 네가 이렇게 가까이 있는데 구태여 멀리까지 가서 표사를 데려올 필요가 있겠느냐?"

"거절하겠습니다!"

"그러면 내 손에 죽어야 한다."

"당신은 정말 악질이군요!"

"모두 네가 가르쳐 준 방법이 아니더냐. 어려울 것도 하나 없느니라. 그냥 이 자리에서 네 손을 잠시 스쳤다가 전해질 뿐이니. 클클클."

백포산군은 자신이 생각하기에도 기가 막힌다는 듯 싱글벙글 웃어댔다. 백포산군이 일단 그렇게 결정을 내려 버리자 통천방의 흑도들도 자연스럽게 동조하며 낄낄 웃어댔다.

전생에서 표행을 하다 보면 깊은 산속에서 평생 화전을 일구고 산 사람들을 종종 만나게 된다.

오랜 세월 세상을 등지고 산 사람들의 공통된 특징이 하나 있었다. 그건 사고가 놀라울 정도로 단순해진다는 것이었다. 산속에선 다른 사람들과 경쟁할 일이 없고, 경쟁할 일이 없으니 술수를 모르고, 술수를 모르니 자연히 사고도 단순해질 수밖에 없었다.

'삼십 년이면 너무 오래 살았지.'

덧붙여 배를 타고 성도로 오는 동안 들은 남궁소소의 말을 빌리자면, 백포산군은 젊어서 강호를 주름잡던 시절에도 단순무식한 성정으로 유명했다. 남궁소소 역시 할아버지인 뇌검에게서 들은 무림사의 한 토막이었는데, 지금 내게는 천 금짜리 정보보다도 더 귀했다.

고기는 낚싯바늘에 끼운 듯하니 이제 슬슬 수확을 거둘 차례였다.

"대신 한 가지 조건이 있습니다."

"무엇이냐?"

"표행비로 금전 일천 냥을 주십시오."

"뭐?"

"수많은 사람이 지켜보는 앞에서 사문을 배신한 것도 모자라 살생부까지 들고 가는 마당에 그 정도는 받아야겠습니다. 그래야 남은 제자들을 돌보고 추스르는 데 써서 기사멸조의 죄를 조금이라도 씻지 않겠습니까?"

"살생부?"

"그렇습니다."

"그 말이 참으로 마음에 드는구나. 음하하!"

백포산군이 한바탕 앙천광소를 터뜨렸다.

그러다 천천히 웃음기를 거두고 물었다.

"한데 내겐 그만한 돈이 없느니라."

"저도 이판사판입니다."

"돈을 목숨처럼 밝힌다는 소문이 사실이었군. 아이야. 나는 네가 마음에 드는구나. 해서 정말 그 돈을 주고 싶다. 노부는 원래 돈 욕심이 없어서 내게 그 돈을 준다고 해도 전혀 아깝지 않으니라."

그 말은 믿는다. 마음만 먹는다면 거부가 될 힘을 지니고도 삼십 년을 산속에서 은거한 늙은이가 아니던가.

"한데 애석하게도 내겐 그만한 돈이 없느니라. 그러니 투정은 그만 부리고 목을 부러뜨리기 전에 비무첩을 얼른 저기 있는 네 사저에게 전해주고 오거라."

"법과 식을 지키기 위해 의뢰를 하면서 거절하면 저를 죽이겠다고요? 그럼 전부 도로아미타불이 되고 말 것입니다."

"뭐가 그렇게 복잡하느냐!"

"그리고 귀하의 제자가 지난 이십 년 동안 이곳 성도에서 쓸어모은 돈이 통천방에 고스란히 있음은 모두가 아는 사실인데, 고인께서는 그 무슨 열 살짜리 아이들도 믿지 않을 말씀을 하시는지요."

"으음?"

백포산군의 눈이 휘둥그레졌다. 그리고 천천히 통천방주인 노청봉을 돌아보았다.

노청봉의 얼굴이 하얘지면서 핏기가 사라져 버렸다. 그는 나와 백포산군 번갈아 보며 어쩔 줄을 몰라 했다.

백포산군이 노청봉에게 물었다.

"이 말이 사실이더냐?"

"그거야 사천구룡방이 건재하던 시절의 이야기입니다. 삼백 명 남짓한 수하들을 데리고 겨우 입에 풀칠하는 처지이온데 어찌 그런 거액이 있겠습니까?"

"뭐가 조금 있기는 있는 모양이구나."

"그것이 아니옵고요."

"나는 이 녀석에게 꼭 의뢰를 맡겨야겠다. 여종매인지 뭔지 하는 할망구가 죽기 직전에 거둔 속가제자가 일 년 만에 곡주를 죽게 만드는 살생부를 가져다주면 이 얼마나 화통하겠느냐. 클클클."

"저놈의 농간에 놀아나시면 안 됩니다! 저놈은 향시와 회시에서 연달아 장원급제를 할 만큼 머리가 비상하기로 소문이 자자한……."

"놀아나?"

"소, 소인이 그만 실언을."

뻐엉!

백포산군의 좌수에서 일장이 출수 되었다. 무얼 어찌해 볼 틈도 없이 가슴에 장력을 격중당한 노청봉은 대여섯 장을 날아간 끝에 털썩 떨어졌다.

'쿨룩!' 하더니 하늘을 향해 대자로 누운 그의 입에서 한 줄기 검은 피가 쭉 뿜어져 나왔다. 이어 입가로도 피를 줄줄 흘리더니 벌레처럼 꿈틀거리기만 할 뿐 좀처럼 일어나질 못했다. 아마 나중에 일어나도 사람 구실을 제대로 못 할 것 같은 느낌이 들었다.

"네놈이 노부를 이용해 도화곡을 무너뜨리고 성도의 흑도방파들을 일통할 계획이었음을 모를 줄 알았더냐. 애뇌산까지 찾아와 소식을 전한 공으로 목숨만은 살려주는 줄 알아라."

백포산군은 이어 통천방의 흑도들을 돌아보며 말했다.

"다음 서열이 누구냐?"

덥수룩한 수염에 건장한 체격을 지닌 자가 황급히 앞으로 튀어나와 머리를 조아렸다.

"석삼두라고 하옵니다!"

"지금부터 네가 통천방의 방주다. 한 식경을 주겠다. 당장 금전 일천 냥을 가져오너라. 하면 성도는 장차 네 차지가 될 것이다."

"존명!"

나는 속으로 깜짝 놀랐다. 백포산군이 노청봉을 때려잡을 줄도, 금전 천 냥을 정말로 줄 줄도 몰랐다. 애초 천 냥을 부른 다음 앓는 소리를 하면 최대 이삼백 냥쯤에서 타협을 볼 생각이었다.

남궁소소가 나를 보며 졌다는 듯 고개를 절레절레 흔들었다. 이런 상황에서까지 기어이 돈을 땡기느냐는 뜻이었다.

'그 노인네 성격 한번 깔끔하네.'

5장
미친놈

석삼두가 금전 일천 냥을 가지러 가는 바람에 백포산군과 도화곡의 제자들은 공터를 사이에 두고 잠시 대치했다.

나는 사대장로와 백포산군과 삼각형을 이루는 한 지점에 자리를 잡고 앉아 먹다 남은 육포를 씹었다.

남궁소소가 다가와 둘만 들을 수 있는 이음술로 말했다.

"괜찮아요?"

"뭐가?"

"목이 시커멓게 멍들었어요."

"심각하오?"

"어려서 밧줄에 목매달아 죽은 사람을 본 적 있는데 그때 그 시체랑 똑같아요."

"표현이 사실적이군."

"그러게 왜 쓸데없이 도발을 해가지고."

[그것보다 도화곡 내부 사정을 좀 알아다 주시오. 어떻게 돌아가는지를 알아야 나도 대책을 세우지.]

[그건 염려 말고 조심해요.]

대화 도중에 전음으로 바꾼 것은 백포산군의 내공 수준을 도무지 측량할 수가 없어서였다. 망혼소로 그의 단전을 더듬는 방법도 있기는 하다. 하지만 일전에도 남궁유룡에게 그 방법을 썼다가 들켜서 혼구녕이 날 뻔했었다.

남궁소소가 나를 떠나 장원 쪽으로 달려갔다.

이막하를 비롯한 도화곡의 제자들이 그녀를 유난히 반갑게 맞아주었다. 위기에 순간에 나타나 도움을 준 것이 고마워서이기도 하지만, 전대 곡주와 남궁유룡이 보통 사이가 아니었다는 말에 더 끈끈한 무언가를 느끼는 게 아닐까 싶었다.

잠시 후, 통천방의 새로운 방주인 석삼두가 수하들과 함께 말을 타고 돌아왔다.

내 앞에 사람 머리통 두 개를 이어 붙인 크기의 궤짝 하나가 놓였다. 뚜껑을 열어보니 금전과 은전은 물론이거니와 갖가지 모양의 옥 장신구들과 야광주까지 들어 있었다.

"뭐가 이렇게 어수선합니까?"

"돈이 조금 모자라서 급한 대로 보옥과 야광주를 전부 챙겨 가져왔소. 시세보다 낮게 처분해도 얼추 맞을 것이오."

"날 더러 보옥과 야광주를 내다 팔아서 돈을 만들라고요?"

"이게 지금 우리가 할 수 있는 최선이오."

금전 일천 냥의 가치에 맞추기 위해 돈이 될 만한 것들은 전부 쓸어 담아 온 모양이었다. 백포산군의 호통이 무섭기도 하지만, 도화곡이 없어지면 성도를 먹은 후 빈 곳간을 다시 채울 생각에 신나서 쓸어 왔을 것이다.

'통천방을 개방 분타로 만들어주마.'

나는 어쩔 수 없다는 듯 고개를 끄덕였다. 이어 저만치에 섭부용과 얘기 중인 남궁소소를 불러다 돗자리와 지필묵을 비롯해 이것저것 몇 가지 구해다 달라고 했다.

잠시 후, 돗자리와 지필묵이 먼저 도착했다.

그리고 그녀의 전음이 들려왔다.

[우리 짐작이 맞았어요. 지금 곡주님으로 분장하고 있는 사람은 팔대 제자 중 한 분이래요. 진짜 곡주님은 구천홍염장(九泉紅焰掌)의 파훼법을 찾기 위해 스무 날 전부터 폐관 수련 중이시고요.]

[구천홍염장?]

[백포산군의 성명절기예요.]

[이름에다가 쓸데없이 힘을 잔뜩 줬군. 한데 그의 제자인 뇌정갑은 원래 방천화극의 달인이 아니었던가?]

[가만히 생각해 보면 방천화극은 뇌정갑이 이름을 날리게 만든 병장기공이었을 뿐, 여종매 선배를 죽음에 이르게 한 것은 장법이었어요.]

[듣고 보니 그렇군.]

전음으로 대화를 하는 중에도 나는 남궁소소가 준비해 온 돗자리를 깔고 앉은 다음 지필묵을 펼쳐놓고 먹을 열심히 갈았다.

백포산군은 저만치 떨어진 곳에서 뒷짐을 쥔 채 '저 인간이 대체 무슨 짓을 하는 거지?'라는 표정으로 나를 물끄러미 바라보고 있었다.

[한데, 한 달이라는 짧은 시간 안에 저 가공할 장법의 파훼법을 무슨 수로 찾는다는 거요?]

[섭부용 향주의 말이 도화곡의 격언에 모든 싸움은 일초반식의 차이로 승부가 갈리는 순간이 있는데, 그 일초반식의 승부처를 찾기만 하면 방법은 있대요.]

[그거야말로 상대가 싸우는 방식을 어느 정도 알아야만 가능한 일 아닌가?]

[봄에 여종매 선배와 뇌정갑이 구백여 합을 싸웠잖아요. 그날 싸움을 지켜본 사대장로와 팔대 제자들의 기억을 대조해 가며 자세히 복기해 둔 기록이 있나 봐요.]

[대체 그걸 왜?]

[곡주님께서 주도해서 하신 일이래요. 뇌정갑과 같은 고수가 하늘에서 뚝 떨어졌을 리 없으니 반드시 사문이 있을 것이고, 사문이 있으면 복수를 하려는 자들도 있을 거라시며.]

[무서운 분이시군.]

[그러게 말이에요.]

"대체 뭘 하는 거냐?"

백포산군이 더는 참지 못하고 물었다. 그때쯤에는 먹 갈기를 끝내고 하얀 종이 위에 글자를 써 내려가던 중이었다.

나는 잠시 붓을 떼고 백포산군을 바라보며 말했다.

"표단(鏢單)을 작성 중입니다."

"그게 뭐지?"

"표국에서 사용하는 계약서입니다. 분쟁이 발생했을 때를 대비해 표물의 종류와 비용, 배상금, 책임 소재, 표주와 표국이 각각 지켜야 할 일 등을 상세하게 적어두는 것이지요."

"여기서 저기를 가는데?"

"오히려 그럴수록 더 필요합니다. 수많은 사람들이 지켜보고 있으니 이게 장난이 아니라는 걸 똑똑히 보여줘야죠."

"그래서 얼마나 걸리느냐?"

"지금처럼 계속 말을 거시면 저도 알 수가 없습니다. 한 글자라도 실수가 나오면 안 되기 때문에 보시다시피 대답을 드리는 동안에는 멈춰야 해서요."

"일각을 주겠다."

"재촉한다고 될 일이 아닙니다."

"알았으니까 빨리 써라!"

이윽고 스물일곱 개 조항을 세필로 써넣은 표단 두 장이 완성되었다.

두 장 모두 내가 먼저 수결한 다음 붓을 백포산군에게 넘겼다.

백포산군은 유심히 읽어보더니 말했다.

"하나 마나 한 소리를 정성스럽게도 써놨군."

그러더니 나머지는 읽지도 않고 전부 수결해 주었다.

나는 두 장 모두 고이 접어 하나는 백포산군에게 주고 나머지 하나는 내 행낭 속에 넣었다. 이어 지필묵을 남궁소소에게 주며 치워줄 것을 부탁했다.

남궁소소가 지필묵을 들고 가려는 순간 재빨리 전음을 보냈다.

[최대한 빨리 파훼법을 찾으라고 전해주시오.]

[알았어요.]

다시 혼자가 된 나는 무한에서부터 짊어지고 온 행낭을 뒤져 고이 접은 천 조각을 꺼내 펼쳤다. 그러자 승천하는 용과 천룡표국이라는 네 글자가 수 놓인 깃발이 모습을 드러냈다.

그걸 남궁소소가 가져다준 창대의 끄트머리에다 튼튼하게 묶었다. 눈 깜짝할 사이에 천룡표국의 표기가 만들어졌다.

흔한 표기 같아도 자세히 보면 천룡표국이라는 네 글자 옆에 표사 이정룡이라는 다섯 글자도 조금 더 작은 글씨로 수 놓여 있었다.

"그건 또 뭐냐?"

"위무표(威武鏢)임을 나타내는 깃발입니다."

"위무표?"

"이 표물은 천룡표국 내에서도 이정룡이라는 표사가 운송하는 것이니, 그 이름을 아는 사람은 길을 양보해 달라는 뜻입니다."

"죽고 싶지 않으면 알아서 비켜라?"

"덧붙여 이 표행은 이정룡이라는 표사가 전적으로 책임을 진다는 뜻도 있고요."

"이제 다 끝났겠지?"

"신발을 갈아 신어야 합니다."

"신발은 또 왜?"

"새로운 표행에는 반드시 새 신발을 신어야 합니다. 표사들은 안 그러면 표행을 하는 내내 재수가 없다고 믿습니다. 발병이 나거나 자주 넘어지는 식으로요."

"누가 보면 천 리를 가는 줄 알겠군."

"갖출 건 갖춰야죠."

나는 백포산군이 잘 볼 수 없도록 그를 등지고 앉은 다음 행낭 속에서 새로 맞춘 가죽 신발을 꺼내 신었다. 항주의 장인에게 특별히 부탁해 만든 이 신발은 바닥에 굳은살 자리를 따라 일곱 개의 작은 쇠못이 박혀 있었다. 너무 크지도 않고 가늘지도 않은 것이 꼭 개의 이빨을 닮았다.

왜국에서 귀국한 지 얼마 안 되었을 때의 일이었다.

귀영무의 보법을 수련하던 중 어떻게 하면 조금 더 멀리 도약할 수 있을까, 어떻게 하면 조금이라도 더 빨리, 그리고 비정상적인 상황에서도 방향을 꺾을 수 있을까를 궁리하게 됐다. 그러다 문득 얼어붙은 서호 위에서 백백곡주와 싸우던 일을 떠올리며 만든 것이 바로 이 신발이었다. 하지만 실제로 사용해 보는 건 이번이 처음이었다.

신발이 잘 벗겨지지 않도록 발목 부분을 가죽끈으로 친친 동여맨 후에야 나는 비로소 천천히 일어났다.

"이제 진짜 끝났겠지?"

"마지막 한 가지가 남았습니다."

"또 무엇이?"

"랍관정기(拉貫頂旗)와 량표위(亮鏢威)의 절차가 남았습니다."

"그건 또 무엇이냐?"

석삼두가 가져온 궤짝을 버리고 내용물만 따로 챙겨 행낭 속에 넣었다. 큼지막한 궤짝과 달리 내용물은 하나로 뭉치니 어린아이 머리통 크기 정도밖에 되지 않았다.

다음에는 웬만해선 찢어지거나 풀어지지 않도록 행낭 전체를 광목

천으로 친친 묶었다. 깔고 앉아 있던 돗자리도 돌돌 말아 행낭 밑에 묶어 등에 짊어졌다.

마지막으로 창대에 맨 표기를 집어 깃발이 머리 위 석 자 높이에서 펄럭이도록 오른쪽 어깨에 척 걸쳤다.

이어 큰 소리로 외쳤다.

“지금부터 천룡표국의 표사 이정룡은 백포산군의 의뢰를 받아 사천성 성도 도화곡으로 가는 위무표를 시작하겠습니다.”

그러면서 펑펑 소리가 울리도록 표기를 좌우로 크게 세 번을 휘저었다. 랍관정기는 표기가 머리 위로 솟구치도록 하는 것이고, 량표위는 표국의 이름을 외치며 출발을 선언하는 걸 말한다.

비로소 표행이 시작되었다.

나는 저만치 보이는 이막하를 향해 천천히 걸음을 옮겼다. 백포산군과 석삼두 그리고 통천방의 방도들은 그제야 만족한 표정으로 환하게 웃었다. 압도적인 무력에 이어 명분까지 갖추었으니 이제야말로 곡주를 쓰러뜨리고 도화곡을 싹 밀어버릴 때가 온 것이다. 얼떨결에 통천방을 날름 주워 먹은 석삼두는 새로운 시대의 주인이 될 생각에 그야말로 가슴이 벅차오르는 듯한 표정이었다.

반면 도화곡의 제자들은 어쩔 줄을 몰라 했다. 특히 남궁소소로부터 아직 내 전언을 전해 듣지 못한 구대 제자들은 이 상황을 받아들이기가 힘든지 눈물까지 글썽였다.

이윽고 다섯 걸음을 옮겼을 때 나는 걸음을 멈추었다. 이어 오른쪽 어깨에 걸치고 있던 깃발을 땅바닥에 푹 꽂은 다음 행낭에 묶어놓은 돗자리를 풀어서 표기 아래에 깔았다.

그리고 털썩 앉았다.

휘우우웅~

찬바람이 지나가면서 잠시 침묵이 흘렀다. 적아를 막론하고 모두가 한동안 나를 물끄러미 바라보았다. 무슨 짓을 하는 건지 잘 이해가 안 가는 것이다.

그러다 백포산군이 침묵을 깨고 가만히 물었다.

"무얼 하는 게냐?"

"좀 쉬었다가 갈려고요."

"어째서?"

"이제 곧 해가 질 것 같아서요."

"아직 한 뼘이나 남았다만."

"원래 해뜨기 반 시진에 일어나서 해지기 반 시진 전에 멈추는 것이 모든 표행의 첫 번째 규칙입니다."

"그 말은 설마……."

"오늘은 여기서 자고 내일 출발하려고요."

"……!"

사람들이 눈앞에 폭탄이라도 떨어진 것처럼 크게 술렁였다. 통천방의 흑도들은 이게 무슨 듣도 보도 못한 헛소리냐는 표정들이었고, 도화곡의 제자들은 자신들의 귀를 의심했다.

반면 가장 놀라고 경동해야 할 백포산군은 오히려 나를 채근하던 조금 전보다도 더 차분했다.

그는 잠시 나를 관찰하듯 응시하다가 물었다.

"그렇게 열심히 입을 놀리더니만 기껏 준비한 함정이라는 게 노부의 발목을 묶어두는 것이었더냐?"

"저를 끌어들인 건 선배님이십니다만."

"원점으로 돌아가 내가 당장 도화곡으로 쳐들어가겠다면 어쩔 것이냐?"

"선배님께서는 분명 수많은 사람들이 지켜보는 앞에서 비무첩을 전달한 후 도화곡주와 승부를 보겠다고 공언하셨습니다. 천하십대고수의 칭호를 달고 다니는 고인께서 한 입으로 두말을 하셔야 되겠습니까? 이는 시정잡배들도 하지 않는 짓입니다."

"그러는 너는 어찌하여 천룡표국의 깃발을 들고도 약속을 이행하지 않는 것이냐. 너야말로 천하에 부끄러움을 모르는 사기꾼이 아니더냐?"

"천만에요. 저는 이 표물을 반드시 도화곡으로 가져가서 곡주께 전해 드릴 것입니다. 다만 발걸음이 무거워 다소 시간이 걸릴 뿐."

"의뢰를 취소하고 다른 표사를 찾는 수도 있다."

"위무표는 표사의 명예가 달린 일입니다. 중간에 취소를 하고자 하신다면 제게 팔 한 짝 정도는 내놓으셔야 합니다."

백포산군은 무언가 떠오르는 생각이 있는지 내가 준 표단을 다시 꺼내어 펼쳐 읽기 시작했다.

처음엔 별다른 반응이 없다가 아래로 내려갈수록 쓴웃음을 흘렸다.

"사기를 당했군."

"거듭 말씀드리지만 저를 죽이겠다고 겁박하며 표행을 억지로 맡긴 건 선배님이십니다. 그리고 표단에는 표물을 도화곡에 전달하지 못하면 저 역시도 팔 한 짝을 내놓겠다고 씌어 있고요."

"대신 도착 날짜가 없지."

"무기표(無期鏢)라고 합니다."

"……?"

"표행이 너무 어렵거나 위험해서 표사의 안전을 장담할 수 없을 때 기한을 정하지 않고 하는 것을 말합니다. 그렇다고 해도 천날만날 걸리기야 하겠습니까. 지켜보는 눈들이 있는데."

"전부 헛소리!"

백포산군이 표단을 한 손바닥 위에 올려놓고 앞으로 쭉 내밀었다. 그러자 화르륵 소리와 함께 불이 붙더니 순식간에 타올라 한 줌의 재가 되어 공중으로 흩어져 버렸다.

'삼매진화(三昧眞火)!'

인체의 내공을 끌어 올려 공기 중에 작은 불을 일으키는 경지를 말한다. 격공섭물에 이어 삼매진화까지. 전설로만 듣던 경지를 연달아 두 번씩이나 눈앞에서 보자 그저 신기할 따름이었다.

"명분 따지길 좋아하는 자들이 아무리 규칙을 만들고 머리를 쥐어짜도 변하지 않는 것이 한 가지 있느니라. 강호무림은 결국 주먹과 칼의 법칙에 의해 돌아간다는 것이지."

"……!"

"너의 말처럼 지금부터 아주 힘들고 위험한 표행이 될 것이다. 각오는 충분히 되어 있겠지?"

"아무래도 표물을 노리는 비적이 나타난 것 같군요. 은전은 당연히 통하지 않겠지요?"

나는 자리에서 벌떡 일어나 돗자리를 다시 돌돌 말았다. 이어 행낭의 아래에 단단히 묶고는 두 다리를 비스듬하게 벌리고 섰다.

"이노옴!"

대갈일성과 함께 백포산군이 쌍수를 뻗어왔다. 순간 강렬한 흡입력이 나를 통째로 끌어당기기 시작했다. 그가 다시 격공섭물을 펼친 것이다.

나는 천근추의 수법과 함께 이번에도 진각을 힘차게 밟았다. '꿍!' 소리와 함께 지축이 울리면서 왼발이 바닥을 찍었다. 그리고 꿈쩍도 하지 않았다. 한 식경 전 속수무책으로 빨려 들어갔던 것과 달리 지금은 비스듬히 서서 양 무릎을 살짝 구부린 상태로 꼿꼿하게 버텼다. 심지어 발이 땅을 파고들지도 않았다.

나는 그대로 철기둥이 되어버렸다. 앞서와 달리 백오십 년의 공력을 모두 천근추에 담아냈기 때문이다.

갑자기 돌변한 내 무위에 백포산군은 이제야말로 살짝 당황한 표정을 지었다. 지켜보고 있던 통천방의 흑도들도, 도화곡의 제자들도 모두 놀라서 눈을 동그랗게 떴다.

"내공을 감추고 있었구나!"

쩌렁쩌렁한 일갈과 함께 백포산군이 상체를 한번 크게 떨치면서 다시 쌍수를 출수했다. 그러자 훨씬 더 강력한 흡입력이 나를 빨아 당겼다.

자기가 신법을 펼쳐 덮쳐오면 간단할 것을, 구태여 이렇게 고집을 피우는 건 순전히 자존심 때문이었다. 옷자락이며, 머리카락이며, 깃발까지. 내게 달려 있던 모든 것들이 일직선으로 뻗은 채 파르르르 떨어댔다. 급기야 바닥의 흙덩어리들까지 뿌옇게 일어나 백포산군을 덮쳐갔다.

흡사 그의 양손 사이의 공간으로부터 미지의 구멍이 생겨나 주변의 모든 것들을 빨아들이는 것 같았다. 진기 중의 진기였다.

그런가 하면 내 오른쪽에 꽂아둔 깃발이 찢어질 것처럼 펄럭이면서

'펑펑!' 굉음을 냈다. 양손으로 창대를 잡고 배배 돌렸다. 팽팽하게 당겨진 상태에서 깃발이 창간에 전부 감기자 더는 소리가 나지 않았다.

그때였다.

"갈!"

천둥 같은 대갈일성과 함께 내가 지면을 박차며 신형을 쏘았다. 백오십 년 공력이 담긴 천금풍의 경공술에 백포산군의 격공섭물이 더해지자 그 속도는 말로 설명할 수 없었다. 더불어 오른손에는 펄럭이는 깃발을 친친 감는 바람에 완전한 창의 모습으로 돌변한 표기가 들려 있었다.

땅에 발이 닿을 틈도 없었다. 나는 한 자루 창이 되어 백포산군을 향해 날아갔다.

"어딜!"

백포산군은 인간이 아니었다. 그는 좌수를 내리긋는 것으로 격공섭물의 흡력을 간단히 끊어버렸다. 동시에 우수를 왼쪽 손목 위로 교차해 내지르며 장법을 출수했다.

한순간 눈앞이 붉은빛으로 가득 찬다 싶더니 엄청난 경력이 폭발하듯 덮쳐왔다.

그때쯤엔 나도 좌장을 출수하고 있었다. 두 개의 장력이 허공에서 격돌했다.

빠벙!

산천초목을 뒤흔드는 굉음과 함께 산악처럼 버티고 섰던 백포산군이 뒤로 세 걸음을 타다닥 물러나는 게 보였다.

나는 그보다 훨씬 더 빠른 속도로 튕겨 날아갔다. 그리고 공중에서 다섯 바퀴를 회전하며 몸에 실린 힘을 죽이고 중심을 잡았다. 이어 평사낙안(平沙落雁)의 낙법을 펼치며 멋지게 떨어졌다.

떨어지고 보니 통천방 방도들의 진영 한가운데였다. 행여라도 불똥이 튈세라 놀란 통천방의 방도들이 후다닥 흩어졌다.

"뒤로 십 장이나 물러났군. 이러면 며칠 더 걸리겠는데."

"저런 미친놈이!"

분기탱천한 백포산군이 질풍처럼 신형을 쏘았다. 눈 깜짝할 사이에 그와 나와의 거리가 사라져 버렸다.

숨 돌릴 틈도 없이 그의 두 손바닥이 불을 뿜어댔다.

뻐엉! 뻐벙! 뻥! 뻥!

붉은빛이 번쩍일 때마다 막강한 경력과 함께 엄청난 열기가 휘몰아쳤다.

백포산군의 성명절기를 왜 구천홍염장이라고 부르는지 알 것 같았다. 저건 그냥 지옥불이었다. 저기에 내가중수법의 묘리까지 실렸다면 일장을 맞자마자 내장이 순간적으로 쪄져 버릴 것 같았다.

나는 감히 맞설 생각을 못 하고 귀영무의 보법을 펼치며 요리조리 피해 다녔다. 그러다 눈 한번 깜빡일 정도의 틈이라도 생기면 창으로 백포산군의 발등을 게 구멍 쑤시듯 푹푹 쑤셔댔다.

슉! 슈슈슉! 슉슉슉!

상체를 쑤셨다간 나로서는 본 적도 없는 상승의 공부로 창간을 잡아 부러뜨리거나 빼앗아 버릴 것 같아서였다.

한 번도 당해본 적 없는 변칙적인 공격에 백포산군은 장법을 번갈아 출수하다가, 창날을 피해 팔짝팔짝 뛰었다가, 다시 장법을 출수했다가, 또다시 창날을 밟아 부러뜨리려고 기기묘묘한 보법을 펼치는 등의 수법으로 응수해 왔다.

그러다 갑자기 펄쩍 뛰어오르며 좌수를 쭉 뻗었다. 내 어깨를 잡아채려는 것이다.

나는 상리를 벗어난 방향으로 번개처럼 방향을 꺾고 몸을 돌려세웠다. 이어 창간의 반대쪽 끄트머리로 백포산군의 손목을 후려쳐 갔다. 비정상적인 각도에서 그야말로 사력을 다해 펼친 한 수였다.

빼억!

굵은 대나무를 각목으로 후려치는 듯한 소리가 시원하게 울렸다. 순간적으로 백포산군의 가슴이 살짝 열렸다.

'무리하면 죽는다!'

나는 욕심을 부리는 대신 찰나의 틈을 이용해 천금풍의 경공술을 펼치며 십여 장 밖으로 질풍처럼 도망쳤다. 그리고 반격을 하려는 것도 아니고 도주를 하려는 것도 아닌 어정쩡한 자세로 백포산군의 이어지는 공격에 대비했다.

백포산군은 십여 장밖에 서서 나를 가만히 노려볼 뿐 더는 공격해 오지 않았다. 눈동자에서는 시퍼런 화염이 줄기줄기 뿜어져 나오고 있었다.

장담하건대 손목의 뼈가 시큰거릴 정도로 고통스러울 것이다. 그는 지금 매우 당혹스러워하고 있었다.

"경신법이 좋구나."

"비록 선배님을 해할 수는 없지만 잡히지 않을 자신은 있습니다. 모두 도화곡의 귀신같은 경공술을 익히고 꾸준히 수련한 덕분이지요."

"그래서 이제 어쩔 셈이냐?"

"선택권은 선배님께 있습니다. 고작 며칠 차이로 강호인들의 손가락질과 귀찮음을 감수하고서라도 도화곡으로 쳐들어가느냐, 아니면 잠시 여유를 가지고 사태를 냉정하게 바라보느냐. 어느 쪽을 선택하시겠습니까?"

할 말을 잃은 백포산군의 얼굴이 붉으락푸르락해졌다.

도화곡의 제자들은 곡주가 무사히 폐관 수련을 하고 나올 수 있도록 내가 시간을 끌어주려 한다는 걸 뒤늦게 알아차리고는 하나같이 감개무량한 얼굴들이었다. 반면에 통천방의 흑도들은 세상에 저런 미친놈은 다시 없을 거라는 표정을 지었다.

그런가 하면 통천방의 흑도들보다도 더 뒤쪽 길목에 서서 구경하고 있던 천여 명의 군중은 벌집을 건드린 것처럼 웅성거렸다.

나는 도화곡의 장원으로부터 삼십여 장 떨어진 대로 한복판에 깃발을 꽂고 돗자리를 깔았다.

원래대로라면 지금쯤 정문 앞 공터의 중간쯤에 있어야 했다. 하지만 백포산군과의 일전에서 이십여 장을 튕겨 나가고 또 도망치기까지 하면서 이렇게 멀어졌다.

백포산군은 골치가 아픈지 공터 오른쪽 가장자리의 커다란 수양버들 아래에 가부좌를 틀고 앉아 눈을 감고 있었다.

조금 전 석삼두가 그에게 다가가 허리를 구부리고는 한동안 무언가를 열심히 조잘대다가 어디론가 사라진 이후부터였다. 또 무언가 작당을 하는 모양인데, 일단 그늘을 찾아서 들어간 것부터가 지금 당장은 싸울 생각이 없음을 말해주었다.

도화곡의 제자 이백여 명은 공터를 가운데 두고 통천방의 흑도 삼백여 명과 대치 중이었다. 백포산군이 한발 물러나면서 싸워야 할 대상이 자연스럽게 바뀐 것이었다.

덕분에 사대장로들을 비롯해 부상당한 제자들이 장원 안으로 호송되는 등, 장기전에 대비해 검진을 점검하고 전열을 가다듬었다.

대로를 가득 채웠던 군중은 내 뒤쪽으로 밀려난 상태였다.

그들은 무인의 기감이 어느 정도인지 개념이 없다 보니 내가 듣는 줄도 모르고 자기들끼리 신나게 떠들어 댔다.

"백포산군이 정말로 걸음을 멈출 줄이야."

"그냥 쳐들어가자니 자기도 찝찝한 거지."

"하기사 표왕에 이어 뇌검의 이름까지 나왔으니."

"백포산군 같은 고수를 조련하는 표사라니. 과연 풍운비룡의 명성이 사천까지 전해질 만하군."

"조련까지는 너무 나갔어. 내가 보기엔 풍운비룡도 지금 목숨 걸고 도박을 하는 중이야."

"미친 인간이지. 세상에 사람이 없어서 천하십대고수를 상대로 도박을 하다니."

"괴수와 미친놈의 대결이라. 간만에 볼만한 구경거리가 생겼군."

내가 자리 잡은 곳은 대로라고는 해도 마방산의 산세가 남아 있어 살짝 비탈이 졌다. 산기슭에 사람들이 오고 가면서 자연스럽게 생겨난 길이라는 뜻이다. 이런 길은 보통 계곡을 따라 생겨난다. 도화곡의 장원으로 이어지는 길옆에도 아이들 멱 정도는 감을 만한 작은 계곡이 졸졸 흘렀다.

어차피 당분간은 오가는 사람도 없을 터. 나는 돌덩어리를 두 개를 주워다 길 한복판에 팔(八)자 모양의 화덕을 만들었다.

본래 표행 중에 만드는 화덕은 장소와 시간과 기후에 따라 여러 가지 종류가 있다. '팔자 화덕'은 그중에서도 달랑 돌덩어리 두 개로만 만드는 가장 간단한 방식이었다.

다음에는 길 밖 비탈에서 마른 나뭇가지들을 잔뜩 주워다가 화석을 치고 불을 지폈다.

불길이 어느 정도 일어나자 팔자 화덕 위에 미리 준비해 둔 납작하고 평평한 돌을 얹었다.

도화곡 제자들과 통천방 흑도들과 일천 군중은 어느 순간부터 대화를 멈추고 나만 뚫어지게 바라보았다. 저 미친 인간이 이번엔 또 무슨 이상한 짓을 하고 있나 하는 표정들이었다.

돌판이 달궈지는 동안 나는 발소리를 죽이며 길 아래의 계곡으로 내려갔다. 이어 황소 대가리만 한 바위를 골라 조심스럽게 들어다가 물속에 반쯤 잠겨 있는 황소 몸통만 한 바위를 힘껏 내려쳤다.

꽝!

석질 내부를 관통하는 묵직한 굉음과 함께 소 대가리 바위가 물속으로 첨벙 굴러떨어졌다.

그리고 잠시 후, 손바닥만 한 물고기 다섯 마리가 둥둥 떠올랐다. 재빨리 물고기를 건진 다음 바위 아래의 바닥도 신나게 더듬었다. 물속에서 손을 뺐을 때는 토실토실 살 오른 가재 예닐곱 마리가 들려 있었다.

"오오오!"

이게 뭐라고 군중 속에서 작은 탄성이 쏟아져 나왔다.

길 위로 올라온 나는 행낭에서 작은 기름통을 꺼내 적당히 달아오른 돌판 위에 조금 부었다. 이어 잡은 물고기와 가재를 나란히 얹었다.

치이이익!

하얀 수증기와 함께 물고기와 가재 주변으로 작은 거품들이 뽀글뽀글 올라왔다.

"딱 적당히 달궈졌네."

이번엔 소금과 후추를 꺼내 생선 위에다 조금 뿌렸다.

칼집을 어슷어슷 내면 간과 양념이 더 잘 배지만 대신 생물은 뒤집을 때 살이 다 깨지고 흩어져 버린다.

도화곡이 지척에 있었지만 표행을 선언한 이상 지금부터는 음식을 지원받기는커녕 만나는 것도 자제해야 한다. 접촉하는 순간 도화곡의 제자를 만났는데 왜 표물을 전달하지 않느냐는 근본적인 질문이 생기면서 어렵게 쌓아 올린 표행의 논리가 무너질 수가 있다. 고작 삼십여 장에 불과한 여정이지만 진짜 표행을 하는 것처럼 모든 걸 나 스스로 자급자족해야 한다.

그걸 알기에 량표위를 한 이후부터는 남궁소소도 멀리서 지켜보기만 할 뿐 가까이 다가오질 않고 있었다.

"술도 한 병 있으면 좋으련만."

나무 꼬챙이 두 개로 지글지글 익어가는 물고기와 가재를 툭툭 건드려 살이 바닥과 붙어 있지 않음을 확인했다.

이어 손바닥에 내공을 약간 주입해 돌판의 끝을 툭 쳤다. 그러자 물고기 다섯 마리와 가재 일곱 마리가 살짝 튀어 오르며 몸을 홱 뒤집었다.

"오오오!"

군중 속에서 또다시 작은 탄성이 흘러나왔다.

괜스레 멋쩍어진 나는 뒤통수를 벅벅 긁었다. 지켜보고 있던 통천방의 흑도들은 하나같이 어디서 저런 미친놈이 나타났을까 하는 표정들이었다.

그 순간 어디선가 지축을 울리는 말발굽 소리가 들려왔다.

두두두두!

고개를 돌려보니 저 멀리 오른쪽 모퉁이로부터 십여 기의 인마가 튀어나와 뿌연 먼지를 일으키며 질풍처럼 달려오고 있었다.

장원의 입구를 지키고 있던 도화곡의 제자들도, 그들과 대치하고 있던 흑도들도, 내 뒤쪽 대로에 앉아서 구경하던 일천 군중도 전부 벌떡 일어났다.

잠시 후, 썰물처럼 갈라진 군중 사이로 나타난 기마인들은 석삼두와 그의 수하 넷 그리고 처음 보는 다섯 명의 칼잡이들이었다.

다섯은 하나같이 용 같고 범 같은 기세를 풍기는 장년인들이었다. 볕에 얼굴을 얼마나 그을렸는지 곤륜노처럼 새까맸다.

무슨 이유에선지 그들 다섯을 알아본 군중이 크게 술렁이기 시작했다.

'대체 뭐 하는 작자들이기에.'

께름칙한 마음이든 나는 슬그머니 길 가장자리로 물러났다.

그들은 길 한복판에 있는 화덕을 지나친 다음 백포산군의 앞에 가서 말을 멈추었다. 이어 훌쩍 뛰어내려 일렬로 섰다.

석삼두가 자신이 데리고 온 칼잡이들을 서둘러 소개했다.

"아까 말씀드린 분들입니다. 이곳 성도에서 가장 큰 동진표국 내에서도 삼십 년 이상의 경력을 지닌 표사들이시지요."

군중의 술렁임이 본격적으로 퍼져 나갔다. 통천방 흑도들의 얼굴이 환하게 펴졌다. 도화곡의 제자들은 반대로 딱딱하게 굳었고, 군중은 갈수록 흥미진진하다는 표정들이었다.

'표사로 표사를 잡겠다?'

다섯 명의 표사가 백포산군을 향해 절도 있게 포권지례를 올렸다.

한 명 한 명의 자신의 이름을 말할 때까지 백포산군은 가만히 듣고만 있었다. 그는 석삼두가 만든 것이 분명한 이 판에 끼어드는 그림을 왠지 불편하고 못마땅해하는 것 같았다. 마치 간청을 하니 하기는 하는데 이건 자신의 방식이 아니라는 듯.

이윽고 인사가 끝나자 석삼두가 무인들에게 한차례 눈짓을 하고는 턱으로 나를 가리켰다. 마치 '저놈이 내가 말한 그놈이오'라고 말하는 듯했다.

다섯 명이 석삼두와 함께 내게로 다가왔다.

"하필이면 밥때에."

만약의 경우에 대비해 나는 돗자리와 행낭과 표기만 빠르게 챙겨서 뒤로 천천히 물러났다.

잠시 후, 다섯 명이 화덕 앞에서 걸음을 멈추었다. 나도 그들과 대여섯 장의 거리를 두고 대치했다.

통나무처럼 두꺼운 목에 각진 턱 그리고 호랑이의 그것 같은 눈을 가진 장년인이 내게 포권을 쥐어 보이며 말했다.

"이 몸은 동진표국의 악중양이라고 하외다. 함께 온 이들은 나의 동료들이고. 사천성 사람들은 우리를 가리켜 동진오표라고 하오."

"항주 천룡표국의 이정룡입니다."

"당금 강호에 명성이 자자한 풍운비룡을 이렇게 보는구려. 만나서 반갑소이다."

"변변치 않은 이름을 추켜세워 주시니 몸 둘 바를 모르겠군요. 덧붙여 타성의 표사가 나타나 이렇게 소란을 피워 송구스럽게 생각합니다."

"이만하면 서로 예의는 충분히 차린 것 같으니 본론을 말하겠소. 오늘 우리가 이렇게 찾아온 것은 여기 계신 석 당주, 아니, 석 방주의 부탁으로 귀하에게 몇 가지 물어볼 것이 있어서외다."

"타성 사람에게 길을 묻지는 않을 테고, 아마도 저의 표행과 관련한 것이겠지요?"

"참고로 우리 동진표국은 의뢰를 받음에 있어 흑백을 따지지 않거니와 통천방과는 오랜 거래처의 관계를 유지해 왔소이다. 이에 부득불 나서는 것이니 미리 양해를 구하는 바이오."

거래처는 개뿔. 흑도방파인 통천방이 무얼 운송할 일이 있어 동진표국의 오랜 거래처가 되었겠나. 분명 통천방의 전대 방주인 노청봉이나 죽은 뇌정갑과 잘 알고 지내던 사이였을 것이다.

표사들도 그렇고 흑도들도 그렇고, 다 같이 칼밥을 먹는 처지이다 보니 가까이 지내는 경우가 생각보다 흔했다.

사실 표사들은 일의 특성 때문에라도 흑도들과 두루 안면을 트고 적당히 친분도 유지해 놓는 것이 좋았다. 당장 나만 해도 걸핏하면 서호삼견을 불러다 쓰는 처지였다.

"물론이지요."

악중양이 만족한 듯 고개를 끄덕였다. 이어 대번에 웃음기를 거두고 석삼두에게 물었다.

"표단을 좀 볼 수 있을까요?"

"없소이다."

"표단이 없다고요?"

"저 젊은 표사만 하나 가지고 있소이다."

"표단을 하나만 작성해 그걸 표사가 갖고 있다면 정상적인 계약이라고 할 수 없습니다. 무효의 명확한 사유가 되지요."

"그게 아니고. 원래 두 장을 작성해서 각기 한 장씩 나눠 가졌는데 백포산군께서 홧김에 태워 버리셨소."

"……!"

인사가 끝나자마자 기세 좋게 나를 한 방 먹이려던 악중양은 살짝 당황한 듯했다. 이어 석삼두 쪽으로 고개를 뻗고는 군중이 듣지 못하도록 작은 소리로 속삭였다.

"표단을 봐야 계약에 문제가 있는지 없는지를 알 수 있습니다. 다른 절차도 거쳐야겠지만 표단이 없으면 모든 게 헛수고입니다. 어떤 쟁점에 대해 상대가 표단에 적혀 있다거나 혹은 없는 얘기다 라고 잡아떼 버리면 그만이니까요."

"저 표사에게 좀 보여달라고 하면 안 되오?"

"남의 표단을 함부로 보여달라고요? 그것도 타 표국의 표사들이 몰려와서? 까딱하다간 천룡표국과 동진표국 사이에 전쟁이 나는 수가 있습니다."

"없는데 어떡하란 말이오?"

"이런 낭패가 있나."

악중양은 땅이 꺼져라 한숨을 쉬었다. 성도의 수많은 군중이 지켜보는 가운데 보무도 당당하게 달려왔는데, 까딱하다간 나와 통성명만 나누고 돌아가게 생겼으니 낭패스러울밖에.

내가 물었다.

"죄송한데, 거기 계속 서 계실 겁니까?"

"아직 볼일이 안 끝났소이다만 무슨 문제라도 있소이까?"

"고기 좀 뒤집어주실 수 있나 해서요."

"뭐라고요?"

"거기 화덕 위 돌판에 고기 말입니다. 잘 아시다시피 불이 꺼졌기는 해도 돌판은 한번 달궈지면 열기가 오래가는 바람에."

옆에 있던 장비 수염의 표사가 발끈하면서 한 걸음 앞으로 나왔다.

악중양이 얼른 한 손을 뻗어 그의 가슴을 막았다.

"오는 말에 예의가 없으면 가는 말도 고울 수가 없소. 젊은 후배 표사님께서는 언행을 조심해 주시기 바라오."

"자신들과 아무 상관 없는 표행의 문제점을 까발리러 온 사람들이 할 말은 아닌 것 같습니다만. 그것도 같은 업계에 계신 선배 표사님들께서."

그러면서 나는 등에 짊어지고 있는 행낭의 빈틈에서 손을 쏙 꺼냈다. 이어 여러 번 접힌 종이 쪼가리를 휙 던졌다.

악중양이 종이 쪼가리를 낚아채고 물었다.

"이게 무엇이오?"

"표단입니다."

"……!"

"그 정도면 한번 뒤집어주실 수 있겠습니까?"

장비 수염도, 악중양도, 석삼두도, 나머지 표사들도 모두가 놀란 표정을 지었다.

악중양이 장비 수염에게 턱으로 돌판을 가리켰다. 장비 수염의 입이 한 자나 튀어나오더니 화덕 옆에 쭈그리고 앉아 나무 꼬챙이로 물고기와 가재를 하나씩 뒤집기 시작했다.

그 사이 악중양은 표단을 읽어 내려갔다.

도화곡의 제자들도, 통천방의 흑도들도, 일천 군중도 모두 악중양의 입만 바라보았다. 저만치 수양버들 아래에 앉아 있는 백포산군도 악중양을 뚫어지게 응시했다. 그도 속으로는 이 기괴한 표행을 한 방에 무너뜨릴 무언가가 있을까 하고 기대를 하는 것이다. 그렇게만 되면 대번에 무효를 선언하고 지금 나타난 자들에게 다시 의뢰를 하면 되니까.

처음 풍겼던 분위기와 달리 강호인들의 시선을 의식하고 명분까지 은근히 신경 쓰는 걸 보면 포악하기는 해도 아주 파렴치한 인간은 아닌 것 같았다.

이윽고 읽기를 끝낸 악중양이 말했다.

"먼저 표단을 보여주셔서 고맙소이다."

"별말씀을요."

"위무표를 일으켰군요."

"보셨다시피."

"본가인 천룡표국을 끌어들이지 않고 전적으로 자신이 책임을 지겠다는 건, 이 계약의 불합리함을 알고 훗날 문제가 될 것을 우려해서가 아니외까?"

"아닌데요."

"그럼 무엇 때문이오?"

"저 혼자 먹으려고요."

"음?"

"석 방주께서 표사님들을 서둘러 모셔 오느라 자세한 얘기를 못 전해 드린 모양이군요. 뒷면에 보시면 표행비가 금전 일천 냥이라고 씌어 있을 겁니다. 한 장에 조항을 다 써넣으려다 보니 자리가 모자라서요."

표단을 홱 뒤집어 살핀 악중양이 두 눈을 부릅떴다.

옆에 있던 네 명 표사들로 전부 다가와서는 표단에 머리통을 갖다 댔다. 그리고 하나같이 놀라서 어쩔 줄을 몰랐다.

그도 그럴 것이 단일 표행으로 금전 일천 냥은 이른바 사대명표들이나 받는 액수였다. 그것도 목숨을 걸고 해야 할 정도의 중요한 표행일 때만.

금천 일천 냥은 이른바 명표들의 목숨값이었다. 대부분의 표사들은 평생을 가도 그런 액수의 표행은 구경조차 못 하고 죽는다. 한데 이십 대 초반의 새파랗게 젊은 내가 자신들의 눈앞에서 그런 표행을, 그것도 표주를 엿 먹이면서까지 하고 있으니 놀라 자빠질밖에.

아무래도 믿기지 않는지 악중양이 석삼두에게 물었다.

"이 금액이 사실입니까?"

"그렇소."

"선금도 주었고요?"

"전액 선불로 주었소."

"아니, 왜요?"

"달라고 하니까."

"달란다고 다 주었단 말입니까?"

"설명하자면 기오."

그러면서 석삼두는 저만치 수양버들 아래에 앉아 있는 백포산군의 눈치를 슬그머니 보았다. 백포산군이 시켜서 그리된 것이지만 감히 따질 수나 있겠나.

악중양도 대충 돌아가는 상황을 눈치챈 것 같았다.

그는 답답하다는 듯 작게 혀를 차더니 내게 물었다.

"도착 날짜를 무기한으로 했던데……."

"언제 도착할지 몰라서요."

"무기표는 아주 위험한 일에만 제한적으로 용인되는 일이외다. 그것도 반드시 표주의 배려가 있어야만 하고. 이건 꼼수라는 말을 피하기가 어려울 것이오."

"보시다시피 저는 목숨을 걸고 표물을 운송 중입니다. 그리고 표주로부터 멱을 잡힌 상태에서 죽인다고 협박을 당하던 중이었기에 궁여지책으로 조건을 걸어버린 것이고요. 이게 꼼수라면 살기 위해 그랬다고 치지요. 뭐."

그러면서 나는 남궁소소의 말을 빌리자면 목매달아 죽은 시체의 그것처럼 시커멓게 멍든 목을 쓰윽 쓰다듬었다.

악중양이 또 석삼두를 돌아보았다. 멱을 잡고 죽인다고 협박했다는 게 사실인지를 묻는 것이다. 석삼두는 또 슬그머니 백포산군의 눈치를 보면서 고개를 끄덕였다.

악중양이 다시 내게 물었다.

"랍관정기와 량표위의 절차는 거치셨소이까?"

"사천에서는 그걸 안 하면 표행이 무효가 됩니까?"

"그런 건 아니외다만……."

"다행이군요."

"젊은 표사님의 수완이 좋구려."

"대충 하실 말씀도 떨어진 것 같은데, 이제 그만 돌아가시는 게 어떻겠습니까? 제가 아직 저녁을 못해서요. 그렇다고 보시다시피 초대를 할 처지도 못 되고."

악중양이 석삼두를 돌아보며 말했다.

"표단은 문제가 없습니다. 표사의 이름을 걸고 하는 대신 표행은 독점이어야 하고 중간에 누구든 일방적으로 취소하면 팔 하나를 내놓아야 한다는 조항이 있는데, 거기다 표사는 만약 표물을 전달하지 못해도 팔 하나를 바치겠다는 추가 조항까지 있어 시비를 삼기가 어렵습니다. 어찌 된 영문인지 모르겠으나 보통 노련한 표사가 만든 계약서가 아닙니다."

"언제 표물을 전달할지도 모르는 채 무작정 기다려야 하는데, 이게 정녕 아무런 문제가 없는 표행이라는 말이오?"

"태표(怠鏢)라고 합니다. 강동에서는 만표(慢鏢)라고도 하고요. 쉽게 말해 고의로 표행을 느리게 하는 것인데, 미리 기간을 정하지 않은 이상 욕을 할 순 있어도 계약을 무효로 하거나 파기하는 사유가 되지는 않습니다."

"무슨 그런 개 같은 경우가!"

악중양이 나를 돌아보더니 표단을 휙 던져주었다. 나는 허공에서 표단을 낚아채 다시 행낭 속에 잘 갈무리했다.

석삼두가 아까워 죽겠다는 표정으로 표단에서 한동안 눈을 떼지 못했다. 마음 같아서는 악중양의 수중에 들어 왔을 때 화덕에 던져 버려 확 태워 버리고 싶었을 것이다. 하지만 그럴 수는 없었다. 일천 군중이 지켜보고 있는 앞에서 그랬다간 백포산군을 천하의 파렴치한 인간으로 만들어 버릴 테니까.

악중양이 다시 나를 보더니 살짝 조롱 섞인 어조로 말했다.

"그나저나 우리가 시간을 너무 끄는 바람에 고기가 전부 타버렸구료. 이를 어쩐다……."

타기만 한 것이 아니었다. 장비 수염이 나무 꼬챙이로 뒤집을 때 일부러 살을 전부 찢어놓았다. 그 바람에 몇 조각 보이는 살점들도 주워 먹을 수가 없게 되었다. 가재는 아예 죄다 껍질이 터지면서 날아가 버리는 바람에 겨우 흔적만 남았고.

"어쩔 수 없지요."

"실례가 많았소이다. 그럼 이만."

석삼두와 동진오표가 뒤돌아 조용히 걸음을 옮겼다.

순간, 나는 뒤쪽 군중 속에 있던 누군가를 가리켰다.

"거기 너."

"저요?"

"너 '천하제' 객점의 호객꾼 맞지?"

나와 눈을 마주친 열서너 살가량의 소년은 양강이었다. 봄에 왔을 때 우리를 하오문주가 숙수로 있던 객점으로 안내한 바로 그 되바라진 호객꾼 녀석.

장담하건대 저 녀석도 하오문도다.

"그런데요."

"배달도 되냐?"

"돈이 문제입죠."

"가서 화과아랑 어향육사 하나씩 만들어 와라. 기름진 것만 먹으면 느끼하니까 단단면도 칼칼하게 한 그릇 말아 오고."

"그걸 전부요?"

"얼마냐?"

"아흔 냥은 주셔야 합니다."

"뭐가 그렇게 비싸?"

"아무래도 배달비가 붙으니까요."

"배달 한 번에 일당을 다 챙기려 드네."

나는 은전 석 냥을 툭 던져주었다. 은전 한 냥이 동전 백 냥과 교환된다. 쉽게 말해 무려 삼백 냥을 준 것이다.

양강의 입이 함지박만 하게 벌어졌다.

"밤새 지필 숯 한 가마니랑 이슬을 피할 피풍의 한 벌과 잘 익은 검남춘도 두 병 가져와라. 나머지는 심부름값이다."

"아무래도 수레를 준비해야 할 것 같군요. 반 시진 내에 화덕 옆으로 끌고 가겠습니다요."

"아니. 배달할 장소는 바로 여기다."

그러면서 나는 선 자리에다 표기를 힘차게 꽂았다. 화덕이 있는 곳으로부터 다섯 장이나 더 멀어진 위치였다.

저만치 가고 있던 석삼두와 동진오표가 걸음을 멈추고는 시뻘게진 얼굴로 나와 백포산군을 번갈아 보았다.

백포산군은 금방이라도 천둥 같은 노성을 터뜨릴 것 같은 얼굴이었다.

하늘을 향해 눈을 하얗게 까뒤집은 채 쓰러져 꿈틀거리는 석삼두를 보면서 악중양은 불알이 쪼그라드는 것 같았다. 슬쩍 옆을 돌아보니 네 명의 아우들 역시 좌불안석이었다.

석삼두에게 듣자니 전 방주였던 흑갈자 노청방도 말을 듣지 않는다는 이유로 저렇게 때려서 반불구를 만들어놓았다고 했다.

석삼두는 불구까지는 아니지만 한동안 목구멍으로 밥을 넘기기 힘들 것 같았다. 가욋돈 좀 만져보겠답시고 괜한 일에 끼어들었다가 백포산군이 자기들에게까지 책임을 물을까 봐 악주양은 불안해 죽을 지경이었다.

"그래서 표단에는 문제가 없다고?"

"그렇습니다."

"표사란 족속들은 원래 다 저렇게 일을 하나?"

"천만에요. 저런 미친놈은 저도 처음 봅니다."

"미친놈?"

"이번 일뿐만이 아닙니다. 그동안 놈이 했던 표행들을 돌이켜 보면 하나같이 제정신을 가진 표사가 할 수 있는 일들이 아닙니다."

"어떤 일들을 했기에?"

악중양은 그동안 표사들 사이에서 소문으로만 떠돌던 백백곡주, 진왕일가, 백발노성, 무림맹 호송 건 등에 관한 이야기를 빠르게 들려주었다. 확실하지도 않은 이야기의 진실성보다는 풍운비룡을 얼마나 미친놈인지를 설명하는 데다 초점을 맞췄다.

"급기야 마교에 납치당한 형을 구하러 갔다가 절진으로 가득한 남만의 어느 동굴에서 칠마총의 보물을 손에 넣어 벼락부자가 되었지요. 그리고 보름쯤 전에는 미곡시가 열리는 장강의 무한까지 범선 다섯 척을 끌고 올라와 세상을 깜짝 놀라게 했고요."

"그 모든 걸 놈이 했다고?"

"뭐니 뭐니 해도 그중에서 가장 미친 짓은 향시와 회시에 연달아 장원급제를 하고도 벼슬길에 오르지 않고 표사질이나 하고 있는 것입니다. 마음만 먹으면 천룡표국주의 자리가 부럽지 않은 권세를 누릴 텐데도 말입니다."

"대체 왜 그러는 거지?"

"명표가 되기 위해서라고 합니다."

"고작 명표가 되기 위해 그 모든 고생을 했다고?"

"그렇습니다."

"정상이 아닌 줄은 알았지만 생각했던 것보다 훨씬 미친놈이었군."

"제 말이 그 말입니다."

양강은 날이 어둑어둑해져서야 수레를 끌고 나타났다.

나는 길 한복판에다 땅을 파서 임시 화덕을 만든 다음 숯으로 불을 지폈다. 이어 솥을 걸고 즉석에서 화과아를 신나게 끓여댔다.

원래는 육수에 고기와 채소를 하나씩 넣고 익히면서 건져 먹어야 하지만, 상황이 상황이니만큼 전부 한꺼번에 넣고 끓여 버렸다.

해가 지고 있는데도 구경을 하는 군중은 조금도 줄어들지를 않았다. 오히려 나처럼 인근 반점에서 음식을 바리바리 싸 와서는 삼삼오오 모여 허기를 달랬다. 언제 또 무림인들끼리 싸울 줄 모르기 때문에 웬만해선 자리를 비우지 않으려는 것이다.

양강은 식사가 끝나면 솥과 빈 그릇을 가져가겠다며 소맷자락에 양손을 찔러 넣은 채 쭈그리고 앉아 기다렸다.

"같이 먹을 테냐?"

"저는 길바닥에서 뭐 안 먹습니다."

"어째서?"

"거지 같아서요."

"거지만 길에서 밥 먹는 거 아냐."

"주로 거지가 길에서 밥을 먹죠."

"사람의 처지를 가지고 함부로 비하하지 마라. 거지가 되고 싶어서 된 사람은 아무도 없다."

"거지에 대해선 제가 표사님보다 더 잘 알 걸요."

"어째서?"

"열두 살 때까지는 저도 거지였거든요."

나는 잠시 젓가락질을 우뚝 멈추었다. 하지만 곧 아무렇지도 않은 척 말했다.

"어쩐지 말하는 게 꼭 거지 같더라니."

"언제는 거지 비하하지 말라면서요."

"이름도 쓸 줄 모르지?"

"쓸 줄 알거든요."

"이름만 쓸 줄 알겠지."

"다른 글자도 쓸 줄 압니다."

"더 늦기 전에 서당에라도 다녀. 수완을 보아하니 돈도 제법 모았을 것 같은데. 훗날 무얼 하고 살든 배우지 않으면 매사가 첩첩산중의 연속일 것이다."

"쓸 수 있다니까요."

나는 고기를 한 젓가락 입에 넣고 질겅질겅 씹으면서 하늘을 올려다 보았다.

"당분간 날씨가 어떨지 모르겠네. 아침저녁으로 쌀쌀해져서 비라도 오면 어디 피할 곳도 없고 큰일인데."

"닷새쯤 후에는 천둥 벼락이 칠 것 같다시던데요."

"누가?"

"객점 주인아저씨께서요."

"천기를 보시나 보지?"

"조석으로 하늘만 보고 사시죠."

"바닥에 조석 한번 써봐라."

"싫습니다."

"왜?"

"저는 땅바닥에다 글 안 씁니다."

"어째서?"

"애들 같아서요."

"물론 그러시겠지."

말과 함께 고기를 찾아 젓가락으로 솥을 뒤적거리던 나는 눈을 동그랗게 떴다. 이런저런 채소들 사이로 토끼 눈알처럼 불그스럼한 구슬 세 개가 사이좋게 모여 있었기 때문이다.

"탕에다 뭘 집어넣은 거냐?"

"아마 화리의 내단일걸요."

"뭣!"

나는 하마터면 앉은 자리에서 반 장이나 벼룩처럼 튀어 오를 뻔했다.

얼른 주변을 살펴보았다. 군중은 이것저것 먹으며 떠들어대느라 다행히 아무도 듣지 못했다. 수양버들 아래에 앉아 있는 백포산군은 거리도 멀거니와 동진오표와 무슨 진지한 이야기를 나누는지 정신이 없었다.

"그게 무슨 말이야?"

나는 벌렁대는 심장을 가까스로 진정시키고는 모기만 한 소리로 물었다.

양강도 더는 장난을 치지 못하고 목소리를 잔뜩 낮추었다.

"예홍 누나가 천하제 객점으로 오셨더라고요."

"예홍 누나?"

"도화곡 제자들 중에서 제일 예쁜 누나요. 올해 열아홉 살이고 표사님과는 여여 누나 다음으로 친한 사이라고 하던데, 아닌가요?"

"여여는 또 어떻게 알아?"

"우리 객점 단골입니다. 저랑도 친하고요."

일전에 항주에서 만난 하오문주가 내게 들려주었던 말이 떠올랐다. 언제부턴가 도화곡의 구대 제자 몇 명이 천하제 객점을 수시로 들락거리며 우리가 먹었던 죽엽청과 삶은 돼지고기를 시켜 먹고 돌아가곤 한다던가.

"그래서?"

"예홍 누나가 변복을 하고 나타나서는 표사님께 젓가락 한 벌을 아무도 모르게 전해달라고 하시더라고요."

나는 채소를 건져 먹는 척하며 손에 쥐고 있던 대나무 젓가락을 살폈다. 아까부터 표면이 거칠거칠하더라니 젓가락 두 개에다 누가 바늘로 깨알 같은 글자를 새겨놓았다.

〈아무래도 해답을 찾지 못할 것 같구나. 때가 되면 나는 당당히 맞설 것이니 뒷일을 너에게 부탁한다. 장원은 포기해도 좋다. 대신 어린 사질들만은 꼭 지켜다오. 또 한 번 이렇게 무거운 짐을 지워서 미안하다만, 사대장로들께서 전부 내상을 입으시고 보니 부탁할 사람이 너밖에 없구나.〉

"객점 주인아저씨가 아무래도 곡주님의 신변에 무슨 일이 있는 것 같다시더라고요. 며칠 전부터 앵속을 비롯해 독한 약재들이 도화곡으로 들어갔다면서요."

양강의 말이 예사롭지 않았다.

일단 젓가락의 글귀는 곡주 이막하의 전언이 분명했다. 모두의 기대와 달리 그녀는 파훼법의 실마리를 찾지 못한 것 같다. 뿐만 아니라 다급한 마음에 무리하게 수련을 하다가 아무래도 주화입마의 함정에 빠진 모양이었다. 이막하는 주화입마를 치료하고 폐관 수련을 끝내는 날 백포산군과 마지막까지 당당하게 싸우다 죽을 생각인 것 같았다.

애초 백포산군은 두 가지를 말했었다.

도화곡주의 목을 자신의 손으로 비틀어 죽이는 것과 장원을 전부 불태워 없애 버리는 것. 도화곡주의 목숨은 뇌정갑을 죽인 대가이고, 도화곡의 장원을 없애려는 건 뇌정갑이 평생 일군 사천구룡방의 와해에 대한 보복인 모양이었다. 만약 끝까지 저항한다면 자신이 가는 걸음걸음마다 시체가 쌓일 거라고도 경고했다.

이막하는 자신이 죽고 난 후 흥분한 도화곡의 제자들이 장원을 수호하기 위해 백포산군과 결사 항전하지 않도록 설득해 달라는 말을 내게 하고 있었다. 덧붙여 혹시라도 백포산군이 폭주하여 도화곡의 제자들을 상대로 혈사를 일으키는 일이 없도록 막아달라는 부탁도 하고 있었고.

그래서 구대 제자들이 목숨을 걸고 구해 온 화리의 내단을 전부 내게 주려는 것이다. 자신은 어차피 죽을 목숨인 탓에 내게 조금이라도 힘을 실어주기 위해.

'단단히 결심이 서셨구나.'

그때였다. 갑자기 군중이 크게 웅성거리기 시작했다.

고개를 돌려보니 백포산군이 자리에서 일어나 나를 향해 저벅저벅 걸어오고 있었다. 통천방의 흑도들도, 공터를 가운데 두고 그들과 대치 중이던 도화곡의 제자들도, 내 뒤쪽 대로에 앉아서 구경하던 일천 군중도 전부 벌떡 일어났다.

"그릇을 갖고 가라."

"어향육사와 단단면은 젓가락도 안 대셨는데요."

"밥맛이 떨어졌다."

그러면서 나는 젓가락을 숯불에 홱 던져 넣어버렸다. 이어 화과아를 솥째 들고서 국물을 벌컥벌컥 마시는 척하며 내단 세 알을 배 속에 집어넣었다.

이름에서도 알 수 있다시피 화리(火鯉)는 강렬한 양기를 품은 영약이었다. 삼키자마자 식도와 위와 소장이 차례로 익어버리는 것 같았다.

하지만 내게는 이제 이것들을 억누르고 다스릴 충분한 내공과 부적의 영기가 있었다. 게다가 일전에 오황자가 주었던 액상의 영약과 달리 이건 내단이기 때문에 일단 열기를 차단해 놓은 다음 시간이 날 때마다 운기행공을 통해 천천히 진기를 흡수하면 된다.

'이 정도 크기면 얼마나 묵었으려나.'

내단을 급한 대로 배 속에다 저장한 나는 벌떡 일어나 행낭과 돗자리를 챙겼다. 이어 표기를 뽑아 달아나려고 하는 순간, 백포산군이 이십여 장 밖에서 걸음을 뚝 멈추었다.

"싸우려는 것이 아니다."

나도 도망가려는 걸음을 잠시 멈추었다.

"낮에 펼친 신법의 이름이 무엇이냐?"

"갑자기 그건 왜 물으십니까?"

"주먹을 휘두르는 것보다는 질문을 하는 것이 네게도 더 낫지 않느냐?"

수양버들 아래에서 왜 그렇게 눈을 감고 장고를 거듭하나 했더니만 나와의 일전을 복기했었나 보다.

내가 일방적으로 도망을 다니다가 끝난 싸움이었지만, 새파란 애송이 하나 잡지 못한 백포산군에게는 초절정의 고수에게 패배를 당한 것보다 더 충격적이었을 것이다.

“천금풍입니다. 제 입으로 이런 말을 하기는 좀 그렇지만 도화곡의 천금풍은 무당의 제운종이나 화산파의 암향표와 견주어도 전혀 손색이 없을 겁니다.”

“경공이 아니라 신법을 묻는 것이다. 도화곡이나 천룡표국의 공부가 아님을 알고 있으니 세 치 혀로 노부를 희롱할 생각일랑 마라.”

내가 펼친 신법, 즉 보법이 도화곡의 무공과는 완전히 다른 종류의 것임을 백포신군이 알아차리는 건 당연했다. 뿌리가 같다면 사대장로들이 벌써 펼쳤을 테니까.

하지만 천룡표국의 무공이 아니라는 건 어떻게 알았을까?

아무래도 저 노인네는 ‘항주의 어떤 표국에’ 어쩌고 하던 것과 달리 이종산이든 전대 국주든 천룡표국의 인물과도 한바탕 자웅을 겨룬 적이 있는 것 같았다.

반면에 북해투왕은 물론이거니와 그의 사문인 비영문의 후예들과는 소문은 들었을지 몰라도 싸워본 적은 없는 것이 분명했다. 그는 줄곧 장강 아래의 운남성에서 살았고 비영문의 후예들은 황하 너머 북방삼성에서 주로 활동했으니 서로 교류가 없는 것은 어쩌면 자연스러운 일이었다.

하지만 그건 평범한 고수들 얘기고, 별호 앞에 ‘천하’로 시작되는 수식어가 붙는 무신들이라면 조금 달라야 하지 않나?

예로부터 남도북검 남권북퇴라고 해서 남무림에서는 도법과 권법이 발달하고 북무림에서는 검법과 퇴법 즉 각법이 주로 발달했다고 한다. 무림인들의 교류가 활발해지면서 그런 구분은 말 그대로 옛것이 되었지만, 강과 산맥을 경계로 두드러지는 특유의 풍(風)만큼은 아직도 분명히 존재했다.

천하십대고수의 반열에 오르기까지 수천 번을 싸운 백포산군이었지만, 귀영무의 보법에 스며있는 낯설고 이질적인 무언가에 강한 호기심을 느낀 모양이었다.

"가르쳐 드릴 수가 없습니다."

"어째서?"

"스승님께서 그렇게 명령하셨기 때문입니다."

"네놈은 대체 사문이 몇 개더냐?"

"저도 혼란스럽습니다."

"하면 다시 겨루어보자."

"싸우려고 온 것이 아니라면서요?"

"대화를 거절한 건 네놈이다."

"그러면 천금풍을 펼쳐 다시 죽으라고 도망을 가겠습니다. 이미 알고 계시겠지만 제 단전엔 나이에 어울리지 않은 내공이 쌓여 있습니다."

"신법을 펼쳐 피하든 도법을 펼쳐 나를 공격하든 네가 할 수 있는 모든 걸 하거라. 단 노부가 오십 초식을 펼칠 때까지만 도망가지 않고 버티면 오늘은 더는 공격하지 않겠다고 약속하마. 너도 잠은 자야 할 것이 아니더냐?"

안 그래도 밤에 잘 일이 꿈만 같았다. 내가 잠든 사이 쓰윽 다가와서 표물을 훔쳐 가버리면 모든 게 끝장나니까.

"만약 제가 지면 어떻게 됩니까?"

"표물을 빼앗기겠지. 동진오표라는 아이들 말이 표사가 비적에게 표물을 빼앗기면 표행도 자동으로 취소가 된다더군."

"그래서 다시 비적이 되시겠다는 거군요."

"뭐라고 부르든 상관없다."

"대신 조건이 하나 있습니다."

"말해보아라."

"오십 초식을 겨루는 동안 제가 어떤 기합성을 넣더라도 단순한 습관이라고 여기고 문제 삼지 말아주십시오."

"좋다."

사람들이 웅성거리는 소리에 잠을 깬 나는 정신이 번쩍 들었다.

저만치 앞에서 백포산군이 나를 향해 저벅저벅 걸어오고 있었다.

'저 미친 노인네가 아침 댓바람부터 또!'

나는 황급히 자리에서 일어나 돗자리며 표기를 챙기려 들지 않았다. 그럴 필요가 없었기 때문이다.

예상했던 대로 백포산군은 이번에도 십여 장 앞에서 걸음을 뚝 멈추었다.

"일어나라. 싸우자."

"또요?"

“날이 밝았으니 약속한 하루가 지났다.”

천근처럼 무거운 눈까풀을 들어 올리며 동쪽을 보았다. 과연 해가 마방산 봉우리 위로 막 떠오르는 중이었다.

“아직 아침도 안 먹었습니다.”

“어차피 다 게워낼 텐데 아침은 먹어서 무얼 하려고.”

‘야 이 미친 늙은이야!’라는 소리가 목구멍까지 올라오는 걸 꿀떡 삼켰다.

그와 계약을 맺고 표행을 시작한 지 오늘로 꼭 이레째였다.

그사이 나는 대로를 지나 공터를 코앞에 두고 있었다. 나의 표행과는 별개로 백포산군은 매일 아침 이렇게 찾아와 싸움을 걸어왔다.

그의 요구이자 조건은 하나였다. 천금풍을 펼쳐 도망가는 대신 자신을 상대로 오십 초식만 버티면 남은 하루 동안의 안전을 보장해 주겠다는 것. 잠자는 동안의 안전이 절대적으로 필요했던 나는 그때마다 울며 겨자 먹기로 제안을 받아들일 수밖에 없었다.

이렇게 해서 지난 엿새 동안 그와 여섯 차례에 걸쳐 모두 삼백여 초식의 공방을 주고받았다.

박룡수와 귀영무와 십초박은 물론이거니와 내가 그동안 익혔고 또 할 수 있는 모든 수단을 동원해 싸웠다. 그 결과 나는 만신창이가 되었다. 옷은 찢어져 걸레가 따로 없고, 머리카락은 봉두난발이 된 지 오래였으며, 장력을 얻어맞은 왼쪽 얼굴은 잔칫날 아이들이 차고 노는 돼지 오줌보처럼 부풀어 올랐다.

여기까지는 겉으로 보이는 모습이고 속으로는 더욱 심각했다. 온몸 구석구석 피멍 들지 않은 곳이 없었다. 급기야 사흘 전부터는 아침에 볼일을 볼 때마다 피똥을 한 바가지씩 쏟아내는 중이었다.

그나마 본원진기를 살피는 부적의 기운과 가공할 공력 그리고 용린 신갑이 있었기에 치명적인 내상을 입는 것만큼은 피했다.

만약 이것들 중 하나라도 없었다면, 그리고 백포산군이 오십 초식을 모두 펼치자마자 약속한 대로 공방을 뚝 그치지 않았다면 나는 지금쯤 길바닥에서 시체가 되어 나뒹굴었을 것이다.

일방적으로 두들겨 맞기만 한 것은 아니었다. 삼백여 초식의 공방을 주고받는 동안 나도 백포산군의 손목과 허벅지와 어깨 등을 여섯 차례나 가격하는 데 성공했다. 적어도 하루에 한 번씩은 때렸다는 뜻이다.

하지만 그 어떤 가격도 그를 위협할 정도로 강력한 한 방은 되지 못했다. 한데도 백포산군은 치명상이라도 입은 것처럼 놀라고 자존심 상해했다. 특히 내가 오십 번 중에 한 번은 자신보다 빠르거나 전권을 뚫는 초식을 펼쳤다는 것을 도저히 받아들이질 못했다. 그러면 그럴수록 내가 익힌 보법과 권법에 뭐라 말할 수 없을 정도로 강한 집착과 호기심을 보였다.

그런 연유로 오십 초식의 공방을 가까스로 버틴 내가 쓰러져 신음하는 동안 그는 수양버들 아래에서 가부좌를 틀고 앉아 나와의 싸움을 끊임없이 복기했다. 그리고 날이 밝으면 어김없이 이렇게 찾아와 하루 동안의 안전을 조건으로 싸움을 걸어왔다. 지난 하루 동안 생각해 낸 새로운 수법을 내게 적용해 보려는 것이다.

"파훼법은 찾으셨습니까?"

"내가 널 이기지 못해서 이러는 것이 아니거늘 아침부터 무슨 파훼법 타령이더냐. 잔말 말고 싸울 준비나 하거라."

"아침부터 싸움을 하자고 한 건 선배님이십니다."

"그것도 오늘로 끝이다."

말을 하는 백포산군의 눈동자가 어제와 달리 별처럼 반짝였다.

지난 여섯 번의 싸움으로 그는 내 무공에 대한 탐색을 완전히 끝낸 것 같다. 그리고 오늘 오십 초식 안에 나를 확실히 쓰러뜨리고 표물을 빼앗을 자신이 있었다. 그가 그렇다면 그럴 것이다.

"확실히 파훼법을 찾으신 것 같군요."

"그것보다 더 재밌는 걸 알아냈지."

"돈 드는 것도 아닌데 좀 가르쳐 주시죠."

"사십 년 전 청해성에 예사롭지 않은 권맥(拳脈)이 전해 내려오고 있다는 소문을 들었다. 당대의 전인인 맹인 권사는 겨우 절정의 경지에 이르렀지만, 언젠가 문일지백의 무재를 만나면 반드시 강호를 진동시킬 공부라고. 아무래도 그 무재가 나타난 것 같군."

그가 말한 권맥은 비영문이다. 맹인 권사는 북해투왕 혁방세의 사부이자 나의 사조인 유성권(流星拳) 상남포를 말하는 것이었고.

애석하게도 혁방세의 대에 이르기 전까지 비영문의 귀영무와 십초박은 무학이 지닌 가치에 비해 크게 명성을 떨치지 못한 모양이었다. 반면 혁방세가 동북삼성을 무대로 활동하면서 북해투왕이라는 명성을 얻을 무렵에는 백포산군이 운남성의 애뇌산에 은거를 한 상태였다.

나는 그제야 장법의 끝을 본 백포산군이 권법의 끝을 본 북해투왕의 무공을 알아보지 못한 이유를 깨달았다. 활동하던 장소도 시대도 다른 나머지 소문으로만 들었을 뿐, 두 명의 거인은 서로 만나서 손속을 겨룰 일이 없었던 것이다.

해서 백포신군은 내가 바로 그 무재라고 생각하는 모양이었다. 사실은 나 이전에 이미 북해투왕이라는 걸출한 인물이 있었거늘.

천천히 몇 걸음을 옮겨보았다. 어깨가 축 처지고 가랑이 쪽을 중심으로 다리가 부들부들 떨렸다. 몸이 천근만근이었다.

"그럼 시작할까?"

"잠깐만요."

나는 한 손을 뻗어 백포산군을 멈추게 했다. 이어 행낭을 뒤져 엿새에 걸쳐 싸우는 동안 한 번도 사용하지 않았던 운철검을 꺼냈다.

보옥이 요란하게 박힌 황금빛 손잡이의 단검이 모습을 드러내자 사람들이 왁자지껄 떠들어댔다. 보옥과 황금을 보고 그러는 모양인데, 이 단검의 진짜 가치는 바로 운철로 만든 날에 있었다.

천하십대고수 답게 백포산군은 바로 알아보았다.

"귀물을 가졌군."

"장인일수록 좋은 연장을 쓰는 법이죠."

"검으로 아직 단련이 부족한 지(指)를 대신한다라. 네놈이야말로 파훼법을 찾은 모양이구나. 과연 내 안목이 틀리지 않았음이야."

"예?"

"무릇 권(拳)을 막는 것이 장(掌)이고, 장을 뚫는 것이 지(指)이고, 지를 부러뜨리는 것이 권(拳)이다. 이거 너무 싱겁게 끝나 버리나 했더니만 오늘이야말로 가장 재밌는 싸움이 되겠군. 음하하하!"

내공이야 괴수급이지만 초식은 수십 년씩 수련한 것이 아니다 보니 아직은 몸에 완전히 배지 않았다. 해서 맨주먹보다 짧아도 칼을 하나 쥐는 것이 내게는 여러모로 편하고 또 실전에서도 유리했을 때가 많았다. 그래서 마지막까지 숨겼다가 꺼냈을 뿐인데, 저 미치광이 노인은 이상한 소리를 하다가 갑자기 혼자서 앙천광소를 터뜨렸다.

그러다 마침내 웃음이 끝나는 순간 운남에서 온 미치광이 노인과 항주에서 온 미친 표사의 일곱 번째 싸움이 시작되었다.

빼버벙!

연이은 백포산군의 격공장에 허공의 세 지점에서 강렬한 폭발이 일어났다. 한순간 대기가 종잇장처럼 일그러져 보였다.

폭발을 한 번은 피하고, 한 번은 비스듬히 비켜 맞고, 한 번은 정통으로 얻어맞은 나는 막강한 경력을 감당하지 못하고 튕겨 날아갔다. 배 속이 진탕 당하며 오장육부가 뒤집히는 것 같았다. 만약 삼십 년 정도의 내공을 지닌 일류급 평범한 무인이었다면 배 속의 내장이 가닥가닥 끊어지면서 즉사해 버렸을 것이다.

허공에서 세 차례나 맹렬하게 회전해 놓쳐 버린 중심을 잡은 나는 평사낙안의 수법으로 착지하려 했다.

"요 미꾸라지 같은 놈!"

귀청을 찢는 일갈과 함께 어느새 눈앞에 나타난 백포산군이 아직 완전히 자세를 잡지 못한, 그래서 한순간 허공에 거꾸로 선 내 목을 향해 좌수를 뻗어왔다.

대경실색한 나는 비정상적인 상황에서도 발작적으로 십초박의 선팔초를 출수했다. 한 손에는 주먹 대신 운철검이 들려 있어서 더욱 위력적인 살초로 변했다.

"죽엇!"

퍼퍼퍼퍼퍼퍽!

하지만 웬걸, 어찌 된 영문인지 방금까지도 눈앞에 있던 백포산군의 신형이 갑자기 사라져 버렸다.

꼴사납게 머리통부터 땅바닥에 쿵 찧으며 떨어지는 순간 뒷덜미에서 무언가 서늘한 기운이 느껴졌다. 체면이고 뭐고 없었다. 다급히 나려타곤의 수법을 펼치며 앞으로 데굴데굴 굴렀다.

내가 구르는 방향을 따라 기둥뿌리 같은 백포산군의 다리가 바닥을 힘차게 찍어왔다.

쿵! 쿵! 쿵!

세 번을 가까스로 피한 나는 네 번째에서 박자를 맞춰 백포산군의 발등을 운철검으로 질풍처럼 찍어갔다.

"죽엇!"

어차피 속도로는 그를 따라잡지 못하니 요행에 맡긴 것이다. 천만다행으로 그게 먹혔고, 백포산군이 한순간 공격을 멈추었다.

그 틈을 타 두 다리를 허공으로 소용돌이치듯 휘저으며 신형을 솟구쳤다.

가까스로 화를 피했다 싶은 순간, 눈앞에서 손바닥 모양의 화염이 급격하게 커지고 있었다.

'이게 무슨!'

백포산군이 바로 앞에서 좌장을 출수한 것이다.

죽을힘을 다해 화염의 정중앙으로 운철검을 찔러 넣었다.

"죽어라!"

검 끝이 백포산군의 왼쪽 손바닥을 뚫으려는 순간, 이미 그가 펼친 구천홍영잠의 장력이 내 왼쪽 가슴에 닿고 있었다.

빼엉!

막강한 장력이 심장을 강타하고 오장육부와 뼈와 근육을 거쳐 뇌를 파고들었다. 숨이 턱 막히는 충격과 함께 한순간 정신이 아득해졌다. 몸이 내 의지와 상관없이 붕 떠오르고, 어딘가로 한참이나 날아가고, 다시 낙하하는 게 느껴졌다.

잠시 후 '쿵! 하는 소리와 함께 등짝에 무언가 닿으면서 내 몸도 낙하를 멈추었다.

한데 어찌 된 영문인지 고통이 전혀 없었다. 다만 주변의 모든 소리가 동시에 사라져 버렸다. 팔다리는 움직이지도 않았고, 목소리도 나오지 않았다. 파란 하늘이 팽글팽글 돌더니 어느 순간엔 그것마저 사라지고 세상이 온통 칠흑으로 변했다.

한번 캄캄해진 세상은 좀처럼 밝아질 줄 몰랐다.

죽는 건가? 이렇게?

'오 초식만 버티면 되었는데…….'

저 멀리 산릉선에서 도화곡의 구대 제자들이 한 줄로 늘어서서는 노래를 부르며 오고 있는 게 보였다. 주변엔 온갖 봄꽃들이 만발했다. 대별산을 넘어올 때 보았던 풍경이었다. 그게 갑자기 지금 눈에 왜 보이는지 모를 일이었다.

그때였다. 도화곡의 제자들이 산꼭대기에서 척후를 살피는 나를 발견하고는 노래를 부르다 말고 일제히 고함을 질러댔다.

"사숙!"

나는 눈을 번쩍 떴다. 동시에 입으로 검은 피를 왈칵 쏟았다.

핏덩어리를 쏟아내자 막혔던 숨통이 트이며 가까스로 숨을 쉴 수 있었다.

"헉헉헉헉!

거친 숨을 몰아쉬며 주변을 돌아보았다. 공터 너머에서 도화곡의 구대 제자들이 아우성치며 나를 바라보는 중이었다. 통천방의 흑도 삼백여 명이 도검을 뽑아 들고는 금방이라도 쏟아져 나올 것 같은 도화곡 제자들과 살벌하게 대치하고 있었다.

뒤쪽에서는 일천여 명에 달하는 군중이 안타까운 표정으로 지켜보는 가운데 나는 가까스로 일어나 앉았다.

백포산군은 그런 나를 무슨 괴물 쳐다보듯 한참이나 물끄러미 바라보다가 말했다.

"그새 내공이 일 갑자 정도 늘었군."

"무슨 말씀을 하시는지 모르겠군요."

"소문에 떠도는 화리의 내단을 네가 먹었더냐?"

"……!"

"화리의 내단을 복용한 후 지난 엿새 동안 나와 싸우는 틈틈이 운기행공을 통해 진기를 흡수한 모양이군. 어쩐지 때려도 때려도 다음 날이면 멀쩡하게 털고 일어나더라니."

"오래 사셔서 그런지 귀신이 다 되셨습니다."

"상승 무공에, 영약에, 남들은 평생을 가도 만나지 못할 기연을 네 놈은 잘도 만나고 돌아다니는구나."

"운이 좋았습니다."

"행운이 거듭되면 운이 아니다. 너의 뛰어난 무재와 타고난 근성과 두려움을 모르는 기백이 그것들을 불러들인 것이지. 그런 걸 두고 인연이라고 한다."

"……?"

"노부를 상대로 삼백 초식 넘게 버텼으니 그만하면 잘 싸웠다. 어딜 가서도 절정고수 소리는 들을 수 있을 것이다."

"갑자기 그렇게 말씀하시니 당황스럽군요."

"패배를 깨끗이 인정하겠지?"

"다들 그렇게 생각하는 것 같군요."

"표물 운송에 실패했으니 네놈이 좋아하는 표단에 적힌 대로 팔 한 짝을 내놓아야 한다."

"표물은 아직 제 품속에 있습니다만."

"팔을 자른 후 내가 가져갈 것이니라."

"순서가 바뀌었군요."

"순서만 바뀌었을 뿐이다."

고개를 들어 하늘을 올려다보았다. 파란 하늘을 배경으로 양 떼 같은 구름이 평화롭게 흘러가고 있었다.

"시원하게 비나 쏟아졌으면 좋으련만."

그사이 통천방주 석삼두가 달려와서 백포산군에게 칼 한 자루를 공손히 바쳤다.

백포산군이 칼을 집어 들어 아래로 축 늘어뜨리더니 내 옆으로 다가와 섰다. 이어 아직도 몸을 완전히 일으키지 못하고 있는 나를 내려다보며 얼음장처럼 차가운 음성으로 말했다.

"준비되었느냐?"

"이 빚은 꼭 갚겠습니다."

"애뇌산에서 기다리고 있겠다."

말과 함께 백포산군의 칼이 하늘로 치솟았다.

순간, 왼쪽 허공으로부터 한 줄기 빛이 쇄도했다.

백포산군은 나를 베려던 칼로 왼쪽 허공을 급박하게 베어갔다.

깡!

격렬한 첫 합의 불꽃이 새파랗게 튀었다. 이어 소나기 같은 격돌이 펼쳐졌다.

까가가강! 깡깡깡!

백포산군은 흡사 불벼락처럼 쏟아지는 공세를 경시하지 못하고 다섯 걸음이나 뒤로 물러났다.

그리고 한 사람이 나와 백포산군 사이에서 모습을 드러냈다.

눈으로도 쫓기 어려울 정도로 빠른 검광을 뿌려대고 있는 검사는 다름 아닌 현 도화곡의 팔대 곡주 이막하였다. 여태까지 이막하 역할을 하고 있던 가짜가 아니라 폐관 수련을 끝내고 막 나온 진짜 이막하였다.

한데 어쩐지 혈색이 창백했다. 주화입마를 만났을 거라는 내 짐작이 맞는 모양이었다. 다급하게 나오느라 아직 내상을 완전히 치료하지도 못한 것 같고.

갑자기 이막하가 두 명이 되자 통천방의 흑도들과 일천여 군중이 크게 술렁거리기 시작했다.

이막하는 기습의 이점을 이용, 순식간에 백포산군과 대여섯 장의 거리를 벌려놓은 후에야 비로소 그와 마주하고 섰다. 이어 검을 거꾸로 세워 양손으로 검파를 쥐고 이마까지 올리는 무림의 인사법, 이른바 포검식의 예를 취했다.

"도화곡주 이막하입니다. 사정이 있어 잠시 고인의 눈을 속였습니다. 양해를 부탁드립니다."

"척무군이오. 속지 않았으니 미안해할 것 없소."

"그러셨군요. 기왕에 기다려 주셨으니 이 몸이 오랜만에 만난 사제와 회포를 풀 수 있도록 잠시만 더 시간을 주시겠는지요?"

"아무래도 내가 한발 늦은 것 같군."

말과 함께 백포산군이 칼을 석삼두에게 휙 던졌다. 내 팔을 자를 의사가 없음을 표시한 것이다.

이막하는 백포산군에게 가볍게 고개 숙여 다시 한번 예를 표했다. 이어 나를 돌아보며 말했다.

"표물을 내게 주거라."

"곡주님……."

"어서!"

내가 비무첩을 이막하에게 주면 약속대로 표물 운송의 임무를 무사히 마친 게 된다. 그러면 백포산군이 내 팔을 자를 명분도 없어진다. 하지만 내가 표물을 건네주는 순간 그녀가 백포산군과 생사대결을 펼쳐야 한다. 말 그대로 어느 한쪽이 죽어야만 끝나는 싸움. 당연히 죽는 쪽은 이막하가 될 것이다.

백포산군이 순순히 칼을 버린 것도 이 때문이었다. 내 팔을 포기하는 대신 이막하의 목숨을 가져갈 수 있으니까. 아니면 처음부터 이막하를 끌어내기 위해 나를 제물로 삼았거나.

가슴 속에서 격랑이 몰아치면서 갑작스러운 복통이 찾아왔다.

나도 모르게 잠깐 얼굴을 찌푸렸다.

"고통스럽느냐?"

"끄떡없습니다."

"대별산에서 너를 처음 만나던 때가 생각나는구나. 그때만 해도 우리가 이런 인연으로 살아가게 될 줄은 생각도 못 했었지."

"……?"

"그때도 그렇고 지금도 그렇고. 네가 우리에게 보여준 헌신과 의리를 나는 죽어서도 잊지 않을 것이다."

"저도 도화곡의 제자입니다."

"물론이다. 너는 누가 뭐래도 도화곡의 팔대 제자이고 나의 자랑스러운 사제이다. 하니, 이제 그만 이 곡주 사저의 뜻을 따르거라. 이건 부탁이 아니다."

이막하가 모습을 드러내는 순간부터 이미 내겐 선택의 여지가 없어져 버렸다.

나는 납덩이처럼 무거운 몸을 일으켰다. 백포산군에게 맞은 장법의 여파로 배 속이 출렁거렸다. 아마도 검은 피가 한 바가지는 더 고여 있을 것이다.

뒤돌아 가서 행낭을 짊어진 다음 천룡표국과 이정룡이라는 이름 세 글자가 수 놓인 표기를 어깨에 걸쳤다.

그리고 천천히 이막하에게로 걸어갔다.

내가 한 걸음을 더 옮길 때마다 이막하의 수명은 그만큼 짧아졌다.

도화곡의 구대 제자들은 벌써부터 눈물을 훔치기 시작했다.

이윽고 걸음을 멈추었을 때 나는 표기를 바닥에 힘차게 꽂았다. 그리고 이레 전 바로 이 자리에서 백포산군이 직접 휘갈겨 써준 생사대결의 비무첩을 공손하게 건넸다.

"항주 천룡표국의 표사 이정룡, 표주 백포산군 척무군으로부터 받은 표물을 도화곡주 이막하 대협께 전달합니다. 이에 대협께서는 표물을 받으시고 표첩에 수결을 부탁드립니다."

이막하가 먼저 비무첩을 받아 들고는 내가 내민 또 다른 종이와 세필을 집어다 정성 들여 수결해 주었다.

나는 표첩을 받아들고 품속에 갈무리했다. 무림사를 통틀어 유례가 없는 최단 거리를 최장 시간에 걸려 운송한 나의 표행이 끝나는 순간이었다.

표행이 끝나자 남궁소소와 섭부용이 통천방의 흑도들을 피해 칠검향의 고수들을 이끌고 나는 듯 달려왔다. 이어 들것에 나를 태워 도화곡의 제자들이 있는 곳으로 달렸다.

그사이 이막하와 백포산군은 장원 앞 공터로 자리를 옮겨 살벌하게 대치하는 중이었다. 이막하는 협봉검을 뽑아 들었고, 백포산군은 적수공권인 채로 뒷짐을 지고 섰다.

두 사람 사이의 거리는 십여 장. 하지만 누구든 공격을 시작하는 그 즉시 거리는 의미가 없어지고 대기는 가공할 살기로 가득 찰 것이다.

"두려워서 숨은 줄 알았더니만 내상을 치료 중이셨구려."

"도화곡의 문기를 너무 우습게 보셨군요."

"짐작하다시피 도화곡의 전대 곡주에게 죽임을 당한 내 제자의 원혼을 달래러 왔소이다. 이에 현 곡주께 오늘의 승부가 단순한 비무가 아님을 미리 경고하는 바이오."

"고인께서 말씀하신 전대 곡주는 저의 스승이십니다. 제자는 스승의 은원도 함께 물려받는 법. 기꺼이 상대해 드리지요."

"그만한 기백이면 내가 선공을 해도 되겠군."

"준비되면 오시지요!"

말과 함께 이막하가 한 발을 빼며 비스듬히 섰다. 하늘을 향해 비스듬히 세운 협봉검의 검신이 강렬한 투기를 감지하고 징징 울어댔다.

그 순간 파리한 혈색의 이막하는 온데간데없고 한 자루 보검으로 돌변한 고수가 그 자리에 서 있었다. 비록 파훼법을 찾는 데는 실패했을지 모르지만, 이막하는 예전에 내가 알던 오대장로의 한 명이 아니었다. 더욱 강해지고 꼿꼿해졌다. 일문을 이끌 위엄을 갖춘 진짜 곡주였다.

"갈!"

일갈과 함께 백포산군이 신형을 쏘았다.

번쩍하며 이막하의 신형이 그 자리에서 살짝 뛰어오른 후 좌방에서 우방으로 바뀌었다. 반격의 방향을 바꾸어 바둑 수를 내다보듯 상대가 계산해 놓은 첫 대여섯 합을 무용지물로 만들려는 수법이었다.

한데 그런 안배가 무색하게 불과 일장 여의 거리를 남겨두고 백포산군의 격공장이 작렬했다.

빠엉!

구경꾼의 시각에서 본 백포산군의 격공장은 직접 상대할 때와는 또 달랐다. 대기가 물결처럼 출렁이는가 싶더니 항아리만 한 무형의 구체가 이막하를 향해 죽일 듯이 덮쳐갔다.

이막하는 한 걸음 뒤로 솟구치며 허공을 두 번 질풍처럼 베었다. 검신에 어리는 새파란 기운이 예사롭지 않더라니 무형의 구체가 '쩌적!' 소리와 함께 터지듯 흩어져 버렸다.

흩어진 와중에도 남은 경력의 기세가 이막하의 옷자락과 머리카락을 찢어버릴 것처럼 잡고 흔들어댔다.

이막하는 그 여진을 뚫고 들어가며 전광석화와 같은 검초를 펼쳤다. 이능력을 발동했는데도 불구하고 어찌나 빠르고 강맹한지 흡사 그녀의 손에서 한 줄기 빛 덩어리가 뿜어져 나가는 것 같았다.

'검기가 따로 없군!'

그녀의 검 끝이 백포산군의 목을 꿰뚫으려는 순간, 대상이 갑자기 연기처럼 사라졌다. 이막하의 검은 헛되이 허공을 찌를 뿐이었다.

단지 헛수고로만 끝나지 않았다.

대경실색한 이막하는 허리를 산뜻하게 비틀면서 몸을 허공에 띄웠다. 도약을 위해 미처 무릎을 굽힐 수 없는 상태에서 펼친 절묘한 한 수!

순간, 왼쪽에서 유령처럼 나타나 떨친 백포산군의 장력이 허공에서 몸을 뒤집은 이막하의 아래로 아슬아슬하게 터져 나갔다.

빼엉!

십여 장을 쏘아지면서 두 배로 커진 무형의 구체는 공터 가장자리에서서 구경하고 있던 통천방 흑도들을 덮쳤다.

막강한 경력을 감당하지 못한 흑도 다섯 명이 거대한 철퇴에라도 맞은 것처럼 뻥뻥 나가떨어졌다. 아마 몸을 일으키는 순간 입으로 피를 왈칵 쏟아낼 것이다.

그사이 백포산군의 장법과 이막하는 살인적인 검초는 더욱 강렬하게 격돌하면서 맞물려 돌아가고 있었다.

뻥! 찌익! 빠벙! 찌직찍!

가공할 장력으로 뭉쳐진 구체가 이막하를 덮치고, 당장에라도 검기를 뽑아낼 것 같은 이막하의 협봉검이 그 구체를 난도질하는 식의 격돌이 공터의 이곳저곳을 종횡무진 옮겨가며 쉬지 않고 이어졌다.

도화곡의 제자들도, 통천방의 흑도들도, 저 멀리 대로에서 손에 땀을 쥐며 구경하고 있는 군중도 모두 입이 쩍 벌어졌다.

천하십대고수의 한 명인 백포산군을 상대로 강호 무림에서는 이름조차 생소한 도화곡의 젊은 여곡주가 이렇게까지 잘 싸울 줄 몰랐기 때문이다.

그건 이막하의 무공 수준이 대단해서라기보다 그녀가 익힌 천금풍과 도화비검의 조화가 만들어내는 공능에 기인한 측면이 컸다.

모든 초식이 살초로만 이루어진 것이 아닐까 착각할 만큼 빠르고 잔인하고 살벌한 도화비검의 공세 앞에 천하의 백포산군도 공격을 퍼붓다 말고 몇 번이나 물러나곤 했다. 일견하기에는 거의 동수를 이루며 무시무시한 공방을 주고받는 것 같았다.

하지만 실상은 전혀 그렇지 않았다. 이막하는 점점 보법이 흔들리고 검 끝이 떨려갔다. 자신이 끌어 올리고 뽑아낼 수 있는 수준의 내공과 검초를 이미 넘어선 것이다.

반면 백포산군은 처음부터 끝까지 전혀 흔들림이 없었다. 그는 내가 펼친 귀영무의 보법과 십초박을 관찰했던 것처럼, 이막하의 천금풍과 도화비검을 관찰하고 있었다. 이미 사대장로들을 상대로 견식을 했을 텐데도 충분하지 않았던 모양이었다. 천하십대고수의 반열에 오른 괴수답게 낯선 무공에 관한 관심과 열정이 남달랐다.

"살검이로군!"

마침내 백포산군이 결론을 내렸다.

그 순간 '따앙!' 하는 굉음과 함께 은빛 물체 하나가 허공으로 끝도 없이 날아갔다.

세 걸음을 재빨리 물러나는 이막하의 한 손에는 손잡이 바로 위에서부터 터져 나가 버린 협봉검이 들려 있었다.

검수가 검을 잃어버렸으니 사실상의 승부가 끝난 셈이었다. 더욱이 이막하의 숨소리는 백 리를 쉬지 않고 달려온 사람의 그것처럼 거칠었다.

무려 백오십여 초식만의 일이었다.

"훌륭한 검법이었소."

"귀하의 장법이야말로."

"곡주나 나나 갈 길이 멀구려."

"한 가지 제안을 해도 될까요?"

"……?"

"복수는 또 다른 복수를 낳는 법. 오늘 이 싸움에서 누군가가 죽는다면 그의 목숨을 취하는 것만으로 도화곡과 애뇌산 문하의 은원을 매듭짓는 것이 어떻겠습니까?"

이막하는 지금 이 싸움을 단순한 백포산군의 복수행으로 보지 않았다. 두 무맥의 끝없는 보복전의 시작으로 보고 있었다.

오늘 당장에야 자신이 죽겠지만, 훗날 도화곡의 제자가 반드시 백포산군을 찾아가 문파의 원수를 처단하지 않겠나. 백포산군이 죽고 없다면 그의 제자가 대가를 치를 것이다. 그리고 다시 먼 훗날에는 누가 될지 모르는 도화곡의 제자가 값을 치르고, 또 백포산군의 후예가 치르고…….

하지만 자신의 목숨만 취하고 장원을 불 질러 없애 버리겠다는 말을 거두어준다면, 훗날 도화곡의 제자들이 당신이나 당신의 후예들을 찾아가는 일이 없을 거라는 게 이막하가 하려는 말의 요지였다.

좌중이 크게 술렁였다. 무언가 비장한 기류가 흐르는 것이 지금까지의 술렁임과는 달랐다.

백포산군은 한참이나 생각을 하다가 말했다.

"내가 수락한들 존장의 죽음을 눈앞에서 목도한 도화곡의 어린 제자들이 귀하의 높은 뜻과 현실을 받아들일 수 있을지 모르겠구려."

"우리 쪽에서는 이 사람의 사제가 책임질 것입니다."

그러면서 이막하의 시선이 나를 향했다. 모두가 지켜보는 앞에서 도화곡의 구대 제자들이 가장 존경하는 나를 지목함으로써 강력한 전언을 내리는 것이다.

백포산군이 나를 보았다. 믿어도 좋을지 묻는 것이다.

내가 말했다.

"도화곡 팔대 제자 이정룡, 곡주 사저의 명을 따르겠습니다."

백포산군은 흡족한 표정이 되어 이막하를 향해 돌아섰다. 이어 대기가 쩌렁쩌렁 울리는 음성으로 말했다.

"좋소이다. 귀하의 제안을 받아들이겠소."

"감사합니다."

"이제 그만 가실 시간이오!"

"승부는 아직 끝나지 않았습니다!"

백포산군이 다시 신형을 쏘았다. 이막하도 잘려 나간 검을 던져 버리고 권법으로 맞서 싸울 자세를 취했다.

순간, 서너 장의 거리를 남겨두고 질주하던 백포산군의 얼굴이 갑자기 귀신이라도 본 것처럼 굳어졌다. 대경실색한 그는 지축이 흔들리도록 진각을 밟았다.

꿍!

이어 질풍처럼 돌아서며 아무도 없는 허공을 향해 맹렬한 격공장을 난사했다.

뻐벙! 뻥뻥뻥뻥!

그와 동시에 허공에서는 번쩍이는 섬광과 함께 시퍼런 벼락이 백포산군의 정수리를 향해 떨어지는 중이었다.

꾸르릉 꽝꽝꽝꽝!

하늘에서는 번갯불이 우박처럼 떨어졌고, 땅에서는 가공할 장력에 쉬지 않고 솟구쳤다. 그제서야 땅과 벽과 허공을 박차며 휙휙 날아다니는 사람 모양의 그림자가 눈에 들어왔다. 벼락은 그림자의 손에 들린 장검이 토해내는 것이었다.

꾸르르릉 꽝꽝꽝!

장력과 벼락이 뒤섞여 울리던 굉음은 순식간에 휘몰아치는 벼락의 소리로만 바뀌었다. 대기에 구멍이라도 뚫리는 것처럼 떵떵 울리는 굉음에 내공이 약한 사람들은 손으로 귀를 틀어막아야 했다.

이윽고 백포산군은 벼락의 기세를 감당하지 못하고 무려 십여 장이나 다급히 뒤로 물러났다. 그가 이렇게까지 속수무책으로 물러나는 걸 본 적 없는 사람들은 모두가 입을 쩍 벌렸다.

곧 벼락 치는 소리가 멈추더니 커다란 방갓을 쓴 작은 체구의 한 사람이 천천히 땅 위로 내려섰다.

정확히 이막하와 백포산군의 사이였다. 마치 처음부터 두 사람의 싸움을 중단시키는 것이 목적이었던 것처럼.

백포산군이 방갓의 괴인을 보며 어느 때보다 착 가라앉은 음성으로 말했다.

"솜씨가 하나도 녹슬지 않았구려!"

"귀하의 장법도 여전히 쓸 만하군!"

용두장검을 든 괴인이 한 손가락으로 천천히 방갓의 끄트머리를 들어 올렸다. 그러자 밤하늘의 별을 빼다 박아놓은 것처럼 형형한 눈빛을 지닌 은발 노인이 모습을 드러냈다.

그를 보는 순간 남궁소소가 기절초풍할 것처럼 놀라면서 목구멍을 쥐어짰다.

"하, 할아버지!"

순간, 장내의 모든 숨소리가 한꺼번에 사라지면서 심연 같은 정적이 찾아왔다. 정적은 정적이되 엄청난 폭발력을 지닌 정적이었다.

사람의 소리는 온데간데없고 대기만 터질 것처럼 요동치는 가운데 뇌검 남궁유룡이 슬쩍 고개를 돌렸다.

그는 남궁소소와 섭부용의 호위를 받으며 팔자 좋게 들것에 누워 싸움 구경 중인 나를 발견하고는 물었다.

"얼굴이 왜 그 모양이더냐?"

"백포산군 선배님께 가르침을 좀 받았습니다."

"방금 올라온 멍들이 아닌데?"

"오늘로 이레째입니다."

"백포산군을 상대로 이레나 싸웠다고?"

"하루에 오십 초식씩만 주고받았습니다. 보시다시피 제가 일방적으로 좀 많이 받았지만요."

"살아 있는 게 기적인 줄 알거라. 이 녀석아!"

"닷새면 오신다고 해서 눈이 빠져라 기다렸는데 이틀이 지나도록 소식이 없어 길을 잃으신 줄 알고 걱정했습니다."

"내가 오지 않을까 걱정한 게 아니고?"

"반드시 오실 줄 알았습니다."

"어째서?"

"그냥 그러실 것 같았습니다."

"내가 늦었다면 그건 하오문의 비둘기들이 네가 보낸 전서를 너무 늦게 전달해 준 탓이지, 결코 내 다리의 힘이 딸려서가 아니니라."

"저도 피멍이 좀 들어서 그렇지 속은 멀쩡합니다."

"애썼다."

"다시 뵙게 되어 정말 반갑습니다."

나와 남궁유룡의 인사가 끝나는 순간부터 정적이 깨지고 사람들이 일제히 말을 쏟아내기 시작했다. 특히 대로를 따라 늘어선 일천 군중의 왁자지껄 떠들어 대는 소리가 꼭 벌통을 발로 찬 것 같았다.

입은 제각각이었지만 내용은 대동소이했다.

"저 노인이 뇌검이라고?"

"체구가 저렇게 작은데?"

"내겐 산처럼 커 보이는걸!"

"뇌검 남궁유룡을 직접 보다니!"

"집에 들어가지 않고 기다려 보길 정말 잘했군!"

뇌검의 등장 그 자체만을 가지고 한동안 떠들어대던 사람들은 점차 그가 양주에서 성도를 단 며칠 만에 주파했다는 사실에 경악을 금치 못했다.

이레 중에서 하오문의 비둘기가 날아간 시간을 이틀 정도로 잡으면 고작 닷새 만에 산 넘고 강 건너 수천 리를 달려온 셈인데, 그건 내가 생각해도 실로 전율스러운 경공술이었다.

전말은 이랬다.

이레 전 양강을 불러 이것저것 음식을 배달시킬 때 나는 그에게 전음으로 한 가지 의뢰를 했다.

[하오문의 장 향주께 부탁해 양주의 남궁세가주에게 이곳 상황을 알리고 속히 와달라는 급보를 보내주시라고 전해다오. 사례는 잊지 않겠다는 말도 전하고.]

전음은 본래 일정한 경지 이상이 되어야만 보낼 수가 있다. 그렇지 않다면 고수가 보내는 전음을 그냥 듣기만 해야 한다.

한데 놀랍게도 양강이 내게 전음으로 대답을 해왔다.

[하오문주님께서 말씀하시길, 천룡표국의 풍운비룡은 남이 아니니 언

제 어디서든 그가 손을 내밀면 최대한 도와주라셨습니다. 그렇다고 사례를 하시면 안 받겠다는 건 아니고요.]

[무공을 익혔어?]

[조금요.]

[선혀 기운을 못 느꼈는데.]

[아직 단전이 자리 잡지 못했으니까요.]

[한데 전음을 한다고?]

[하오문의 전음술은 내공에 크게 좌우되지 않습니다.]

[문주님은 또 어떻게 알지?]

[저의 사부님이시거든요.]

[그럼 양주의 소수옥녀 매용초와는……]

[저의 사저 되시고요.]

[……!]

봄에 왔을 때 천하제 객점에서 보았던 장인보가 하오문의 향주임을 알았기 때문에 양강을 통하면 당연히 전달될 거라고 생각하고 한 말이었다. 한데 그 작은 녀석이 매용초의 사제였을 줄이야.

그리고 양강이 음식을 가지고 왔을 때 날씨를 걱정하는 척하며 상황을 물었다. 그러자 양강은 '객점 주인아저씨가 그러는데 닷새쯤 후에 천둥 벼락이 칠 거래요'라는 말로 대답을 주었다.

객점 주인이 말한 천둥 벼락은 당연히 남궁유룡의 별호인 뇌검을 상징하는 것이었다. 비록 날짜는 이틀이나 어긋났지만 과연 남궁유룡은 하늘에서 벼락과 함께 등장했었다.

잠깐 상념에 빠진 사이 군중은 어느새 남궁유룡에 이어 나를 안주 삼아 신나게 떠들어대고 있었다. 내가 지난 이레 동안 백포산군에게 하루에 한 번씩 개 맞듯이 맞으면서 버틴 이유가 남궁유룡이 올 때까지 시간을 벌기 위해서였다는 사실을 뒤늦게 깨닫고 사람들은 매우 놀라워했다.

군중이 놀라고 감탄하는 내용들이 통천방의 흑도들에게는 고스란히 분기탱천하는 이유가 되었다. 그들은 여태 내게 속았다는 사실에 손발을 부들부들 떨었다.

특히 백포산군에게 얻어맞아 얼굴이 나 못지않게 퉁퉁 부은 석삼두는 콧김을 펑펑 뿜어대며 씩씩거렸다. 도화곡 멸문 이후만 믿고 통천방의 전 재산을 탈탈 털어서 표행비를 댔는데, 갑자기 뇌검이 나타나는 바람에 한 치 앞을 예측할 수 없으니 얼마나 속이 타겠나.

이런 분위기 속에서 도화곡의 곡주 이막하가 남궁유룡을 향해 정중하게 포권지례를 올렸다.

"남궁 선배님을 뵙습니다."

다른 제자들도 이막하의 말을 따라 하며 일제히 포권지례를 올렸다.

"남궁 선배님을 뵙습니다."

일문을 이끄는 수장은 타 문파의 사람을 대할 때 그가 아무리 나이가 많아도 선배님이라는 호칭을 함부로 쓰지 않는다. 단순한 개인이 아니라 문파를 대표하기 때문이다. 이막하의 뒤를 이어 인사한 다른 제자들의 선배님이라는 호칭 또한 지금 상황에선 자연스러운 것이 아니었다.

도화곡의 제자들은 한마디로 자신들은 낮추고 남궁유룡은 깍듯이 높였다. 남궁유룡의 무림 배분이 높고 도화곡에 여러 가지 큰 도움을 준

은인이어서라고 할 수도 있겠지만, 그것보다는 그가 죽은 사조의 오랜 벗이자 연인(?)이기 때문이다. 도화곡의 제자들에게는 남궁유룡이 저승에 있을 여종매가 자신들을 지켜주기 위해 보낸 사람처럼 느껴질 것이다.

남궁유룡은 남궁유룡대로 일문의 문주를 대하는 예를 갖추어 이막하에게 정중하게 포권지례를 했다.

"영사(令師)의 안타까운 소식은 들었소이다. 지난봄 남궁장에서 뵈었던 것이 마지막 모습이 될 줄이야. 늦었지만 위로의 말씀을 전하외다."

"선배님과 남궁세가의 배려로 문파의 대사를 무사히 치를 수 있었노라시며, 제게 자리를 잡는 대로 꼭 찾아뵙고 인사를 올리라고 하셨습니다. 한데 이렇게 먼저 걸음을 하시게 만들어 송구스럽기 짝이 없습니다."

"곡주와 노부의 인사는 한두 마디로 끝낼 수 없을 듯하외다. 우선 당면한 문제부터 해결한 후 천천히 회포를 풀도록 하십시다."

"말씀을 따르겠습니다."

이막하와의 짧은 대화를 끝낸 남궁유룡은 손녀인 남궁소소에게도 쓰윽 눈길을 주었다. 눈에 넣고 다녀도 아프지 않을 손녀가 행여라도 다친 곳은 없는지 살피는 것이다.

섭부용과 함께 멀쩡한 모습으로 내 호법을 서고 있던 남궁소소가 안심하시라는 듯 고개를 끄덕여 주었다.

남궁유룡은 그제야 백포산군을 향해 돌아섰다. 이어 이막하를 대할 때와는 차원이 다를 만큼 서늘한 음성으로 말했다.

"오랜만이오, 산군."

"삼십 년쯤 된 것 같군요."

"애뇌산에 영초가 많다더니 여전히 정정하시외다."

"가주께서 도화곡 이전에 큰 역할을 하셨다는 얘기는 들었소이다만, 수천 리 길을 이렇게 한달음에 달려오실 줄은 몰랐소이다."

"제자의 일은 안타깝게 생각하외다. 상생의 길이 있었다면 좋았을 것을. 하지만 이쯤에서 걸음을 멈춰주시길 바라오."

"귀하의 한마디에 돌릴 걸음이 아니외다."

"도화곡이 성도에 입성할 당시 수천 명의 흑도들을 이끌고 나타나 앞을 막아선 것은 귀하의 제자였소이다."

"흑도 놈들이 죽기 살기로 자신들의 땅을 지키려고 하는 건 지극히 당연한 일. 여기에 무슨 도리를 따진단 말이외까."

"흑도들이 했던 짓을 문제 삼을 요량이었다면 이 몸이 사천구룡방의 잔당들을 지금까지 가만히 놔두었을 것 같소이까?"

그러면서 남궁유룡은 공터의 가장자리에서 조금 뒤쪽으로 물러나 있는 통천방의 흑도들을 한차례 쓸어 보았다. 삼백여 명의 흑도들 얼굴이 한순간 잿빛으로 변했다.

다시 백포산군에게로 시선을 옮긴 남궁유룡이 말을 이어갔다.

"나는 지금 귀하의 복수행을 문제 삼는 것이외다. 아시다시피 귀하의 제자와 건곤일척의 대결을 벌였던 전대 도화곡주 또한 며칠 후 죽음을 맞이했소이다. 바로 귀하가 전수한 그 구천홍염장의 일장을 맞고. 이미 당사자가 죽고 없거늘 대관절 누구에게 복수를 한단 말이오?"

남궁유룡의 말도 맞고 백포산군의 말도 맞는 것 같았다.

한데 나는 마지막에 남궁유룡이 한 저 말이야말로 지금 일어나고 있는 사태의 본질을 꿰뚫는 일갈이라고 생각했다.

여종매와 뇌정갑의 승부는 여종매의 승리로 끝났지만, 결국 그녀도 목숨을 잃는 것으로 성도 입성의 대가를 치렀었다.

사천구룡방이 아홉 개의 흑도방파로 와해되기는 했어도 그 방도들은 여전히 살아서 패악질을 자행하고 다니니 이 또한 복수의 충분한 명분이 되질 않았다.

백포산군은 애초부터 흑도와 백도 혹은 정사지간의 어느 쪽에도 속하지 않으면서 내키는 대로 사는 인간이었다. 무엇보다 자신의 제자가 평생을 일구었음에도 불구하고 사천구룡방에 대한 애정 따위는 눈곱만큼도 없어 보였다.

상황을 지켜보고 있던 일천 군중이 과연 그렇다는 듯 여기저기서 고개를 끄덕이기 시작했다. 잠시 후에는 대부분의 사람들이 동조하는 말을 웅성웅성 쏟아냈다.

백포산군은 두 개의 눈동자로 화염을 실처럼 뿜어내면서도 입술을 꼭 다물었다. 무언가 더 할 말이 있지만 무슨 이유에선지 애써 뱃속으로 삼키는 것 같았다.

그러다 착 가라앉은 음성으로 말했다.

"중언부언할 것 없소이다. 귀하에게는 귀하의 정의가 있고 내게는 나의 정의가 있으니 무림의 방식으로 승부를 봅시다."

"원한다면 기꺼이."

"그러나 나는 이미 천룡표국의 표사를 통해 비무첩을 도화곡주에게 전달했고 그와 아직 끝내지 못한 승부가 있소이다. 귀하의 도전은 도화곡주와의 승부가 끝난 후에 받아주도록 하겠소."

"내가 그 순서를 바꾸어야겠소이다."

"귀하가 무슨 명분으로?"

저 영감탱이 말하는 것 좀 보소. 조금 전에는 순서만 바꿀 뿐이니 어쩌니 하며 내 팔을 자르려고 하더니만.

"강호무림의 늙은 협객이 천방지축으로 날뛰는 마두의 패악질을 더는 두고 보지 않겠다는데 명분은 무슨 얼어 죽을!"

남궁유룡은 백포산군의 복수행을 마두의 패악질로 규정해 버렸다.

그의 일갈이 천둥소리처럼 울려 퍼졌다.

"기어이 길을 막겠다면 치우고 가는 수밖에!"

말과 함께 백포산군이 두 다리를 어깨너비로 벌린 채 남궁유룡을 향해 비스듬히 섰다. 아래로 늘어뜨린 두 주먹에선 벌써부터 붉은 기운이 넘실대고 있었다.

"한때는 귀하와 밤새도록 자웅을 겨루며 무공을 논하던 시절도 있었지. 그러나 단 한 번도 살수를 쓴 적이 없었는데, 오늘에서야 비로소 누가 더 강한지를 가리게 되겠군."

지잉!

남궁유룡은 별다른 동작을 취하지 않았다. 단지 아래로 늘어뜨린 용두장검에 진기만 주입했을 뿐이었다. 한데도 검신 주변에 새파란 기운이 어리면서 징징 울어댔다.

두 거물의 전신에서 뿜어져 나오는 가공할 살기에 마주 보고 선 공간의 바닥으로부터 흙먼지가 아지랑이처럼 피어올랐다.

십 년에 한 번 있을까 말까 한, 수십 년을 두고 전설이 되어 전해질 무림사의 일대 사건 앞에서 사람들은 숨소리조차 죽이고 지켜보았다.

그러던 어느 순간, 두 개의 신형이 호롱불 꺼지듯 감쪽같이 사라져 버렸다.

그걸 인지하자마자 중간쯤의 허공에서 대포 소리가 천지를 뒤흔들고 번갯불이 작렬하듯 번쩍였다.

뻐벙뻥뻥뻥!

꽈광꽝꽝꽝!

이막하를 상대할 때와는 비교도 안 될 만큼 붉고 밝은 구체가 다발로 쏘아졌다. 그건 차라리 불덩어리에 가까웠다.

그때마다 반 장 길이의 새파란 번개가 나타나 불덩어리를 찢어발겼다.

불덩어리가 찢겨 사라질 때마다 엄청난 풍압이 일어나 사방으로 휘몰아쳤다. 두 거물이 각각 장법과 검법에 담아낸 기운이 부딪히고 폭발하면서 집채만 한 경파(勁波)가 생겨나는 것이다.

장원의 대문이 쿵쿵 울어댔고, 담장의 처마가 금방이라도 떨어질 것처럼 들썩거렸다. 공터 가장자리에 심겨 있던 수백 년 수령의 수양버들은 태풍이라도 만난 것처럼 가지가 사방팔방으로 휩쓸렸다.

한데도 두 사람의 신형은 여전히 궤적으로, 혹은 흐릿한 형체로만 존재할 뿐이었다. 눈에 보이는 거라곤 그저 두 개의 커다란 궤적이 지면과 허공을 휘젓고 다니며 서로에게 대포를 쏘고 번개를 작렬시키는 광경이었다.

흡사 붉은 용과 푸른 용이 한데 뒤엉켜 싸우는 것 같았다.

그제야 나는 백포산군과 뇌검이 쏘아대는 저 가공할 빛 덩어리들이 말로만 듣던 권강이니 검강이니 하는 강기(罡氣)의 일종이라는 걸 알아차렸다.

'미친!'

극도의 흥분을 느낀 나는 두 눈을 부릅떴다. 이어 고도의 집중력과 함께 세상을 느리게 보는 이능력까지 발동시켰다. 그러자 궤적으로만 존재하던 두 거물의 신형이 선명하게 보이기 시작했다.

두 사람의 움직임은 경이로움 그 자체였다. 격돌하되 부딪히지 않고 스치되 격돌하지 않았다. 공수의 구분은 의미가 없었다. 거리는 두 사람의 머릿속에 개념으로조차 존재하지 않는 것 같았다.

일보를 옮기는 찰나의 순간에도 십여 초식의 공방을 주고받았다. 단 일 합의 격돌을 위해 신형을 수차례나 비틀고 꺾고 미끄러지기도 했다.

초서가 격을 벗어나면 신선도 알아보지 못한다고 했다. 격을 벗어나 한없이 자유로운 경지에 접어든 거인들의 무학을 나로서는 도저히 측량할 수가 없었다.

'이게 무슨 말도 안 되는 경지란 말인가!'

하지만 그것은 보법과 초식의 어우러짐이 만들어내는 오묘한 경지의 경이로움일 뿐, 쾌속한 경지만을 놓고 보자면 나도 왠지 저 싸움에 끼어들어 잠깐은 함께 놀 수 있을 것 같았다. 아주 잠깐은.

그 잠깐에도 몇십 초식이 오고 갈 것이다.

'오십 초식이 정말 절묘했구나.'

만산의 홍엽이 하나둘씩 지기 시작하는 가을, 사천성 성도 마방산 기슭에서 동시대를 풍미했던 두 명의 거물은 일생 동안 갈고닦은 무공을 아낌없이 쏟아냈다.

시작이 있으면 끝도 있는 법, 이 싸움의 끝에 이르러 누군가는 죽고 누군가는 살아남을 것이다.

만약 남궁유룡이 죽는다면 이막하도 죽는다.

남궁유룡과 이막하의 죽음을 남은 사람들이 과연 받아들일 수 있을까? 남궁소소는 할아버지의 갑작스러운 죽음을 받아들일 수 있을까?

나는 소맷자락 끝에 꽂아둔 비격쌍뇌창을 뽑고 싶은 생각이 간절했다. 앞서 백포산군과 싸울 때도 이걸 세 번이나 출수했다. 한데 그때마다 백포산군이 귀신같이 알아차리고 강력한 장력으로 날려 버렸다. 그 바람에 하마터면 귀물인 바늘 두 개를 전부 잃어버릴 뻔했다.

그제야 깨달았다. 비격쌍뇌창과 선천오법술에도 천적이 존재한다는 것을. 인간의 한계를 벗어난 기감에 나무를 뽑을 정도의 강력한 장력이 있으면 얼마든지 막는 것이 가능하다는 것을.

하지만 지금은 사정이 좀 달랐다. 터럭 한 올과 연결된 신경조차 온통 남궁유룡에게 쏠려 있는 상황이라면 천하의 백포산군도 어찌할 수 없다. 아무도 모르게 승부의 향배를 조정할 수 있는 것이다.

'안 될 말!'

하루라도 도둑질을 하면 죽을 때까지 도둑이다. 오늘은 바늘을 훔치지만 내일은 황소를 훔치려 들 것이다. 만약 남궁유룡이 죽는다면 그건 그것대로 감당해야 한다.

나는 소맷자락을 만지작거리던 손을 뗐다.

그때였다.

꾸아앙!

귀청을 찢는 굉음과 함께 불덩어리가 통천방 진영을 정통으로 덮쳤다. 앞쪽에 서 있던 흑도 다섯 명이 입으로 피를 쭉 뿜으며 대여섯 장이나 날아갔다. 놀란 동료들이 후다닥 달려가서 상태를 살폈다.

그와 동시에 작렬하던 번갯불이 뚝 그치며 남궁유룡이 대여섯 장 밖

뒤로 날아가서 멋지게 착지했다. 남궁유룡이 일방적으로 공세를 멈춘 것이다.

그 바람에 격렬하던 싸움이 한순간 중단되었다. 그렇게 맹렬히 싸웠음에도 불구하고 두 사람은 머리카락 한 올 옷자락 하나 흐트러짐이 없었다. 심지어 호흡조차 여태 바둑을 둔 사람들처럼 차분했다. 잠깐 사이 무려 삼백여 초의 공방을 주고받았는데도 불구하고 말이다.

'미친 노인네들 같으니라고!'

불덩어리를 맞은 통천방의 흑도들은 검은 피를 한 차례 더 토해낸 후 동료들의 부축을 받으며 일어났다. 만약 흑도들이 없었다면 뒤쪽의 일천 군중 중 누군가가 횡액을 당했을 것이다.

"장원으로 옮겨 계속 싸우는 것이 어떻겠소?"

"무슨 뜻이오?"

"우리 때문에 죄 없는 사람들을 다치게 할 순 없소. 귀하는 어떨지 모르겠으나 나는 그렇게 살아오지 않았소."

남궁유룡의 갑작스러운 제안에 백포산군은 살짝 당황해했다. 뿐만 아니라 이막하와 도화곡의 제자들까지 전부 어리둥절한 얼굴이었다.

여태 백포산군이 도화곡의 장원 안으로 들어오지 못하도록 목숨 걸고 싸웠는데, 남궁유룡이 오히려 아무렇지도 않게 그를 끌어들이려 하니 당황할밖에.

남궁유룡이 이막하에게 물었다.

"곡주께서는 잠시 양해를 해주시겠소이까?"

"멀리서 온 손님을 이레나 밖에서 머물게 했으니 푸대접도 이런 푸대접이 없었군요. 두 분 모두 안으로 드시지요. 즉시 대연무장을 비워놓으라고 하겠습니다."

"고맙소이다."

이막하는 잠깐의 고민도 하지 않았다.

남궁유룡은 아직도 대답을 않고 멀뚱거리는 백포산군을 돌아보며 물었다.

"이제 와서 두려운 것이오?"

"천만의 말씀. 들어갑시다."

이막하가 앞장을 섰고 남궁유룡과 백포산군이 뒤를 이었다. 마지막으로 그때까지도 장원 입구를 지키고 있던 도화곡의 제자들 절반이 우르르 따라 들어가고 난 후 정문이 '쾅!' 닫혔다.

남은 제자 절반은 입구를 지키며 검진을 펼쳤다. 열 명으로 백 명을 상대한다는 멸살구곡대진이었다.

얼떨결에 백포산군을 놓친 통천방의 흑도들이 무력으로라도 정문을 뚫으려고 하는 찰나, 멸살구곡대진을 이끌고 있는 칠검향의 향주 섭부용이 일갈을 내질렀다.

"문을 열려는 흑도들은 그 즉시 목을 베라!"

백포산군이 없는 통천방의 흑도들은 오합지졸에 불과했다. 사승의 관계를 맺으며 체계적인 무공을 익힌 도화곡 제자들의 상대가 되질 않았다. 마음만 먹으면 하룻밤에라도 쓸어버릴 수 있다.

석삼두는 움찔 놀라며 멈춰 섰다.

이막하를 비롯해 이백여 명의 도화곡 제자들이 지켜보는 가운데 남궁유룡은 드넓은 연무장에서 다시 백포산군과 마주하고 섰다. 백포산군도 발끝을 살짝 벌린 다음 양손에 서서히 경력을 담아갔다.

아직 끝내지 못한 싸움을 이어가려는 일촉즉발의 순간, 남궁유룡이 갑자기 용두장검을 검갑에 '철컥' 하고 집어넣어 버렸다.

그러고는 태연하게 뒷짐을 지고 서서 백포산군을 응시했다.

백포산군이 고개를 갸우뚱하며 물었다.

"무얼 하자는 거요?"

"나는 상대의 곤란함을 틈타 승리를 가로채는 소인배가 아니외다."

"무슨 헛소리를 하는 것이오?"

"속일 생각일랑 마시오! 귀하의 몸은 처음부터 나와 결전을 치를 수 있는 상태가 아니었소. 내 말이 틀렸소이까?"

말이 끝나기 무섭게 백포산군의 눈동자가 붉게 충혈되기 시작했다. 흡사 금방이라도 터져서 핏물을 뿜어낼 것 같았다.

그러다 갑자기 그 자리에 꼿꼿하게 선 채로 검붉은 피를 한 줌이나 토해냈다.

그제야 붉게 충혈되었던 눈이 조금씩 정상으로 돌아왔다. 남궁유룡의 말이 사실이었던 것이다.

나는 한순간 내가 백포산군을 저렇게 만들었었나 하고 착각할 뻔했다. 하지만 천만의 말씀이다. 나는 겨우 그를 여섯 번 때렸을 뿐이었다.

이막하도 계속해서 고전을 면치 못했다. 이막하나 나와의 싸움 이전에 입은 내상이 확실했다. 그러다 남궁유룡이라는 극초절정의 고수를 만나 무리하게 내공을 운용하다 보니 기혈이 뒤틀린 것이고.

더불어 남궁유룡이 군중을 핑계 삼아 전장을 장원 안으로 옮긴 이유도 깨달았다. 무언가 석연치 않더라니, 그는 수많은 군중이 지켜보는 앞에서 백포산군이 자신의 검에 쓰러지는 모습을 보이지 않도록 배려를 한 것이었다.

"낙타가 말라 보여도 천 근의 고기가 있다더니, 그 지경이 되어서도 그런 무지막지한 장법을 펼친 것이오?"

"수천 리를 쉬지 않고 달려와 진기가 한 줌밖에 남지 않은 몸으로 검강을 다섯 자나 뽑아낸 귀하가 할 말은 아닌 듯하오만."

"대체 무슨 일이 있었던 거외까?"

백포산군의 토혈은 도화곡의 대연무장을 발칵 뒤집어놓았다. 절대로 죽지 않을 것 같은 무적의 고수가 입으로 검붉은 피를 쏟아내니 다들 놀라자빠질밖에.

하지만 백포산군은 물러날 기미가 없었다. 그는 소맷사락으로 입가를 한 번 쓰윽 닦고 나더니 남궁유룡을 향해 착 가라앉은 음성으로 말했다.

"다시 검을 뽑으시오."

"몸부터 추스르시오."

"나를 욕보이지 마시오!"

백포산군의 일갈에 대기가 쩌렁쩌렁 울렸다. 자신의 내공이 건재함을 과시하려는 것이다.

그가 이렇게까지 나오는 것은 부상을 당했다는 이유로 여기서 싸움을 중단하면 결국 패한 것이 되어버리기 때문이었다.

남궁유룡 또한 수천 리를 쉬지 않고 달려오느라 진기가 한 줌 정도밖에 남지 않은 탓에 자신의 부상은 충분한 이유가 되지 않는다고 생각한 것이다.

악인이라는 손가락질보다 누구에게 졌다는 소리 듣는 걸 열 배는 더 치욕스럽게 생각하는 것이 무인이라는 족속들이었다. 평범한 무인들도 그러할진대 하물며 천하십대고수 반열에 든 무신이라면 말할 것도 없다. 아마도 죽기보다 싫을 것이다.

"나는 일평생 한 싸움에서 이미 검갑에 넣어버린 검을 다시 뽑은 적이 없소. 만약 귀하가 강요한다면 그거야말로 나를 욕보이는 일이지. 그렇다고 나도 똑같이 장법으로 싸운다고 하면……."

"그건 안 될 말이오! 그렇게 해서 내가 이긴들 누구도 정당한 대결이었다고 하지 않을 것이오. 입장을 바꿔 만약 내가 검으로 싸우겠다고 하면 받아주겠소이까?"

"설혹 내가 규칙을 깨고 다시 검을 뽑아 싸운다고 한들 우리의 싸움은 누가 이기고 지더라도 이미 서로가 본신의 실력을 전부 발휘한 승부라고 할 수 없을 것이오."

"하면 대체 어쩌자는 것이오?"

"귀하와 내가 각각 자신을 대신할 사람을 내세워 대결을 시켜보면 어떻겠소? 단, 본래의 수준으로 인한 차이를 최대한 줄이기 위해 내공은 쓰지 않고 오직 초식으로만 승부를 보도록 하는 것이오."

"이곳에 귀하의 진전을 고스란히 이은 손녀가 있음을 알고 있소이다. 하지만 내 제자는 이미 오래전에 죽고 없거늘 누굴 대신 앞세운단 말이오?"

"삼십 년 전 황산에서 우리가 사흘 동안 논검비무를 한 후 헤어지면서 나눴던 말을 기억하시오? 그땐 우리 모두 서로의 부족함을 깨닫고 훗날 다시 만나게 되면 나는 어검술(馭劍術)을 익히고 귀하는 섭인술(攝人術)을 익혀 자웅을 겨뤄보자고 했었지."

"……!"

"나의 어검술은 이제 제법 쓸 만해졌다오. 하지만 알다시피 진기의 고갈이 극심해 지금 당장은 보여줄 수가 없소이다. 귀하의 섭인술은 어떤지 모르겠구려."

'이게 대체 무슨 소리야!'

검강을 눈으로 직접 본 지 얼마나 됐다고 이제는 어검술이라는 말까지 나왔다. 심지어 그걸 제법 쓸 만한 수준으로 익혔단다. 남궁유룡이 자신의 입으로 쓸 만한 수준이라고 한다면 보통 사람들 눈에는 귀신의 조화처럼 보일 것이다.

그야말로 기절초풍할 지경이었다.

섭인술은 아무래도 능공섭물에서 따온 것 같은데, 문자 그대로 풀이하자면 사람을 마음대로 다스린다는 뜻이다.

하나같이 나로서는 짐작조차 할 수 없는 까마득한 경지의 이야기들이었다. 저 노인네들은 그냥 다른 세계의 존재들이라는 생각밖에 들지 않았다.

이막하를 비롯해 도화곡의 제자들과 남궁소소까지도 모두 무슨 전설 속 옛날이야기를 듣는 듯한 표정들이었다.

백포산군은 옛 생각을 하는지 눈동자가 한없이 깊어졌다.

잠시 사이를 두었다가 남궁유룡이 말을 이었다.

"짐작하는 대로 나는 손녀를 내보겠소. 귀하는 밖에 있는 흑도들 중 쓸 만한 자를 데려다가 섭인술을 통해 내 손녀와 겨루어보도록 하는 게 어떻겠소?"

"어인술(御人術)이오."

"……?"

"섭인술로는 내가 익힌 공부를 모두 설명할 수가 없소. 해서 어검술에 대응하여 어인술이라고 격상해 부르기로 했소."

"해내셨나 보구려."

"만약 내 말(馬)이 이기면 어떻게 되는 것이오?"

어검술의 '어'는 말을 부린다는 뜻이었다. 백포산군은 어인술을 익혔다고 했으니 말은 그가 데려올 통천방의 흑도를 두고 하는 말이었다.

"내 손녀의 패배는 곧 나의 패배이니 귀하가 도화곡으로 향하는 길을 열어주어야겠지요. 단, 귀하의 말이 패하면 여기서 모든 은원을 정리하고 애뇌산으로 돌아가 주시오."

"좋소이다."

장담하건대 바깥에 있는 통천방의 흑도들 중 남궁소소를 이길 만한 고수는 없다. 본래 우두머리인 흑갈자 노청봉이 옛 사천구룡방 서열 삼위로 상당한 고수였으나 지금은 백포산군을 이용해 먹으려다 얻어터져서 반불구가 되어버렸다. 뒤를 이어 통천방의 새로운 방주가 된 석삼두 역시 헛짓거리를 하다가 쥐어 터져서 제대로 싸울 상태가 아니었다.

보나 마나 당주급 인물 중 하나가 나설 텐데, 그는 남궁소소를 상대로 오십 초식도 버티지 못할 것이다. 어인술인지 뭔지 하는 것이 얼마나 대단한지 몰라도, 허수아비를 조종해 남궁소소를 상대한다는 것 역시 말이 안 되었다.

모든 걸 떠나 남궁유룡에게 다 생각이 있지 않겠나. 나는 섭부용과 칠검향의 호위를 받으며 진귀한 구경을 할 생각에 벌써부터 흥분되었다.

남궁소소는 남궁소소대로 자신감이 흘러넘쳐서는 손목을 우두둑 우두둑 꺾으면서 앞으로 나왔다. 그러고는 백포산군과 싸울 것도 아니면서 그를 뚫어지게 노려보았다. 그와 싸울 것이 아니기 때문에 노려보는 건지도 모르지만.

남궁유룡이 말했다.

"가서 말을 골라오시겠소?"

"그럴 필요 없소이다."

"어째서요?"

"내 말은 바로 여기 있소이다."

그러면서 백포산군은 고개를 천천히 돌려 들것에 팔자 좋게 누워 있는 나를 바라보았다. 그러자 다른 사람들의 시선도 따라서 나를 향했다.

잠시 쥐 죽은 듯한 침묵이 흐른 후 내가 말했다.

"좋은 생각이 아닙니다."

"내 말이 되어주어야겠다."

"사양하겠습니다."

"너는 이미 모든 심력을 집중한 상태에서 나와 삼백오십여 초식을 싸웠다. 내 어인술의 말로 네놈이 가장 적당하다."

"저는 지금 중상을 입은 상태입니다."

"네 입으로 피멍만 조금 들었다고 하지 않았더냐. 그리고 이건 순수한 초식의 대결이니 내상을 입었어도 싸우는 데 크게 지장이 없다."

"그게 아니라 싸움 때문에 제 내상이 더 심해진다고요. 모든 걸 떠나 제가 하지 않겠다는데 무슨 소용이 있습니까."

"하면 나도 뇌검의 제안을 거절할 수밖에."

"……!"

쩡! 쩌정! 쩡쩡쩡!

남궁소소의 검신에 이는 바람이 겨울 삭풍처럼 내 정수리와 어깨와 허리를 훑고 지나갔다.

나는 나아가고, 물러나고, 미끄러지기를 반복하며 연신 그녀의 전권을 맹렬하게 파고 들어갔다.

문제는 이게 순수한 내 의지에 의한 움직임이 아니라는 것이었다.

솔직히 섭인술이니 어인술이니 했을 때 전부 말장난에 불과하다고 생각했다. 내 의지로 다른 사람의 신체를 마음대로 조종한다는 게 잘 상상이 안 되었으니까.

나 역시 선천오법술로 비격쌍뇌창이라는 바늘을 조종하지만, 그건 생명이 없는 것이었기에 가능했다. 의지를 가진 것, 즉 살아 있는 것을 조종하는 건 현재로선 모기에서 파리를 지나 나비 정도나 가능했다. 하지만 나는 나비보다 몇천 배가 크고 강한 의지를 지닌 인간이 아닌가.

그런데 어찌 된 영문인지 이게 됐다. 아니, 의지를 가진 탓에 오히려 더 쉽게 백포산군이 나를 통제했다.

내가 익힌 선천오법술은 술법이고, 그가 익힌 어인술은 내공에 기반한 어검술의 일종이라는 게 다를 뿐인데도 그랬다.

그가 나를 조종하는 것은 엄청난 내공을 필요로 하는 일이었지만 방식은 의외로 간단했다.

우선은 그가 원하는 방향으로 내 상체를 기울이게 했다. 그러면 나는 남궁소소의 검으로부터 내 손발을 지키기 위해서라도 어떻게든 보법을 펼치거나 나름의 권초들을 다급하게 출수할 수밖에 없었다.

그때 백포산군이 내 손과 발을 조종했다. 허수아비처럼 뻣뻣하게 서 있는 팔다리를 생으로 꺾어 움직이게 하는 것이 아니고, 내가 펼친 움직임에 편승해 자신의 의지대로 투로와 속도와 타점 등을 살짝살짝 바꾸어 버리는 것이다.

가령 나는 고등원조(高燈遠照)의 수법으로 높이 떠올라 검을 쥔 손목을 주먹으로 떨쳐내려는데 갑자기 열 손가락이 쫙 벌려지며 장심이 남궁소소의 얼굴을 향했다.

나는 선과교하(船過橋下)의 수법으로 몸을 최대한 낮추어 검을 피했는데, 갑자기 오른손이 소용돌이치듯 뻗어가며 그녀의 옆구리를 노리는 식이었다.

그때마다 꼭 초식을 도둑맞는 것 같았다.

한마디로 어인술은 내가 펼치는 각종 보법과 초식들을 동력 삼아 백포산군이 마지막 순간에 그의 의지대로 바꿔 버리는 '기생 무공'이라고 할 수가 있었다.

이게 말이 되는지 모르겠는데 일단은 그랬다. 따라서 완전한 그의 무공은 아니었다. 한데도 엄청난 위력을 발휘했다.

빼억!

"미안하오!"

퍼엉!

"괜찮으시오?"

빠악!

"내가 한 게 아니오!"

이 싸움에는 또 하나의 문제가 있었다. 당연한 말이지만 남궁소소는 나를 벨 생각이 눈곱만큼도 없었다. 한데 두어 대 얻어맞고 나더니 눈빛이 슬슬 변했다. 급기야 내 장법에 왼쪽 얼굴을 맞고 대여섯 걸음 튕기듯 물러난 다음에는 아예 다른 사람으로 돌변했다.

스캉! 쩍쩍쩍! 휘웅!

온갖 다채로운 소리의 칼바람이 나를 덮쳤다. 나는 손발을 발작적으로 놀리며 뒷걸음질 치기에 바빴다.

이 싸움에는 세 번째 문제도 있었다. 내가 이기면 남궁유룡이 더는 개입을 하지 않으면서 이막하가 백포산군과 끝내 생사결전을 치러야 한다는 사실이었다.

그렇다고 내가 일부러 져줄 수도 없었다. 싸움을 시작하기 직전 백포산군은 남궁유룡에게 확답을 받아두었다. 만약 내가 일부러 져준다면 그 즉시 남궁소소가 진 것으로 간주하겠다고.

보통의 인간들 같으면 속임수라도 썼을 텐데, 이 인간의 눈을 속일 자신이 솔직히 없었다. 무인으로서의 자존심과 긍지가 강한 남궁유룡도 그걸 용서하지 않을 것이다.

돌연 남궁소소가 검을 수평으로 크게 휘둘렀다. 나는 철판교의 수법을 펼쳐 상체를 급박하게 뒤로 꺾었다.

순간, 남궁소소가 내 앞에서 허공으로 쭉 솟구쳤다. 무려 일 장 높이의 허공에서 나를 넘어간 그녀가 질풍처럼 돌아서며 천근추의 수법과 함께 머리통을 일도양단의 기세로 쪼개왔다.

대경실색한 나는 공격을 하는 대신 귀영무의 보법을 펼치며 재빨리 물러나려고 했다. 그녀가 나를 벨 생각이 없었던 것처럼 나 역시 그녀를 다치게 할 생각이 눈곱만큼도 없었으니까.

한데 내 의지와 상관없이 우장이 힘차게 뻗어 나갔다. 지금까지 슬쩍슬쩍 건드려 방향을 바꾸던 것과는 차원이 다른 힘과 속도였다. 이대로라면 내 우장이 먼저 남궁소소의 가슴을 강타할 것 같았다. 내공을 담지 않았으니 내상까지 입히지는 않겠지만 뼈를 상하게 할 만큼은 충분히 위력적이었다. 더불어 내 정수리도 장법에 맞아 튕겨 나가는 그녀의 검 끝에 살짝 걸릴 것 같았다. 그러면 나는 죽는다.

'이 노인네가 미쳤나!'

나는 손바닥 뒤집듯 상체의 위쪽 절반을 벼락처럼 옆으로 비틀었다. 동시에 왼쪽 앞가슴을 아슬아슬하게 쓸고 내려가는 검면을 향해 측면에서 우장을 떨쳤다.

지금까지 내가 펼친 초식을 마지막 순간 백포산군이 비틀었던 것과 달리 이번엔 백포산군이 사력을 다해 펼친 초식을 내가 크게 비틀어 버린 것이다.

결과는 대성공이었다.

투웅!

우장을 맞은 장검이 부러질 것처럼 휘며 반대쪽으로 튕겨 나갔다. 검을 쥔 남궁소소의 오른손도 함께 끌려갔다.

순간, 오른쪽 손목이 시큰해서 보니 남궁소소가 왼손에 쥔 목련잠으로 내 손목과 손등 사이의 양지혈(陽池穴)을 찌르고 있었다.

'속았다!'

나는 벌을 털어 내듯 손을 틀면서 재빨리 대여섯 걸음을 후다닥 물러났다. 누가 못이라도 박은 듯한 고통과 함께 오른팔은 물론이고 어깨까지 마비가 왔다.

"내 점혈법 맛이 어때요?"

"혹시 초상지풍(草上之風)의 초식이오?"

"맞아요!"

초상지풍은 먼 훗날 유가문파를 세우면 제자들에게 가르쳐 주겠다며 남궁소소가 창안한 점혈법이었다. 틈만 나면 수련을 하더니 이제 제법 위력적이었다.

"놀라운 한 수였소."

"또 덤벼요."

"내가 졌소."

"덤비라고요!"

"팔을 이렇게 만들어놓고 어떻게 덤비라는 거요?"

그러면서 나는 통나무처럼 뻣뻣하게 굳은 오른쪽 팔을 아래로 늘어뜨려 까딱까딱 흔들어 보였다.

남궁소소는 그래도 화가 풀리지 않는지 고양이 갈기 세우듯 양쪽 어깨를 잔뜩 치켜올리고는 콧김을 펑펑 뿜어댔다. 이긴 사람은 눈두덩이를 포함한 얼굴 반쪽이 퉁퉁 부은 데 반해 진 사람은 팔에 마비만 왔을 뿐 멀쩡하니 약이 바짝 오른 것이다.

이백여 합에 걸친 공방이 나의 패배로 끝나자 사람들은 당황해서 한동안 말을 잇지 못했다.

내공을 전혀 쓰질 못하니 나는 그냥 평범한 표사들 축에도 끼기가 힘들었다.

당연한 일이었다. 초식을 본격적으로 익힌 지 일 년이 채 안 되었는데 내가 무슨 수로 어려서부터 무공을 수련한 남궁소소를 이기겠나. 그나마 백포산군이 내 손발을 조종한 덕분에 이백여 합이라도 겨룰 수 있었다. 아마도 백포산군 역시 내 손발의 움직임이 이 정도로 어설플 줄은 몰랐을 것이다.

사람들의 시선이 천천히 백포산군에게로 향했다. 가장 중요한 건 역시 그가 이 싸움의 승부를 어떻게 받아들이느냐 하는 것이었다.

백포산군은 호목을 부릅뜬 채 나를 노려보고 있었다.

"저는 최선을 다했습니다. 마지막 순간 선배님께서 펼친 수법으로 공격했다면 그녀를 떨칠 수 있었겠지만, 저 또한 이마의 절반이 잘려 나갔을 겁니다. 그건 양패구상이지 이긴 게 아닙니다. 물론 결과적으로 속임수였기는 했지만, 그건 그것대로 어디까지나 그녀가 저의 벗이기 때문이지 다른 사람이었다면 전 벌써 죽은 목숨……."

"이놈!"

무얼 어떻게 할 틈도 없었다. 백포산군의 신형이 눈앞에서 갑자기 번쩍하고 사라졌다.

불길한 예감에 미리부터 이능력을 발동하고 있던 나는 내공까지 끌어올리며 사력을 다해 보법을 펼쳤다. 하지만 천하십대고수의 가공할 신법 앞에서는 아무런 소용이 없었다. 내상을 입은 데다 거리가 너무 가까운 게 특히 치명적이었다.

정신을 차리고 보니 처음 만났을 때처럼 그가 한 손을 뻗어 내 멱을 틀어잡고 있었다.

이막하를 비롯해 깜짝 놀란 도화곡의 제자들이 백포산군을 향해 신형을 쏘았다.

백여 개의 협봉검이 그를 벌집으로 만들어 버리려는 찰나 남궁유룡이 사자후를 내질렀다.

"모두 움직이지 마라!"

도화곡 제자들이 걸음을 뚝 그쳤다.

나는 나대로 버둥거리는 척하며 양손으로 그의 손목을 덥석 잡았다. 내 소맷자락과 그의 눈과의 거리는 불과 한 자 반, 여차하면 소맷자락에 꽂아둔 비격쌍뇌창으로 눈을 뚫어버릴 참이었다.

백포산군은 자신이 내 명줄을 틀어쥐었다고 생각하겠지만, 나도 그의 목숨을 손아귀에 쥐고 있었다. 바늘이 눈을 뚫고 들어가 뇌에 박히고도 살아남을 인간은 없을 테니까.

"기호포이(騎虎捕耳), 방금 네가 펼친 수법의 이름이다. 호랑이의 등에 올라타 왼손으로는 꼬리를 잡고 오른손으로 귀를 잡는다는 뜻이지."

"……!"

"지난 이레 동안 너를 상대로 삼백오십여 초식을 펼쳤지만 기호포이를 출수한 적은 딱 한 번밖에 없다. 대체 네놈의 정체가 무엇이냐?"

그러니까 이 노인네 말은 자신이 딱 한 번밖에 안 보여준 수법을 내가 어떻게 알고 그대로 펼쳤느냐는 거였다.

백포산군의 질문에 대한 내 대답은 이거였다.

"커걱…… 컥!"

말을 하고 싶어도 멱을 틀어쥐고 있어 할 수가 없었다.

백포산군은 불똥을 품은 눈으로 나를 한참이나 노려보다가 팽개치듯 홱 놔주었다. 비로소 자유의 몸이 된 나는 휘청거리며 대여섯 걸음이나 물러났다.

백포산군이 저만치 떨어져 있는 남궁유룡에게 말했다.

"내가 졌소이다."

"또 볼 수 있겠소이까?"

백포산군은 고개를 들어 하늘과 도화곡의 장원과 마방산 자락에 가득한 홍엽을 하나씩 눈에 담으며 말했다.

"나는 아마도 봄을 맞지 못할 것 같소이다. 그래서인지 걸음을 하는 곳마다 보이는 풍경들이 예사롭지 않구려."

백포산군은 다시 남궁유룡에게로 시선을 주며 말했다.

"그래도 귀하를 다시 볼 수 있어서 좋았소."

"붙잡지 않겠소. 대신 마지막 가는 길에 남은 사람의 궁금증이나 시원하게 풀어주고 가시오. 우리에게 그만한 정리는 있었던 것 같소만."

"마병(魔病)이오. 젊어서 정순한 내공 수련을 게을리하고, 욕심을 다스리지 못해 사이한 무공들을 가까이했던 대가를 조금 빨리 치르는 것일 뿐이오."

마병은 마공을 익힌 무인들이 역천의 기운을 다스리지 못한 나머지 늙어서 걸린다는 주화입마의 일종이었다.

충격 그 자체였다. 천하십대고수 중 한 명인 백포산군이 젊어서 사이한 무공에 손을 댔다는 것도 충격이고, 그로 말미암아 팔순에 이르러 천수가 끝나가고 있다는 것도 충격이었다.

"무맥을 이을 제자는 보아두셨소이까?"

"다른 무공은 그렇다 치더라도 구천홍염장은 구천구관(九泉九關)을 모두 통과해야만 익힐 수 있소. 한데 지옥 같은 구천구관을 견딜 독기와 치열함과 무재까지 모두 지닌 후기지수를 나는 평생 일곱 명밖에 보지 못했소. 여섯은 이미 명문대파의 제자들이었고 한 명은 뇌정갑이었지."

구천은 인간이 죽은 뒤에 넋이 돌아간다고 하는 땅속 깊은 세계를 말한다. 그곳에 있는 아홉 개의 관문이니 얼마나 무시무시할지 상상하는 것만으로도 오금이 저렸다.

백포산군의 말에 분위기가 숙연해졌다. 평생 고작 일곱 명의 무재를 보았는데 그중에 하나였던 뇌정갑이 죽어버렸으니 저 가공할 무맥도 이제 끝이었다.

"이제 가도 되겠소?"

백포산군이 또 무슨 돌발 행동을 할지 몰라 도화곡의 제자들은 그때까지도 멸살구곡대진을 풀지 않고 있었다.

남궁유룡이 이막하에게 고개를 끄덕였고, 이막하가 다시 제자들에게 고개를 끄덕였다. 그제야 검진이 흩어지며 길이 열렸다.

백포산군은 모든 미련을 접은 듯 천천히 걸음을 옮겼다.

그가 고작 세 걸음을 옮겼을 때였다.

"저자는 어때요?"

남궁소소가 갑자기 나를 가리키며 말했다.

나는 어처구니가 없어서 '허!' 하고 헛웃음을 터뜨렸다. 지켜보고 있던 사람들도 모두 황당하다는 표정들이었다. 오직 남궁유룡만 자신만큼 오래 살면 세상에 놀랄 일이 그다지 많지 않다는 듯 태연한 얼굴을 하고 있었다.

남궁소소가 다시 물었다.

"선배님께서 보시기에 저자는 구천구관을 통과할 것 같으신가요?"

"아마도."

"그럼 데려가시는 게 어때요?"

더는 참지 못하고 내가 끼어들었다.

"소저, 그건 안 될 말이오. 나는 이미 사부님을 두 분이나 모신 데다 그중 한 분은 백포산군 선배님의 제자와 생사결을 치른 끝에 죽이기까지 했소. 한데 어찌 내가 선배님의 제자가 되겠소. 백포산군 선배님 또한 어떻게 제자를 죽인 원수의 제자를 다시 제자로 거둘 수가 있겠소."

솔직히 내가 하고 싶은 말은 '갑자기 어디서 개족보를 그리고 있냐!'라는 일갈이었다.

내 말 어디 하나 틀린 곳이 없기에 사람들은 가만히 고개를 끄덕였다.

백포산군이 말했다.

"나와 뇌정갑은 사이가 별로 좋지 않았네. 녀석은 발군의 무재를 지니기는 했어도 알다시피 바라보는 곳이 늘 어두웠지. 타고나길 그렇게 타고났어."

"……?"

"그렇다고 해도 나의 제자임을 부정할 순 없네. 지옥의 구천구관을 뚫고 지독한 수련까지 묵묵히 견뎌준. 한데 내 어찌 그를 죽인 자의 제자를 다시 제자로 받아들일 수 있겠나. 그건 안 될 말일세."

"산군의 말씀이 옳다. 그만 주워 담거라."

급기야 남궁유룡까지 나서서 남궁소소를 부드럽게 나무랐다. 그러나 남궁소소는 조금도 물러날 기세가 아니었다. 꼭 다문 입술에서 반드시 나를 구천구관에 처넣고야 말겠다는 의지가 엿보였다.

"다들 무언가 오해를 하고 계신 것 같습니다. 저는 지금 백포산군 선배님께서 그를 제자로 삼으시라는 말씀을 드리는 게 아닙니다."

"하면?"

"표행을 의뢰하시라는 말씀을 드리는 겁니다."

"표행?"

"그에게 구천홍염장을 전수해 준 다음, 훗날 무맥을 이을 만한 무재를 만나게 되면 자신이 익힌 초식들을 하나도 빼놓지 않고 고스란히 전수해 달라고 하는 것이지요."

"……!"

"……!"

"……!"

백포산군, 남궁유룡, 이막하의 얼굴이 갑자기 딱딱하게 굳었다.

나는 한순간 심장이 철렁 내려앉는 것 같았다.

이막하가 가만히 물었다.

"그게 가능할까?"

"십 장이 채 안 되는 거리를 무려 이레나 걸려서 표물을 배달하는 최고의 표사예요. 그에게 맡기면 절대로 실패하지 않을 거예요. 제가 보증하겠어요."

어영부영하다간 큰일 치르게 생겼다.

나는 다시 한번 황급히 끼어들었다.

"무공을 몸으로 익혀서 가지고 있다가 다음 대에 전해준다니. 세상에 그런 의뢰는 들어본 적이 없소."

"그동안 귀하가 했던 표행들은 뭐 일반적이었는 줄 아세요? 하나도 이상할 것 없어요. 먼 곳으로 운송하던 표물을 먼 훗날로 운송하는 것뿐이니까. 표마차는 귀하의 몸으로 대신하고요."

"그게 제자와 다를 게 무엇이오?"

"표물을 운송하는 것과 다를 건 뭐예요?"

"표물은 내가 잠시 맡아두기만 할 뿐 절대 사용할 수 없소. 만약 표물을 내 물건처럼 사용한다면 그건 사기이고 표주를 기만하는 것이오."

"구천홍염장도 귀하가 완전히 익힌 다음에는 절대 사용하지 않으면 되죠."

"완전히?"

"설마 구천홍염장과 같은 무공을 실전은 배제한 채 혼자 목인장(木人椿-나무인형)만 죽으라고 치면서 익히겠다는 건 아니겠죠?"

"내가 완전히 익혀야 할 이유는 또 무엇이오?"

"그게 의뢰니까요. 구천홍염장을 수단과 방법을 가리지 말고 십이성까지 익힐 것. 그리고 죽기 전에 후인을 찾아 고스란히 전수해 주고 죽을 것."

"설사 그렇다고 해도 무공을 수련함에 완전함이란 없소."

"이 표물에는 있어요. 표물을 무공으로 전수받는 방식이니 의뢰를 한 표주만큼의 경지를 펼칠 수 있게 되면 비로소 표물로서 완전해지는 거죠."

'이상하게 설득력이 있네.'

솔직히 백포산군의 제자가 되지 않고, 또 구천구관에도 들어가는 것만 아니라면 나야말로 이 기상천외한 의뢰를 꼭 맡아서 해보고 싶었다. 이런 표행은 과거에도 없었고 앞으로도 절대 없을 테니까.

하지만 안 될 말이었다. 여름에 온갖 절진으로 가득했던 남만의 마교 동굴에서 수차례 죽을 뻔한 위기를 겪은 이후 동굴과 기관진식이라면 아주 지긋지긋했다.

"소저의 얘기는 잘 들었고요. 내 대답은 의뢰 거절이오."

나는 남궁소소가 열심히 세운 논리를 간단하게 묵살해 버렸다. 한데도 남궁소소는 전혀 당황한 기색이 없었다.

"귀하가 거절하면 구천홍염장의 무맥은 백포산군 선배님의 대에서 끊기고 말 거예요. 일의 잘잘못을 떠나 그 책임은 우리 모두에게 조금씩 있어요. 한데 그중에서도 가장 큰 책임이 있는 사람을 한 명만 고르라면 단연코 귀하예요."

"내가 왜?"

"대별산에 있던 도화곡을 이곳 성도로 옮기는 데 결정적인 역할을 한 사람이 바로 천룡표국의 풍운비룡이니까요."

"……!"

"만약 천하십대고수 중 한 명의 무맥이 귀하 때문에 사장되었다는 소문이 강호에 돌기 시작하면 명표는 물 건너가는 오리 꼴 나는 거예요."

원래대로라면 그럴 일은 없다. 하지만 방금 나와 가장 친한 남궁소소가 그렇게 그림을 그려 버렸기 때문에 이제는 누구라도 그렇게 생각할 공산이 컸다.

아니나 다를까, 지켜보고 있던 도화곡의 제자들 전부가 과연 그렇다는 듯 고개를 끄덕이기 시작했다. 남궁소소의 말에 설득당해 버린 것이다.

"어떻게 하시겠는지요?"

의기양양해진 남궁소소가 열심히 밥상을 차려다가 바치듯 백포산군을 돌아보며 물었다. 백포산군은 알 수 없는 표정으로 남궁소소를 한참이나 바라보다가 말했다.

"그 표사에 그 벗이로군."

백포산군은 이어 나를 돌아보며 말했다.

"두 번째 의뢰를 하겠네."

"선배님, 잠깐만 진정을 하시고요. 이게 말이죠……."

"부탁이네."

"……!"

백포산군의 눈동자 깊은 곳에서 횃불이 하나 보였다. 그건 생명이 점점 꺼져가는 한 노인의 마지막 불꽃이자 어떻게든 무맥을 이으려는 무림 거물의 염원이었다.

"저는 매우 비쌉니다."

"강호의 내로라 하는 고수들이 금원보가 가득 든 궤짝을 지고 찾아와도 혼구녕을 내어 쫓아 보냈건만, 이제는 오히려 내가 거액의 돈까지 주고 무맥을 이어달라 부탁해야 한다니. 후후."

"제겐 어디까지나 표행이니까요."

"미안하네만 심산에 은거한 내게 무슨 돈이 있겠나."

"애석하군요. 아무래도 다른 표사를 찾아보시는 게……."

"내가 대지."

갑자기 튀어나온 사람은 남궁유룡이었다.

나는 눈이 동그래져서 남궁유룡을 바라보았다. 그러거나 말거나 남궁유룡은 백포산군을 보면서 태연자약하게 말했다.

"내가 대신 내어드리겠소."

"얼마를 달라고 할 줄 알고요."

"얼마가 되든 내가 내어드리겠소."

"고맙소이다."

"천만의 말씀을."

그때 이막하가 조용히 끼어들었다.

"괜찮으시다면 도화곡의 조용한 곳에 구천구관을 만들어 드리겠습니다. 보름이면 충분할 겁니다. 물론 관문은 산군께서 직접 여신다는 전제하에서요."

백포산군이 깜짝 놀라서 물었다.

"구천구관이 무엇인 줄 알고?"

"도화곡에 전해 내려오는 무림백서에 구천홍염장과 구천구관에 관한 간략한 설명이 있었습니다. 기록에 따르면 구천구관은 강호인들의 생각처럼 복잡한 기관진식이 아니라 초단공을 익히는 첫 아홉 날 동안 거쳐야 할 고통스러운 관문을 일컫는 것이라고 하더군요."

"……!"

"도화곡에 머물며 구천구관을 여시면 다시 애뇌산으로 돌아가는 수고를 덜고 아까운 시간도 절약할 수 있을 것입니다."

생각지도 못한 이막하의 호의에 백포산군은 뭐라고 말해야 할지를 몰라 남궁유룡을 돌아보았다. 남궁유룡은 입가에 살짝 미소를 띠고는 가만히 고개를 끄덕여 주었다.

백포산군이 그제야 결심을 한 듯 이막하에게 말했다.

"고맙소이다."

"별말씀을요."

도화곡의 제자들은 잘되었다는 듯 서로를 마주 보며 환하게 웃었다. 모든 걸 떠나 백포산군의 무맥과 은원을 끝내고 사실상 화해를 하게 되자 더할 나위 없이 기쁜 것이다.

일이 이렇게 되고 보니 나는 더는 빠져나갈 구멍이 없음을 깨달았다.

땅이 꺼지라 한숨만 쉬어댔다.

백포산군이 내게 말했다.

"의뢰를 하기 전에 한 가지 조건이 있네."

"또요?"

"표단은 전문가의 도움을 얻어 내가 직접 작성하겠네."

옆에 있던 남궁소소가 얼른 백포산군에게 포권지례를 하며 말했다.

"제가 도와드리겠습니다. 선배님. 참고로 저는 일 년째 천룡표국 비룡당의 표사로 일해왔습니다. 특히 풍운비룡의 수법을 아주 잘 알고요."

백포산군이 다시 내게 말했다.

"전문가를 찾은 것 같군."

구천구관은 도화곡의 장원 뒤쪽 마방산 중턱에 있는 석굴에서 열기로 했다. 일정도 닷새나 앞당겨졌다. 백포산군이 조용한 장소와 질 좋은 향과 몇 가지 약재들 외에는 딱히 준비할 게 없다고 했기 때문이었다.

이막하는 그때까지 편안하게 쉴 장소를 제공하겠다고 했다. 하지만 백포산군은 한사코 통천방에 머물겠다고 고집을 피우더니 가버렸다.

모두가 의아해할 때 남궁유룡이 조용히 말했다.

"죽은 제자와 이별을 하려는가 보군."

통천방은 뇌정갑이 머물던 곳이자 한때 사천구룡방의 중심이 되었던 방파였다. 백포산군은 제자의 피와 땀이 밴 곳에서 조용히 둘만의 의식을 치르려는 것이다. 영원한 이별이 될지 아니면 또 다른 세상에서의 재회를 위한 것이 될지 모르는 의식을.

나는 쳐 죽일 놈이었던 뇌정갑과 흉포한 인간인 백포산군을 보면서 사승의 관계에 대해 다시 한번 생각하게 됐다. 대체 사승이란 무엇일까? 무엇이 저들을 그토록 질기게 묶어놓았을까?

"그나저나 통천방은 이제 알거지가 됐을 텐데."

짧은 상념 끝에 나도 모르게 불쑥 튀어나온 말이었다.

지켜보고 있던 도화곡의 제자들이 과연 그렇다는 듯 신나서 고개를 끄덕였다.

상황이 대충 정리되자 도화곡의 수뇌부는 남궁유룡과 뜨거운 인사를 나누었다. 나는 차례를 기다렸다가 사대장로들과 칠대 제자들 그리고 사저들인 팔대 제자들에게도 일일이 늦은 인사를 올렸다.

어른들과의 인사가 모두 끝나자 구대 제자들 수십 명이 우르르 몰려와서는 나와 남궁소소를 에워쌌다. 그들 중에 그림 그리는 안여여와 열일곱 살의 나이에 벌써부터 용모가 예사롭지 않은 예홍이도 있었다.

"사숙, 왜 이렇게 늦으셨어요?"

"사숙, 천금풍이 정말 많이 느신 것 같아요!"

"사숙, 며칠이나 머물다 가실 거예요?"

"소소 선배, 기왕 오신 거 한 달 정도만 푹 쉬었다 가시면 안 되나요?"

이막하는 어수선해진 도화곡을 빠르게 정리해 갔다.

나와 사대장로들을 비롯한 여러 부상자들은 내원에서 구대 제자 오십여 명의 호법을 받으며 운기행공에 전념했다. 다행히 치명적인 부상을 입은 제자는 한 명도 없었다.

그리고 다음 날 아침, 남궁유룡과 나와 남궁소소는 도화곡의 수뇌부와 함께 역대 제자들의 위패를 모신 조사전을 찾았다.

남궁유룡은 그중에서도 특히 전대 곡주였던 여종매의 위패 앞에서 향을 사르고는 눈을 감은 채 반 각이 넘도록 발걸음을 떼지 못했다.

실오라기처럼 느리게 피어오르다가 끝내 흩어져 버리고 마는 연기가 꼭 여종매의 영혼처럼 느껴졌다. 남궁유룡은 아무래도 향이 한 대 다 타서 없어질 때까지도 저러고 있을 모양이었다. 그런 남궁유룡을 도화곡의 제자들은 슬픈 눈으로 지켜보았다.

사대장로 중 한 명은 조용히 눈물을 훔치기도 했다.

등이 살짝 굽은 그녀는 생존한 칠대 제자들 가운데 가장 연장자로 이름은 두심연이었다. 죽은 여종매와는 같은 사부를 모신 데다 거의 평생을 대별산에서 친자매처럼 함께 살다시피 해 정이 각별했다고 들었다. 여종매가 젊은 시절 마음을 주었던 남궁유룡이 이렇게 멀리까지 찾아와 향을 사르니 사매로서 마음이 쓰라린 것이다.

한편 내 옆에는 남궁소소가 서 있었다. 한쪽 눈이 밤탱이가 된 그녀는 무슨 이유에선지 매우 초조해 보였다.

[왜 그러시오?]

[뭐가요?]

[얼굴이 안 좋소.]

[귀하가 이렇게 만들어놓았잖아요.]

[그게 아니라 걱정이 있는 것 같은데. 꼭 무슨 사고를 쳐놓고 부모님에게 들킬까 봐 조마조마해하는 아이처럼 말이오.]

[내, 내가 무슨 사고를 쳤다고 그래요.]

[……?]

그때였다. 두심연이 조용히 흐느끼며 말했다.

"사저, 옛 정인께서 우리를 도와주러 수천 리 길을 쉬지 않고 달려오셨어요. 영혼이 있거든 연기로라도 그의 얼굴을 한번 쓰다듬어 보세요. 흑흑흑."

가슴을 짜르르 울리는 말이었다. 이막하를 시작으로 애써 감정을 억누르고 있던 도화곡의 제자들 전부가 소리 내어 흐느끼기 시작했다.

그러자 남궁유룡이 눈을 번쩍 떴다. 이어 이게 무슨 소리냐는 듯 뒤를 돌아보았다.

남궁소소는 심장이라도 내려앉은 사람처럼 움찔 놀라서는 사시나무처럼 떨었다.

'이건 또 뭐야?'

그제야 나는 돌아가는 상황을 눈치챘다. 남궁유룡과 여종매가 젊은 시절 서로 좋아하는 사이였다는 남궁소소의 말은 새빨간 거짓말이었던 모양이다.

여종매는 젊어서 상처를 입은 후 대별산 도화곡에서 평생을 청정하게 수절하며 산 사람이었다. 남궁유룡과의 관계가 사실일 때는 아름다운 추억이 되지만 거짓일 때는 자칫 추문이 될 수도 있었다. 그렇게 되면 여종매의 고아한 삶에 남궁소소가 의도치 않게 흙탕물을 튀긴 게 된다.

남궁유룡도 그 점을 가장 크게 문제 삼을 것이고, 도화곡의 제자들은 제자들대로 낭패스럽기 짝이 없을 것이다.

'처음 만날 땐 안 그랬던 것 같은데, 언제부턴가 부쩍 왜 저렇게 사기를 치고 다니는지 모르겠네. 치려면 제대로나 치든가.'

흐느끼는 소리가 잠시 가라앉기를 기다려 남궁유룡이 두심연에게 조심스럽게 물었다.

"두 장로님, 방금 하신 말씀이 무슨 뜻이외까?"

"손녀에게서 모두 들었습니다. 젊은 시절 저의 사저와 마음을 주고받은 사이셨다고요. 평생 외롭고 쓸쓸하게만 살다 가신 줄 알았다가 그 얘기를 들고 어찌나 위안이 되던지……."

남궁유룡이 천천히 남궁소소를 돌아보며 물었다.

"네가 정녕 그렇게 말을 했더냐?"

남궁소소는 당황해서 어쩔 줄을 몰라 했다. 그제야 무언가 이상한 것을 깨달은 도화곡 제자들의 표정이 서서히 굳어갔다.

"실은……."

"제가 시켰습니다!"

나도 모르게 불쑥 튀어나온 말이었다.

남궁소소를 향했던 사람들의 시선이 전부 나를 향했다. 남궁소소는 남궁소소대로 눈을 동그랗게 뜨고 나를 보았다.

남궁유룡이 내게 물었다.

"네가?"

"그렇습니다."

"어찌하여?"

"백포산군 선배님의 발목을 잡으려면 가주님을 끌어들이는 수밖에 없다고 생각했습니다. 하여 전음을 보내서 싫다는 남궁 소저에게 억지로 시켰습니다. 모든 책임은 제게 있으니 저를 벌해주십시오."

그러면서 나는 포권을 쥐고 허리를 숙였다.

여태 힘들게 쌓아온 점수를 한 방에 까먹겠구나 싶었다. 얼마나 시건방지고 무례한 인간이라고 생각하겠나. 이러다가 남궁소소까지 못 만나게 하는 건 아닌지 모르겠다. 그런다고 안 만날 우리가 아니지만.

"알고서 한 말이 아니라고?"

"예…… 예?"

이건 또 무슨 소리.

나도, 남궁소소도 깜짝 놀랐다.

남궁유룡의 말이 이어졌다.

"아니, 너는 분명히 알고 있었다. 그래서 다른 누구도 아닌 내게 전서구를 보냈고, 이후 목숨을 걸면서까지 시간을 끈 것이 아니더냐. 내가 올 거라는 걸 철석같이 믿었기에."

"그건……."

남궁유룡은 나를 한참이나 물끄러미 보더니 말했다.

"이제 보니 안 것이 아니라 확신을 했었군. 이런 귀신같은 녀석을 봤나. 혹시라도 도화곡의 존재가 드러날까 봐 내 평생 언행을 조심했거늘."

"죄송합니다."

"잘했다."

"예?"

"많은 사람 앞에서 어른들의 내밀한 얘기를 함부로 발설한 것은 괘씸하기 짝이 없다만, 상황이 절박했고 그 의도가 의로웠으니 한 번은 기꺼이 용서해 주마."

"감사합니다."

"하지만 추측만으로 또다시 그런 무경우한 짓을 했다간 내 아무리 너를 총애해도 지금처럼 넘어가지 않을 것이다. 무슨 말인지 알겠느냐?"

"명심하겠습니다!"

남궁유룡은 이어 이막하를 돌아보며 말했다.

"도화곡과 남궁가는 구태여 나와 전대 곡주와의 인연을 끌어다 붙이지 않더라도 이제는 남이라고 할 수 없을 것이오. 앞으로도 어려운 일이 닥치면 꼭 연락을 주시기 바라외다."

"뭐라고 감사를 드려야 할지 모르겠습니다."

도화곡의 제자들은 하나같이 가슴이 벅차오르는 표정이었다.

나와 남궁소소는 황당해하는 서로의 얼굴을 한참이나 바라보았다.

참배가 끝나자 사람들은 늦은 아침을 먹기 위해 식당으로 전부 자리를 옮겼다. 대형 탁자가 줄지어 늘어선 가운데 삼백여 명의 제자들이 기다리고 있다가 일제히 일어나 우리를 맞았다.

"한 달에 한 번 모든 제자가 모여 함께 아침을 먹는데 이번에는 날짜를 조금 앞당겼습니다. 제자들이 가주님을 꼭 모시고 함께 식사를 하고 싶어 해서요. 양해를 부탁드립니다."

어리둥절해 하는 남궁유룡에게 이막하가 해준 말이었다.

남궁유룡은 잠시 주변을 둘러보더니 피식 웃으며 대답했다.

"내가 아니라 젊은 사숙을 보고 싶어 한 것 같소이다만."

그가 말한 사숙은 당연히 나였다.

여기저기서 가벼운 웃음이 흘러나오는 가운데 우리는 사대장로들과 함께 안쪽의 가장 넓은 탁자로 안내되었다. 이막하가 그중에서도 또 가장 상석을 남궁유룡에게 양보하려고 했다. 남궁유룡은 천부당만부당한 일이라며 극구 사양하고는 이막하의 오른쪽 한 자리를 자치했다.

일문의 문주가 다른 무림세가의 가주에게 자신의 자리를 양보한다는 건 결코 있을 수 없는 일이었다. 이막하는 다만 남궁세가의 가주이자 무림의 대선배인 남궁유룡을 존중하는 의미에서 한번 예의를 차린 것이었다.

하지만 마음만큼은 정말로 양보를 해주고 싶었을 거라는 생각이 들었다. 위기에 빠진 도화곡을 구해준 은인이기도 하지만, 죽은 사부의 옛 정인이니 사부를 모시듯 정성을 다하고 싶었을 것이다.

이윽고 음식이 나오고 식사가 시작되었다. 삼백여 명이 동시에 식사를 하는데도 젓가락 소리만 봄비 소리처럼 잔잔하게 깔릴 뿐 사람의 목소리라곤 단 하나도 들리지 않았다. 모두 수뇌부가 앉은 안쪽의 탁자에서 오고 가는 대화를 들으려고 정신을 집중했기 때문이었다.

하지만 정작 수뇌부의 탁자에서도 서로의 안부를 묻고 답하는 것 외에는 별다른 이야기가 나오지 않았다.

그러다 두심연이 내게 물었다.

"내상은 좀 어떻느냐?"

"끄떡없습니다."

"피를 한 바가지나 토했는데 그럴 리가 있겠느냐. 그래도 이렇게 씩씩한 모습을 보니 마음이 놓이는구나."

"그냥 드리는 말씀이 아닙니다. 곡주님께서 주신 화리의 내단을 세 개나 복용한 데다 간밤에 운공을 충분히 했더니 날아갈 것처럼 가볍습니다. 저보단 오히려 곡주님과 연로하신 장로님들이 걱정입니다."

"때마침 너희가 도착해 백포산군의 폭주를 막아주는 바람에 큰 화는 피할 수 있었느니라. 우리가 전생에 무슨 덕을 쌓았기에 이리 귀한 인연을 맺었는지 모르겠구나."

그러면서 두심연은 한없이 자애로운 표정으로 나와 남궁소소를 번갈아 보았다. 사대장로의 다른 사람들도 모두 고개를 끄덕였다. 남궁유룡은 그 모습이 흡족한지 웃으며 수염을 쓸었다.

이막하가 내게 물었다.

"한데 구대 제자들 사이에 이상한 얘기가 떠돌더구나. 듣자 하니 천룡표국의 범선 다섯 척이 장강 물길을 따라 호북성 무한까지 올라왔다고 하던데……."

"그게 무슨 말씀이외까?"

이막하의 말에 남궁유룡이 놀란 음성으로 되물었다. 어지간한 일에는 좀처럼 놀란 모습을 보이지 않는 그였기에 오히려 다른 사람들이 살짝 당황할 지경이었다.

"아직 못 들으셨나 보군요. 말 그대로입니다. 바다를 항해해야 할 대형 범선 다섯 척이 장강 물길을 거슬러 무한까지 올라왔는데, 글쎄 그 범선의 주인이 다름 아닌 정룡 사제라고 하는군요."

"그게 사실이더냐?"

잠깐 기다리는 시간도 아깝다는 듯 남궁유룡이 나를 돌아보며 물었다. 무한 미곡시에서의 소식이 양주까지 전해지기도 전에 내가 보낸 전서구를 받고 주야장천 달려오느라 전혀 상황을 모르는 모양이었다.

남궁소소가 불쑥 끼어들었다.

"제가 그 범선들을 끌고 왔어요. 할아버지."

"네가?"

"네."

"그럴 리가. 장강에는 열일곱 개의 큰 여울이 있어 제아무리 교룡방도들을 동원한다고 해도 바다의 범선이 거슬러 오를 수가 없느니라. 해서 교룡방도 작은 삼판선들에 돛을 달아 조운선으로 쓰는 것이고."

"교룡방의 도움은 전혀 받지 않았습니다. 오로지 바람과 돛의 힘으로만 거슬러 올랐습니다. 덕분에 무한 미곡시가 발칵 뒤집혔지요."

"대체 어떻게 그런 일이!"

남궁유룡이 목구멍을 쥐어짰다.

남궁소소는 나를 한번 보더니 씨익 웃고는 그동안 있었던 일들을 침까지 튀겨가며 신나게 떠들어대기 시작했다.

그녀의 입에서 해룡선방, 삼각돛, 천공범, 흑룡도방, 황해노경 등의 말들이 흘러나올 때마다 남궁유룡은 감탄을 금치 못했다. 특히 천공범을 달리 하늘 돛이라고 부른다는 대목에선 무릎을 '탁' 치며 절묘한 이름이라며 껄껄 웃어댔다.

반면 사대장로를 비롯한 도화곡의 제자들은 평생을 산속에서만 살았기 때문에 장강에 범선이 올라온다는 게 어떤 의미인지 잘 모르는 듯했다. 그저 남궁유룡이 놀라면 따라서 놀라고, 남궁유룡이 나를 대단하다고 칭찬하면 자신들의 제자나 사형이 무림 명숙에게 칭찬을 받는 것처럼 기뻐하고 좋아했다.

그런가 하면 어린 구대 제자들은 범선이라는 개념 자체를 아예 생소해하는 얼굴들이었다. 남궁소소가 그런 구대 제자들을 위해 이야기 중간에 잠시 짬을 내어 이 식당의 절반만큼 큰 배라고 했다. 그러자 모두 놀라서 눈이 동그래졌다.

이야기는 계속해서 이어져 무한으로 무대를 옮겨갔다.

범선이 장강십팔탄을 거슬러 오를 수 있다는 걸 보여주기 위해 오백 명의 선객들을 싣고 청수탄으로 갔던 일, 괴인들의 공격을 받고 대장선이 침몰할 뻔한 일, 내가 허리에 밧줄을 묶고 사나운 청수탄으로 뛰어들어 괴인들을 구한 일, 밤에 고작 열 명이서 횃불을 들고 교룡방의 본진으로 쳐들어간 일 등이 남궁소소의 작은 입을 통해 실감 나게 재연되었다.

그 모든 일의 배후에 북천표국주 여문탁의 아들 여사평이 있었다는 대목에서 남궁유룡과 도화곡의 제자들은 마치 자신들이 당하기라도 한 것처럼 흥분했다.

그러다 강남북의 표사 수백 명이 지켜보는 앞에서 내가 무공으로 여사평을 무릎 꿇렸고, 이어 비적이 된 양민들에게 인정을 베푸는 표사들의 전통을 언급하며 일갈했다는 대목에서 모두 환호성을 질렀다.

반면 남궁유룡은 오히려 마지막 순간에 이르러 입을 꾹 다물었다. 그리고 한없이 깊어진 눈으로 나를 응시했다.

무언가 다른 분위기를 알아차린 도화곡 제자들이 잠잠해진 후에야 그의 입이 무겁게 열렸다.

"벌의 등에도 무늬가 있지만 호랑이라 말하지 않고, 강호무림에 수많은 백도인들이 있지만 모두를 협객이라 부르지 않지."

"……?"

"젊은 시절 네 아버지 이종산은 삼십여 년 동안 단 한 번의 표행도 실패하지 않는 대기록을 세우면서 그 명성이 천하를 진동시켰다. 하지만 표왕이라는 별호로 불리게 된 건 표사로서의 경이로운 실력 때문만이 아니니라. 너는 그 이유가 무엇인 줄 아느냐?"

"가르침을 주십시오."

"그에게는 항상 목숨처럼 지키는 표행지도(鏢行之道)가 있었기 때문이다. 부디 지금처럼 초심을 잃지 말거라. 하면 네 아버지께 그랬던 것처럼 전 강호가 너의 이름을 귀하게 여길 것이다."

"명심하겠습니다."

깊은 울림이 사방으로 번져갔다. 이막하와 사대장로는 더할 나위 없이 흡족한 표정으로 고개를 끄덕였고, 다른 제자들도 잔뜩 상기된 얼굴로 서로를 바라보며 웃었다.

여운을 즐기려는 듯 모두가 입을 다문 가운데 남궁소소가 나를 한 번 쳐다보며 배시시 웃었다.

이어 고요한 식당에 모두가 예상치 못한 대형 폭탄을 터뜨렸다. 바로 내가 여기에 온 진짜 이유이기도 한.

"그런데 할아버지, 같은 크기의 범선이 두 척 더 있어요. 그 두 척은 무한을 지나 민강과 만나는 의빈까지, 무려 이천 리를 더 거슬러 올라올 거예요. 이곳 성도에서 빠른 배를 타고 내려가면 불과 이틀 거리죠."

"무엇!"

"뭐라고?"

남궁유룡과 이막하가 거의 동시에 외치다시피 했다. 표정만 보면 누가 죽었다는 얘기라도 들은 사람들 같았다.

"그게 사실인가?"

이막하가 떨리는 음성으로 물었다.

남궁소소는 웃으며 씩씩하게 대답했다.

"물론입니다, 곡주님."

이막하는 사대장로를 포함한 모든 수뇌부 중에서 서른 살이 넘어 도화곡으로 들어온 유일한 사람이었다. 또한 속세에 있을 당시 상재가 뛰어나 혼인도 하지 않고 아버지를 도와 상방을 크게 키운 경험도 있었다.

때문에 도화곡의 다른 제자들과 달리 대륙의 물자 유통에 있어서 장강이 얼마나 중요한 역할을 하는지, 범선이 장강 물길을 타고 사천성 의빈까지 올라온다는 게 무얼 의미하는지 잘 알고 있었다.

하물며 광산, 농장, 다원 등을 거느리며 수십 년째 남궁세가를 경영해 오고 있는 남궁유룡은 더 말할 것도 없었다.

이막하에 이어 이번엔 남궁유룡이 거듭 확인했다.

"네가 무얼 잘못 알고 있는 것이 아니더냐?"

"틀림없는 사실이에요."

"백번 양보해서 무한까지는 그렇다고 치자. 하지만 사천으로 들어서기 전인 호북성의 서쪽 경계에는 악명 높은 장강삼협이 버티고 있다. 천하의 어떤 배도 삼협을 거슬러 오를 수는 없다. 한데 대체 무슨 방법으로?"

"할아버지 말씀처럼 범선이 삼협을 거슬러 오를 수는 없어요. 하지만 삼협의 위쪽에다 범선을 가져다 놓을 수는 있어요. 정확하게는 서릉협의 위쪽이요. 그리고 서릉협에서 이곳 의빈까지만 왕복하며 운항을 하는 거죠."

"범선 두 척을 서릉협의 위쪽에다 가져다 둔다고?"

"네."

"그게 정말 가능할까?"

"이미 두 척 모두 옮겼는걸요."

"무엇!"

"뭐라고!"

남궁유룡과 이막하가 또다시 깜짝 놀랐다. 두 사람까지는 아니지만 사태의 중요성을 웬만큼은 감지한 장로들도 크게 당황해했다.

남궁소소는 지금까지 있던 일을 또다시 열심히 설명했다.

말은 길었지만 알고 보면 아주 간단했다.

첫째, 가공을 마친 범선 두 척 분량의 목재를 교룡방의 조운선 서른 척에 나눠 싣고 서릉협 입구까지 오른다.

둘째, 범선이 될 목재들을 대기 중인 성원표국의 표마차 백 대에 옮겨 싣고 악명 높은 서릉협 구간을 육로로 이동한다.

셋째, 서릉협을 지난 후 자귀라 불리는 곳의 장강 변에 뱃도랑을 설치하고 범선 두 척을 조립하기 시작한다.

"이미 어려운 과정들을 모두 넘긴 데다 일정마저 크게 앞당겨져 열흘 후에는 범선들이 의빈을 향해 출발할 거라는 소식도 받았어요. 하오문 성도 분타에서 오늘 아침 풍운비룡에게 전해주었다고 하더라고요."

남궁소소의 얘기가 모두 끝나자 남궁유룡과 이막하는 동시에 나를 보았다. 저 말이 사실이냐는 뜻이었다.

"사실입니다. 하늘이 도와 제가 살아서 구천구관을 나온다면 그때쯤 범선들도 의빈에 도착할 겁니다."

"이게 무슨 도깨비 같은 소리들인지."

구대 제자들은 범선이 의빈까지 올라온다는 게 어떤 의미인지 잘 알지도 못하면서 벌통을 건드린 것처럼 웅성거렸다.

왜 그러나 싶어 가만히 들어보니 내가 만든 범선들이 의빈까지 올라오면 구경을 갈 수 있도록 곡주님께서 과연 허락을 해주실까 말까 하는 얘기들을 나누고 있었다.

사실 민강의 조운을 장악한 조양방에서 양해해 준다면 범선이 성도까지 올라오는 것도 얼마든지 가능했다. 하지만 그런 언급은 하지 않았다. 상황이 어떻게 될지도 모르고, 괜히 말했다가 무산되면 실망만

커질 테니까.

소란이 잦아들자 남궁유룡이 내게 물었다.

"한데 범선으로 무얼 실어 나를 생각이더냐?"

"사천, 운남, 귀주 등지에서 나는 특산물들과 고대 교역로를 통해 마방들이 들여온 이국의 물건들을 강동과 강북으로 운송할 것입니다."

"선적량은 어느 정도지?"

"미곡으로 계산했을 경우 척당 표마차 백 대 분량입니다. 부피에 비해 상대적으로 가벼운 물건들은 최대 세 배까지도 가능하고요."

"어마어마한 양이구나."

"적지는 않지요."

"수익은 어느 정도나 예상하고?"

"정확히 산출하기 어렵지만, 범선 두 척을 쉬지 않고 왕복 운항하면 의빈과 자귀에서 닷새마다 한 번씩 배가 쌍방향으로 출발하게 될 겁니다. 목표치의 절반 정도만 선적량을 채웠다고 가정할 때 중소 상단 두 개를 운영하는 것과 비슷한 수익이 나지 않을까 싶습니다."

"범선 한 척이 중소 상단 하나와 맞먹는다?"

"말씀드렸다시피 아직은 기대에 불과합니다."

"허허허. 허허허."

남궁유룡은 가타부타 말은 않고 연신 너털웃음을 터뜨리며 수염만 쓸어댔다. 생각보다 큰 액수에 당황한 것이다.

그러다 무언가 생각난 듯 다시 물었다.

"한데 그러려면 사천성 의빈과 호북성 자귀 양쪽에 표사들이 상주하는 분타를 만들어야 할 터인데. 항주에서 오천 리와 만 리 밖에 있는 분타 두 곳을 완전히 통제하고 조종할 복안은 있느냐?"

"자귀 쪽은 무한 분타에서 소분타를 만들어 관리할 겁니다. 남은 것은 이곳 의빈인데, 저는 도화곡에서 분타를 설립하고 관리하는 것 전부를 맡아주셨으면 합니다."

"우리가?"

이막하가 깜짝 놀라며 물었다.

"그렇습니다. 덧붙여 범선 두 척이 의빈과 자귀를 오가며 벌어들이는 수익 전부를 도화곡의 몫으로 가져가시면 됩니다. 대신 배의 수리비와 선원들에 지급되는 월급도 도화곡에서 직접 챙겨주시고요."

폭탄을 터뜨린 것과도 같은 내 선언에 지금까지 나왔던 그 어떤 것보다 격렬한 반응이 나왔다.

사대장로들은 눈을 부릅떴다. 칠대와 팔대와 구대 제자들은 옆 사람들과 대화를 하며 자신이 제대로 들었는지 다시 한번 확인하느라 야단법석을 피웠다.

남궁유룡은 물론이거니와 남궁소소까지 입이 쩍 벌어졌다.

태풍 같은 술렁임이 좀처럼 가라앉지 않는 가운데 이막하가 나지막한 음성으로 나를 불렀다.

"정룡아."

"예, 곡주님."

"네가 얼마나 따뜻한 사람인지, 서거하신 사부님과 우리에 대한 정이 얼마나 깊은지 잘 알고 있다. 하지만 이제 우리 걱정은 하지 않아도 된단다. 아직 다른 무림문파들만큼은 아니지만 대별산에서 살던 것보다는 다들 훨씬 풍족하게 잘 지내고 있느니라."

"다들 부족하지 않게 지내신다고 하니 다행입니다. 하지만 이건 일단 제가 돈을 벌려고 하는 일입니다."

"……?"

"장강에 범선 다섯 척을 띄웠지만 미곡을 운송하지 않는 계절에는 다른 것들을 운송해야 합니다. 그때 의빈에서 출발하는 범선 두 척이 호북성에서 대기하고 있는 다섯 척을 먹여 살려줄 겁니다. 해서 이는 도화곡을 돕는 일이지만 동시에 저 좋자고 하는 일이기도 합니다. 하니 곡주 사저께서는 소제를 꼭 좀 도와주십시오."

나는 일부러 '곡주 사저'와 '소제'라는 표현을 썼다. 설사 도화곡이 일방적으로 이득을 취하는 조건이라고 해도, 나 또한 도화곡의 제자이니 사문의 먹거리를 걱정하고 챙기는 건 당연한 도리라는 걸 피력하기 위해서였다.

사실 의빈 분타를 반드시 통째로 도화곡에 맡겨야 하는 건 아니었다. 비룡당에서 노련하고 믿을 만한 표사 몇 명을 데려다 박아놓고, 도화곡에는 일거리를 조금 나눠주어 공헌한 만큼의 수익을 챙겨주는 것이 내겐 가장 쉬운 일이었다.

남궁유룡과 이막하가 아니어도 이 자리에 있는 칠대 제자와 팔대 제자들 대부분이 그 정도 짐작은 할 수 있을 것이다. 따라서 아무리 핑계를 대도 내가 범선 두 척을 통째로 도화곡에 선물하려 한다는 사실을 감출 수가 없었다. 오히려 설명을 하면 할수록 의빈 분타의 중요성만 부각하는 꼴이었다.

언제부턴가 좌중의 분위기가 숙연해졌다.

이막하는 북받쳐 오르는 감정을 억누르려는 듯 한동안 침묵했다. 그러다 한참 만에야 다시 입을 열었다.

"얼굴을 본 것도 기쁜데 선물이 너무 크구나."

"수락해 주셔서 감사합니다."

"오히려 내가 고마워해야지."

곳곳에서 나직한 탄성이 흘러나왔다. 특히 구대 제자들은 서로 손까지 맞잡으며 좋아서 어쩔 줄을 몰라 했다.

사천구룡방을 쓰러뜨리고 성도에 뿌리내리는 데 성공했다지만, 삼백여 명의 제자들을 먹여 살리는 일은 생각보다 쉽지 않았을 것이다.

신생 무림문파들이 가장 쉽게 접근할 수 있는 돈벌이는 유흥가에 진출해 주루와 기루를 관리해 주고 보호세를 받는 것이었다. 한데 이건 세상 물정을 잘 모르는, 그것도 젊은 여자 무사들이 쉽게 할 수 있는 일이 아니었다. 그럼에도 불구하고 도화곡은 주루와 기루 몇 곳의 의뢰를 받아 유흥가로 진출했고, 지금도 관리하는 중이었다.

누구도 내게 일일이 말은 않지만 아마 상상도 못 한 시행착오와 고초를 겪고 있을 것이다. 다른 여러 가지 칼 필요한 일들이 있겠으나 그것들 역시 세상 경험이 부족한 탓에 하는 일마다 애를 먹었을 게 뻔했다.

하오문주에 따르면 그나마 민강의 조운을 장악한 조양방주 장소봉이 도화곡의 제자들을 계속해서 고용하는 등, 물심양면으로 도와주어 끼니 걱정은 없이 산다고 했다.

하지만 사람이 어디 밥만 먹고 사나. 특히나 여자들은 남자들과 달리 이것저것 필요한 것들도 많았다. 하다못해 옷을 입어도 격식이 훨씬 까다롭고 당연히 값도 더 비쌌다. 머리에 장신구라도 하나 꽂으면 얘기가 또 달라진다.

범선 두 척에 실을 산물들을 집하하고 지키고 관리하는 등의 일은 도화곡 제자들이 대별산을 내려와서 지금까지 했던 그 어떤 밥벌이보다 깨끗하고 수월할 것이다.

매사에 호기심이 많고 열정이 넘치는 구대 제자들은 벌써부터 의빈에 분타가 생기면 누가 파견될지를 두고 옆 사람과 열심히 떠들어댔다.

속가제자인 나와 달리 어디까지나 외부인인 남궁유룡과 남궁소소는 언제부턴가 말수를 줄인 채 듣기만 했다. 그러다 지금은 조용히 웃으며 고개를 끄덕였다.

그런 가운데 내가 이막하에게 말했다.

"부탁이 한 가지 더 있습니다."

"말해보거라."

"의빈에 상주할 제자들은 구대 제자들로만 구성해도 충분할 것입니다. 숫자는 대략 오십 명 정도면 될 것이고요."

"오십 명씩이나?"

"물자가 집하되기 시작하면 하루에 세 번 공백없이 교대로 번까지 서야 해서 생각보다 많은 인력이 필요합니다. 그편이 서로에게 더 안전하기도 하고요."

"그런 일이라면 네가 가장 잘 알겠지. 네 뜻을 전적으로 따르마. 다른 참고할 것들이 있으면 또 말해주렴."

"다만 반드시 파견되어야 할 몇 명과 분타를 이끌 수장 한 명을 제가 정해도 되겠습니까? 눈여겨본 사질들이 있는데 틀림없이 잘해낼 것 같아서 그렇습니다."

"그래?"

"예."

"그 아이들이 누구더냐?"

갑작스러운 내 말에 좌중이 또다시 크게 술렁이기 시작했다.

그리고 대부분 섭부용과 그녀가 이끄는 칠검향을 바라보았다. 대별산에서 이곳으로 오는 동안에도 그랬고, 오고 난 이후에도 그랬고. 섭부용이 이끄는 칠검향은 구대 제자들의 맏언니들로서 제 역할을 톡톡히 해냈다. 특히 그녀들은 도화곡이 대별산에 은거할 때에도 유일하게 외부 활동을 하며 이런저런 임무를 완수한 경험들이 있었다.

그러나 안 될 말이었다. 서까래로 쓰는 나무가 따로 있고 기둥으로 쓰는 나무가 따로 있다. 칠검향은 분타가 아니라 이곳 본장을 지켜야 할 재목들이었다.

나는 목을 쭉 빼고는 어디에 있는지 모를 녀석들의 이름을 하나씩 불렀다.

"옥소군, 은옥교, 서동예, 구숙정은 잠시 자리에서 일어나 보거라."

갑자기 자신들의 이름이 호명되자 저쪽 구석에서 세 명이 마주 보며 앉아 밥을 먹다 말고 깜짝 놀라 일어났다. 그리고 한 박자 늦게 세모꼴의 얼굴형을 가진 여자가 어리둥절한 표정으로 일어났다. 팔다리가 시원시원하게 뻗은 것이 딱 보아도 달음질깨나 할 것 같았다.

'저 녀석이 구숙정이군.'

저들은 모두 사문이 위기를 맞자 이를 해결할 방안 중 하나로 화리의 내단을 구하러 갔던 제자들이었다.

내가 말을 하기도 전에 이막하와 장로들은 알 만하다는 듯 웃으며 고개를 끄덕였다.

"도화곡의 제자들 중 누구 하나 충성스럽지 않은 이가 없을 겁니다. 하지만 이번에 사문이 위기를 맞아 저기 있는 네 명의 사질들이 보여준 헌신과 용기는 특별히 칭찬받아 마땅할 것입니다."

"물론이지. 내 저 아이들을 위해 따로 포상을 마련해 두었는데 아무래도 존경하는 사숙이 더 큰 상을 준비한 것 같군."

"저 아이들을 의빈으로 보내주시면 고맙겠습니다. 그중에서도 특히 옥소군에게 분타의 수장 자리를 맡겼으면 하는 것이 소제의 생각입니다."

"말했다시피 나는 너의 뜻을 따르겠다."

"저, 잠깐만요!"

이막하가 승낙을 하자마자 옥소군이 손까지 들며 다급하게 외쳤다. 모두의 시선이 그녀에게로 쏠렸다.

옥소군은 잠시 쭈뼛거리며 주변을 살피더니 용기를 내어 내게 물었다.

"분타주가 되면 제가 무슨 일을 해야 하는지요?"

"좁게는 범선에 실을 물건들을 지키고, 크게는 상단들을 모집하고 관리해야지. 의뢰가 적을 때는 범선이 빈 배로 출항하지 않도록 네가 직접 상단들을 찾아다니며 물건들을 확보해야 한다. 반대로 의뢰가 넘쳐날 땐 상단들을 선별해야 하고. 이 모든 과정을 계획하고 유지하고 결정하는 것이 너의 역할이다."

"사숙께서 소질을 높이 평가해 주시는 건 정말 감사합니다. 하지만 소질은 그런 쪽으로 경험이 전무합니다. 분에 맞지 않는 중책입니다. 부디 말씀을 거두어주십시오."

"혹시 분타 일을 하기 싫은 것이더냐?"

"그럴 리가 있겠습니까? 솔직히 말씀드리면 말단 무사로라도 참여해서 꼭 해보고 싶습니다. 다만 분타주라는 자리가 워낙 중책이다 보니 실수를 해 사숙의 명성에 흠집을 내고 사문에는 큰 손해를 끼칠까 걱정됩니다."

"실수를 해도 괜찮다. 손해를 봐도 괜찮다. 실패하면 실패하는 대로 성공하면 성공하는 대로 너와 분타 일을 하는 사형제들 모두에게 경험이 되어 쌓일 테니 지금은 그것만으로도 충분히 남는 장사다."

내 말뜻을 알아차린, 그리고 당장의 밥벌이보다 인재를 키우는 것이야말로 문파의 지속적인 발전을 위해 가장 중요한 일이라는 걸 아는 남궁유룡과 이막하는 저도 모르게 고개를 끄덕이고 있었다.

한데도 옥소군은 쉽게 물러나지 않았다.

"처음부터 경륜 높은 팔대 사숙들께 맡기시면 될 터인데, 어찌 어리고 부족한 저희에게 이런 귀한 기회를 주려고 하시는지요?"

"네 나이가 올해 몇이지?"

"스물넷입니다."

스물넷이면 나보다 한 살 많고 남궁소소보다는 한 살 어렸다.

살짝 당혹스러웠다.

"스물넷이면 연로하신 사숙들을 편안하게 봉양할 생각을 해야지, 아직도 부려 먹을 생각만 해서야 쓰겠느냐?"

내 농담에 사대장로들을 비롯해 여기저기서 왁자지껄 웃음보가 터져 나왔다. 사람들이 웃자 서동예와 구숙정이 덩달아 키득키득 웃다가 은옥교의 눈총을 맞고 얼른 웃음을 감추었다.

나는 구대 제자들을 한차례 쓰윽 훑어본 후 진지한 음성으로 말을 이었다.

"화분에서는 기둥이 될 나무를 길러낼 수 없다. 그리고 십 년 후 도화곡의 기둥이 될 사람들은 사숙들이 아니라 바로 너희다."

사대장로는 물론이거니와 다른 칠대 제자들과 팔대 제자들까지 모두 내 말이 옳다는 듯 고개를 끄덕였다. 당사자인 구대 제자들은 눈동자를 별처럼 반짝이며 각오를 다지는 듯했다.

그러다 어느 순간 일제히 옥소군과 세 명에게로 시선을 옮겼다.

저 네 명이 이번 일로 어떤 고초를 겪었는지 모르는 사람은 여기 아무도 없었다. 나이며 항렬을 따질 것 없이 사람들은 모두 네 명을 바라보며 제 일처럼 기뻐하고 축하해 줬다.

"소군 사저라면 틀림없이 잘 해내실 거야."

"부럽다. 나도 의빈 분타로 뽑혀 가고 싶다."

"정룡 사숙께서 쉰 명을 파견해야 한다셨으니까 아직 마흔일곱 명이나 남았어. 우리에게도 기회가 있다고."

"마흔여섯 명이겠지."

"정룡 사숙의 말씀을 들어보면 오십 명에게만 언제까지나 맡겨두지 않고, 돌아가며 경험을 쌓게 해주실 것 같아. 이번에 뽑히지 않더라도 너무 실망할 것 없어."

옥소군과 세 사람은 당황해서 어쩔 줄을 몰라 했다. 그러면서도 입가에서는 미소가 떠나질 않았다. 잘해낼 수 있을까 걱정이 되면서도 한편으로는 의빈으로 가서 범선을 구경하고 바깥세상을 경험할 생각에 신바람이 나는 것이다.

그런가 하면 아까부터 내 옆 탁자에서 소맷자락으로 조용히 눈물을 훔치는 마흔 중반의 팔대 제자가 한 명 있었다. 그녀는 바로 옥소군·은옥교·서동예·구숙정의 사부로 이름은 양모영이었다.

그 유명한 구대문파들을 비롯해 절대다수의 무림문파들은 온 강호를 뒤지면서까지 뛰어난 무재들만을 골라 제자로 들인다.

한데 도화곡은 좀 달랐다. 어쩌다 세상으로 나갔다가 오갈 데 없이 여러 가지 위험에 노출된 여자아이들을 만나면 하늘이 맺어준 인연이라 생각하고 데려다 먹이고 키우고 가르쳤다. 스승도 그렇게 도화곡으로 들어왔고, 그 스승의 제자들도 그렇게 들어왔다.

그런 이유로 스승과 제자의 관계가 부모와 자식의 관계만큼이나 끈끈했다. 대별산을 떠나 한 치 앞을 알 수 없는 이곳 성도로 오는 동안 단 한 명의 제자도 도망치지 않은 이유가 바로 그 때문이었다.

자신이 길러낸 제자들이 사문을 위해 큰 역할을 하고 또 인정까지 받게 되자 양모영은 그동안의 고생이 주마등처럼 스쳐 가는 듯했다.

어느 순간 나와 눈이 마주치자 양모영이 가볍게 고개를 끄덕였다. 나는 서둘러 포권을 쥐는 것으로 무려 스무 살이나 많은 사저를 대하는 예를 갖추었다.

머릿속에서 그녀의 전음이 울린 것도 동시였다.

[고맙네.]

[오히려 제가 감사하지요.]

[그리고 잘 부탁하네.]

[다들 잘해낼 테니 걱정 마십시오.]

그때였다. 식당의 맨 뒤쪽 문이 벌컥 열리면서 구대 제자 한 명이 허겁지겁 뛰어들어왔다.

햇살에 반짝이는 피부며 이목구비가 예사롭지 않더라니, 그녀는 도화곡에서 가장 빼어난 용모를 지녔다는 예홍이었다. 허리에 협봉검을 차고 머리에는 초립을 쓴 것이 아무래도 오늘은 그녀가 다른 구대 제자 몇 명과 함께 정문 앞에서 번을 서는 모양이었다.

"예홍, 무슨 일이냐?"

섭부용이 물었다.

예홍은 재빨리 섭부용에게 다가가 심각한 얼굴로 무언가를 보고했다. 그러자 섭부용은 아무래도 자신의 선에서 처리할 일이 아니라고 생각했는지 직접 예홍을 데리고 우리가 앉아 있는 탁자 앞까지 왔다.

예홍은 나와 눈을 한번 슬쩍 마주치고는 이막하에게 다급히 보고했다.

"밖에 손님들이 오셨습니다."

손님이라는 말에, 그리고 예홍의 다급한 표정에, 한순간 식당 전체가 서리라도 내린 것처럼 얼어붙었다. 백포산군 때문에 한동안 식겁을 하고 보니 외부인이라면 일단 다들 긴장부터 하고 보는 것이다.

"손님들?"

"화려한 사인교에 올라탄 육순 가량의 난쟁이 노인과 말을 탄 이십여 명의 칼잡이들이었습니다. 칼잡이들은 아무래도 호위무사들인 것 같습니다."

"정룡 사숙과 남궁 가주님께서 머무시는 동안엔 외부인의 방문을 일절 받지 않겠다고 말한 것으로 안다만."

"당연히 그렇게 얘기를 했습니다. 한데도 자신이 누군지 알면 말씀이 달라질 거라며 막무가내로 안에다 보고부터 하라지 뭐겠습니까?"

"대관절 누구이기에?"

"칼잡이 중 하나가 사인교에 탄 노인을 가리키며 천금상단(千金商團)의 대행수인 황영길 대인이라고 했습니다. 길 안내를 하고 온 양강의 말에 따르면 사천성에서 차(茶)를 전문으로 취급하는 상단 중 가장 규모가 큰 곳이라고요."

"차 상단의 대행수?"

"네."

"차 상인이 여길 왜?"

"풍운비룡, 아니, 정룡 사숙님께서 도화곡으로 가셨다는 소식을 듣고 뵈러 왔다고 합니다. 우리더러 범선이 언제쯤 올라오는지 아느냐고 하는데, 무슨 말을 하는 건지 몰라 일단 기다려 보시라고 했습니다. 어떻게 할까요?"

칠대 제자와 팔대 제자들은 모두가 눈매를 좁혔다. 어떤 상황인지 조심스럽게 짐작은 가지만, 그 상황 자체가 쉽게 납득이 되지 않는 듯한 표정들이었다.

남궁유룡이 술잔을 들어다가 쭉 들이키고는 내려놓았다. 이어 어리둥절해하는 사람들을 위해 웃으며 차분히 설명해 주었다.

"사천과 운남은 대륙에서 차가 가장 많이 생산되는 고장이외다. 또한, 두 성(省)의 차 상인들은 오래전부터 강북과 강동으로의 진출을 염원했지요. 하지만 북쪽으로는 진령산맥, 동쪽으로는 대별산맥, 그리고 장강 물길로는 삼협이라는 천혜의 장벽이 버티고 있어서 쉽지 않았소이다."

남궁소소가 할아버지의 빈 잔에 얼른 술을 채웠고, 남궁유룡이 그걸 다시 한 모금 들이켜느라 잠시 이야기가 중단되었다.

"물론 지금도 교룡방의 조운선을 통해 유통은 되고 있지만 운송비가 지나치게 많이 들고, 또 그러다 보니 목적지에 도착해서는 값이 터무니없이 비싸지는 바람에 아무리 질 좋은 차라고 해도 인근에서 생산된 차들과 경쟁이 되지 않지요."

이막하가 그 말을 받았다.

"한데 대형 범선 두 척이 나타나 천혜의 장벽 세 개 중 한 곳을 뚫었으니 운송료가 획기적으로 줄어들겠군요."

"장강 사천성 구간에 범선이 뜰 거라는 소문을 듣자마자 늙은 여우라고 소문난 천금상단의 대행수가 부리나케 달려온 걸 보면, 의빈 분타주가 선적량을 채우기 위해 상단을 찾으러 다닐 일은 없을 것 같군요. 껄껄껄."

그제야 상황을 선명하게 이해한 도화곡의 제자들은 모두가 흥분을 감추지 못했다.

분명 다 함께 밥을 먹기 위해 이 자리에 모였는데, 언제부턴가 식사는 온데간데없고 도화곡의 대사를 논하며 결정하고 있었다.

이막하가 내게 물었다.

"어떻게 할 생각이더냐?"

"저는 지금 도화곡의 속가제자로 온 것입니다. 범선 두 척의 선적에 관한 건 전적으로 도화곡에 일임하겠다고도 이미 말씀 올렸고요."

그러면서 나는 완전히 발을 빼버렸다.

내가 이렇게까지 단호하게 나올 줄 몰랐는지 모두 당황했다.

내 의중을 간파한 이막하는 가볍게 웃더니 앉으라는 말을 하지 않아 아직도 구석에서 우두커니 서 있는 옥소군을 바라보며 말했다.

"소군아."

"예, 곡주님."

"아무래도 이 일은 네가 결정해야 할 것 같구나. 이제부터 너는 천룡표국의 비룡당에서 세우고 도화곡에서 대리해 운영하는 사천성 의빈 분타의 분타주다. 더불어 의빈 분타에서 일어나는 모든 일의 결정권을 너에게 주겠다."

"감사합니다, 곡주님."

"각설하고, 손님께서 기다리신다니 예홍에게 답부터 주어야 할 것 같구나."

중요한 일들이 갑자기 연달아 일어나자 옥소군은 당황한 기색이 역력했다. 하지만 눈동자만큼은 어느 때보다 차갑게 빛나고 있었다.

그녀는 한참이나 생각을 하더니 이윽고 결심한 듯 예홍에게 말했다.

"우선 정룡 사숙께서는 무공 수련 때문에 당분간 외부인을 만나지 못하시며, 범선의 선적에 관한 일은 도화곡에서 전적으로 위임을 받았다고 전해라. 그러나 오늘은 누구도 시간을 낼 수 없으니 그냥 돌아가시라고도 전하고."

"예?"

"축객령을 내리되 정중해야 할 것이다."

예홍은 과연 이대로 전해도 될지 몰라 평소의 습관대로 섭부용을 돌아보았다. 섭부용은 시키는 대로 하라는 듯 고개를 끄덕였다.

"알겠습니다. 소군 사저, 아니, 분타주님."

예홍이 식당 밖으로 쏜살처럼 사라졌다.

누구도 예상 못 한 일 처리에 다들 어리둥절해했다. 남궁유룡도, 나도 잔뜩 호기심 어린 얼굴로 옥소군을 바라보았다.

이막하가 물었다.

"차(茶)는 같은 부피의 미곡보다 훨씬 가벼워 범선에 싣는다면 선적량을 세 배까지 늘릴 수 있을 것이다. 한데도 가격은 미곡보다 비싸지. 다시 말해 범선으로 운반하기에 더없이 적절한 물품이라는 뜻이다. 그리고 천금상단은 양강이 말했다시피 사천성을 통틀어 가장 큰 차 상단이고. 한데도 정녕 그냥 돌려보낼 생각이더냐?"

"그렇습니다."

"어찌하여?"

"천금상단의 대행수께서는 도화곡의 사정을 잘 알고 있을 겁니다. 지난 열흘 동안 무슨 일이 벌어졌으며 지금 어떤 귀빈들께서 와 계시는지도요."

"아마도 그렇겠지."

"이런 시국에 약속도 없이 호위무사를 스무 명씩이나 대동하고 불쑥 찾아와서는 다짜고짜 정룡 사숙을 뵙자고 하니 이는 예를 모른다고 할 것입니다."

"하여 네가 예를 가르치겠다?"

"소질이 어찌 감히. 그리고 제 짐작이 틀리지 않는다면 천금상단의 대행수는 오늘의 방문을 무례라고 생각지 않을 것입니다. 만약 그랬다면 남궁 가주님도 계시는데 감히 저런 태도로 나오지는 못했겠지요."

"하면?"

"상계의 거물답게 그는 정룡 사숙께서 범선의 선적 일을 우리에게 맡길 거라는 걸 이미 꿰뚫었을 겁니다. 그리고 오늘의 방문을 천금상단이 가난한 도화곡에 주는 선물이라는 거만한 생각으로 찾아왔을 것이고요."

"……!"

"하여 오늘은 돌려보내고 나중에 정식으로 약속을 정한 다음 다시 만나야 비로소 같은 눈높이에서 거래 이야기를 할 수 있을 거라고 생각했습니다."

"만약 그가 다시 오지 않으면."

"그것까진 생각해 보지 않았습니다. 다만 제 어깨에 정룡 사숙의 이름과 도화곡의 명운이 걸려 있다고 생각하니 당장 눈앞의 이득에 눈이 멀어 함부로 첫걸음을 떼어선 안 된다고 판단했습니다."

예상치 못한 결정에 이은 상상도 못 한 이유였다. 사람들은 모두가 한동안 말을 잇지 못했다. 이렇게만 보면 마치 노련한 상계의 인물 같았다.

그때 남궁유룡이 호탕하게 웃으며 말했다.

"어찌하여 저 아이를 딱 꼬집어 분타주로 지목하나 했더니만, 풍운비룡이 사람을 제대로 보았군그래. 하하하."

내 생각도 남궁유룡과 똑같았다. 결과가 어찌 되었든 옥소군의 말은 하나도 틀리지 않았다. 특히 사숙과 도화곡의 이름을 가볍게 생각지 않는 태도가 기특했다. 저런 각오와 결기와 책임감이라면 믿고 의빈 분타를 맡길 수 있을 것 같았다.

남궁유룡을 시작으로 이막하와 사대장로는 물론 칠대 제자와 팔대 제자들까지 전부 잘했다는 듯 웃으며 고개를 끄덕였다. 잔뜩 굳어 있던 옥소군의 얼굴이 그제야 비로소 조금 펴졌다.

그때였다.

'텅!' 소리와 함께 좀 전에 뛰쳐나갔던 예홍이 다시 부리나케 안으로 뛰어들었다.

그녀는 누구에게 보고를 해야 할지 몰라 식당 한가운데 멈춰 서서 잠시 이막하와 옥소군을 번갈아 보았다. 그러다 '에라, 모르겠다'하는 얼굴을 하고선 모두가 들으라는 듯 큰소리로 외쳤다.

"그대로 전했더니 천금상단의 대행수께서 얼굴이 시뻘게져서는 한참을 가만히 있더라고요. 그러다 이내 혈색이 돌아와서 이렇게 전하라고 했습니다. 자신들은 용담객점에 머물고 있을 테니 시간이 될 때 연락을 주면 그때 다시 찾아뵙겠다고요."

"와아아!"

이게 무슨 대단한 일이라고 구대 제자들은 환호성까지 지르며 좋아했다. 도화곡이 사천성 상계를 주름잡는 천금상단을 상대로 한 수 물러나게 한 것도 좋았지만, 그것보다는 의빈 분타주로서 옥소군이 내디딘 성공적인 첫걸음을 다들 응원하기 때문일 것이다.

눈을 떴을 때는 창문 너머로 보이는 해가 중천에 떠 있었다.

아무도 없는 방 안에는 남궁소소가 홀로 앉아 내 곁을 지키는 중이었다. 제 딴에는 검까지 한 자루 옆에 놓아두고 밤새 호법을 선 모양인데, 쏟아지는 졸음을 이기지 못해 꾸벅꾸벅 졸고 있었다.

"침 떨어진다!"

깜짝 놀란 남궁소소가 그 와중에도 얼른 돌아앉으며 소매로 입술을 훔쳤다.

"츄릅!"

하지만 소매에 아무것도 묻어나오질 않자 뒤늦게 속았다는 걸 깨닫고는 다시 돌아앉으며 빽 소리를 질렀다.

"뭐예요!"

"내가 얼마나 누워 있었던 거요?"

"구천구관이 끝난 지 오늘로 꼭 사흘째예요."

"사흘 동안 까무러쳐 있었다고?"

"맞아요."

"어쩐지 배가 고프더라니."

"얼굴이 반쪽이 됐어요. 불쌍해라."

"내가 누구 때문에 이렇게 됐는데."

"그래서 얼마나 뿌듯한지 몰라요."

"표행비는 할아버지께 단단히 받아낼 테니 그리 아시오. 아는 사이라고 해서 깎아주고 그런 거 절대 없소."

"그중 일 푼은 내 몫이라는 거 잊지 마시고요."

"……!"

이상하게 언제부턴가 남궁소소와 말싸움을 하면 조금씩 힘에 부치면서 내가 지고 있는 것 같다는 생각이 들었다. 대체 누구에게 저런 뻔뻔하고 현란한 말솜씨를 배우는지 모를 일이었다.

"어떻게 된 것이오?"

나는 장난기를 거두고 진지하게 물었다.

남궁소소도 진지한 표정으로 대답했다.

"약속한 이레가 되어 칠검향과 함께 석굴을 찾아갔을 땐 향내가 자욱한 가운데 당주님만 혼자 누워 있고 백포산군께선 흔적도 없이 사라진 후였어요."

아마도 약해진 모습을 보여주기 싫어서 그랬을 것이다.

구천구관에 든 날부터 시작해 하루가 지날 때마다 백포산군의 몸은 급격하게 늙고 쇠약해져 갔다. 마치 그에게 허락된 삶이 몇 년씩 한꺼번에 사라지는 것처럼.

그러다 마지막 이레째가 되자 주름이 줄줄 흘러내리는 쭈글탱이 노인이 된 데다 앞니까지 몽땅 빠져 버렸다.

그게 내가 마지막으로 본 백포산군의 모습이었다.

이후 그는 나의 등에다 자신의 장심을 붙였다. 이어 전이대법(轉移大法)을 통해 구천구관을 열고 남은 공력을 모두 내게 주었다.

지옥 같은 구천구관을 감당하느라 쇠약해질 대로 쇠약해진 상태에서 갑자기 쏟아져 들어오는 막강한 공력을 감당하지 못한 나는 결국 혼절해 버리고 말았다.

의식이 없는 와중에도 백포산군이 석굴을 떠나기 전 내게 보냈던 전음이 아직도 머릿속에 생생하게 남아 있었다.

[뒷일을 부탁하네.]

그리고 나 역시 의식도 없으면서 어떻게 그것이 가능했는지 모르지만, 석굴을 나서는 백포산군에게 전음을 보냈다.

[반드시 후인을 찾아 전하겠습니다.]

"안에서 무슨 일이 있었어요?"

"구천구관 자체가 비기의 일부인지라 외부인에게 함부로 말해줄 수 없음을 양해해 주시오."

"미안해요. 몰랐어요."

"미안할 것까지야."

"생환 기념으로 내가 재밌는 거 보여줄까요?"

남궁소소가 품속에서 작은 대나무 통을 꺼내 보였다. 저건 내가 백포산군에게 준 것으로, 안쪽에 돌돌 말린 표단이 들어 있었다.

"그걸 왜 소저가 갖고 있는 거요?"

"백포산군 선배께서 말씀하시길, 자신과 할아버지의 시대는 곧 끝이 날 거라고, 가장 오래 살 내가 이 표단을 가지고 있다가 당주님이 약속을 지키는지 안 지키는지 똑똑히 지켜봐 달라고 하셨어요. 만약 약속을 지키지 않으면 표단에 적혀 있는 조항대로 당주님을 부관참시해 달라고도 하시고요."

"소저를 어떻게 믿고?"

"딱 보면 믿음직스럽지 않나요?"

"달리 믿고 맡길 사람이 없었군."

"당주님을 전적으로 믿지 못했던 건 분명해요."

천만의 말씀이다. 나를 믿었기에 의뢰를 맡겼고, 남궁소소를 믿었기에 표단을 맡겼다. 백포산군은 우리 두 사람에게 그가 평생 익혔던 무맥의 명운을 맡기고 사라진 것이다. 나도, 남궁소소도 그걸 모르지 않았다.

그리고 또 하나, 지금 내 몸속엔 백포산군이 주고 간 공력이 새로운 호수를 만나 아직 자리를 잡지 못한 용처럼 돌아다니고 있었다. 지금부터 부지런히 운기행공을 하면서 용의 집을 만들어주어야 한다. 생으로 공력을 닦는 게 아니니 길어야 열흘이면 족할 것이다.

운기행공이 성공적으로 끝나면 나는 무려 삼백 년에 가까운 공력을 일신에 지니게 된다. 그게 내가 익힌 무공들에 어떤 변화를 가져다줄지 지금으로선 상상조차 할 수 없었다.

그때 바깥에서 인기척 소리가 들려왔다.

남궁소소가 문을 열어주자 예쁘게 차려입은 예홍이 기다렸다는 듯이 들어왔다.

"정룡 사숙, 몸은 좀 어떠세요?"

"배가 고파 죽을 것 같다."

"식사는 나중에 하시고요. 걸을 만하시면 저희와 함께 범선 구경하러 가요. 다들 밖에서 정룡 사숙과 소소 선배님을 기다리고 있단 말이에요."

"범선이 도착했다고?"

"곡주님과 장로님들은 벌써 가셨어요."

그러면서 예홍은 침상에 걸터앉아 있는 내 손을 잡아 창가로 끌고 갔다.

창밖 공터에는 백여 명에 달하는 구대 제자들이 대나무 광주리를 하나씩 들고 북적대는 중이었다.

"손에 든 건 다 뭐야?"

"옥소군 사저께서 범선을 한번 태워준다고 하셔서요. 범선에서 먹으려고 만두랑 월병이랑 술이랑 잔뜩 준비했어요."

"여기서 의빈까지 아무리 바람이 좋아도 이틀은 걸리는데, 저렇게 다 우르르 몰려가서 보겠다고? 도화곡은 누가 지키고? 곡주님께서는 허락을 해주신대?"

"장원은 백 명씩 교대로 남아서 지키기로 했고요. 범선은 오늘 아침 성도에 도착했는데요. 여기서 아무리 느리게 걸어도 한 식경 안에 갈 수 있고요."

"뭐?"

이게 무슨 소린가 싶어 옆을 돌아보았더니 남궁소소가 씨익 웃고 있었다. 아무래도 내가 까무러쳐 있는 동안 그녀가 조양방과 타협해서 범선들을 성도까지 불러들인 모양이었다.

남궁소소가 말했다.

"허기는 범선에서 달래야 할 것 같은데요?"

"아무래도 그래야 할 것 같군."

계속